李敖 —— 著

虛擬傳奇

渥丹篇

推薦者簡介

蘇牧

北京電影學院文學系教授、博士生導師，北京市高等學校優秀青年骨幹教師（1996年），香港中文大學傑出訪問學者。北京電影學院「金字獎」第二屆、第七屆評審會主席。

主要著作有《榮譽》、《太陽少年》、《新世紀新電影》，其中《榮譽》16次印刷，為北京電影學院、中央戲劇學院、中國傳媒大學、上海戲劇學院、北京大學等國內著名藝術院校學生必讀書。《榮譽》2004年獲「中國高校影視學會優秀學術著作一等獎」，《榮譽》修訂版2007年入選教育部中國高校「十一五」國家級教材。2008年入選教育部中國高校「十一五」國家級教材精品教材。

主要科研項目：北京市教育委員會2013年社科計畫重點項目：《中外電影大師精品解讀》。

青鸞舞鏡與孟婆犧牲

　　北京電影學院上課，我會講侯孝賢導演的電影《刺客聶隱娘》。《刺客聶隱娘》是一部古裝武打電影，侯孝賢導演真是有些不應該，文藝片拍得那麼好，卻要來拍古裝武打片。中國古裝武打電影很多，徐克、成龍等等，當然最好的是李安導演的電影《臥虎藏龍》。《臥虎藏龍》的優點是精彩的武打背後，是我們中國和東方的神韻。但是萬萬沒有想到，侯孝賢導演拍出了《刺客聶隱娘》。

　　打一個比方，如果所有武打電影參加奧運會跳高比賽，《臥虎藏龍》跳過了2米3，《刺客聶隱娘》卻跳過了2米5。總之，以後的中國武打電影，其他人真是沒辦法拍了。

　　為什麼《刺客聶隱娘》是2米5？《刺客聶隱娘》拍攝的故事是唐朝。唐朝是中國歷史上最偉大的時代，陳凱歌導演的《妖貓傳》也是拍唐朝。但是，《妖貓傳》表現更多的是唐朝的繁華和絢爛，紙醉金迷、鶯歌燕舞、雲想衣裳花想容……那些只是表面上的唐朝，《刺客聶隱娘》拍攝的卻是唐朝的精神。

　　唐朝的精神是唐朝偉大的根本原因，他的胸懷，他的壯闊，他的海納百川的偉大精神力量。從人物角度講，《刺客聶隱娘》的唐朝精神，體現在舒淇扮演的窈七，還有道姑和公主身上。窈七是為愛情而犧牲，道姑是道家的行規和準則，公主是為國獻身的偉大情懷。公主之上，還有青鸞，電影中描述了青鸞舞鏡的故事。

　　「罽賓國王得一鸞，三年不鳴，夫人謂，鸞見類則鳴，何不懸鏡照之。鸞見影，終宵奮舞而絕。」

　　青鸞不舞，是因為沒有同類，看到鏡中的另一個青鸞（自己的影子），她誤以為同類，一夜起舞身亡。

　　青鸞起舞是為精神而死，為知音而死，不與雞犬之輩同流合汙，這正是偉大的唐朝精神。

女作家李莎的小說《孟婆傳奇》系列中的孟婆，是道教中的傳說人物，也是道家精神的集大成者。李莎書寫的孟婆，故事驚心動魄、優美動人，在李莎筆下，孟婆不僅僅是美麗、善良、助人、達觀的美的化身，更如同《刺客聶隱娘》中的窈七，是性格剛烈、為人付出、忠貞不二的女中豪傑。如同《刺客聶隱娘》中的青鸞，三年不鳴，見到同類，終宵奮舞而絕。

　　在電影學院的講臺上，我經常對同學們感歎女性的偉大。女性的無私和犧牲，女性的捨己和寬容。更有女性的純粹，如同姜文電影《太陽照常升起》中，河水中流動的女人的衣服。女性之美淋漓盡致，讓人目眩，李莎作品中的孟婆何嘗不是如此。

　　《孟婆傳奇》系列中的孟婆形象光彩奪目、與眾不同，與李莎的女作家身分相關。李莎是我中歐商學院電影課程的學生，她對電影的理解獨到深刻，感悟極佳。春節前夕，李莎告訴我，她要將她的小說《孟婆傳奇》系列改編為電影劇本。

　　祝賀李莎，那必將是一部與眾不同、出類拔萃的謳歌女性的電影，如同侯孝賢導演的《刺客聶隱娘》一樣。

北京電影學院文學系教授 蘇牧

推薦者簡介

毛利華

北京大學心理與認知科學學院副教授，博士生導師，九三學社社員，現任北京大學心理與認知科學學院工會主席。

北京大學主幹基礎課《普通心理學》，《社會心理學》，全校通選課《心理學概論》，線上線下混合式課程《探索心理學的奧祕》主講教師。

曾獲 2004 年北京大學教學成果一等獎，教育部教學成果二等獎，2005、2008 年北京大學教學優秀獎，2006 年北京市科技新星，2006 年教育部高等學校科學技術獎（自然科學獎）二等獎，2015 年北京大學十佳教師寒梅獎，2017 年北京大學曾憲梓教學優秀獎，主講的《探索心理學的奧祕》獲教育部 2018 年國家精品線上開放課程。

曾獲 2010 年北京大學模範工會主席、2018 年北京大學優秀工會幹部等稱號。

著眼當世、一心向善

　　「孟婆」或許該算是中國民間最家喻戶曉的名字之一了，相對於神話傳說中的人物，我更願意把她看作是古老中國文明體系中極為關鍵的角色，因為她承接了生與死之間的橋梁。

　　對死亡的探究，應該是每個人類文明最為著迷的話題之一，因為我們渴望瞭解生的意義，所以同樣也在追求死亡的本質。在這個星球最近 35 億年的歷史當中，無數的生命在生生死死之間更迭，活過一世，完成傳承的使命，一次又一次重複著同樣的故事。直到幾百萬年前，人類的祖先陰錯陽差，突然小小打破了一下這個困住所有生命當世的牢籠，將思維的觸角伸向將來，我們意識到了將來，擁有了希望，擁有了對永生的渴望，也開始畏懼死亡。

　　人類文明傳承一直都在嘗試著去理解生與死的本質，以及背後隱藏的祕密，而對生的渴望和對死亡的恐懼，使得人們努力試圖打通生死之間的壁壘，建起一座跨越生死的橋梁，銜接起生與死的世界。

　　古埃及相信人死後不會消亡，會以靈魂的方式存在，因此他們將死者製成木乃伊，而女神伊西斯（Isis）會引導亡者的靈魂依附於其上，帶著所有曾經的過往，以這種形式繼續存在。古希臘人也相信靈魂不死，但是他們覺得死亡或許是一場淨化之旅，能夠使人們洗脫罪惡。

　　柏拉圖在《理想國》中描述的遺忘平原（Lethe）及後來在但丁的《神曲》中擁有同樣名字的遺忘之河（Lethe），都是洗淨靈魂中罪惡的記憶，而將美好永存下去。古代中國則用另外的形式，詮釋著生與死之間的承接，對個體來講，死亡並不是結束，而是意味著拋開所有過往，重新開啟生命新的旅程。不僅是人類，萬靈萬物都被包含在這個宏大的輪迴體系當中，重複卻又獨特地有序運轉。因此，或許古埃及相信的永生，是換了一種存的形式，古希臘的永生，意味著洗淨罪惡以最美好的形式留存。

　　古代中國文明則是徹底拋開所有的過往，無論美好還是罪惡，以全

新的獨立個體繼續存在。孟婆作為由死至生的最後一個環節，則是在奈何橋頭用一碗特殊熬製的孟婆湯，使所有的靈魂忘卻前世種種一切，重新開啟新的輪迴。在那個重啟的輪迴裡已經不再是當世的這個我，所以在古老的中國文明傳承中，人們會著眼當下，追求當世的長生，甚至超越輪迴的永恆不滅，成為個體跨越生死的最重要手段。著眼現世並不意味著可以為所欲為，因為不同輪迴中的個體，其實並不是兩個獨立不相干的個體，在這個系統當中，還有另外一個真正貫穿始終而不變的最基本規則，那就是因果報應，恰恰是這個規則，使得整個輪迴系統成為了一個圓滿的體系。

靈魂對前世的忘卻，只是個體層面的忘卻，但是系統還存在著因果迴圈這個宏大規則記錄著每個個體的因果，從而把無數個獨立的輪迴聯繫成為一個整體，「何為前世因，今生受者是；何為後世果，今生做者是。」這樣也形成了中國傳統文化當中敬畏因果，行為向善的特質。

因此，中國人活在當世，著眼當下，但是卻又講求報應，一心向善。在這個輪迴體系中，孟婆居於最關鍵的起承轉合的位置，正是因為這個角色，使得這個體系有序地運轉。

李莎筆下的孟婆，恰恰描述了這種傳統的文明特質，在她的故事裡，孟婆作為一個普通而平凡的個體，在一個宏大的前生今世故事中，經歷了人世間的愛恨情仇悲歡離合。李莎講的故事深深吸引了我，也使我看到了在這所有的文字背後，始終流淌著的「經歷當世，一心向善」，因而促使我想到了上面的這些文字。

而我也相信，每位閱讀者都會從李莎的故事中，獲取自身不一樣的感悟。因為，或許孟婆是一個使得個體忘卻前生故事的人，卻同時也是一個收集故事的人，她經歷了在這個世間存在過的所有個體一生一世的記憶，閱盡了人世間的悲歡離合一切種種，那麼她定也有自己精彩的故事。從傳統的中國文化來講，每個人心中孟婆的故事，可能都帶有自己前世的過往、今世的精彩，以及對後世的理想吧！

北京大學心理學系副教授　毛利華

作者簡介

李莎

希達工作室創辦人、中國傳統文化教育與傳
播研究學者、中國社會科學院金融學研究
生、香港大學整合行銷碩士、中歐國際工商
學院高級工商管理碩士。

現就讀於清華大學積極心理學專業。曾於中山大學任職，並在韓國
三星集團、周大福集團等世界 500 強企業擔任集團高級管理職位。
擅長傳統文化在心理學方向和環境學的應用，並致力於中國優秀傳
統文化教育與傳播。

所撰寫的多篇學術性論文和專業性文章，已在《出版廣角》、《財
經界》、《中國文藝家》、《發現》、《長江叢刊》、《中國民族
博覽》、《新教育時代》、《中華少年》、《中國校外教育》等多
家國家級專業期刊和國家級媒體刊登。

代表作品：《直覺力：讓人生經驗轉化成選擇的能力》、《焦慮心
理學》、《1001 天》、《潛意識之謎》、《李莎的生活隨想》

【自序】
相濡以沫，不如相忘於江湖

　　一百個人心中有一百個孟婆。或許，每一個人想像中的孟婆都是截然不同的，包括那碗「孟婆湯」的滋味和功效，也是眾說紛紜。想像一下自己手捧孟婆湯時的心情和感慨，大概每個人都不一樣，在塵世活過的人，每個人都有一番屬於自己的際遇與感悟。

　　寫這本書的初衷，源自 2019 年某一天，彼時我正和清華積極心理學班的幾位同學一起聊天。大家都人到中年，經歷的世事也多了許多，忽然感歎起現在社會上的詐騙、作假行為，似乎很多人越來越缺少敬畏心。面對這種大規模的信任危機，好像沒有特別行之有效的方法能改變現狀。

　　說起這些，忽然覺得小說、電影、電視劇都是青年人關注得比較多的東西，如果能把這部分的力量好好運用，可以讓更多人瞭解更深的世間法則自然運行。在我們忙碌的日子裡，是否有在夜裡抬眼看看天空的繁星，放下自己的執著，感受天道萬物自然的運行呢？

　　想到這裡，就決定以「孟婆」的故事來做基點。孟婆湯是一個深入人心的名詞，我想過將來自己終老之時，會不會不捨得喝下那碗孟婆湯，會不會對前世的一切還有所眷念？我也想過，若是自己可以選擇性遺忘，會遺忘哪段回憶呢？細細思量了很久，覺得自己哪段回憶都不該遺忘，哪怕是痛苦的、傷心的、失望的，但那些才是構成現在的我的基礎要素之一，是我的一部分，又怎能隨意的遺忘呢！只不過換種心態去看待過往的回憶罷了，這樣想來，就沒有那麼多情緒的起伏和糾葛了。

　　小說中反覆想表達的只有一句話：「相濡以沫、不如相忘於江湖。」這是我親愛的大舅舅生前經常說的一句話，可惜他走得早，沒能看到這本小說的出版。但是我相信他在天有靈，一樣可以感受到這本書承襲了他的一部分的觀念，亦能得知他永遠活在愛他的親人朋友們心中。

　　人生不如意為常態，凡事小滿即可。無論一生何種經歷與苦楚，最終人還是要與自己和解。生是死之根，死是生之苗，眾生死有異，為眾生

而死得福生，為自身而死得還債生，天道自然，人道自為。

小說之中，以中國傳統文化的道學文化為基礎，以孟婆的經歷為故事主線。但因為小說的特殊性，所以也無法完全真實反映道學文化的博大精深，只能擷取點滴片段而已。小說中的人物有你有我有他，在眾生一體之中，我們總能窺見自己的身影。

很感恩能邀請到我的兩位老師：北京電影學院文學系的蘇牧教授和北京大學心理學系的毛利華副教授，來為整個《孟婆傳奇》系列寫序言，兩位良師都是啟迪我更深入思考和探索的明燈。

此書獻給我摯愛的家人與朋友們，因為你們的支持，才讓我可以盡情學習探索，發掘那些未知領域，體驗更加豐富的人生。同時也以此書紀念所有我逝去的親人們，生是一段全新的旅程，死也是一段全新的旅程。天下人與事，都因歲月而物換星移，最後再附上我喜歡的那段日本詩詞：

《敦盛》
細細思量，此世非常棲之所，
浮生之迅疾微細。
尤勝草間白露、水中孤月。
金谷園詠花之人，為無常之風所誘，
榮華之夢早休。
南樓弄明月之輩，為有為之雲所蔽，
先於明月而逝。
人間五十年，比之於下天，
乃如夢幻之易渺。
一度享此浮生者，豈得長生不滅？
非欲識此菩提種，生滅逐流豈由心。

在此願諸位四時吉祥、平安喜樂。

李莎

前序

　　朱紅色的燈籠排成連綿不絕的長龍，各樣的花燈在靜水中緩緩流淌。絢爛的煙花在夜空中綻放，繁華的街市行人熙攘，紛紛擾擾的人群裡，響起屬於節日的歡愉。

　　誰家的好兒郎帶了面具，期盼轉身的姻緣；誰家的姑娘放了花燈，嚮往一生一世的廝守；誰家的燈籠照亮了夜空，增加了月色的溫柔；誰人不盼夜未央，上元笑聲不斷絕。

　　正月十五上元節，一個熱鬧了凡間、點染了繁華、寂寞了陰間的日子。荷花燈順著水流，流到開滿曼珠沙華的地方，橋上的人兒撈起一個，纖纖細指撚開燈上紙條，朱唇輕啟：「小女無恙，期盼能遇一知心人，從此一生一世一雙人。」

　　橋上的人兒將紙條疊好，放回燈裡，又將花燈放回水裡，又撈起另一個花燈，上面寫著：「願邊關無事，世道太平。朝廷憐百姓，夫婿早還家。」

　　幾代的孟婆都喜歡坐在橋頭看花燈，此代的孟婆也不例外。看了數不清的花燈，聽了無數心願，最牽絆人心的，仍然是離人的眼淚和遠方的牽念，那是寂寞而無奈的生命裡最後的慰藉。

　　「上天保佑，希望賽奎這次出征能平安歸來。」孟婆的耳邊響起了一句如夢似幻的低語。

　　「賽奎？」這個名字讓孟婆愣在原地。

　　誰是賽奎，為什麼這個名字這麼熟悉？

　　她向人群張望了一眼，只見往來的人群中有許多牽手徐行的情侶，或許是這裡面有人名喚賽奎吧。

　　雖作如此之想，但孟婆心底還是隱隱有些不安，她總覺得，自己似

乎遺漏了什麼重要的東西。

河面上飄的一盞盞花燈，流經地府，閃爍著幽幽的綠光，這是物象本身的顏色。幽綠攀繞在這粉色的蓮花上面，倒是別有一番景色。

與人間黃金雪柳、盈盈暗香不同，此時半空中一軸陰卷出現，地府指令隨之下達。原來這日地府亦會按照鬼魂所犯罪責，赦免一些情有可原的鬼魂，或減輕某些處罰。無大過的鬼魂甚至有重新投胎做人的機會，不必再待在這陰森森的地府。

而奈何橋畔，孟婆的任務就是準備好孟婆湯，送該走的鬼魂上路。送走那批鬼魂，已經是人間的子時了，即使如此，上元節熱鬧的氣氛仍未盡消。孟婆來到河邊，手指輕旋，花燈燃起火苗，又仔細地將花燈放入潺潺溪流。

「賽奎……」那個熟悉的聲音又響了起來。這樣的情景，似乎有無數次。河水帶走了花燈，但映照出來的孟婆的面容，卻在夜色和燈光下顯得格外柔美。

成為孟婆的這些年裡，她每年此時都會來此放一盞花燈。在她心底，似乎也希望這盞花燈能帶給某個人福音。只是，這似乎不應該是一個已經成為孟婆之人的所作所為。

念及此處，孟婆自嘲地笑了笑，看來是自己來塵世的次數太多，她自己也變得多愁善感了。可是，真的如此嗎？為什麼每次上元節之時，她就會朦朦朧朧產生這樣的感覺呢？

蓮燈順著河水慢悠悠地飄遠，孟婆收回目光，在河水倒影中她看見有人站在自己身後——回首只見一個唇紅齒白、面如冠玉的少年立在樹下，少年一雙清澈的眸子正凝望上空，臉上帶著幾分迷惑的神色。

這是一棵掛滿紅絲帶的樹，凡人用來祈福，就如放花燈一般。

少年人似乎是察覺到孟婆的目光，立刻羞得面色通紅，此時恰好被孟婆回頭瞧見，十分尷尬，便強裝鎮定道：「姐姐長得真好看，像天上的仙女一般。姐姐身上的紅嫁衣也好看，是不是要出嫁？」

孟婆聽到這句話，神色黯淡了許多。少年見孟婆臉色有變，急忙解釋

道：「姐姐深夜來此，定然是不想別人看到你穿了嫁衣，我也不會亂說，莫要擔心。」

孟婆聞言，愣在原地，心裡想的卻是另一件事：自己身上的衣服被冥帝施過法，瞧在凡人眼中，不過是鄙舊簡樸的褙子罷了，為何這少年眼中看見的卻是喜服？

孟婆定了定神，想到了另一件事。

傳說，只有前世有慧根的人才會看到鬼怪最美的模樣。

難道是……

孟婆還未來得及細想，手中便被塞了一條紅絲帶。

「姐姐若是想要祈願，這紅絲帶就送給你了，聽說紅絲帶綁得越高，就越容易心想事成。我想姐姐穿著嫁衣，亦是位有情人。」

少年說完，對孟婆施了一禮便轉身離去，只留孟婆站在原地。

她抬頭看著頭頂上的樹，又低頭看著手裡的紅絲帶，鬼使神差般將自己手中的布條繫到最高處。

孟婆回到奈何橋，看著搖曳的曼珠沙華，一滴淚水從眼中滑落。

這少年到底是誰？為何如此奇怪？

奈何橋上，孟婆仍在思忖。

但她隨即又寬慰著自己，她不過是一個孟婆罷了，遞出一碗碗孟婆湯，結束這段因緣際會後，又重啟了下一個篇章。

第一節

世分清濁，平分三界，清者升騰為仙界，中者造化為人界，濁則下沉為冥界。

人分陰陽，生為陽，亡為陰。生前日月神州做陪襯，死後赤條條黑白接引，肉體俗胎，死後必入冥界。

穿鬼門，渡忘川，行奈何，得始終。

世人渾渾噩，黃泉路漫漫。奈何橋上過，忘卻千般願。

沿著忘川水，路過三生石，穿過兩生花叢，留戀在曼珠沙華間，再往前，就是奈何橋。橋的彼岸電閃雷鳴，橋的此岸卻美如仙境。

一個絕色的女子立在橋上，她眼神朦朧，額間點朱砂，青絲半輕綰，眉目如畫，氣質如仙，窈窕綽約，肌如美玉，讓人一見之下，便再也挪不開雙眼。

世傳每一任孟婆都因犯下百死難贖的滔天大罪，遂被罰在此處牽引亡魂，直至罪孽還完為止。所以，歷代孟婆駐足在奈何橋，送出孟婆湯，細數往來行人的人生。以此洗清自己罪過，直到黃泉水清，忘川正流。

其實，任誰都難以將這樣美麗的女子與罪惡聯想在一起，以致在陰陽兩極之處的孟婆，顯得與此處格格不入，站在黑浪翻滾、鐵索高懸的奈何橋上，有一種奇異的反差。

此任的孟婆在奈何橋上到底待了多久，恐怕連她自己都不記得了。她只記得，自己聽了無數的故事，送出了無數孟婆湯，看塵世間滄海桑田共有三次。她每送出一碗孟婆湯，便會數一遍橋上的青磚。如今數完這青磚數過萬遍，她的懲罰卻還未結束。

她見過數不清的鬼眾。

這些鬼眾和塵世間種種的凡人一樣，也都形態各異。有的歇斯底里，

有的極力反抗，有的期期艾艾，有的平靜淡然……，有的求她放過自己，人世間還有自己的親人；有的講生前故事給她聽，希望自己的人生可以被人記得；也有說人世不過是牢籠、枷鎖、地獄，再也不想回去受一遍痛苦；有說人間是這個世界上最豐富的地方，這裡有令自己一生刻骨的愛恨情仇。

孟婆記得，當初自己被罰守奈何橋時，前塵往事都被冥帝洗去，如同新生的嬰兒般，所有東西對她而言都是新的。聽到無數亡靈對人世間的描述，她對人世間充滿了無限的疑問。

這一天，不知人世間發生了什麼，奈何橋上聚集了很多穿著破爛的百姓。這些人不願意跟孟婆說前生恩怨、不捨情感以及對人世間的美好與留戀，他們希望能趕緊忘記前塵往事，速速投胎轉世。

在百姓身後，是一群沉默的軍人，這些軍人身上都帶著一股凜然之氣，日常便是鬼眾見了也要退避三舍。如今來了許多軍人亡魂，孟婆揣想，人間許是再遭浩劫，天下大亂，風雨飄搖之時，必是生靈塗炭。

鬼門關兩側向來寸草不生，常年天色昏黃，寒風蕭瑟。裸露的褐色土地上，點綴著的幾簇彼岸花因飲久了人血，正開得荼蘼豔麗。一干擁擠的鬼民佝僂著身軀站滿狹窄的道路，漫長的隊伍似一條行將就木的長蟲。

戴著面具的牛頭馬面拿著鞭子在後面一邊抽打一邊叫嚷：「走快點，走快點，都別在這裡堵著！」

幾個鬼民按捺不住，瞅準時機，從隊伍中跑出來，想要出鬼門關，逃到人世間。牛頭一掌就把他們拍飛到忘川河中，不耐煩地噴了一聲，「這也太煩人了，死了就死了，怎麼，此時還留戀著人間的榮華富貴不成？」

忘川河中早就饑餓多時的蛇蟲巨獸見狀，蜂湧而至，抓住其中一個鬼民撕咬起來，一時間眾鬼民淒厲的慘叫呼號聲此起彼落，令人髮指。落在河中的其餘幾個鬼民見狀，紛紛驚恐地朝岸上奮力游去。

馬面環胸站立著，見眾鬼民形狀，嘴上哼哼道：「看見沒有，這就是想要逃走的下場！入了鬼門關，你們便都是不折不扣的鬼民了，還不快點去前面喝湯過橋了事。」

忘川中的蛇蟲像是附和他說的話一樣，甩起尾巴立馬掀起浪潮來打在橋邊，點點帶著血跡的河水，立馬噴濺到一片鬼眾身上。

　　原本躁動的隊伍此刻終於安靜下來。孟婆幽幽歎了口氣，飄然幾步落到橋梁之上，如驚鴻一般。她輕聲喝道：「眾鬼聽令，次序過橋，不准鬧事。」其聲如銀鈴一般，卻自有威嚴。

　　眾鬼民抬頭望去，一片血雨腥風中，只見橋上女子身著交領杏色琵琶袖，下罩繡紅馬面裙，烏髮挽成一個簡髻，用紅繩子和白玉簪子固定了，露出白皙且清麗脫俗的面龐，兩彎秀眉入鬢，半點紅唇微張，一雙杏桃眼的眼角處有著一點小痣，正拿著一個長竹製成的棍子輕輕一點，這棍子立刻長出數尺。她用棍子狠狠敲了敲忘川中蛇蟲巨獸的腦袋，原本還凶戾的惡獸，挨了這一下後，只是委委屈屈的哼了一聲，便重新縮入忘川河底，不敢再出來造次。

　　馬面見孟婆出面，不好意思地搓了搓手，朝女子所在的方向作揖，恭恭敬敬地叫了一聲：「孟姐姐好。」行完了禮，邊走過去，邊從懷中掏出一個油紙包好的酥皮點心來，笑嘻嘻道：「孟姐姐，凡間的點心又有新花樣了，我與牛頭帶了點回來給你，你且嘗嘗看。」

　　女子見了馬面打趣的模樣，神色稍緩。她從橋邊飄下，漫不經心道：「這個不急，先辦正事。」轉而低頭收回了竹棍。前面的鬼民此時方才看清，原來孟婆所持的法器是個竹勺。她無聲地站在橋邊，看著眼前的鬼民將碗中五味俱全的湯汁一飲而盡，頗有些橫下心來的感覺。想必他們已在此間徘徊良久，至此緣了，終是毫無罣礙地飲了此湯，抹去前塵種種，好入輪迴去了。

　　剛才跌入河中的幾個鬼民也被牛頭撈了上來，躺在地上哀哀抽搐。但那鬼民在陽世的習性還在，懂得察言觀色，自然也不是傻子，當即便跪在地上，頭如搗蒜向孟婆磕了去，口中不住感恩道謝：「謝謝女仙救命，謝謝女仙救命——」

　　「噗——」孟婆聽了這話，掩唇笑出聲來，這一笑如春水初綻，眉眼盈盈間盡是秋波，看得一眾鬼民都呆了一呆。

「這裡是地府，哪裡來的什麼女仙，我只是個鬼差罷了，叫我孟婆就好。」

鬼民訕訕地抬頭，眼前倏然看見一個破舊的木牌屹立在女子身邊，上面只有短短兩句話：

「奈何橋旁孟婆湯，一飲堪斷紅塵事。」

馬面瞪著幾個死裡逃生的鬼民說：「孟姑娘，先給這幾個不老實的一碗湯吧！先把他們打發走了，省得留在此處多生事端。」

馬面的提議雖然不合規矩，卻也是實情。孟婆輕搖竹勺，原本空無一物的勺子立刻盛滿了湯汁，她將湯汁倒入一白瓷杯盞，遞給為首的那個鬼民，「來，這是你的湯，喝了這湯，渡過橋，便是新的輪迴。」

那鬼民接過湯汁，滿臉的水漬縱橫交錯，顯得格外滑稽。一旦飲了湯，渡了河，前塵往事都隨風飄散，今生今世哪怕是帝王將相被萬人擁戴，也將成為過去。他連連後退，眼中神色又驚又懼，說道：「求求你，這湯能不能不要讓我喝下，只要不喝什麼都好說，求你了，仙子，仙子……」

孟婆支楞著細細的下巴，半倚靠在橋邊看著他，似笑非笑地問道：「是嗎？」她明麗的雙眼似能洞悉人心，灼灼地盯著那鬼魂道：「你不過就是貪戀這一世的權力罷了，但如今上了奈何橋，此湯喝不喝，卻也由不得你。」甫一說完，她身後的紅練便飛射出來，死死綁住了鬼民的身軀，熱湯頃刻間就強行灌入了那鬼眾口中。

此事一畢，孟婆便收回紅練。鬼魂肥胖的身軀便四仰八叉地摔在橋上，與周圍衣衫襤褸的鬼眾顯得格格不入。孟婆見狀，搖搖頭提醒牛頭馬面道：「盯緊些，此人生前是個貪官酷吏，死後還想著陽世作威作福的千秋大夢，真是無藥可救。」

馬面笑嘻嘻地對著孟婆道：「孟姐姐果然目光如炬！」

眼前的鬼眾見了這番慘狀，皆瑟瑟發抖。心道：「這女人可比牛頭馬面厲害多了。」

孟婆瞧了眾鬼民一眼，朗聲道：「對那些老實聽話的鬼民，我自然

是不會濫加施刑的。但碰到一些白目的，妨礙公務不說，還剝奪大家的時間，搶灌不飲，威逼不受，非要逼我使用法力，便會如他一般。」孟婆指了指地上的那名鬼眾，「既然到此，就不得不飲下孟婆湯，除非……」

「孟姐姐，這除非後面之事，也不必說了。看這一干鬼眾或懦弱或貪婪之性狀，連身外之物都看不透，又怎麼會有能力捨棄自己轉生福報人呢？」馬面知道孟婆要說什麼，當即插了一言。

「嗯！」孟婆點點頭。

看孟婆教訓貪官並未把目光投向另一處，又有一個鬼眾想要趁此機會偷跑。孟婆雙眼如炬，人未動，紅練已飛了過去。

那鬼眾「啪」地一聲摔在地上。

「你說得對。」孟婆冷冷地看了那鬼眾一眼，「我在此待了數百年，見過成千上萬的鬼民，也算是『閱鬼無數』了，但還從未見過有那願意捨棄自己性命去成全別人之人。」

她想不通的是，當日冥帝與她約法三章，若是有這樣的人，她便可贖罪脫身，但既然世間並無如此高尚的靈魂，為何要來浪費她的時間？

孟婆張眼望去，彼岸花開殷紅一片，甚是好看，這便是結怨氣而生之花。孟婆心中惱怒，下手也狠辣了些。她心緒繁亂，那道上便生生幻化出無數鐵鉤，橋欄上也飛起數道鐵鍊，朝那偷奸耍滑的倒楣鬼飛去。

只聽一聲驚悚刺耳的慘叫聲，鐵鉤灌入那倒楣鬼腳底，鉤子勾住了倒楣鬼的心肺，褐紅色的血汁飛濺，又從胸前滲出，點染出朵朵血梅。鐵鍊飛得極快，看似輕盈，卻在纏上的當下重重砸向地面，發出「砰」的一聲巨響。這鬼眾落地，揚起一片灰塵，濺了橋上眾鬼一身，將他們也濺得十分狼狽。孟婆飛身上前，一腳踩住那倒楣鬼的臉，俯身捏起了他的下巴，將撒了半碗的孟婆湯強行灌到他喉中。約莫是做慣了的，這一套動作下來如行雲流水般十分熟稔，竟然姿態翩翩，十分好看。

只見那倒楣鬼飲了孟婆湯後，痛苦地在橋上掙扎嘶吼，手爪子在地上自殘似的抓撓，發出咯咯吱吱的聲音，嗓子大力的咳嗽著，破碎地溢出心上人的名字，這正是魂靈與藥靈之間的痛苦搏鬥，魂靈的強烈抗拒，

就會引起這樣的藥物反應。不過孟婆湯畢竟是孟婆湯，就算是你再痛苦不屈，湯汁也會不留痕跡的抹去你所有前塵往事，空留一、兩個你永遠追溯不到任何意義的名字。

孟婆明白，那倒楣鬼怕失去自己記憶，才會這般抵抗。只不過這個倒楣鬼與那貪官鬼不同，他面黃肌瘦，生前定沒有高官厚祿可享，即便退回到過去亦是受苦，為何還要如此執著？這般情境，孟婆見了許多。如今他喊的那人是誰，跟他什麼關係，有什麼不值得放下的？這前塵種種，只能隨風而去隨水而逝了。

這世間，人最難懂，情最複雜。

孟婆做完這一切，一干鬼眾都望向自己，便抬眼向隊伍的眾鬼民瞟去，眾人皆不敢與她對視。眾鬼民見貌美如花的孟婆，下手竟然如此敏捷，心中又驚又怕，即使那些心裡尚有盤算的，也不敢再造次。

眾鬼民哆哆嗦嗦地接過藥汁，喝完便扔了碗，向輪迴道跑去。或許這些鬼民覺得只要跑得足夠快，便能在轉世投胎前留下些許記憶碎片。只有極少數鬼民才知道，不能太上忘情，又豈能越過著天理輪迴？

但不管是作何之想，此時都是虛妄。眾鬼眾見了前幾個反抗者的下場，心中不安，只得一一接過孟婆手中的湯藥，昂頭飲盡。看慣了眾鬼民飲下孟婆湯的情景，孟婆心中無甚波瀾。此後進展迅速，孟婆心中稍定。

眾鬼一一過了奈何橋，只剩下一人還在原地。

他來到孟婆面前，孟婆只覺得眼前微微一亮，此人與眾鬼不同，他仍然穿著死去時的著裝，材質精良的銀胄與戰靴，瞧著便像是將軍的衣著裝備。只是此刻他渾身都是刀傷血口，特別是前胸直穿過胸膛的傷口，看來格外礙眼。

即使如此，他依舊身姿挺拔，氣質卓然，不怒自威。一雙如光璀璨，震懾人心的眸子瞧了孟婆一眼，竟差點令孟婆有些心神不定。

饒是做鬼，也未折其一絲傲骨。此人鮮紅的披風失去原有的光澤，與身上血汙融為一體，光站在那裡，便能讓人察覺到他身上濃郁到極點的血腥味，這是歷經無數戰場血雨腥風的結果，他是血與火煉就出來的大將。

孟婆低下了頭，心中思忖的卻是另一件事：這位將軍即使死在戰場，也算是英武的好男兒，單看那雙眼睛，想來生前應是個美男子。但凡生得好看的人，總是能令人心情稍好一些，孟婆見他如此慘狀，心中竟也生出了幾分同情。她將一碗湯汁盛到將軍身前道：「好好喝了去投胎吧！十幾年後又是一位好男兒，還能保家衛國，建立萬載功業。」

　　將軍聽了這句話，本來闔上的眼又打開了，一時若簪上寒冰一般凶戾四射，直指人心，令見者心驚。但想來他知道自己已死，那眸光又瞬間黯淡了下去。他似是沒聽到她說什麼，看到眼前的藥碗，才若有所悟，只見他抬手輕輕撥開湯碗，是拒絕之態。

　　孟婆冷笑一聲道：「難道沒看到我剛剛教訓鬼民的樣子？你不飲這孟婆湯，難道還做一番無畏掙扎？」孟婆心中疑道。卻因他動作沉穩，不似挑釁之態，便靜待他下一步動作。

　　「這湯我不喝，你剛才說了一個除非……，我想聽你說這除非之後的條件。」將軍沉吟良久言道，「我在人世之時，曾經拜訪高人隱士，聽說了這冥界許多軼事，其中一則便是說可以和孟婆做交易」。

　　孟婆一愣。她等待了許久，不就是等這個機會嗎？確實有鬼眾能與孟婆談交易，但條件極為苛刻──讓對方還陽一年，以棄永生，圓生時願。

　　放棄永生，那便是灰飛煙滅，生生世世的因果幻滅，易於她人之手，三魂七魄散盡，變為微末，那可真的就什麼也沒有了。而孟婆則要替對方在陽世待上一年光景，來滿足對方的心願。

　　顯而易見，孟婆等待的就是這樣一個人。雖然她司孟婆之職，但她心中終究是眷戀塵世感情的。有人主動棄永生，意味著那人把自己的福報和後代供奉的香火一併給了孟婆。

　　心願一了，還願之人的福報就會化成一顆幽藍色的珠子，並刻上孟婆的標記。而每任孟婆都有冥帝給她們特製的梳妝盒，這些梳妝盒，便是用來裝這些福報珠的。

　　世傳歷任孟婆皆是罪大惡極之人，只是被冥帝洗去記憶罷了。幾百年迎來送往抵罪之後，投胎之時也只能落個乞丐、棄兒的命運。若是孟婆

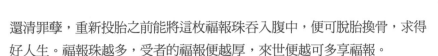

還清罪孽，重新投胎之前能將這枚福報珠吞入腹中，便可脫胎換骨，求得好人生。福報珠越多，受者的福報便越厚，來世便越可多享福報。

幸運的，可以出生在父母雙全的平民之家；再幸運的，可一世富貴無憂。聽聞幾百年前有位孟婆著實厲害，竟然有兩粒福報珠，後投胎至宰相家，成了千金小姐，還和新科狀元成婚，夫妻恩愛，子孫滿堂。但這也只是傳說而已，像這位將軍這樣，願意主動折損自己福報的人，孟婆還是第一次遇見。

如今她竟真的等到了這個人，孟婆內心五味雜陳，但表面卻仍是十分淡定，似是在思忖這將軍所說的到底是不是真的。

孟婆指尖裹過鬢邊落髮纏繞，垂眸對將軍柔聲問道：「你叫什麼名字？再與我說說看，你想圓什麼願？」

「我叫蕭岩。」將軍目光幽深，越過孟婆，彷彿看向不可及的遠方，「我從軍多年，殺戮無數，不求好報，但我的未婚妻子與我青梅竹馬，她在故鄉等我多年，如今我已身死，終是負她之約。我已經害她相思斷腸，不想再累她的後半生淒涼守節。所以，我希望孟婆替我為她尋一門好親事，不求平安喜樂，但求安順地度過後半生罷了。」

孟婆聽了這番話，心中有些不以為然。她在奈何橋上見了許多癡情人，這些人飲完孟婆湯之後，前塵往事皆忘得一乾二淨。這人莫不是一時衝動？且他損掉所有福報，只為了要她去幹月老的差事，連孟婆自己也替他不值。

「你確定要如此？」孟婆又問了他一遍。

這一次，將軍望著孟婆的雙眼，堅定地點了點頭。

「好，我答應你，只是希望你不要後悔。」孟婆取出了冥帝交給她的梳妝盒。

她啟動了那個盒子，強大的靈力將她與那將軍籠罩在其中。

在她睜眼的剎那，她想起了一個名字，賽奎……

孟婆自嘲的笑笑，若這是自己失去的那部分記憶，自己也確實無法躲過。她緩緩睜開眼，望著那名喚蕭岩的將軍道：「成交！」

第二節

　　完成了與蕭岩的交換後，孟婆隻身去了冥府府邸，留下牛頭在原地看管蕭岩。

　　冥府府邸以黑金兩色為主，輔以白色門牆。朱紅色大門兩側的鬼差與孟婆也都相熟，互相點頭一笑，便讓孟婆進入了大門。大門兩側是遊廊，當中則是穿堂，穿堂前放置了一個紫檀架子大理石屏風。轉過屏風，後面是一個別致的庭院，恰如江南園林般細緻秀美，若不是庭院牆壁上的冥府圖案，恍惚之間還真令人有置身蘇杭園林的錯覺。

　　這是冥帝和墨的居所，也是他平日處理公務之處，穿過鵝卵石鋪就的庭院，邁過九重石階，兩側如長明燈般的火焰熊熊跳躍。大殿之內是幽冥正殿，墨黑的石柱閃爍著忽明忽暗的黑光，內壁金頂上繪著《山海經》中各種珍奇異獸的圖案，色彩斑斕絢麗，冥帝和墨正捧書吟詠，見孟婆神情凝重，徐徐而來，頗有些訝異，然而這份驚訝轉瞬即逝，似是對世間萬物都已波瀾不驚。見孟婆前來，冥帝放下手中書籍，平和地看著孟婆的臉。

　　孟婆記得自己初入冥府時，看到的都是如牛頭馬面、黑白無常這等猙獰古怪的鬼差，便遂由此推想，覺得冥帝大概也是個九頭妖怪的模樣。後來見到本尊，才知道他是個面如冠玉的男子。長眉若柳、身即玉樹，髮如墨絲，頭上戴了一個束髮的白玉綰，身著黑金色的長衣，腰上繫著金銀絲線織成的帶穗腰帶。肌膚上隱隱有光澤流動，臉如雕刻般稜角分明，閃動著琉璃光芒的雙目，已然有一種超越世俗的美態。

　　孟婆朝他行了揖禮，低頭將與蕭岩交易一事向其稟明。冥帝聽了這話，面色清冷如常，看不出他到底在想什麼。難怪牛頭馬面都說冥帝恩威難測。只見冥帝和墨凝神片刻，依舊淡淡道：「好，既是你的緣分，便交由你去辦吧。這一年光景，我會讓值守藏經閣的招弟去替你，你辦完事速

速歸來，記住，切莫干涉人世的自然因果。」

孟婆聞言，愣了片刻。她未料到冥帝答應得如此乾脆。

只見和墨托出一物，交給孟婆。

此物孟婆之前已經瞧見過許多次，正是冥帝和墨的生死簿。

但這並非她可過問之事，只能先道了聲謝，便領命出了冥府府邸。

回奈何橋時，孟婆想起冥帝剛剛讓值守藏經閣的招弟去替代她一年。心裡有些隱憂，招弟行事粗魯，無甚謀略，只會一味打壓鬼眾，不知和墨為何會委派此人前往。但這並非她能過問之事，況且有人損其福報交予自己，這是千載難逢的良機，其餘事務也只能先暫且擱置了。

說起這招弟，一聽名字便知是個可憐人。她生前投胎在邊境的小村莊裡，父母貧寒，靠幾畝田討生活，在市集偶爾擺個小攤，賣點土貨換得的那些小錢，尚不夠一日三餐。她父母自成婚後便一直期盼生個男孩，以將香火延續下去。哪知千念萬念，盼來的還是個女兒，這且不提，更令她父母難堪的是，招弟一出生左眼周圍還長了個暗紅色的胎記，這番模樣，別說是挑個好人家，怕是連嫁也嫁不出去。

在她之後，父母又相繼生了二妹來弟、三妹想弟、四妹盼弟，直到第五個，終於生了個兒子。如今家中有四個女兒、一個兒子，就算家境貧寒，亦視若珍寶。招弟最大，自小便要多受一些苦楚折磨，遂六歲起便給家人們洗衣做飯兼照顧弟妹。等弟弟年紀大些，她又要背著弟弟趟河翻山，去隔壁村念私塾。

這一背就是六年，颶風下雨皆不能阻斷，直到小弟已經高過大姊招弟一尺，才沒好意思讓大姊背著去私塾。招弟自小對自己樣貌自卑，加上總是下地幹活，便一直穿著粗布衣裳。此後她除了做農活，便一直幫父母去市集擺攤賣貨，言行舉止如邊境的漢子一般粗俗直爽，嗓門尤大，常常蓋過在市集上其他人家的吆喝。

雖然做慣活計，但是家中五個孩子卻屬招弟最矮，大概是她正在生長發育之時，每日負重背著弟弟在家與私塾之間往返，久而久之，骨架都有些變形。

此後二妹、三妹、四妹都嫁人了，最後連幼弟也已成家，唯獨沒人向她提親，招弟臉上那塊暗紅色胎記，隨著年紀也越變越大，她也漸漸懂事，懂得美醜，平日出門，都拿白粗布遮著臉，恐他人瞧著會心生厭惡。但年長的女兒長期在家中逗留，也不是辦法。所幸某年有個五十里外的一個村托媒婆來提親，不要任何陪嫁，男方能給幾口袋糧食做聘禮，給招弟說一個年紀相當、不曾婚配的男子。

那男子父母早亡，家中貧困，小腿上有些殘疾，是個瘸子。雖然只能勉強走路，但也不影響下地幹農活。人亦老實本分，還認識些字，算是村裡有點文化的。如今年紀逐漸也大了，叔伯們皆尋思著好歹給他討房媳婦，別斷了香火。年邁的父母正為老姑娘沒出嫁而發愁，聽得竟然有如此好事，想著自己女兒能有個歸宿就行，自然也就欣然應允。

招弟心中卻是另一番計較：自己臉上如此殘缺，竟然也能嫁出去，即便知道對方有些殘疾，家境貧寒，也不以為意，她心中盤算著只要兩人努力，也可操持一個家。有了對新生活的憧憬和對未來人生的期待，招弟臉上也多了些喜色和紅暈，暗暗對婚事有些期盼。

出嫁那日，伴隨她的只有一件二妹穿完、三妹穿、四妹穿完再給她的粗布紅衣喜服，此外便再無他物。男方家來了一名老漢，牽了頭脖子上掛著紅布花的毛驢作花轎。招弟拜別了蒼老的父母，坐上這毛驢便出發了。

一路上崎嶇陡峭，走了半程，老漢停下來拿了些水和乾饃和招弟分著吃，給毛驢也休息了半響，便又準備趕路。走到山崖最陡峭之處，只有兩人見方的寬度，忽見一條翠綠的毒蛇從崖壁邊爬過來，偏偏兩人誰也沒有注意到危險臨近，毛驢雖仍舊勁賣力往前，不料後蹄被毒蛇纏住，那毒蛇狠狠一口咬下去，毛驢一驚，便沒了方向，徑直掙脫老漢手上的韁繩，從懸崖奔到崖邊，那毛驢痛得不及收腳，馱著招弟便從崖上墜落下去。

招弟靈魂飄往冥府之時，覺得自己一生太苦，不願再投胎為人，只求冥帝收留，願意永世在這冥府安家。冥帝念其身世可憐，也動了惻隱之心，便讓其值守藏經閣。

孟婆一邊想著招弟身世，一邊回到了奈何橋，見牛頭和蕭岩背對背

坐著等她，不由一笑，走到蕭岩跟前，素手一揮，一個泛著幽幽綠光的譜子出現在她手中。將軍蕭岩抬頭，清楚地看到上面有三個字：生死簿。

孟婆緩緩翻開，找到蕭岩的名字，遂即施法。孟婆雙眼微合，朱唇輕啟，默唸咒術，手指在「蕭岩」上飛旋。

鬼民被鐵鉤懲罰灑落地上的鮮血已被曼珠沙華吸食，冗長的隊伍已消失在奈何橋對面，鍋中孟婆湯將盡，逆流的忘川悄無聲息，嬌豔的曼珠沙華停止搖曳。整個世界靜得出奇，時間定格，這是和墨交給孟婆那本生死簿的功效。

那是他作為蕭岩的最後時刻，靜默是最好的留白。

片刻後，「蕭岩」二字消失在生死簿上，隨後化作一縷輕煙，融入孟婆額間的朱砂痣裡。朱砂痣流出一道紅光，變得越發嬌紅，恍若鮮血滴落。孟婆摸了摸額間朱砂，看向蕭岩道：「交易即成，便無反悔。凡是你人間心願，我定能達到。」

孟婆感受到額間的滾燙之意，心中一驚。朱砂痣顏色越豔麗，還願之人的福報越高。擁有如此深厚福報的人，卻甘願放棄輪迴，不知道這中間有多少劫數。

這朱砂的顏色令孟婆高看蕭岩不少。只是，這威風凜凜、身經百戰的將軍，怎會沉溺於兒女之情？求來世續緣不比此時還願的代價小嗎？

但事已至此，追究蕭岩過往沒有意義了。

第一次，孟婆心中竟然有了「好奇」這種情緒。

「好了吧？」蕭岩臉上並無異色。

「對。」孟婆點頭。

蕭岩堅定的眸子露出了一抹無從察覺的遲疑，只說了一句：「什麼時候走？」孟婆見他帶著血汗的頭髮依舊凌亂的垂在額前，染血的鎧甲依舊泛著凜冽的寒光，伸手輕輕施了一個法訣，將這一切都隱去。

做完一切，孟婆收起生死簿，輕笑道：「自然是現在就走。」

她拈了一個訣，二人順著蕭岩的執念，來到了一個地方。

孟婆張眼望去，此處是一副煉獄模樣。躺在血泊中的蕭岩屍體耳後，

慢慢出現一顆鮮紅的朱砂痣。本來毫無生還可能的屍體，卻在孟婆的法術下緩緩睜開眼睛，慢慢坐起身來，似乎絲毫不覺痛楚。

孟婆凝聚神識，住進了蕭岩的身體裡。她輕輕活動了一下手腕，撥開周圍的屍體，撐著滴血的紅纓槍，找了塊空地站起來。還好，這蕭岩雖受了致命傷，身體卻並無殘損，孟婆稍微鬆了口氣。抬眼間，望向遠處，看著積骨如山，血流成河戰場，只能用「人間煉獄」一詞來形容。緩了片刻，踩著交錯的屍體，孟婆離開戰場。如今自己使用著蕭岩的身體，該用什麼樣的方法，讓他拿未婚妻知難而退，相信他已經忘了她呢？孟婆有些迷惘。

落日餘暉下，一場經歷了三天三夜的惡戰剛剛結束，戰場未來得及清理。蕭岩的靈識附著在耳後的朱砂痣上，在術法生效的這一年裡，蕭岩可以感知外界一切，只是，他說的話只有孟婆可以聽到，他的思想也只有孟婆能感知。

自離開戰場，蕭岩未出支字片語，但那朱砂痣卻燙得厲害。

孟婆知道他情緒激盪。眼見戰場堆積著許多數不盡的屍體，孟婆暗想：牛頭馬面要受罪了，這屍橫遍野的模樣，牛頭馬面得渡多少亡靈？代職的招弟一上任，就要面對這一群群斷首斷足、死狀各異的鬼眾，猜想情緒會更壞了。

二人行了片刻，連綿的營帳出現在眼前。

孟婆道：「看到營帳了。」

「你往前走進去，大營裡有一個人叫安幾道，他是我的軍師兼中路將軍，也是我的好兄弟，其他人並未與我熟識，你如今假裝我的模樣，只需瞞過他就行。」蕭岩看慣了戰場的殘酷，可那三天三夜的大戰，已經成了屠殺，任誰看到都不會無動於衷，孟婆也不例外。但此時，他們都是清醒的。

「這些都交給我吧！」孟婆接著問道：「說說你們的事吧！」

「戰場是最可怕的人間地獄。」蕭岩語氣平淡德說出這句話。

「從我初入軍營說起吧。年少時總是意氣風發之態，有點本事就想

建功立業，報效國家，名垂史冊，可是，打仗並沒有我想像的那麼容易。第一次面對撲面而來的敵人時，我嚇得差點握不住繼槍，幾乎就要死在敵人刀下。危機時刻，是先鋒營將軍，也就是幾道的父親，他救了我。從那以後，我結識了幾道，我與他志趣相投，成了兄弟。我們一起喝酒、殺敵、擋刀⋯⋯」蕭岩回憶著那段快樂的日子。

孟婆靜靜聽著，西邊的落日為軍營罩上了一層金色的外衣，顯得柔和而深沉。將軍大帳裡，安幾道靜靜坐著，一言不發，一個先鋒將士雙眼泛紅，跪在地上，忍著悲痛向他一一報告著軍務：

「此戰分三條路徑，蕭岩攻擊左側翼，安幾道主攻，陳將軍負責協調。戰場激烈，我方全部兵力投入戰場，但敵軍的側翼未被衝散，反成包圍之勢，蕭岩被敵軍圍困，成了砧板上待宰的魚肉。蕭將軍無救兵可搬，困境之中，唯有破釜沉舟，正面迎敵。

「此戰，蕭將軍拖住了側翼的兵力，所以主線人獲全勝。

「但左翼士兵未因此慶祝，我軍右軍攻擊側翼的將士兄弟一個都沒回來，主將蕭岩生死未卜。」

軍營裡一片寂靜，無人走動，人人默默哀悼，卻沒有一個人流淚。

天帶暮色之時，孟婆來到了軍營，消息很快在士兵中間傳開，他們的蕭岩將軍竟然回來了！

安幾道跨出大營，上前一把抱住蕭岩，略帶沙啞道：「回來了。」

安幾道的熱情令孟婆不適，她默默對著蕭岩道：「我推開他吧！」她不喜歡這種接觸。

「不行。」蕭岩不容置疑地說道。孟婆雖有些不滿，但二人有言在先，她也不好再說什麼。

一邊是九死一生的蕭岩，一邊是抱著他的兄弟。孟婆無論如何也得過了這一關。如果連蕭岩的兄弟也騙不過，她又如何能騙過蕭岩的另一半呢？好在安幾道只是過於激動，他捶打了蕭岩一下便即放開。孟婆此時才有時間悄悄打量安幾道：古銅色的肌膚、面容冷峻、劍眉星目，左額角上一道明顯的刀疤，似是陳年舊傷，其身姿挺拔、氣勢剛健，一看便知是自

小習武之人，雖然沒有蕭岩長得那般好看，但卻也是俊朗剛毅之人。

安幾道要帶著蕭岩療傷，立刻便摒退眾人。孟婆早已在暗中施法，隱去了蕭岩的致命傷。蕭岩最重的傷口並不能讓安幾道看到，受這樣的傷還能活著，不由得安幾道不生疑。

醫官幫蕭岩包紮了一下傷口，叮囑蕭岩多多休息，安幾道見自己不便打擾，便也離開了。他前腳剛走，孟婆後腳便跳下床，拿起桌子上的食物大口吃起來。

味道不錯，孟婆邊吃邊想。

「孟婆也會餓？」蕭岩問道。

「不餓，但是也想嘗嘗。再說，這是為你準備的，若你一口也不動，難免會令人懷疑。」

「如此倒是我多慮了。」蕭岩輕笑道，「辦成此事，你便可以去轉世投胎了吧。我這人生前福運濃厚，福報定然不少，不必擔心，你將來定會投個好胎的。」

「希望如此吧！」孟婆想說：「我在生死簿上瞧過，你生前做好事的同時也造了許多殺業，這是一筆算不清的賬。但不知為何明明無法計算，朱砂卻如此殷紅，福澤會如此深厚？」

蕭岩一愣：「我也不知道。」

孟婆疑惑的問題還有很多，不過如今既然已經到了人間，距離找到答案的時間還會遠嗎？

此時又有人來報，孟婆略聽了一下，來報的小兵說，此前一戰雙方皆是損失慘重，暫時都無再戰之力，暫且休戰一個月。

孟婆舒了一口氣，總算有一個好消息。

這一個月內，安幾道並無異樣，照常來找蕭岩推演兵法。閒時也會與蕭岩下棋。這段時間，孟婆對棋藝和兵法都有了不少暸解，當然，這都是蕭岩一句一句教的。

此戰交戰雙方都付出了巨大的代價，走到這一步，已經不能再退，那就必然要分個勝負，此時撤兵所帶來的影響，對兩國的帝王來說都是致

命的打擊。撤兵，帝王開疆擴土的計畫將被切斷，戰爭失敗帶來的影響是可怕的。戰敗者將背負奴役百姓、好大喜功的罵名，而這些戰死沙場之人也算白死了，千古名將的美夢就此破滅。

如此又過了兩個月，朝廷忽然下令，陛下要御駕親征。聽到消息的蕭岩，彷彿嗅到了災難的氣息，他的話也越來越少。

他的沉默令孟婆擔憂，她想去找安幾道說幾句話，一是打探消息，一是開解蕭岩。

夜風習習，安幾道正在營地裡與士兵閑坐。孟婆走到安幾道身畔坐下，抱膝抬頭望向星空。漫天的繁星閃爍，與營中星星點點的火炬形成呼應，使得孟婆想起上元節，那飄向遠處蓮花燈的點點光芒。

她想起了那似曾相識的小少年，還有那個名字帶來的失落。

安幾道開口打破了兩人的沉默。只聽他道：「但願人長久，千里共嬋娟。不知這樣的月色我們還能看多久，也許只剩下半年了吧？」言罷，他擦拭了一下手中的寶劍，站起來掄劍在空中揮動了數下。

蕭岩沒出聲，孟婆亦沒有代替他接話，她也不知該怎麼回答安幾道。

「多懷念以前的日子。記得有一次，咱倆偷了我父親的酒，還喝得酩酊大醉，被他發現後，罰咱倆洗了全營的衣服，洗得咱們整個手都褪了皮，長出新肉後，再拿武器，雙手疼得厲害。」安幾道站起來，看著手裡的劍說道，並伴隨幾聲輕笑。

「是呀，疼得厲害，還疼了好久，我拿繾槍的手都不穩了，還誤傷了人。記得當時你還抱怨說，不如挨一刀來得痛快。」孟婆接著安幾道的話說。這些事都是在過去無眠的幾個月裡，從蕭岩殘存的回憶中調取的。蕭岩似是在用最後的日子，重新回憶著當初的美好，而孟婆便是他唯一的聽眾。

「是呀，從那以後再也不敢偷酒了，那酒真好喝，令人懷念。而今你我都回不去了，一切都變了，你也要離開了。」安幾道說。

離開？嗯？莫非安幾道看出破綻來了？孟婆瞬間起了疑心。

第三節

　　「怎麼會呢？我們是兄弟，更是戰友，要死也是在一起的。」孟婆半是試探，半是心疑，打趣著安幾道。

　　「哈哈，你家中那位如花似玉的未婚妻都等你四、五年了。每次家信時你都說戰事結束便回去完婚，如今也再拖下去怕是不好吧。再則你是家中獨子，能早日為你蕭家開枝散葉，宗族長輩們也討個安心，將來我這個叔叔還可以陪著侄兒們玩。」提到此事，安幾道臉上的戲謔之情盡斂，一派認真神情。「這場戰爭結束後，你便趕緊回家完婚，也算了你父母的一件心事。」

　　「纖雲弄巧，飛星傳恨，銀漢迢迢暗渡。」蕭岩心中暗歎。「戰事結束不知幾時，若我真的回不去了，也不能耽誤她，你記得轉告她，一定要找個好人家嫁了。在這戰場之上，生死皆不在手中，又怎麼敢輕易許諾，選擇了戰場之時便已經負了她了。」

　　孟婆感到了蕭岩悲涼的情緒。

　　安幾道眼中流露出堅定之色：「我明白。但若真要戰死沙場，我也願意用我的死來換你的生。你有嬌妻等待，但我已經沒那份心。人有了牽掛，就會珍惜自己的生命，再也無法一往無前地上陣殺敵，如果必要有人付出，那就由我來代替父親繼續守著這戰場，直到天下再無戰事。家中兩位兄長已有子嗣，也不算絕後了。」安幾道略有所思的停頓了一會兒，接著自我解嘲，「哎，曾經覺得這世間風雨飄搖，好男兒就應該橫刀立馬，為國為民，**轟轟烈烈**，也算不枉此生。年歲漸長，膽氣不如少年，竟慢慢也覺得日子平淡無奇才是最大的幸事。想那百姓之家雖粗茶淡飯，但日子過得安穩平實。」

　　孟婆聽了這幾句話，默默用神識問蕭岩，安幾道為何不回去，蕭岩

默然。

安幾道側過臉，看著蕭岩的燦爛的雙眼，但他的眼神彷彿穿透蕭岩的瞳孔，去到心裡，與孟婆直視。

孟婆怕他看出破綻，連忙起身走在夜空下，望著漫天繁星，再看向那蜿蜒千米的營帳，神色越來越模糊難測。這幾日孟婆腦中缺少的那部分記憶不時湧動。這戰場，這連營，似乎在哪裡見過；這將軍，這縷槍，也似乎認識，似乎和她有某種不可言說的關係，事情似乎變得越來越複雜，難道這一次真的是自己的劫數？

孟婆回憶起初到人間的場景。彼時她占據著蕭岩的身體，從如同屍山的戰場上爬出來。雷電劃破長空，一股令人作嘔的血腥味彌漫在死寂的大地上，濃重的腥臭味讓人作嘔，而堆積成小山的殘軀，顯得更加猙獰可怖。一具具年輕卻沒了生氣的軀體，如同垃圾般四散，像支零破碎的人偶一般。有些死屍大概是死去不久，還帶著一絲餘溫。屍身雙目猶睜，也不知他們生命的最後時刻，是否看見了家中父母，抑或是在血液流淌殆盡的時分，又想到期待他歸去的女子？

不知他們的親眷在得到陣亡消息之後，會為他們流下多少眼淚，也不知有多少白髮人在城郭遙望祈禱，更不知有多少新婦望穿了皎月，有多少孩童期盼著父親的歸來。

染血的戰場，一種既熟悉又陌生的感覺湧上心頭。即使上千年孟婆早已看慣了生死，也知道孤墳多是少年人，黃泉路上無老少，奈何橋上骨肉分，卻也忍不住有些悲憫之情。

冥帝和墨早就告訴過他，萬物以無常而有常，生死難逃，慢慢的見慣生死後，她便也不再憐惜生命。可親身站在那一具屍體疊著一具屍體的戰場上時，思緒還是難免泛起波瀾。

甚至，她會感到一絲疼痛的情緒。心中缺失的那部分隱隱作痛，那種痛，不是控訴，不是憐憫，反是一種一切都似曾相識的複雜傷感。

她忽然記起來，當初從戰場上站起來時，步往軍營的路蕭岩並未指出來，只是孟婆覺得該那樣走，好像冥冥中有什麼指引那條路。彼時她也

並未在意，以為是蕭岩殘存的記憶感知，如今孟婆心中所感，才知並非全然如此。

在落日下走過整個戰場，滿地屍身的畫面碎片般呈現在孟婆的記憶裡。烈馬狂奔，旌旗落地，城牆染血，將軍自刎。

這不是蕭岩的記憶！

孟婆愣在原地。回營後，孟婆無言地喝了杯烈酒，辛辣入喉，她和人類一般清醒了許多。她到人世這幾個月來，各種感受越來越奇異，可是，當初和墨已經剃掉了她所有的記憶。她本該心如止水，但此時竟然和一個普通人一樣傷春悲秋了起來。

「這酒辣得很，還是孟婆湯好喝。」孟婆說到。

「可惜我喝不到了。」蕭岩笑道。

「看在你給我講了這麼多晚故事的份上，也可以給你一碗。」孟婆的情緒被蕭岩沖淡，莞爾一笑。

「沒有輪迴的人，何必浪費一碗孟婆湯！」蕭岩自嘲道。

「我看你是捨不得忘了你的未婚妻和這些出生入死的兄弟們吧。既然是讓我來幫你完成心願的，不如說說你和你未婚妻之間的事，我也好想想法子。」這是孟婆第一次主動提及此事，但她卻覺得，自己竟然有一點陰陽怪氣的情緒。

「嗯，是該和你說說她了。她姓柳名嫣，是個好姑娘。既善良又聰慧，性情卻……」蕭岩淡淡一笑。「別家的女兒都喜歡脂粉花鈿、錦緞絲綢、女紅錦繡，而她偏偏喜歡兵法謀略、刀槍劍戟。她家後花園與我家後花園只隔了一道院牆，每日清晨我都能透過這道院牆聽到她讀書、練武的聲音。」說到這裡，蕭岩笑了笑，那是發自內心的真實笑容。

孟婆腦海裡閃現出蕭岩所說的畫面：後花園帶著清晨的露水的牡丹，正打算滑落一滴露水，雕梁畫棟的古樸建築增加了一份沉著的氣息。

姑娘走在石子路上，踏過落葉，發出清脆的聲音。少年已經在對面院牆的石凳上坐著，露水潤濕了如墨般的髮絲。佳人舞弄兵器的聲音穿過院牆，少年急忙站起來，跑到院牆跟下，假意看書踱步，卻分明豎著耳朵

聽著隔壁的動靜，時不時忍不住還比劃兩下，心想女孩這個動作做得不到位，該再加三分寸勁。

「後來我長大些，長高了，便爬上院牆，偷偷看她。剛開始只敢露出頭，躲閃著看她，以為她沒有察覺。」蕭岩慢慢敘述，孟婆轉會思路，細細聽著。

「有次我還跟往常一樣，趴在牆上等她出現，我等了一早晨，她都沒有出現。之後每天我還會去等，一直等了半個月，她還是沒有出現，我擔心她是不是出事了，就故意把毽子踢翻過牆，然後去隔壁家拜訪，說是自己與夥伴遊樂之時，無意將毽子踢入了她家的後花園。

「柳家的管家就把我領到前廳，給我沏茶，讓我坐一會兒，他們讓下人去後花園尋。我坐如針氈，卻又不知道如何開口問起他家小姐的近況。正在我乾著急時，管家來報說毽子找到了，後花園有請。我跟著管家來到後花園，正四處張望，只見她從牡丹花叢裡走了出來，手裡捏著的正是那枚毽子，那是我們第一次對望，她帶著笑容，一時間，我感覺園中牡丹花也不及她那樣美。」蕭岩沉浸其中，緩緩道來，這是蕭岩話最多的一次。他平日裡都是能簡略就簡略，此刻提及心上人，卻滔滔不絕。

「所有一切都水到渠成，你們走到了一起？真是英雄難過美人關呀。」孟婆打趣。但蕭岩的聲音忽然低沉起來，略帶沉重道：「可惜一切皆如昨日夢幻，已然陰陽兩隔，惟願她能平安喜樂。」

孟婆好像回憶起了什麼，一個身著紅色鎧甲，手中飛旋紅纓槍的女子背影漸漸出現在孟婆腦海裡。

「她是用紅纓槍？」孟婆一愣，忍不住多問了一句。

「對，她舞得很好。」

「她既然如此勇猛，為何不去從軍？這樣你們夫妻相伴，一起出征，也好過兩地相隔吧？」孟婆表臉上雲淡風輕，心中卻如有千鈞之重，只覺得自己似乎離某一個答案越來越近。

「女子從軍？那只能說這個國家都沒了熱血男兒了，會用刀劍和真正砍殺人性命是不一樣的，我自己第一次殺敵，那一夜都沒闔眼，夢裡都是

我殺的那個胎毛未去的少年臉龐，和他那無辜的眼神，我聽見他一遍又一遍地質問我，為什麼取了他性命。幾乎每個新兵初上沙場都有類似經歷，這是一個過程，一個自我煎熬和成長的過程。

「戰爭的目的就是為了和平，殺人的目的就是為了讓更多的人不用過得朝不保夕。但眼睜睜看著一個個生命倒在自己刀下，怕是誰心裡也不好過。可軍令如山，選了這個行當，哪有回頭路？我現在也就自己學會看開了些。後來，每次勝仗我們都會開懷暢飲一次，不知是因為殺敵護國的喜悅，還是麻痺自己偶爾會顫抖的心。至於兵法謀略更是如此，算計的是人命，太過血腥痛苦。保家衛國有我們就夠了，那樣美好的女子何必被這骯髒的戰場玷汙，人血一旦沾上，終生也不會洗淨的。」

「我在冥府的時候，曾經聽聞古久也有女子從軍，而且非常勇猛，還能建立功勳。」孟婆說。

蕭岩冷笑一聲，難得接話：「你可知道那女子的結局？」

孟婆被問住了。那女子應該是在她做孟婆前就死去了吧，她自然沒有機會渡她，自然也是聽其他鬼差們閒聊搭話時，聽來的軼事舊聞。

「她怎麼了？」孟婆問。

「她……」蕭岩長嘆一聲，除了軍務之外，蕭岩一般都不開口，好似沒有喜怒哀樂，孟婆有時都覺得自己穿著一個木頭人的皮囊。難得他今日竟有興致和自己說故事，天上的月亮似乎都明瞭幾分。

蕭岩正想說下去，營帳外忽然傳來急促的腳步聲，與此同時，一個士兵衝進營帳，大聲道：「報，將軍，緊急軍情，敵方偷襲我軍前大營，安將軍在大帳等您。」

「走！」蕭岩聞言，精神為之一振，孟婆耳後的朱砂痣又異常滾燙起來。

孟婆按捺下與蕭岩繼續交談的心，在蕭岩心中，軍務大過一切。她隱去自己的神識，幫助蕭岩控制這具身體。只見蕭岩披上血紅的披風，提起紅纓槍一旋至身後，快步出了帳子，向著烽火之處走去。孟婆心想這男人只有在殺敵衝鋒時才有生氣，平日裡也不見的情緒有何起伏，無趣得緊。

　　千米連營的點點燈火蜿蜒成一條長龍，刀劍相交的兵戈聲刺入人耳，雪白色的營帳已撒上鮮紅的熱血。

　　由於雙方軍隊駐營之處，皆位於山間峽谷之中，峽谷蜿蜒曲折，陡峭幽深，崖高坡陡，連營綿延，易守難攻，但若遇襲，兵力難以互相支援，勢必會有一場苦戰。

　　兩個月時間說多也不多，說少也不少，雙方雖休養生息了一番，但依舊是人困馬乏。

　　蕭岩早就料到敵方可能偷襲，早早便制訂了防備策略。

　　這是一場看準了對方的弱點，處心積慮的奇襲，快、狠、準。一擊必中，難以招架。

　　突然開始，迅速結束的夜襲下的戰場，此刻留下的是殘肢斷體的士兵們淒慘的呻吟，戰士救火的腳步……，血與水和起來的汙泥，染髒了將軍身上血紅的斗篷。

　　「如何？」孟婆問安幾道。

　　「已經控制住了，但損失還在計算。」安幾道擰著眉頭說。

　　「怎麼回事？」孟婆和蕭岩急急問道。

　　「我們主要在糧草營、兵器營等處設防，敵軍卻忽然偷襲了戰士軍營。他們這次派出了奇襲軍團，夜襲我們，將士反應不及，死傷慘重。等反應過來，他們又已經撤退了。」安幾道憤憤說道。

　　「他們是如何越過我們的哨兵的？」蕭岩發出疑問，孟婆馬上轉問安幾道。

　　「上次作戰，哨兵主帥被殺，哨兵主帥最是難選，所以一直沒選出能勝任的哨兵主帥，暫代的副帥軍威不足，難以服眾，所以軍心不穩。且他經驗不足，敵人襲擊迅猛，早有謀圖，在夜色的掩護下，襲殺了部分哨兵，繞過了他們。」安幾道眸色微紅，青筋凸起，努力抑制著情緒。

　　哨兵都是經過訓練的，就這樣輕易被破？而有時候就是這樣容易。戰爭，殘酷。

　　孟婆不死心，問蕭岩：「就因為少了主將，哨兵營就這樣被輕而易

舉的破了？」

「對。」蕭岩嗓音沙啞而低沉地說道，其中帶著一份不容置疑的堅定。孟婆似乎意識到為什麼蕭岩一定要回來。主帥是一個軍隊的主心骨，千軍易得，良將難求。

並且，孟婆覺得她似乎離蕭岩的祕密越來越近。

「整頓軍務，救濟傷兵，加強防範，這只是示威，真正的大戰還沒開始。」蕭岩喃喃道。聲音雖小，但孟婆聽得十分真切，將他的話轉給安幾道。

安幾道點頭稱是，但是孟婆卻察覺到一絲古怪的氣息。

七月流火，九月授衣，十月蟋蟀入我床下。雖然秋日的清晨略有寒意，但戰場上陰雲散去，露出久違的陽光。太陽升起來時，前夜的突襲與死亡都成了過去，過去不被提起，戰爭尚未結束時，戰場上永遠都是將來更重要。

一束光凝固在枯木架上，孟婆看著它：「奈何橋沒有這樣溫暖的天氣，也沒有這樣絢麗的光芒。看到這樣美的日出，我忽然有些明白那些鬼眾為何捨留戀塵世了。」言畢話鋒一轉，又自言自語道：「就憑著人間美味無數，也是值得留戀的。」

「連營駐紮的懸崖上方，有連片的杜鵑花，花開時節，一片豔麗，不比陰間的曼珠沙華遜色。」蕭岩冷不防的接腔，似是回憶著記憶裡的美好，淡淡地說道。

「或許還有機會看到。」孟婆說完，換了一副語氣，戲謔道：「將軍大人還喜歡看花？噢，該說護花吧！」

「她喜歡紅色的花，我就多留意一些。」她是誰，孟婆自然知道。默默想著蕭岩念及柳嫣後嘴角含笑的樣子，便不再言語。

陽光散滿千里連營，枯木的架子閃爍著淡淡的金光，如歷史的史冊，老舊枯燥。

陽光雖好，但久了也有些無趣，孟婆回到營帳，翻開兵書，畫著戰略圖，聽著蕭岩給她講解如何設置陷阱，如何從側翼攻擊，如何這樣，如

何那樣……

　　兩人一個說，一個聽。

　　蕭岩一說完，孟婆當即理解，而且還能舉一反三，這讓蕭岩大吃一驚，他打趣道：「不愧是孟婆，見識就是比我等凡人多。」

　　「你是說我老吧！」孟婆幽幽道。

　　「哪有，我是覺得你見多識廣，知識淵博。」蕭岩蒼白地解釋著，隨即補充道：「柳媽就不會這麼想。」

　　孟婆有些生氣，轉念間，卻又覺得自己這般情緒實在奇怪。蕭岩只是一句話，那個舞動紅纓槍英姿颯颯的背影又浮現在孟婆眼中，孟婆不覺愣住，自己這是怎麼了？

　　好在這日軍中無事，傷病也都已經安置妥當。昨夜雖被偷襲，虧得士兵們平日訓練有素，反應機敏，雖有損失，但也未曾傷筋動骨。孟婆見蕭岩這幾日心安一些，突然想多與他聊聊。一念升起，她便好聲好氣地對蕭岩說道：「月前你與我說起的那個從軍女子的故事，一個字都沒講，就跑了出去，今日無事，不如與我再說說吧！」

　　「這女子從軍之事，好幾種說法，現在也無從考證了，據說結局令人扼腕。你若是悶得慌，可以去書架上取幾本書讀讀，何必讓一個已死之人給你講故事。」蕭岩說道。

　　「如果我說，我真的很想知道這個故事呢？」孟婆緊追不捨。孟婆以前雖然喜歡聽故事，但都是為了解悶，從未像此刻這般，對一個故事再三追問，彷彿這個故事和她之間，有著什麼神祕的關聯。

　　拗不過一再追問，蕭岩有些無奈的答道：「不過一個傳說罷了，多半也是世人杜撰，給說書人多些話題罷了，我也是年少時，偶爾聽長輩們提起，據說此事是這樣……」

第四節

「報告蕭將軍，安將軍來了。」帳簾外傳來報告聲，女子從軍的故事第三次被打斷。

孟婆有些氣惱，抬手扶額，無奈道：「請他進來吧……」

「新的部署已經安排妥當，哨兵營也做了妥善安排。還有什麼安排嗎？」安幾道喘氣道，雙手撐在桌子上。

「下一步怎麼辦？」孟婆問蕭岩。

「前些日敵軍出動了軍團，說明是早有計畫，我們不能一直處於被動局面，我們也應該設法反攻。」蕭岩緩緩道。

守不如攻，主動權握在敵人手裡，我軍便會處於劣勢。孟婆覺得蕭岩說得很對，便拿出敵軍的布防圖，展開圖示將蕭岩的一番話轉述給了安幾道。

孟婆與安幾道並排討論軍事布防。蕭岩雖有些詫異，但同時也十分欣慰，如今孟婆已能獨當一面，他一點孟婆便能悟出大意，基本事宜已經無需蕭岩費心。「這兩個月的時間確實沒有白費。」蕭岩心想。

兩個月來，孟婆白天巡察軍營，聽蕭岩講排兵佈陣，古今兵家思想、閒時蕭岩也教她下棋，晚上則聽閒聊掌故。蕭岩本不樂意多說話，但如今兩人共用同一個身體，便偶而也能按捺著性子講述人間種種不堪——譬如硝煙戰場，人情冷暖，更兼帝王將相，兄弟情誼之間地種種事情……聽了這麼多的故事，看得出來蕭岩對世事人情、富貴權勢，乃至生命輪迴有著很深的見解。

兩個月下來，孟婆適應了這具軀體和戰場環境的時間，也讓那因缺失而隱隱作痛的靈魂，得到片刻的安寧。

只是眼下戰事又陷入膠著狀態，糧草一車車耗盡，已不是車載斗量

可計算的。但如今想到戰事完結之後，蕭岩又如何與柳小姐解除婚約，孟婆也隱隱有些不安。她能察覺到，蕭岩對柳小姐感情很深。本是一紙文書就解釋清楚的事情，為何要經過如此曲折的步驟？如此雖柳媽知道後可能會傷心不解，但卻是最直接的解決方案。她也問了蕭岩四、五次，但蕭岩每次都含糊帶過，只道寫信說此事怕是不恭敬，雙方皆是望族，該得細緻商議，免得傷了兩家和氣。再則，若是簡單一封書信就斷了關係，柳媽定然也是難以接受，她性子裡也有剛烈的一面，蕭岩也害怕她會衝動行事。

這些話聽起來有理，孟婆便也不再說什麼。畢竟，如今此事不甚著急，她也樂意在這人間看書、聽故事、曬太陽。但此事也不宜拖得太久，畢竟第一次助人完成心願，冥帝對自己也是這般信任，還勞煩招弟代她做遞湯之事，她心裡不免有些掛念，原本想著早日完成這事，好盡快回冥界應卯。在奈何橋日子久了，和鬼差們都親近熟悉，回去投胎之前，還能與他們說說自己這人間的經歷。

可惜每每自己向蕭岩詢問之時，蕭岩總是說時機未到。有一日，孟婆追問急了，蕭岩脫口道：「你我之約，稍作修改可好？」

孟婆一愣：「如何修改？」

蕭岩鄭重地說：「無論如何，我們以一年為期，到時候就算沒有順利解除婚約，我也願意將福報全部與你，誓言一出、九死不悔，可否？」

孟婆有些詫異，雖然不知他打的什麼主意，但話至於此，孟婆也就安心下來，權當人間一年遊罷了。

長在隱祕處的朱砂痣是為了掩人耳目，同時也伴隨著諸多不便。一直這樣下去也不行，所以孟婆寫了封書信，讓陰蝶靈帶給冥帝和墨。一來把她恐將延期歸去的事情稟告冥帝，懇請冥帝安排招弟繼續代職；二來就是想從冥帝那討教些好處。

傳完信，早飯時間到了，孟婆整個身心都放鬆下來，開始盤算著那戰地難得的米麵做出來的麵條。

帳簾被掀開，一個約莫十五、六歲的小兵壓低著頭，輕輕邁著腳步向孟婆走來。作為孟婆，對氣息的感受甚是敏銳，感受到士兵的氣息有些

急亂，呼氣急促，明顯是被刻意抑制著之時，孟婆便放下手中了的兵書，抬頭看向那小士兵。

可能是蕭岩身上氣勢太強，小士兵似乎感覺到了蕭岩審視的目光，身子更加僵硬，腳步踉蹌，似乎這地上有許多坑窪，孟婆覺得似乎他下一刻就會摔倒。

孟婆有根據氣息判斷人身分的能力，所以當小士兵掀開帳簾的時候，孟婆就知道他並非之前一直照顧他飲食的小淨。前幾日聽說夜襲之時，小淨受了點傷，要休養幾日，所以這兩日都是另一個士兵送的飯菜。

小淨只是十幾萬士兵中的一名普通士兵，在孟婆來到人間的兩個月裡，他一直負責照顧孟婆的飲食，性格開朗，很愛笑，人如其名乾淨純粹。小淨常常邁著輕快的步伐，哼著家鄉的小調來給孟婆送飯，露出帶著兩顆小虎牙的笑容，與孟婆聊著家鄉的各種食物。

孟婆喜歡美食，因此有時候會找小淨聊食物的各種事情，從食物的取材到做法，再到賞法，極為內行。說著說著有時候就流起口水來，孟婆不由得在心中感歎，這軍營太苦了。

孟婆這個時候就會給小淨遞杯水。

小淨的夢想是成為廚子，他跟孟婆說過自己的少年時代，說他沒有像將軍一樣有建功立業的宏偉志向，他來從軍，不過是因為當兵有口飯吃，不至於成為路邊餓殍。他想成為廚子，這樣子大概就永遠也不會再挨餓了。待到將來戰爭結束，拿到了軍餉，就回老家開個麵館，也算是立業了，這樣餓死的父母在天之靈也會欣慰，他們的兒子終於不用再挨餓。

孩子總是單純的，有夢想卻不知道夢想和現實的差距。孟婆心中雖作此想法，但轉念又想到命運本就曲折，何必給人冷水。

小淨父母饑荒裡餓死的時候，把剩下一塊堅硬的餅給了小淨，在即將腹中空空離去的時候，等到了從軍的機會。從軍後，幸運地進入了火頭軍，他再也不用為了沒有吃飯擔憂。

明天去看看他，孟婆心想。於是問那進來的小士兵：「小淨傷好的如何了？」

小兵哆哆嗦嗦，顯然是一直在火頭軍裡幹活，從未見過大人物，今天一早接到命令給蕭岩將軍送飯菜，忽然間就要面對軍營中權勢最高的人，心裡不免得有些惶恐。尤其是前些天晚上敵軍夜襲，他們火頭兵營就是主要受襲的軍隊，且兄弟們幾多死傷，心中的恐懼未除，疲憊未散。

　　「小淨哥，昨晚死了。」小士兵哆嗦著手將飯菜擺放在桌子，嗓音有些嗚咽，眼圈泛紅，淚水似乎要滴下來。

　　孟婆不知所措，拿起筷子的手停了下來，然後又繼續拿起。意外總是來的意外而又自然。

　　她吃著小兵送來的飯菜，味如嚼蠟。這飯菜之中滲透著血腥味道，她放下筷子。戰爭，總是這麼殘酷，其他的兵士呢？這場仗，到底失去了多少同僚？

　　一念及此，孟婆也食不下嚥，她揮手讓小兵拿走食物。

　　孟婆低頭歎息，早知道如此，給冥帝送信的時候，應該順便給招弟送個信。可信上能說什麼？自己又能為小淨做些什麼呢？這樣的領悟，讓孟婆搖了搖低著的頭，沉默不語。

　　不知不覺之間，她已經變了。來到人間這幾個月，她竟然也會想著為鬼眾做些事情，不再是那個冷滿無情的孟婆了。

　　來世投胎的結果，皆由個人因果際遇而定，誰也沒法預測和改變，天道迴圈、善惡功過皆有記載，就算不記得自己做過的惡事、善事，但天道都一點不漏的記載著。有很多人自認為自己是好人，到了冥府翻看，卻惡比善多，那就只能投生畜生道了。

　　世人常記得自己做過的善舉，而且每每想起，都覺得心裡舒暢。卻常常忽略自己的惡行、惡語。善惡對於人來說，正如身軀的正反兩面，容易看到手腳，卻難看到後背。但無論何時，這世間總是陰陽共存，不能自欺欺人。

　　世人的無意之言，無心之舉，看似占點小便宜，以為沒有大礙，其實都損了自己的福報，添了自己的業力。許多多冤親債主，來世又會相遇，彼此折磨傷害，所以佛語之中才說：「今生不相欠、來世不相見。」

「小淨來世應該可以投生個好人家吧？再不用受這般痛苦。」耳邊傳來蕭岩低沉的嗓音，敲碎了寧靜。這兩月餘，他見孟婆與小淨聊得暢快，自然知道孟婆心裡宛若刀割。

「應該吧！」孟婆轉悲為喜，又道，「但這世道戰亂紛爭，三年和平都做不到想要投生一片平和之土，怕也是難事。而且亂世貧賤富貴都是轉瞬即逝，靠不住呀。」

「這就是戰爭，殘酷無情，隨時奪走人的生命。」蕭岩補充說道。

「戰爭是帝王們的遊戲，受苦的還是百姓。」孟婆氣憤地說道。

「看來看慣了生死的孟婆也並非真的無情。」蕭岩略帶笑意地說道。

孟婆沒在意這句話裡的褒貶，只覺得心口被刺了一下，那股莫名的情緒又湧上心頭。

「我以為你是戰無不勝的將軍，沒想到……也不過如此。」孟婆轉而譏諷道。

「哪有什麼常勝將軍，兄弟們信任你，你就得一往無前。我們能撐到現在，靠的是上天對我們的一絲眷顧罷了。但到了最後，我終究也會戰死沙場，如此也算求仁得仁。」蕭岩輕歎道。

將軍又如何？多少無奈誰人知，比如這為期一年而讓蕭岩付出了全部的交易，世人怎會知道，君王怎會瞭解？這場交易裡，難免會有蕭岩的私心，但那又能占多少呢？

孟婆想著蕭岩的確已戰死沙場，也算是用行動踐諾了。她心中有些傷感，不再奚落蕭岩，轉而請教道：「接下來如何布局？」

「兵來將擋，水來土掩。」蕭岩簡潔地回答道。

「跟沒說一樣！」孟婆喃喃道。

「我也不能料事如神，何況天機至深。」蕭岩輕笑道。

飛過三生石，穿過奈何橋，在彼岸花叢劃過一絲漣漪。陰蝶靈到達了那以黑金色為主色，兼配白色的冥府府邸，穿過朱紅色大門，兩側的鬼差查看一眼，便將其放了進去。

冥帝和墨如玉的美手托起陰蝶靈，嘴角含笑。

陰蝶靈朝發夕返。

孟婆感知到陰蝶靈從冥帝處飛了回來，輕笑道：「給你個驚喜。」

「嗯？」

陰蝶靈落在蕭岩的手臂上，一下一下地撲閃著翅膀。孟婆將耳朵湊到陰蝶靈面前，輕聲交談，蕭岩雖離得近，卻聽不懂交談內容。

一會兒，陰蝶靈化成一股青煙，消失在眼前。

陰蝶靈剛消失，孟婆便施了一個咒，從蕭岩頭上取下一縷墨髮，輕快地打了個節。隨後，孟婆將髮節湊向耳後朱砂痣，蕭岩靈識一震，雙腳落地，化成人形。凡人依舊看不見他，他還是一股靈識，但不再依附在朱砂痣上，此刻更像鬼魂一般伴隨在孟婆身邊。

化身之後的蕭岩摸摸自己，隨後雙手作揖，向孟婆表示感謝。

孟婆一揮手，滿意地說道：「還是這樣順眼，原先太過麻煩，如今你這皮囊加我的法力，可以保它一年鮮活如舊，只是時日一到，就不免化為腐朽。」

孟婆拿著手中的墨髮道：「只要這墨髮在我身上，你就能保持化身，若不在了，你最好儘快回到朱砂痣裡。」說完，將墨髮藏入鎧甲的胸口處。

「知道了。」蕭岩說。

「怎麼沒想到問問冥帝，我可真笨。」孟婆嘴裡又嘟嘟叨叨兩句，神情煞是可愛。

「明日或許要開戰了。」蕭岩忽然冒出一句。

「怎麼說？」孟婆嘴裡問，心裡暗暗想到：「我怎麼不知道？明明都在一起，還是我跟安幾道商量。」

「早上的陽光這麼好，明日定是個好天氣。」蕭岩解釋道。

「可這和戰爭有什麼關係？」孟婆不解地追問道。

但蕭岩只是望著窗外，沒有做答。

孟婆心道：「還不如讓你在耳朵後面藏著，出來就不理我。」

生氣歸生氣，不懂的也得忍著不問，不能讓他小瞧了，便附和道：

「嗯嗯，我知道了，要好好準備了。」

孟婆白了眼蕭岩帶著淡淡藍光的魂，偏過頭去，不再理他。

在孟婆看不到的地方，蕭岩神色憂傷、眼神幽暗，似乎又在想著什麼。

一張牛皮紙的巨幅地圖上，蕭岩一雙大手從不同路線上劃過，最後歸於一個被特殊標記的紅色圈，對著安幾道和幾位將軍說道：「三條路徑，各位都明白了嗎？」

「明白，蕭將軍，此次作戰，定不辱使命。」

「好。」孟婆將蕭岩說的戰略一一轉述出來，看向此刻正坐在椅子上，半閉雙眼，似是睡著的蕭岩，不由怒火中燒。

孟婆也不知道自己為何生氣，明明是一份交易，為何這樣容易牽動情緒，何況自己是那個見慣了生死，心已冷硬的孟婆。

第二天清早，陽光從山谷上斜射下來，照在那因夜襲而染血的帳篷上，泛出黯淡的暗紅色血斑，士兵們被砍過的鎧甲上，因光線作用而彌合。安靜的早上，寂靜的天地間連鳥雀的鳴叫也沒有，似乎連鳥兒也感到了危險的氣息。炊煙依舊嫋嫋升起，但是氣氛已經不同了。戰士們就餐完畢，整裝待發。孟婆心裡總有些忐忑，但也說不上來問題出在哪裡，就是覺得哪裡不對勁。

「孟婆，計畫有變。」蕭岩走到孟婆面前，帶著些許憂色道。

第 五 節

「怎麼回事？」孟婆不解地問。

「我們恐怕要晚一天出征了。」蕭岩憂心忡忡地說道。

「發生了什麼事情嗎？」孟婆不解的問道。

「我昨夜無事，便去幾位將軍帳外走走，看見左路陳將軍在帳外抬頭掐指仰觀天象，他一邊看一邊微微搖頭，最後歎了口氣，轉身就回了營帳，我覺得似乎有什麼事情便跟了進去。見他在隨身所帶的文書上寫卜：風大夜無露、陰天夜無霜；武曲星光暈尤亮、七殺星若隱若現、破軍星晦暗个明、獨有貪狼星比之武曲更為清亮。恐明日出征不吉。」蕭岩眉頭緊鎖，一臉憂愁。「我問他，但他什麼都沒有說。」

「這陳將軍是何許人也？星象天相這不是坊間就能學到的知識，他為何沒有詳解？」孟婆問道。

「這陳梁將軍身世坎坷曲折，其父陳文勝本任欽天監監副一職，位高權重。後因誤報天象，聖怒之下，將其收押入如牢。書生體弱，手無縛雞之力，又恰逢那年京城的冬天滴水成冰，入獄之後還沒來得及提審問話，便染上了傷寒，死在了獄中。他的母親得知丈夫的染病去世，一時悲痛不已，便懸梁自盡，追隨他的父親到了黃泉。

「由於陳將軍自幼跟隨父親學習天文曆法、星象天相，年紀雖輕在此領域也有一番見地。據說陳監副在獄中臨終之前留下書信，將其獨子託付故友蒙老將軍，嚴令其子終身不得將所觀天相示人，並要求他棄文從軍，遠離京城是非之地。蒙老將軍收留了陳梁，教其兵法武藝，隨老將軍駐守邊疆。直到前幾年，老將軍在邊疆終老，於是他就來了我的麾下。」

蕭岩又道：「陳梁將軍家學深厚，所觀察之星象定有我等不解之處，但既然他清楚的寫下：明日出征不吉，這是需要我們思考為什麼的。況且

天機深藏，其欲深者天機淺。我擔心其中有什麼不可言說的憂慮，所以想還是延遲一日出征為佳。至於理由就說敵軍部署有新的改變，明日出征或許效果更佳。」

孟婆也不懂得這人世間星象天相的奧祕，但既然自古以來帝王家都重視天兆那麼其中必有妙處。「陳梁將軍有此擔憂，那我們還是小心為妙，以求萬全，務必讓我軍每一個人盡可能戰事結束以後能夠回家。」

孟婆覺得極為有理，於是控制蕭岩的肉身傳令下去：明日出征。

既是不出征，又是一個安靜的一天，孟婆於是就又找到蕭岩，想多問些關於其他將軍的過往經歷。這軍中四位將軍：左路將軍陳梁、中路將軍安幾道、右路將軍楊宗明、先鋒將軍林守之，孟婆都極為陌生，今日聽了陳梁將軍的往昔，不由得對他們添了好奇。特別是左路將軍陳梁的過往，不免讓她有些唏噓。

孟婆想起那晚蕭岩與安幾道的談話，安幾道言說自己不欲娶妻，只想要守著這戰場一生一世直到歸於黃泉。孟婆知道這其中必有隱情，便覺得這安幾道定然是受了情傷，或許是被某家的姑娘傷了心，但轉念一想，安幾道出身世家大族，人又長得玉樹臨風，又有驚天動地之才，可是他與蕭岩一樣忠義兩全，如今恐怕是負了那家的姑娘，於心不安，因而不再想娶妻吧。

孟婆那顆好奇心又被勾起，淺笑吟吟地問蕭岩：「安幾道貴為世家公子，如此才華，為何不想娶妻？」

蕭岩神色微變，反問道：「你問這個幹嘛？」

「我就是好奇。曾經在奈何橋上，有一個呆頭呆腦的小鬼死活不想投胎，我用鐵鉤狠狠地打了他一頓，他倒是骨頭挺硬的，抗住我的鐵鉤，我也心生好奇，問他為何不願意投胎。他說自己還沒有娶妻，一個男子沒有娶妻就不算完美。」

蕭岩只是沉默，並未做答。

見蕭岩不回答，孟婆不甘心，便繼續給他講自己在奈何橋畔聽到的所聽聞的各種故事，循序善誘，希冀蕭岩講出安幾道的故事。蕭岩只是

靜靜地看著她，卻沒有如她期待得那般開口。反而是她自己討了個沒趣，便訕訕地停下了。

她一抬頭，看著月光揮灑在軍旗上。

一夜祥和，眾將士都睡了個飽覺，只待明日出征。

翌日，金色的鎧甲在清晨陽光的照拂下，發出晃眼的白光，蕭岩一手提著紅纓槍，如戰神般跨坐在戰馬上。士兵整裝待發，如同弦上的利箭，只待最後一道命令，便可穿雲破月，征戰天下，全軍氣氛異常肅穆，戰爭，又要繼續了。

兩個月的休整，士兵已然恢復過來，加上前幾天夜裡敵軍的突襲，讓他們心裡的怒火燃起。此刻將士一心，必將無堅不破，敵軍必將大敗。

「昨晚我反覆思索了一夜，心裡隱隱有些不安，覺得哪裡有些問題，可能要出事。」蕭岩嚴肅的說。將軍從征十幾年，他對戰爭的嗅覺十分敏銳。這種人，往往能做出奇妙的預測。

人常常認為靠現有的資料和情報就可以瞭解事情的真相，但是不斷向外尋找答案的時候，卻很少關注自己內心的直覺，這往往會造成很大的誤解，以為瞭解就能活下去。

「那要怎麼辦？現在收回命令是不是有些晚了？再說，你看看將士們的狀態，已經延遲了一日出征，若今日又說不走了，軍中定起猜疑之心，軍心不穩。」孟婆著急道。

「沒說不出兵，只是稍微修改一下策略，便可安然無慮。」蕭岩語氣平和地說道。

「早說嘛，嚇我一跳。」孟婆拍拍胸口，鬆了口氣。

不知為何，她的神情令蕭岩一愣。蕭岩默默的看了孟婆一眼，怎麼孟婆越來越與記憶中的某個人影重合呢？蕭岩有些不解，難道以前見過嗎？

「說說具體的怎麼做？」孟婆問。

「先出發，路上我再給你細細解說，此刻士兵們已經等不及了，你要知道士氣都是一鼓作氣，再而衰，三而竭。」蕭岩首先點到。

孟婆回頭看看精神高昂，等待出發的將士，下了出發的命令。

隊伍出發，蕭岩踩在軍旗的頂端，望著綿延的山脈，迎著縷縷秋風。

孟婆心裡暗暗道：仗著自己是大將軍，就是不一樣啊，對我都不肯先說新部署，擺明了是吊人胃口。

在旗幟上站了一會兒，蕭岩來到孟婆身邊，跟在馬旁。

「說說吧，到底要怎樣？」孟婆問。

其實這段時間裡，孟婆已經適應了蕭岩的身體，也走進了蕭岩這個角色，更理解蕭岩那種憫人的胸懷，而這種感覺，讓孟婆很舒服、很享受。

「作戰方案可能要改一下。我們原來是先進攻，再截殺，後包圍，這很難達到，尤其是勢均力敵的情況下，這種策略行不通。現在我們的策略是先派出一支隊伍，誘敵深入，這種策略是建立在誘敵的基礎上，我們的誘餌是什麼？是在敵眾我寡，我軍因被突襲，急著奪回優勢，而安排不當的情況下也採用了突襲。這時候敵軍還未發覺我們的戰術，不會直接大舉進攻，不過隨後就可以看清我軍先鋒營進攻的人數並不多，此時必然加大戰鬥力，竭力攻打我軍。我們此時就動用先鋒營的人，先來一輪急攻，然後快速撤離。敵人上當後，我軍另外兩支軍隊立即從左右攔截包抄，就能大舉殲滅敵人。」

蕭岩慢慢敘述戰略，同時盯上孟婆的眼睛，問道：「但是這個戰略裡，有一個致命的缺陷，假若敵人一開始就不上當呢，那我們就徹底陷入被動狀態？」

「原先的軍事計畫既然存在缺陷，你為何如此呢？計畫是你定的，所以你是故意這麼部署的吧？」孟婆頗為驚訝的說。

「戰場原本就是爾虞我詐的地方，賭的就是誰的籌碼大、誰的賭術高。」蕭岩眸色凝重，卻閃著精光，又道：「給敵人活路，就是給自己死路。我們這次三線合為一線，不過是可以拉開些進攻時間。」

孟婆心中推演了一下蕭岩的計畫，無奈自己實在沒有實戰經驗，而且想著這樣也不錯：先讓先鋒營急攻，取得一定的勝利，後大舉進攻，即使不能如計畫中一般取得全面勝利，但是勝在穩妥，這個計畫可以執行，於是孟婆將修改後的計畫轉述給安幾道和幾位將軍聽。

接到命令之後的安幾道和將軍們有些錯愕，計畫太過冒險，但終究也沒說什麼。此時蕭岩又站在旗幟頂端，掃視軍中，之後又抬頭遠望。

即使隔得有些遠，孟婆還是對著蕭岩說出心中所想：「戰場真是可怕。」。

「不，可怕的是人心。」蕭岩淡淡道。

「明知道有缺陷，現在才說，為什麼？」孟婆有些生氣地說道。

「因為我想讓內奸傳遞錯誤消息。」蕭岩道。

「內奸？誰？」孟婆彷彿受了個晴天霹靂。

「此戰過後便知有無內奸。」蕭岩又補充道。

「你在設局。用這樣大的局，換一個內奸，但你想沒想過，萬一只是你的猜測，這會犧牲很多人的性命，值得嗎？」孟婆生氣地問道。

「值得。」蕭岩眼神堅定道：「只要我們都能回去。」

孟婆一時間不知該說什麼，說他冷血？可是三界之中，還有誰能比孟婆冷血？說他詭詐？戰場本來就是你死我活。

廣闊的土地，原本該在那裡的房屋，還有覆蓋滿了莊稼，而今只有稀稀疏疏的雜草，斷斷續續的殘樹。金色的鎧甲在驕陽下發出凜冽的寒光，秋季的來臨讓人更感到肅殺，即使嬌豔正好，微風徐徐，也依舊難以掩飾。孟婆騎著戰馬，握著紅纓槍，立在高處，俯瞰戰場，戰爭開始了。從高空俯瞰，交戰的雙方就像不同顏色的豆子混在在一起，撒在空曠的土地上一般。若真如此，便再好不過。奈何這佈景的底色卻是血紅的。

果然如蕭岩所料，敵軍沒有上當，就連等待都沒有，直接大舉廝殺先鋒營。先鋒營雖英勇，但人數太少，寡不敵眾，因此死傷慘重。孟婆當即下達命令，另外兩路的軍隊及時支援。敵軍沒有料到三路軍隊合成了一路，只是進攻時間稍有偏差。一時手忙腳亂，如蕭岩所說，有部分軍隊安置在別處，至於在哪裡，自然不用多想。

「敵人知道我軍的作戰方案，難道軍中有奸細？」孟婆心中一驚。

不過敵軍將領指揮迅速，支援軍隊及時趕來，雙方軍隊打得難分難解、慘烈異常，一瞬間便屍橫遍野。

一瞬間刀劍相交，烈馬嘶鳴，戰旗落地，鼓聲急促。千百年來的修羅場，也是無數的英雄塚，在戰場上，那裡可以看淡生死，那裡也可以揮灑熱血。戰場上，血不會涼，一股接一股溫暖的血流將這片土地浸染，泥土像著了魔般貪婪吮吸著暗紅的滋養。

勇士們在此命喪黃泉，而且，名將最好的歸宿不是安享終老，而是馬革裹屍，這是所有將軍的榮耀。將士們並非是殺戮成性，誰的心中沒有純良和溫情，只是以戰去戰，雖戰可也。

敵軍穿紅色鎧甲，蕭岩的軍隊穿金色鎧甲，而在孟婆的視角下，戰場如同茂盛的曼珠沙華，繁茂生長，血紅一片，紅的妖異，紅的深沉。

惡戰結束了，戰場才剛剛清理完，此時已經是初冬，一場早到的初雪，就將一切痕跡盡數掩埋了。雪下得很急，抬頭望向天空，孟婆不覺有些眩暈。土地上血紅消失，白色鋪滿大地，白茫茫一片，好像戰爭都沒有發生過，沒有罪惡、沒有殺戮，只有如雪花般的純淨和聖潔，似乎一切都沒有發生過。

這場雪來得很急，北方總是這樣，冬天的到來令人措手不及。

「看來又要暫時休戰了。只是，這樣無休止的休戰，不知道這場戰爭何時才能結束呢？要是一年後這場戰還沒有結束，蕭岩他會怎樣？很多兵士和家人告別時，都說打完一場仗就歸家，只是這時日卻是以年而計，而數年之後能歸家的都是幸運兒。」孟婆想。

蕭岩領著軍隊回營。一路上士兵頂著輕飄飄飛落下的大雪，邁著急促而疲憊的步伐。紛紛飄落雪花堆滿了士兵的肩膀，這雪花雖然輕，但卻猶如千斤重擔般，讓人舉步維艱。戰場上死傷太過慘烈，慘烈到足以令所有人都默然無聲。

突如其來的冬日使得剛經歷戰場的將士們很心慌。棉衣、厚靴、棉被，還有冬季的各種配給食糧的後勤補給部隊，不知還有多少時日才能到。今年的冬天來得太早，原定兩月之後的物資，怕是用不上了，而軍備庫中只有單薄秋衣，若是再持續下雪，恐怕進山的路都會被封，剩下有限的秋季糧草，怕是很難滿足氣溫驟降時所需要的糧食攝入量。老兵們

都清楚,能速戰速決的戰爭並不多,大多數都是消耗戰和持久戰,而這種彼此對抗的戰爭,最最重要就是後勤供給足夠充分。百姓家常說的「家中有糧,心中不慌」正是這個道理。

「先讓軍醫給士兵們療傷,在讓火頭營準備老薑湯,每位將士先喝一碗。將軍中備用的少許冬衣拿出,先給巡防兵士和哨兵們穿上。然後速速下令,傳信給後方補給部隊,上報物資不足,急需棉衣棉被。初雪已至,需要加緊運送糧食和冬衣,一旦大雪封路,那運輸就更加困難,如果這樣,我軍就只能如困獸般無助,屆時軍心渙散,未戰先敗。一定要儘快將這個消息傳回去。」蕭岩有些著急的跟孟婆說道。

孟婆聽畢,也不多言,立即招來小兵,下令先派人騎著快馬,百里加急,趕回朝廷覆命,再派人去軍營,讓人速速準備藥品和薑湯,加緊救治傷兵。

孟婆獨身在大帳之中獨自坐著,想著今天發生的戰事,默哀不已,想到蕭岩,不知道那蕭岩的靈體去了哪裡巡視,反正靈體的他不冷不餓不乏不倦,也不用擔心他。

倒是今日戰前他提起的內奸一事,讓孟婆心緒不寧。這場戰已然證明了蕭岩的猜測,證實了軍中有內奸的存在。但這個內奸是誰呢?誰也不知道,知道最初軍事計畫部署的也只有四位將軍而已,內奸只可能是他們其中之一,但是他寧願不相信,憂愁湧上心頭。

他們都跟隨蕭岩出生入死多年,算的上是肝膽相照可以互替生死的交情,為什麼會出賣彼此呢?他這麼做的目的又是為了什麼?是厚利?還是至親至愛被敵方控制著?一般情況下讓人如此鋌而走險的只有兩個理由:不得不救和不得不求。

夜越來越深,大雪無聲無息得下著,唯有腳踩在雪上,發出沙沙聲響。巡視的士兵明明看到燭燈下的大帳中只有一個背影,孤孤單單。

第二天,大雪停了,太陽發出耀眼的光芒,帶來溫暖與希望。雪白地大地上,一灘鮮血凝成了冰,有個人被冰冷的寶劍刺穿了胸口,那人站著,睜大眼睛,一動不動。

第六節

　　一夜大雪，那將軍肩膀上落了滿層。紅纓槍的槍頭帶著寒光，晃過眼睛，涼入人心。斗大的燭光，勉強照亮山路，兩排腳印蜿蜒伸向高處。

　　峽谷的斷裂處，一塊巨石橫在半空，宛若空中樓臺，月亮就像一個銀白色的燈籠照亮了這裡。

　　這裡是看月亮的好地方，幾天前安幾道還與蕭岩賞月聊天；這裡也是賞雪的好去處，從這裡極目望去，月光照射下，遠處平原上瑩瑩發光。今夜安幾道邀請蕭岩來這裡，一起觀賞大雪，月上枝頭，將軍對酒，頗有超塵脫俗之感，只是孟婆感覺到有什麼事情即將發生。

　　「雪涼刺骨，不如月色柔和。」孟婆調笑道。

　　「柔和的月色不適合戰場，凜冽的雪天才適合。」安幾道望著漫天大雪說道，眼神十分落寞。

　　「給！」安幾道低下了頭，將手中一小罈子酒給了孟婆，「喝點酒暖暖身子吧，你好久沒喝了。」

　　「還有其他的嗎？這酒太辣了。」孟婆看著眼前前幾天剛剛喝過的酒說道。

　　「這是我父親在世釀的酒，現在只剩下這兩罈了，你以往一直都愛喝的，今天怎麼了？」安幾道笑著說道，眼睛裡閃爍著說不清道不明的情緒，似是可惜之意。

　　「安將軍釀的酒，天下一絕。」蕭岩在旁邊默默說道。

　　孟婆聽出了其中的落寞，那是甜蜜的回憶與失去的痛苦交織的落寞。

　　「他現在喝不到了，你替他喝吧！」看著操縱蕭岩肉身的孟婆，安幾道平靜地說道。

　　孟婆不知所措，怎麼這一天來的這麼快？下一刻，孟婆急躁的心重

新冷靜下來，同樣靜靜看著對面的安幾道。

安幾道緩緩說道：「蕭岩死了，我是知道的。你不用在我眼前演戲了。他去哪裡了？我還能見到他嗎？」

「就在你眼前。」孟婆用手指向自己面前的一塊空地，安幾道盯著看了好久。

「好兄弟，我對不起你。」安幾道舉起酒罈，喝了一大口。

「為什麼？」蕭岩問，神色帶著無限的痛苦。孟婆可以感覺到，耳邊朱砂痣燙得厲害，比孟婆第一次從血流漂櫓的戰場上出來還要燙，裡面夾雜著不解與被出賣的悲傷。

「他問你為什麼？」孟婆轉述道。

安幾道冷笑兩聲，輕笑從臉上消失，臉色此刻寒過冬日的積雪。

「問我為什麼？是為什麼我知道你是假的，還是我為什麼出賣軍中機密？」安幾道神色淡淡道。

「都有。」孟婆搶答道。

「先回答第一個吧。恐怕你就是孟婆吧，安某在此有禮了。」安幾道衝著孟婆微微行了個禮。

接著說道：「其實這個用永遠魂飛魄散的代價換一年了結人世間心願的傳說，是三年前我和蕭岩一起拜訪一位終南山修隱張道爺時，道爺無意中說給我們聽的，那時我們也只當這是傳說，只是覺得很有意思，原來人死後的冥界是這般場景，還有這般交易，當時我還想有誰會傻到拿自己的輪迴去換一年的陽壽。但是現在回想，那日道爺留我們在草棚喝茶，偏偏說了這段話，恐怕就是為了今天。

「你一定奇怪我是怎麼這麼快看出來的，這其實不難。蕭岩戰死的時候，我親眼目睹了十幾個敵軍圍攻蕭岩，最後一把利劍穿過蕭岩的胸膛，他當時雖然沒有立刻氣絕，但在我看來，他是絕無可能活下來的。

「沒想到一日之後，我竟然看見蕭岩獨自走回了軍營，只叫了跌打損傷的軍醫簡單清洗包紮後便行動如常，也沒有大傷之後的疲累和修養，好像什麼都沒有發生，那時我就在揣測蕭岩身上發生過什麼。

「之後你的破綻就更多了，我們對弈時，你有幾次扭頭，雖然你隱藏的很好，但我還是隱隱看到了你耳朵背後的朱砂痣。而且，蕭岩下棋是不會猶豫的，他都是下一步看三步的，他眉宇間的那股自信是任何人都學不來的驕傲。還記得我們上一次在這裡喝酒嗎？那次我盯你的眼睛，你目光躲閃，若是蕭岩，他不會躲閃，絕對不會的。」安幾道似乎在喃喃自語。

「我還以為我偽裝得很好，原來我有這麼多破綻。」孟婆自嘲道。

安幾道繼續補充道：「其實在這樣嗜血的戰場上，蕭岩受到那樣的重創，我根本不相信他能活著回來，但看到你帶著他的身體回來的時候，我是真的很開心，我強迫自己忘掉你露出馬腳的地方。

「我曾經想自欺欺人的告訴自己，這個蕭岩就是原來那個，我們依舊是同生共死的兄弟。但是騙別人容易，騙自己最難，直到剛才，最後我還是得承認，我的好兄弟已經死了，他用永世的輪迴和孟婆做了交易，如此，就算我現在死去，也無緣來世再與他做兄弟了，這就真是有今生無來世。」說到這裡，安幾道眼睛微微發紅。

「第二個問題，那天的確是我私通敵軍，洩露軍機。兩個月前的一戰，也是我洩露了我軍的策略。就是想用連續失利的戰事，迫使這場戰爭快點結束，也想逼迫那人御駕親征，讓他親眼瞧瞧這戰事的慘烈之狀。但是我沒有想到的是，因為我的緣故，卻意外讓你死在戰場之上，這是我最後悔的事情，我親手害了我兄弟的性命，初見你回營之時，我又驚又喜、又憂又怕，我的好兄弟，居然活著回來了。前幾天的夜襲，也是我提前通知敵軍，我們的軍事布局，今天……也是我做的。」安幾道流著眼淚大笑，眼眸深紅。又舉起酒罈，又狠狠灌了一口。

「你是不是瘋了，你這樣做是為了什麼呀？害死了好兄弟，葬送了數千袍澤的性命，出賣自己的國家，就為了令那個人清醒？」孟婆聽了這番話，不由得帶了七分慍怒。只可惜她現在是蕭岩，沒辦法招出紅練，不然她便要修理這安幾道了。

「你還是忘不了文茵嗎？」蕭岩一直站在旁邊默默聽著，此刻平淡地插了一句。

「文茵？」孟婆聽到蕭岩的話，臉上露出一絲不解。這件事似乎另有隱情。

「是的，我要為文茵報仇雪恨。文茵就像那月光，美麗皎潔，不可褻瀆。而那個不知廉恥、自以為是的傢伙，依仗權勢，脅迫了文茵。我想要逼迫那人來這戰場，讓他永遠都回不去，我要用他的血來祭奠文茵的在天之靈。」安幾道哭了出來，他悲痛欲絕的模樣，讓孟婆也覺得有些心傷。

開始陳述過去。

畫面隨著安幾道的描述，轉到了他少年時的光景。

那年他六歲，被選中作為太子陪讀，君王在為太子選擇將來的政治班底，太子接位身邊需要自己的班底，這是極高的榮耀，兒時如友，成年之時如君臣，這樣的一起學習生活成長十餘年，情誼自然深厚異常。

當初一共有十位家世顯赫的年仿子弟被選入宮中，代表著十個豪門望族將來對太子登基的支持。君王對太子用心之細，也是如尋常家中父親對待兒子一般，為他將來順利登基籌謀安排。

安幾道、文顯兩人的母親自小就是閨閣密友，出嫁之後，依舊常常走往，如一家人一般親近。安母出嫁三年連生兩子，安家捧若明珠，反觀文顯的母親肚皮遲遲沒有動靜，急壞了娘家人，而文家也逐生不滿，暗地裡文家籌畫著讓文顯父親再娶偏房。

文夫人每次受了婆婆的冷嘲熱諷，總是將委屈書信與安夫人傾訴，於是安夫人便時常帶著文顯母親四處求神、問道。機緣巧合認識了終南山的張道長，道長法力高深，給了文夫人一帖方子。不知是誠心感動了神仙，還是張道長的草藥確有療效，服藥三月之後，順利懷了文顯，恰巧此時安夫人也懷了了安幾道。兩家人自然喜氣洋洋，名醫把過脈後，說兩位夫人懷的都是健康的男胎。

那年初冬安幾道和文顯都順利降生，文家人說，將來要是夫人再生個女兒，便和安家訂個親。果然一年之後，文夫人便生了個女兒，取名文茵。再過一年又生了個小女兒，取名文萱。

文茵自幼伶俐秀美，才情卓越，安夫人連生三子，卻一個女兒也沒

有，便越發喜歡這未來媳婦。安家三兄弟都知道，只要文顯、文茵兩兄妹來家裡做客，母親總是笑盈盈，什麼平日不答應的請求，都可以通融。

文顯和安幾道同年而生，自然玩在一塊，小時候文茵總是跟在兩個哥哥之後。再大一點，安幾道和文茵都知道彼此定親的事情，文茵性格恬靜，自小便知幾道是自己未來的夫婿，心裡也朦朦朧朧的喜歡。

幾道和文顯都選入宮中給太子做陪讀，對兩家人來說，那就是現任君王的信任和未來君王的庇護，這是幾輩子求都求不來的好事。十個陪讀之中，太子最喜歡和幾道一起玩耍、搏擊、對弈，一來性格相似，二來喜好相同，他們經常喜歡一樣的飾品、一樣的器皿、一樣的食物、一樣的遊戲，甚至連詩作都喜歡一樣的風格，彼此之間感情如異姓兄弟一般。

君王見幾道和太子交往密切，又觀察了幾次幾道的為人處世，覺得是個不錯的苗子，於是特別安排了宮中御林軍每日教幾道習武，日復一日、年復一年。

為了不辜負君王的信任，安幾道自小便受盡苦頭，小小年紀身上傷痕斑駁。練武無論暑九寒冬，一日不敢懈怠，安家為了家族未來數十載的榮耀，對幾道更是嚴格至極，兩位哥哥出門遊玩時，幾道只能在家習武練字。某日幾道發燒病倒，安夫人心疼不已，哀求老爺讓幾道休息兩日，但老爺不允，說這般懈怠會辜負了聖恩。

每次回到宮中，太子就會遠遠叫道：「幾道，快來這裡。」這時安幾道覺得他受的委屈和苦，都因為這份友情而值得了。

時間如流水飛逝，到了情竇初開的年紀，文茵越發喜歡這位文武雙全的未婚夫，文顯和幾道本就是好友，又疼愛妹妹，每每向幾道說：「你日後要是敢欺負我妹妹，我一定不饒你。」這時幾道和文茵便會相視而笑。

有一年上元燈節，太子想出宮去看看繁華的街市和市井人家的生活，便求著幾道和文顯帶他出宮看看，幾道禁不住太子的懇求，讓自己的書童當夜留在太子臥室裝睡，讓太子換裝成書童打扮出宮。

順利出了宮後，三人先去文府接等待已久的文茵，太子一見文茵，白衣若夢，纖巧如天上白雲，覺得與以往所見的花紅柳綠截然不同。之

後四人一起去逛花燈夜市，上元燈節是都城每一年夜晚都不宵禁的日子，夜晚的京城人山人海，那夜四人玩得盡興至極，在皎潔的月光下，文茵一身白衣白裙，在花燈連串的照耀下，顯得楚楚動人，讓人一見難忘，太子頻頻注視。

日子就這麼平靜地緩緩流過了，轉眼間都到了該婚配的年紀了，幾道的兩個哥哥也都成婚，但都不過就是利益的捆綁，沒有什麼情愛，因而幾道時常慶幸自己一生摯愛是自己青梅竹馬的未婚妻，這真是上天眷顧，每每想到這裡，幾道便心生歡喜。

文顯也訂親了，親家是右丞相的小女兒。文家這算是高攀了，當朝丞相的女兒，不是一般人可以奢望的。右丞相的算盤也打得響，三個女兒個個貌美如花，長女嫁與太子，做了太子妃，次女嫁了手握兵權的鎮遠將軍的長子。小女兒嫁與文家，文顯身為太子陪讀，新帝即位，必是重臣。更何況小女兒一直傾慕文顯的才華高潔，成人之美再好不過。

安夫人和文夫人也商量了婚期，請人選好了日子過門，來年開春，春暖花開之時就是大喜之日。一切也都有條不紊的準備著，安府和文府府上也是一片喜氣洋洋。

初秋西南突有遊牧族群來犯，搶劫邊民、掠奪財物。危機時刻，防守西南的大將又因身中毒箭，救治不急，不過兩日便亡了，軍中群龍無首，君王急召十位陪讀，讓他們跟隨新赴任的將軍前去前線，欲讓眾陪讀擊退來犯，於是下令立即遠赴邊關。

十人皆赴前線，這一待就是三個月，三月還沒有結束，秋的足跡已經走完，冬的氣息已經襲來，前線戰事密集。

遊牧族群很狡猾，每隔幾日就來偷襲，每次偷襲完就迅速逃走，如野狼一般難以尋跡。又過了一些時日，已經大雪紛飛了，路途堵塞，眾人平日無事只能帳中避寒。

那日在軍營之中，文顯與幾道正在研究兵法，忽然有一小兵前來送信給文顯。言說將軍家中來信，連忙拆開來看，信中寥寥幾句，文顯看畢，神色突變，看著幾道，顫抖著把信遞了過去。幾道正疑惑，一手接過信

來：君王賜婚，將文茵賜給太子，做側妃，立冬之日過禮完婚。

安幾道呆若木雞，如晴天霹靂。

「現在已經大雪節氣了，也就是說，文茵已嫁給太子了。」僵硬地站在原地。

「為什麼？為什麼他要搶我的文茵？」幾道顫抖的說道。文顯頭扭向一旁，不忍見自己的好友如此心傷。

之後的幾個月是怎麼過的，安幾道也記不住了。他一會回憶他與文茵的情意，回憶起文茵送他定情信物是嬌羞的臉龐，一會又回憶起兒時那個對著自己喊：「幾道，快來啊！」的太子，他們一起撈魚、背書、溜出皇宮去市集遊玩。這些記憶交織的在他腦中湧現，以至於得了失眠之症，有一次竟然足足七日沒有闔眼，後得軍醫以麻藥輔助，強迫其入睡，才保得一條性命。

之後每日的飯食也是進口極少，不消一月光景，人已經瘦脫了形。文顯實在不忍，便修書給安老將軍，請老將軍勸勸幾道。十日後，幾道收到了父親來信，信中卻無勸解之意，反而責備幾道辜負了君王的栽培，大敵當前，怎可為了兒女情長如此頹廢不振，有辱門風。幾道看後，好似醒了過來，配合軍醫的調理，加之底子本就好，不出半月，身體便恢復了七八成。

那年寒冬，幾道常自欺欺人安慰自己：「太子自幼與自己喜歡一樣的事物、食物，大概也和自己喜歡一樣的女子，他定是不知道我與文茵的婚約，才向君王請求了這婚事。我如此珍惜文茵，太子肯定也是如此，只盼太子好好待她。太子身分貴重，又是未來的新帝，將來手握天下，尊容無比。太子妃是文顯夫人的親姐，定然不會為難文茵。文茵將來即使做不了新后，地位也僅次於新后，一生必定尊榮。愛不一定要在一起，能遠遠的看著對方能幸福，也就知足了。大概我和文茵此生陰差陽錯，有緣無份。」

到了初春，軍隊平定了遊牧侵擾。陪讀們都準備行囊回京城。唯獨幾道不回，他告訴文顯：「父親一生戎馬，生了三個兒子，大哥二哥都自

小不願習武，只有自己文武兼修，還能扛起安家本職，決意啟程去安父所在的軍營從軍。」

任憑文顯怎麼勸，幾道都一言不發。文顯知道幾道心裡難受，怕回京城看見太子和文茵，這初春本是幾道和文茵結婚的日子，卻成了他從軍的時刻，天公不作美。

又過了一年，太子妃和側妃同時懷了孩子。太醫把脈，說都呈龍子之態。幾道也替文茵欣慰，一位女子將來在宮中若沒有一兒半女，恐是難熬，現在有了孩子，也算有了依靠。

又過了幾月，幾道收到文顯的書信，說文茵與太子妃同去為腹中孩兒祈福，在回城途中，文茵所乘馬車因馬匹受驚，拖車急奔，將文茵和貼身侍女甩出車外，文茵和未出生的孩子都當場死亡。

幾道看完信，以為自己會大哭一場，但他那時才明白，人傷心到極致是不會哭的，一聲也哭不出來，滿心的悲痛和憤怒緊緊握住了他的心房。

安幾道向蕭岩告假，說是回京城去祭拜故友，又像講述旁人故事那般，把他和文茵從小相識到文茵死亡的事情，原原本本事無巨細的陳述了一遍。那一刻蕭岩明白，幾道哀莫大於心死，只是反覆叮囑他，不要衝動，幾道點了點頭，走了。

從邊塞回京城路途遙遠，但他日夜兼程、馬不停蹄，五日便回到京城，一回京城他便去找文顯。

「她真的是死於意外嗎？」幾道平靜地問道。

「人已經離開，過去的事情不要再提了。」文顯轉過頭去，看向窗外的綠色。

「我只要一個真相，我不會對任何人說你是文茵的哥哥，我們從小看著她長大，看在我們這麼多年的情分上，求你告訴我，真相是什麼？」

文顯身子一震，鼻子一酸，歎了口氣說：「太子妃和文茵相隔一個月懷了龍子，按出生月份，文茵的孩子先出生是長子，太子妃的孩子雖然是嫡子，但是次子。自古以來，君王就有立長還是立嫡的選擇，若是太子妃生的是嫡長子，那麼自然就沒了這個選擇，可惜……」

「所以是太子妃派人做了手腳？」幾道問。

「聽聞太子惱怒，曾經追問過太子妃，但最終也沒有查下去，不了了之。甚至為了安撫我們文家，君王下旨半月之後將三妹嫁與太子，依舊為側妃，也算是一種補償吧！」文顯冷笑一聲說。

「為何不治罪太子妃？」幾道追問。

文顯像看著陌生人一樣，略有驚奇的回答道：「你這是在邊塞待傻了嗎？太子妃身懷龍子，這是無論如何都要保的。更何況太子妃的父親是右丞相。朝中門生眾多，親家又是鎮遠大將軍，手握兵權。太子還未登基，根基不穩，怎麼會為了文茵去得罪他們？

「就算他登基成為新帝，選擇也是一樣，文茵對於他而言，只是一時間的喜歡。你覺得他會治罪太子妃嗎？相反他不但沒有治罪，還下令把那天的車夫、侍女全部殺了，這不就是幫太子妃掩蓋嗎？

「我父親是死了一個女兒，但是他官升一級，又賞賜珠寶田地、還重新賜婚三妹與太子完婚，依舊保我文家在朝中未來的地位。再則，太子妃是我夫人親姊，我們兩家本就是姻親關係。如此，我們還能說什麼？只怨我二妹命苦，若是晚幾個月懷胎該有多好。」

幾道向後退了一步，突然一陣反胃噁心，文茵冤死，家人想的卻是升官發財、鞏固聖寵。不怪始作俑者，竟然怨一個已死之人命不好。

幾道接著去了東宮，求見太子。太子看似若無其事，依舊和氣和氣的與幾道在書房敘舊，臉上一絲亡妻喪子的悲痛都沒有，反而給幾道欣賞起自己收藏的幾把名劍。

幾道開門見山問道：「你可知文茵是我的未婚妻？為何趁我在邊境駐守之時強娶？為何娶了她又不善待她，保護她周全？為何明知是太子妃所為，卻不為文茵討回個公道？

「我自幼陪讀，苦練武藝，為的就是將來拚死都要保你周全，十數年來，每一日我父親都監督我練武，都告之我將來要保護好你。我們雖為君臣，但是我卻一直當你是我的摯友。可是你做了什麼？你把文茵當什麼？你又把我們十數年的情誼當作什麼？你給我一個答案！」說到最後，

安幾道幾乎歇斯底里般的瞪著太子逼問道。

太子本就背對著幾道，想取懸於牆上的名劍給安幾道欣賞。聽到如此質問，瞬間從牆上拔出劍來，猛的轉身，劍鋒劃破了安幾道的左額，鮮血順著傷口流出，血將左眼都遮住。

太子嚴厲的反問：「你是什麼身分，竟然敢質問我？摯友？你的身分配與我談友情嗎？你不過就是父王給我選的狗。我早就知道你和她的婚約，但是那又如何？我就是看她和其他女子不同，便心血來潮向父王討了她，她死我沒什麼可惜的，只是可惜了肚裡的皇兒。文家能和君王家結親，那是他們的榮耀，雖然她死了，但我也答應再娶她三妹，保他文家榮耀。文家人都沒吭一聲，哪裡輪到你來說話，不要拖累了你家幾十口人，現在你給我滾出去。」

幾道看著用利劍指著自己的昔日熟悉臉龐，忽然覺得陌生的可怕。他木然的轉身，拖著沉重的步子，一步步挪向大門。腦子裡迴響著那句話：「兒時我們不是總喜歡一樣的東西嗎？」東西？原來在他眼裡文茵不過是偶發興致的玩物。

後幾日，幾道在京城一家鋪子裡找到了正在為文府採買布匹的環兒，她是文茵的陪嫁丫鬟，跟在她身邊十數年，和幾道也是老相識。

幾道把環兒拉到小巷詢問文茵的宮中生活。

丫鬟難過的搖了搖頭，一邊哭著一邊抽泣的說道：「自從聖旨下來，小姐就再也沒有笑過。夫人怕她出事，讓我們全天盯著小姐，小姐跟夫人說她是不會自殺的，因為自殺就是抗旨，會連累全府上下。出嫁之前小姐一滴眼淚沒流，倒是夫人一直在哭，哭得老爺都惱了，說能和皇家結親家那是喜事，不能哭。」

「小姐自從嫁入太子府開始，幾乎沒有笑過。只有一次偶然聽文顯少爺說安公子在軍中表現神勇時，小姐笑了，笑得很美。之後就連太醫把出喜脈，小姐都是面無表情。

「在和太子妃去祈福的早上，是小姐進府以來最開心的模樣，她要我們一大清早就給她用鮮花瓣沐浴，再穿上了一身全新的白底繡金絲的華

服，還要我幫她好好梳頭打扮，收拾的格外端莊美麗。出門時，連太子妃都忍不住多看了小姐幾眼。我本也要跟著去，小姐執意不許，臨出門前，小姐忽然回頭笑著和我說：『環兒啊！我很快就要自由自在了。』」

「然後就轉身上了馬車，我當時以為小姐是指懷著身孕去哪都不方便，等再過些時日，生完孩子休養後，就可以出外走走、逛逛街市。想不到，那就是最後一次見小姐了。安公子，你也別難過了，這是意外，誰也不想的。」說完抹了抹眼淚，就飛奔出了巷口。

意外？這哪裡是意外？文茵如此聰慧之人，早就知道太子妃要謀害她，她竟然還能帶著笑，毫不猶疑的上了馬車。死，反而變成了是對她的一種解脫。

半月之後，君王退位，太子繼位，也如約將文府三小姐納入宮中。

又過了一年，父親戰死沙場。

安幾道自言自語的說完了自己和文茵的故事。

孟婆聞言，心裡也很是難受，人世間有許多曲折悲傷的故事，可是，不知她是不是與蕭岩待久了，竟也把安幾道當成了自己的朋友，忍不住對他多同情了幾分。

「可你曾想過戰場上的那些兄弟們嗎？」蕭岩冷冷問道。

「我何曾沒有想過。蕭岩，你難道不知道那是個什麼樣子的人嗎？士兵就像他手裡的一把劍，沒有生命，只有號令。」安幾道從旁邊拿起閃爍著寒光的寶劍，咆哮道：「你以為他來這戰場就是為了他的士兵嗎？不，他為自己名垂千古，豐功偉績！呵呵，哪一個真正為疼惜百姓的君王，會如他一樣處處征伐？他的榮譽，是建立在士兵的鮮血和屍骨上的。國庫空虛，民生凋敝，征伐得來的土地卻無人耕種，每家每戶的壯勞力都在服兵役，戰爭的勝果，百姓難以品嘗，戰爭的苦水卻全部倒給百姓。

「我永遠不能忘記自己的父親是怎麼死的。君王好大喜功，剛愎自用，不懂戰場，卻總要所有人聽命於他。他的戰術有誤，卻不許別人指出，我的父親就因為看出了漏洞，而被他派去送死，這是君王的樣子嗎？他的錯誤戰術害死了多少將士，難道你都忘了嗎？」安幾道歇斯底里地發

洩著心裡的憤怒。

　　文茵死了，安幾道的心也死了；父親死了，他的精神也沒了，整個人只剩下一個目標：復仇。

　　「徹底的失望，所以選擇背叛，哪怕流離百世，迷途千年。」孟婆喃喃道，伴隨著那塊殘缺之處隱隱作痛，這就是人世嗎？

　　「蕭岩，注意身邊的人，兄弟一場，這是我唯一能為你做的了。」安幾道正色道。

　　「軍營裡還有叛變之人？」

　　「他比我藏得深。」安幾道自嘲道。

　　「好。」

　　「我知道我錯了，但我回不了頭了。」安幾道擦乾眼淚，喝了口酒，接著說道：「原本想說來世再做兄弟，呵呵……罷了，你已沒了來世，就算有來世我又有何顏面見你。你們走吧，我想一個人待會兒。」

　　蕭岩默然轉身離開。從孟婆的角度看去，只能看見他身體微微顫抖，孟婆見此，默默跟了上去。

　　他們剛邁出幾步，便聽到一陣笛聲從身後傳來，笛聲如翠玉落地，帶著美妙而淒清。

　　笛聲漸落，大雪依舊，安幾道將笛子裹在繡著梅花的手絹，放在最為純潔的雪地裡。鮮血噴湧而出，染紅了周圍的雪，那人盯著笛子，露出一抹笑容。

　　笛子是文茵和安幾道的定情信物，手絹是文茵親手繡的……那是他們美好過去的見證，可惜現在都沒了。

　　幾道走了，他期盼著去下一世尋找文茵………

　　故事還在繼續，該走的終將走遠。

　　回去的路上，蕭岩默默說道他和安幾道的過去。

　　「幾道的父親安將軍，待我如師如父。他一生光明磊落，正氣凜然，即使在這陰詭的戰場上，都能保持一份儒雅與赤子之心。作戰之中，運籌帷幄，決勝千里，戰必勝，攻必取。在軍營之中，與將士同吃同住，把每

個士兵當成自己的親人。他是一個真正的將軍。」蕭岩說到這裡，語氣越發堅定。

「我們都不如安老將軍。」蕭岩輕歎道。

「孟婆，能不能答應我一件事？」蕭岩的語氣裡帶著一點淡淡哀求。

「什麼事？」孟婆問道。

「懇請你不要把這件事說出去，我想保住幾道的兄長們，保住安家，就讓我這個已死之人任性一次吧！」蕭岩道。

「好。即便你不提，我也不會說的。」孟婆道。

「多謝。」蕭岩道。

「他出賣了你，害你身死，魂飛魄散，再無來世，你不恨他嗎？」孟婆終究還是忍不住問道。朱砂痣一直都在發燙。

「恨呀，怎能不恨呀！可我恨的人太多，恨著恨著就淡了。我也恨世道的不公，可偏偏只能承受。」蕭岩道。

孟婆心口突然一陣絞痛，卻被她暗暗壓下來，蕭岩悲痛交加，並未注意到孟婆的異樣。

「你有沒有想過你的未婚妻？」孟婆不由自主地問道。

「有過。我對不起她，終究還是負了她，希望她可以忘了我，追尋自己的幸福。或許在忘川裡看著她每一世的輪迴，祝她每一世的輪迴都能幸福，是我唯一能做的了。」

蕭岩淡藍色的靈識裡飄出一股青煙，那是燃燒靈識所化的輕淚。

孟婆久久心緒難平。

來時的兩行腳印已經被大雪覆蓋，只剩下蕭岩走過的一行腳印，斗大燭光的燈也漸漸消失在大雪的夜裡。

夜裡，孟婆心口越來越痛，那種蝕心碎骨的痛讓她幾近崩潰，也不知是什麼原因，無奈之下，她通過結界去了冥界，尋找冥帝求助。

忘川水裡結出一顆靈珠，激起一層巨大的浪花，水中的惡獸受了驚嚇，大肆吼叫，可唯有奈何上有一條橋，不染水跡。

第七節

忘川下有許多靜靜沉在水底的殘魂沉魄，它們千萬年不曾湧動，而今冥河中一場變動正在悄然發生。

冥府中冥帝正在批閱生死簿，手拿陰陽筆輕點圈畫。此時一股異樣的感覺湧上心頭，讓其覺得全身血脈都在翻騰，冥帝知道，一定是冥界某處出現了事情。於是立刻凝神閉眼，腦海裡閃現出忘川水湧動的畫面，臉色霎時變白，掐動法訣，剎那間消失在原地。

一下子到了忘川河畔，站在忘川河畔的冥帝，從袖子中拿出一張符咒拋入水中，鎮住了忘川河水的暴動，安撫了其中的惡獸。隨後，符咒從水中捲著一顆血紅色的靈珠飛出來，靈珠發出詭異的幽光，輕輕落在冥帝手心。冥帝皺眉低頭望著手心的血色靈珠，抬頭視線掃過奈何橋，眉目間流露出一絲擔憂。

此時，從人間歸來的孟婆捂著胸口，跌落在奈何橋上，一手捂著腹部，一手撐起身子。抬頭間，正好撞見冥帝。

「冥帝大人救我。」孟婆痛苦地求助道。

冥帝上前扶起孟婆，沒有多說，掐動法訣，立刻帶著孟婆回到了冥府。漆黑的底色，點綴著金色花紋的房間裡，孟婆正躺在玉石床上。額間冒出汗水，胸口處衣服都被抓得皺成一團。冥帝來到孟婆身邊，將得自奈何中的血紅色靈珠，打入孟婆的胸口處，孟婆發出一聲慘叫，朱唇霎時變得蒼白，額間的汗水就像清泉一般湧出，頃刻便染濕了額間的秀髮，眼角的淚水也與汗水相融，順著秀髮流下，滴在床上。

見此，冥帝眉頭微皺。冥帝又在孟婆額間朱砂上輕點，一股靈力滲入其間，孟婆咬緊的雙唇便微鬆，緊緊抓皺衣服的雙手也恢復了血色。

昏睡中，孟婆沉入了夢境，這是她做孟婆後第一次做夢。

夢裡，一個手握紅纓槍的姑娘，穿著紅色的衣服，簡便的束腰，高高梳起的頭髮襯出姑娘的精神。姑娘雙手一動，纓槍飛旋，在空中綻放槍花。時而收，時而辟，時而轉，時而旋……各盡姿態，將纓槍的槍術發揮到極致。

　　周遭杜鵑花開得正盛，圍了十幾個男女，正在七嘴八舌讚歎姑娘槍術優秀。不遠處亭子裡站著一個男子正在作畫，畫臉上的女子好像就要投出手中的纓槍，一氣呵成，可惜夢裡朦朦朧朧，孟婆什麼也看不清。

　　女子舞畢，收槍，作畫男子隨即站了起來，輕拍雙手，微笑道：「渥丹妹妹的槍法又精湛了，我也要繼續努力練劍了。」

　　「賽奎哥哥可是琉國的大將軍，常勝將軍，兵法謀略樣樣精通，劍法更是爐火純青，怎得和我一個小女子比較起來了。」渥丹語中調笑，似有嬌羞之態。

　　「妹妹身為璃國的女將軍，在戰場上運籌帷幄，不輸男兒半分。」賽奎調侃中分明帶著滿滿的驕傲與肯定。

　　「我們回去用餐吧！」渥丹道。

　　「嗯。」賽奎贊同道。

　　於是兩人牽著馬悠悠步行。

　　兩人走過長滿杜鵑花的小路，穿過充斥叫賣聲的鬧市，最後在一座將軍府停下來。旁邊棗紅色的馬兒很有靈性，渥丹輕輕摸了下牠的頭，說：「追風真乖。」然後側身看了看賽奎那匹棗紅色的「破風」，微微一笑。

　　宏偉的將軍府裡，走過長廊，來到一片空曠、雲紋分散遍布的大廳，入眼的便是泛著寒光的寶劍。古樸的寶劍雖無各類閃亮亮的寶石鑲嵌在上面，但端放在木架上，卻透露著壓倒一切的驕傲與從容，以往的客人都不由得讚美主人家的高貴品質。大廳裡兩排古樸的黑色桌椅，被擦得發亮。

　　渥丹領著賽奎來到餐桌前，此時兩位身著雅致紫色連衣裙的中年貴婦正談論哪種花更美，笑聲時不時起伏。旁邊是兩位膚色古銅的中年男子，身材魁梧高大，正悠閒地品著茶。

　　孟婆跟了上去，卻發現自己突然能看到所有人的面貌了，但是賽奎

和渥丹仍舊模模糊糊。

「去哪裡了，回來這麼晚，是不是奎兒又帶你亂跑了？」其中身著紫色衣裙的貴婦人拉著渥丹坐下，又回頭瞪了賽奎一眼，接著又轉身貼心的將筷子遞給渥丹，說道：「應該餓了，快點吃吧！」

「叔叔，我們沒有亂跑，我幫渥丹妹妹作了幅畫。渥丹妹妹的槍法越來越好，真是得到了渥將軍的真傳。」賽奎對著上座的渥將軍抱拳道。

「哈哈哈，你們賽家劍法也是一絕呀！」渥將軍拍腿大笑。

「渥兄謬讚了。」賽將軍也笑了起來，兩位父親對子女都極為自豪，於是端起酒杯對飲起來。

禮畢以後，賽奎與渥丹來到一個房間，「這是我父親的書房，他經常在這裡制訂一些軍事布防什麼的，一般沒事的時候都不許我進入，今天托你的福，來給你挑選兵器。我父親對你真好，我就是隨便說說書房裡有寶劍，父親就要你選一件送給你。」渥丹撒嬌道。

「我可是他未來的女婿，對我好不就是對你好嗎？」賽奎輕輕刮了一下渥丹的鼻子。

「胡說什麼呢？誰說我一定要嫁給你了？」渥丹嘟起嘴。

「我們琉國和璃國本來就是兄弟國，向來互相扶持，一起度過了很長的歲月。琉國國王和璃國國王是兄弟，彼此之間子女也有結親的，你我兩家又都是將軍，我們兩個的父親也是結拜兄弟，你我結親有什麼不好？」賽奎認真道，「再悄悄告訴你一個消息，此行而來定然說起結親一事，你定會是我們賽家的媳婦。」稍稍靠近了渥丹。

「胡說什麼呢？我要做女將軍，我才不要當你的媳婦，現在我要幫你挑選兵器了。」渥丹推開賽奎，跑向兵器旁邊，挑選起來。

賽奎站在原地，似是輕笑。臉一轉，無意間看到了桌子有張畫卷，卻是璃國的軍事布防圖，拿起仔細推演了起來。兵書武器乃至軍事布防、戰略等對每一位將領都有無可抵擋的吸引力，他也不例外。

半響時間裡，渥丹挑得仔細無比，賽奎也看得仔細無比。

「怎麼還不過來？」渥丹從旁邊走過來問道，有些氣惱地問賽奎。

「我馬上就來。」賽奎意識到自己正在做一件錯誤的事，即使他和渥丹要結為夫妻，但有些東西還是得避嫌。隨後他甩了兩下頭，希望將腦子裡那些關於軍事布防的東西全都忘掉。

「那是我父親畫的，厲害吧！」渥丹帶著小驕傲地說道。

「嗯，畫的非常好，但是我不是故意的。」賽奎不好意思地回答。

「你們應該是一種英雄惜英雄的感覺，不用在意。」渥丹寬慰道。

站在旁邊的孟婆覺得發生了什麼。

下一刻畫面停滯，跳躍到一個新的場景，戰場上一片血雨腥風，戰旗跌落，戰馬嘶鳴，天地昏暗，一場慘烈的戰爭正在進行。賽奎穿著鎧甲，面容肅穆，端坐在布防營主位上，身後是一張與渥丹父親書房裡一模一樣的部署圖。

渥丹在戰場上廝殺，紅纓槍在手中飛旋，一個個敵人倒在她的腳下，她的臉上滿是鮮血。棗紅的馬兒托著渥丹，走過血紅的戰場，只留下噠噠的馬蹄聲和嘶鳴聲。

這時躺在床上的孟婆流出眼淚，順著髮絲滑落，身軀開始扭動，似乎想要醒過來。

不久後，孟婆睜開了眼睛，迷迷糊糊的，那是夢嗎？孟婆問自己。

又是賽奎，還有一名叫渥丹的女子，這兩人，和自己有什麼關係嗎？

她走到冥帝的書房門口，往裡一瞧，冥帝果然在此，正在作畫。

「你醒了，覺得如何？」冥帝抬眼看了看到門外的孟婆，放下了手中的畫筆。

「多謝冥帝大人救命之恩，孟婆永世難忘。」孟婆跪謝。

「不用謝我。」冥帝淡淡地說道。

「但這是怎麼回事？」孟婆問。

「今日忘川水異動，水中生成一顆靈珠，你回來時靈珠就飛去你身邊，我想這靈珠與你有緣，便將其打入你的身體，不知怎麼回事，正好補了你殘缺的靈魂。」冥帝道。

「我以往胸口總是疼痛難耐，總覺得缺了什麼，原來是因為我的魂

魄不完全。但我是何時失去了那部分靈魂的？為何忘川水能結出靈珠，正好補我殘缺的靈魂？」孟婆臉上露出不解，急忙問道。

孟婆雙眼微紅，急忙對和墨施禮，想求和墨告知。

「冥界萬千事，我不清楚的事情太多。」冥帝和墨依舊淡淡地道。

「或許當你的三魂七魄補全了，你就什麼都知道了。」冥帝補充道。

「我做了一個夢，夢到一個叫渥丹的女子和一個叫賽奎的男子，渥丹和賽奎似乎處於不同的國家，他們似是訂了婚。但是夢裡還有一片戰場，她們在開戰，這夢和我有什麼關係嗎？還是和我缺失的部分有關？她是我的前世嗎？還是那靈珠裡面的記憶？」孟婆接著問道。

「或許吧，忘川河水，殘魂沉魄數不勝數，每個魂魄裡都有一段刻骨的回憶，只知道那靈珠與你有緣，能補你魂魄。」冥帝搖搖頭。

孟婆眼中露出了失望的神色，靜靜地站在原地，希望和墨能告訴自己更多資訊。

和墨再次看了下孟婆，說道：「你接下來還要去凡間幫人還願，不過有個問題，你不能再附身在那人的肉身上了。」

「為什麼？」孟婆不解。

「靈珠有煞氣，這不是什麼人都能承受的，那人不過凡胎肉身，怎能承受忘川這極陰之地所化出來的靈珠，若你帶著靈珠一進入，那皮囊便化作塵埃了。」

「我必須替他完成願望才行。我在人間無法化成人形，只能借助他的肉體才能為他完成心願。現在不能附身了可怎麼是好？」孟婆心憂道。

冥帝像早有準備似的，不急不徐地從長袖之中拿出一個小人偶，樣貌與孟婆別無二處。在人偶的手中還有一顆透明小珠，說道：「這人偶可助你在凡間化身成人形，讓你行動自如，至於那人的靈識，就讓他重新控制自己肉身，你將這凝時珠給他服下，便可保他在契約到期之前肉身如新，不壞不腐。」

此時，門外鬼差來報，代職孟婆的招弟，領著一個亡魂來求見冥帝。說是這鬼民死活不喝孟婆湯，跪在地上不停的磕頭，說就想問冥帝一個問

題。招弟拿他實在沒轍，又見其可憐，惻隱之心由生，便將其帶了過來。

冥帝揮了下如玉般的手，示意讓他們進來。

門外的招弟領著那亡魂到了，孟婆定神向門外看去。

只見一盲眼少年手持竹節，跟在招弟身後，探路而行。便進了書房，跪拜在冥帝面前，冥帝道：「你有何執念，為何不願轉世投胎？」

那少年聽到前方傳來的聲音，雙手撐地，用顫抖的聲音說道：「我自幼父母雙亡，身有殘疾，跛足而行，幼年時只能以乞討為生，好心人給的殘羹剩飯我都心懷感恩，不敢浪費一點糧食。到了十二歲少年之時，有了些氣力，就上山打柴賣錢，維持生計，旁人砍三捆、我就砍五捆、賣了錢後，不單是自己吃，常買些饅頭分給乞兒。

「日子就這麼一天天過去，轉眼到了十七歲，雖然日子窘迫，但我喜歡助人，幫人推磨割草我都幹過。我們那誰家有事，只要招呼一聲，我就會去搭把手。

「一條湍急的河上本有石橋，我十八歲那年卻因為洪水沖走了大半，每當河床漲水時便無法通行，苦壞了大家。於是我每日賣完乾柴便天天撿石頭堆在橋邊，日積月累，石頭堆成了小山。我鼓動了村民們，一起再用這些石料建造石橋，但我在一次鑿石時我被崩瞎了雙眼，可是我沒有絲毫怨言，依然默默地幫助他人。

「橋建好之時，我們正在橋上歡慶，突然烏雲密布、狂風大雨、電閃雷鳴、其他人安然無恙，而我竟在這石橋之上被天雷擊中而亡。我想問為何我行善積德卻這般坎坷苦難、年紀輕輕死於非命。而世間一些作惡之人卻錦衣玉食、得享終老。斗膽請教，這是何天理？」

孟婆在屏風後一邊聽著一邊閉了眼，這少年的際遇比招弟不被當人來看還悲慘。

和墨聽罷，平靜的翻開擺在桌子上的因緣簿，向這枉死的少年說了他的因緣。原來少年上世做惡多端，罪業極大，償還那一世罪惡，需三世惡報才能還清。原來的安排，是第一世以孤兒殘疾之身乞討一生；第二世以雙目眼瞎靠拉小曲艱難度日；第三世遭雷擊暴屍荒野。

他第一世轉生孤兒殘疾，最初也只能靠乞討為生，但他辛勤勞動換來食物，並分於他人。又常做善事，就算崩瞎雙目，也無怨無悔繼續盡自己力所能及之力，幫助別人。

於是，上天就讓他一世還了兩世的業，讓他崩瞎了雙眼。可他還是不怨天尤人，依舊樂觀堅強，做著好事。於是上天就把他第三世的業力也拿過來一世還，所以雷擊斃命。三世苦，一世清。

少年聽畢，恍然大悟，癱坐在地上。

和墨接著說：「這因緣簿上寫著你下世投胎京城富商大賈之家，榮華富貴一生無憂。只盼你下世也多做善事，多積福報，因果報應不差分毫。你速跟招弟前去，飲下孟婆湯，好托生富貴之家。」

少年在地上連磕三個響頭，感謝冥帝點化。連連道謝，隨後緊緊跟隨著招弟去了輪迴，走時，孟婆看他嘴角微微上揚，心中滿是對來世的期盼和憧憬。和墨滿意地看著盲眼少年遠去的身影。

看到盲眼少年能有個好來世，孟婆也為他感到欣慰。見他們走了，便從屏風後走出來，想起同樣淒慘的招弟，忍不住問了問：「招弟前世像他一樣苦，是不是來世也可以投個好人家呢？」

「不會的。」和墨轉過身對孟婆淡淡地說道：「招弟來世仍就很苦，她前世雖受磨難，但沒有熱心幫助別人，善行不積沒有陰德。何為陰德，便是默默的做善事不留名，付出不求回報。何為功德，就是旁人皆知這善事是他做的。陰德比功德的福報高，那少年一世還完三世的惡報，皆是因為他默默做的好事多了。而招弟前世只為自己家人操心勞累，沒有關愛別人，自然累計不了福報，又何談投生好人家呢？這因果定數，自在人為，我也改變不了。」

和墨見孟婆略有所思的表情，接著說：「孟婆，你要記住人生在世，皆無法超越這因果業力？但是命運可以選擇，做對的事則順天而行，就可以得到改變。果隨因變，兌現昭然。」

孟婆在一旁默默的聽著這一切，內容晦澀難懂，但冥帝今日對著自己說這番話，恐有深意……

第八節

　　拜別冥帝，孟婆靠著和墨給自己的法寶現出人身後來到了戰場中蕭岩的營帳中。此時天正微微亮，從山谷上漫過的晨時陽光如利箭般從叢雲中射出，射向蒼茫大地。

　　被孟婆落在軍中的蕭岩，靈體上那越發明亮的藍色昭示了他此刻的不安。來回踱步，看著自己躺在軍床上毫無反應的肉身，憂心忡忡，很是著急。這時孟婆從蕭岩背後出現，輕拍蕭岩的肩膀，蕭岩下意識地一把抓住孟婆的手腕，又反手要去掐住孟婆的脖頸，將軍的本能並不因為已經死去就消失。

　　「幹嘛？是我！」孟婆拍拍蕭岩的手，大聲道。

　　「抱歉，戰場廝殺久了，對不起……你之前是怎麼回事？去了趟冥府之後，沒事吧？」蕭岩急忙問道。

　　「算你有點良心，知道問問。我沒事了，不過你有事了。」孟婆輕笑，眼中滿是狡點。

　　「你沒事就好。」蕭岩舒了一口氣，卻不問自己發生了什麼事情。

　　孟婆自覺沒趣，正經道：「現在你可以回到自己的肉身裡了，以後我就用原來的樣貌跟著你。唔，這是冥帝給的凝時珠，你服下之後，就可以回到原來的肉身，肉身如新，不腐不壞。」

　　孟婆將手中的凝時珠給蕭岩後，接著說道，「但是你已經離魂多日，在凝時珠的作用下，肉身雖如舊，卻沒了常人般對於外界的感覺。」說到這裡，孟婆不免有些遺憾。

　　「好。」蕭岩淡淡接受。

　　蕭岩能感覺到，孟婆去冥府回來以後，多了幾份惆悵和思慮。

　　但兩人之間形成了某種默契，一個不多問，一個不多說。

蕭岩看了看手中的凝時珠，仰首服下，一瞬間便覺丹田一陣火熱，隨後這股火焰快速到擴散全身，讓他失去了意識，沉睡過去，進入到夢中。

　　夢裡，蕭岩再次看到了那張魂牽夢繞的臉。柳嫣回眸，眸中似有淚花，眉間稍顰，後來似乎看到了什麼，嫣然一笑，燦若星辰。

　　高高梳起的秀髮在身後像水波那樣浮動，身著紅衣奔向一個看不清容貌的將軍，那將軍身披鎧甲，騎在一匹棗紅色的戰馬上，手裡握著一把閃爍寒光的寶劍。

　　蕭岩看見柳嫣帶著笑，湧入那將軍懷中，那將軍便將柳嫣抱起來，狠狠轉了幾個圈。蕭岩嚇傻了，他從來不知道柳嫣還能精靈活潑，彷彿同一個軀殼裡住著兩副靈魂，記憶中的柳嫣雖然瀟灑大器，卻總帶著富家千金的三分矜持。

　　蕭岩知道那個將軍定不是自己，心中泛起苦惱，但瞬間便又帶了一絲欣慰：柳嫣最終還是找到了好歸屬。

　　夢外蕭岩嘴角帶笑，心中卻有些苦澀。不一會，蕭岩努力地睜開眼，卻發現自己已經回到了久違的肉身裡。他本能覺地想要解開袍子，看看自己的肉身。

　　「嗯，嗯，那個，你一大早的要沐浴嗎？幹嘛解開衣袍？」在一旁的孟婆顯得有點不自在。說起來也是怪，自己穿著人家那皮囊兩個月的時間，該看該摸的地方閉上眼就知道是怎麼回事，那時也不覺得臉紅心跳，怎麼人家靈識一回軀體，見到寬衣解帶的「蕭岩」，她反而有些羞澀了。

　　蕭岩醒來只顧著捏捏自己久別的身體，全然忘記孟婆也在帳中。聽到孟婆出聲，不由得尷尬起來。他趕緊穿好衣衫，對孟婆做了一揖，說道：「謝謝你給我機會讓我再活一年，也謝謝你讓我回到了自己的軀體，我在生之時並不覺得身軀可貴，死過之後才覺得一縷髮絲都那麼有生氣。」

　　蕭岩做完揖，抬起頭來，看見孟婆的容貌，那額間的朱砂更是看得清楚。朱砂鮮紅，如某日清晨柳嫣家中的那朵牡丹花，吊著幾滴露水，嬌豔美麗，讓人移不開眼。但那朵牡丹花雖美，卻抵不過孟婆此刻的巧笑。

　　此刻，孟婆額間朱砂雖美，增來減去，不損佳人絲毫風采。

「看什麼，你又不是沒見過我的原貌。」孟婆意識到蕭岩在看自己，用手在蕭岩眼前閃爍，凶巴巴的說道。

「我夢到柳嫣了，她很幸福。」蕭岩沒頭沒腦說了一句，孟婆一下子懵了。

孟婆回過神來，繼續補充道：「你現在回到自己的肉身了，不過你不會再有生前的感覺，你將不怕疼痛，不畏寒冷，不會饑餓，不知口渴，但是為了掩人耳目，你每日還是要正常進食喝水，別讓人看出了破綻……」

「謝謝，我現在這樣就很好。」蕭岩淡淡道。

孟婆想起安幾道，問道：「安幾道背叛之事，你怎麼處理？」

想起自盡在山崖之上的安幾道，孟婆便有些頭疼。

「我會處理的。」蕭岩淡淡道。此刻的蕭岩坐在床上，伸展肢體，慢慢適應著自己原來的身軀，隨著體溫逐漸升高，面色逐漸也紅潤了起來，肌肉也有了彈性，正驚歎於凝時珠的奇異效力。

「幾道叛國，可是大罪。這次戰役如此蹊蹺，軍中其他將軍難道不懷疑有內奸嗎？而且這樣做對得起被安幾道害死的那些戰士嗎？」孟婆質問，語氣重帶著不滿。

「我已是死過一次的人，還怕什麼大罪？對我而言，那些束縛已經不在了。至於戰死的兄弟，此刻或許已經入了輪迴，重新投胎，或許會有更好的未來，這世界上哪裡不比戰場好，況且生死由命，從踏上征程的那一天起，我們都做好了戰死沙場的準備，還有君令最大，我們只要去努力完成君王交托的任務便好，就算馬革裹屍那也是死得其所，這就是使命。但是這些天來，我發現我們這些將士都錯了，我們真正應該守護的是這個國家，是千千萬萬的百姓，而不是某一個人。」

蕭岩眸色沉沉道：「幾道確實犯了錯，但他為自己的錯付出了生命的代價，而且經過冥府的審判，他將要慢慢償還此生所犯的錯、所欠下的債。這就夠了。」

蕭岩不信自己的好兄弟會如此不知分寸，將自己陣營的作戰計畫毫無保留的全部告訴敵方。他知道安幾道雖然痛恨君王奪取他的所愛，令其

慘死；恨他十數年情誼全無；痛恨他剛愎自用，將幾道忠言直諫的父親處死，甚至都不讓家人帶回故里安葬，說是把安老將軍埋在這荒蕪的山坡之上，讓他死後看著自己如何取得戰爭的勝利。

兩個月前那一戰，敵軍幾乎是帶著全滅蕭岩軍隊的姿態，直搗咽喉，蕭岩相信，那不是幾道會做的事。安幾道說還有一個隱藏更深的內奸，或許是他。

此時帳子裡靜靜的，一束穿過窗戶透進來的光，劃破了此間的靜默。

「你身體雖然看似沒事了，但還是在帳子裡修養身體，別跑出去。」蕭岩道。

「你是怕忽然出現一個人，而且這個人將和你形影不離，你不好交代吧！尤其是這個人還是個女人，怕你未婚妻知道吧！」孟婆調笑地說道。

「你可以女扮男裝。」蕭岩道。

「我才不要穿那些臭男人的衣服，我不要。」孟婆眉目見露出厭惡。

蕭岩想到這裡，不免有些頭疼，軍中突然主帥帳中忽然出現了一個女子，還要長期進進出出，這確實得想個說辭才好。蕭岩轉念一想，轉身拿起一套士兵的服飾，給孟婆套上，孟婆剛想反抗，蕭岩輕聲細語地說道：「你委屈一陣子，穿上這身行頭，與我一同外出，我只有辦法將女兒身的你帶入軍中，且信我一回可好？」

孟婆見他眉目間有著一切都在掌握中的自信神色，也就同意了，順從地打扮成小兵，緊隨著蕭岩出了軍營。臨走之時還和陳將軍交待自己要出去一日，翌日午時歸營。

陳將軍道：「卑職必定守好大營。」蕭岩拍了拍他的肩膀，說了句：「有勞了。」於是轉身帶著孟婆朝大門外走去。

大雪停了。地上的雪正好沒過小腿，太陽光撒滿大地，陽光反射，照的人睜不開眼。

昨夜與安幾道喝酒的崖間之上，寶劍還插在安幾道的胸口，露出來的劍端覆滿冰凌，地上的鮮血也被層層的大雪覆蓋，蕭岩沖著安幾道所看的皇都方向，彎腰扒開厚厚的積雪，找到一張手帕和一根冰涼的笛子。

然後，然後扛起安幾道早已硬僵的屍身，離開了崖石。

孟婆一言不發的跟著後面。

約莫一個時辰後，蕭岩扛著安幾道站在一座孤墳前，墳前只是豎了個無字的木牌。蕭岩說，這就是安老將軍的墳。他一生報國萬死的真英雄，到頭來換得淒清戰場上，孤墳一座，無字牌一塊。孟婆聽了，著實令她淒涼唏噓。

剝開層層積雪，挖開僵硬的土層，蕭岩將安幾道放了進去。孟婆看見安幾道那雙眼睛似乎還在盯著他的君王。安幾道縱橫沙場，為了自己的君王撒過熱血，亦是朋友一腔熱血，不懼苦難，也曾因彼此無情的傷害萬念俱灰，萬劫不復。他文韜武略，驍勇善戰。到頭來陪葬的卻只有一根笛子和一塊手帕。孟婆默然。

「生前萬人敵，死後不過也三寸土地。」孟婆暗想。

兩座無名的墳立於荒涼之地，沒有人知道它們之間的關係。

孟婆心裡忽然有點堵，想說點東西卻不知道說什麼，孟婆本是接引死者的使者，見過無數的悲歡離合，卻被這番景象所觸動，努力的壓抑著呼吸，眼眶微紅。

蕭岩安慰地看了她一眼，輕輕拍了下她的肩膀，說：「已經結束了，我們走吧，我們去遠處的那個小村。」蕭岩手指，孟婆看見一個小村莊在視野盡頭露出屋頂。

「嗯。」孟婆仰起頭，不讓眼淚掉下來。

兩人在雪地裡步行了兩個時辰，才走到一個邊民的村寨。孟婆邊走邊想，這只有他們兩個能抗得住如此寒冷，在雪地裡不間斷的行走。

進了村寨，孟婆看先村民衣著不像內地服飾，更奇怪的是，村裡的人毫不驚奇地朝蕭岩微笑著點點頭，像以往就認識一般，孟婆大為迷惑。

蕭岩也不多言，帶著孟婆來到村子角落的一個簡陋瓦房裡，抖了抖身上的雪，讓孟婆在瓦房內稍坐片刻，說他去去就來。孟婆沒來得及問蕭岩去哪，蕭岩的身影就成了一個小點。

「哼哼哼！有了身軀就是不一樣，說走就走，瀟灑的很，想當初附

在我耳邊朱砂痣裡時多乖巧啊，哼！」孟婆心中略有些不滿。開始觀察起這件小屋來。

過了半刻不到，蕭岩就回來了，手上拿著一大包東西，對孟婆說：「你換上裡面的衣服，我在門外等你。」然後轉身出了房門。

孟婆牙癢癢的打開包袱，一看裡面有好幾套邊民的民族女裝，挑選了其中一套淺藍色的衣裙穿上。邊民的衣服自然沒有什麼綾羅綢緞，而是再普通不過的粗麻布衣，裡面毛糙的讓孟婆想要使出術法變出一套衣物，但是最終忍住了。穿好後，孟婆敲了敲門，提醒蕭岩。

「進來吧！」孟婆高聲喊道。

蕭岩推開木門，定眼一看，藍色的衣裙裹住孟婆洛神般的身軀，這樣素無華的裝扮，反而更襯出孟婆的清雅脫俗。

蕭岩合上木門，對孟婆說：「這裡是兩年前我和幾道在村民手中買的小屋，我們時常來這裡飲酒。」他停頓了一會，又想起了往昔的日子。

歎了口氣，接著繼續說道：「你的來歷我已經想好了，你便說那日血戰，我失血過多暈死過去，戰場一片死屍，我掙扎求生，動了聲響，幸得一放羊老翁尋聲前來相救，用家傳十一代的草藥療傷止血。之後又將準備拿去賣錢，將本打算拿去換棺材本的百年野山蔘燉於我吃，這才保我一條性命。你就說你是老翁唯一的女兒，老翁自知時日無多，這邊塞戰事連連民不聊生，自己一旦走了便留下你一人孤零零的，恐受人欺凌。便想拜託我認你為義妹，帶回軍中代為照顧，這可好？」

孟婆聽得兩眼發直，哎呀呀，居然沒發現這濃眉大眼的大將軍，說起謊話也是面不改色的，悻悻的說：「好吧。那我們何時回去？」

「今日夜色已晚，帶著一女子夜行回營恐有不妥。」蕭岩淡定的說：「待明日日出，我們便可返程。」

「嗯。」

長夜無聊，這村寨中每家每戶都早早的拴上了門閂，偶爾能聽到幾聲狗吠，除此之外寂靜得可怕。

孟婆見蕭岩一人坐在牆角若有所思，便也湊了過去，並肩席地而坐，

說道：「你給我講講你聽過的故事吧，這長夜太悶。」

蕭岩搖搖頭說：「我在想軍中隱藏至深的內奸是誰，沒什麼情緒。」

「既是無頭緒，說個故事不是更好，解解乏，別想壞腦子，好歹我幫你要來一顆凝時珠，讓你能回到自己的身體裡，這珠子你不知道多難討要啊，冥帝一直捨不得給我，我是許諾好多條件，還連誆帶騙的才要來的，而且……」孟婆故意誆著蕭岩，她知道，蕭岩最害怕欠人人情了。

「打住，我說。我告訴你一個故事，算報答你幫我要來了凝時珠。」蕭岩果然上當。

「坐好，我講給你聽。這個故事是三年前，幾道和我拜訪終南山張道爺時，道爺那時說給我們聽的。」

據傳，天下萬物凡有耳鼻眼口七竅者，皆可修行。只是修煉極為繁雜。不僅需吸納日月精華、天地靈氣，也需克服心魔，積德行善，以求化去獸形，獲得人身。所以道士們才總說：「人身難得。」修煉境界中，全陽即為仙，半陰半陽便為人，全陰卻為鬼。而動物修仙便要全陰轉陽，這其中的難度可想而知，所以自古以來動物化形寥寥無幾。

幾百年前，在西北蠻荒之地，有一隻小白狐，有一天其母和其他的兄弟姐妹都被獵人獵走，只剩牠一個在土洞中瑟瑟發抖。但牠機緣深厚，就在牠快凍死之時，被一個上山砍柴的小道童發現。道童內心純潔，懷有慈善之心，不忍見牠死去，便將它抱回山崖上只剩師徒二人的破爛道觀。那日師父見他帶了一隻幼狐回來，言說這會造成大因果，但是沒有阻攔道童。於是道童每日從自己的口糧裡剩下點食物餵養，把狐狸養在身邊，跟隨自己修道。這狐狸一天天長大，在道觀裡聽經的日子久了，不自覺便開了竅。幾年之後，卻突然消失了，道童不解，師父說：「那白狐已然開竅，自會去修行，盼牠修成正果。」道童恍然大悟。

卻說那白狐歷經千年清修，吃盡千辛萬苦，屢遭雷劫，終於只剩一劫，即可成道。而這一劫，與此前的天雷劫相比，反而輕鬆異常。西北大山深處有一個山村，幾日之後就要爆發山洪，到時全村一百人口都會遭遇滅頂之災。這白狐最後一劫，卻是去救三條人命，便可成功飛仙，若能救

的更多，自然是功德更為深厚。

這白狐那日化作壯漢，手推板車，在板車上放了些日常雜物，稱自己是名行商，路經村莊。他剛進村口就見一老漢急忙向他走來，他正納悶，只見那老漢直溜躺在他車前，不知何時抹了把血抹在自己臉上，哎呦哎呦的直叫喚。直說他撞倒了他，聞聲而來的村民，便將白狐暴打一頓，又把車上貨物一搶而空。

白狐吃了虧，但心裡又著急，第二天日又化作一中年女子進村，想與那村中婦人們聊天家常，把過幾日要山洪爆發之事告知。怎料剛進村口就圍過來四名大漢，色迷迷的看著她，話還沒開口，四隻手扯她的衣裙。白狐一見，嚇得一溜煙跑了。

第三天白狐又化作一名白髮老人，背著一包裹，自稱修行之人，觀天相兩日之後午時，山洪爆發，讓村民們去隔壁山上暫避兩日，方得周全。豈料村民們聽完哈哈大笑，之後竟有人一把搶過老人的包裹，將裡面衣物財務奪走，又將其衣衫剝去，暴打一頓，趕出村外。

至此，白狐終於明瞭，老天為何會天降大禍，欲要這村子滅絕。為什麼這又會成為自己的一劫，原來這村裡的住戶，個個背景複雜，逃債的、躲案子的、隱姓埋名的流寇山匪。

救不下，自己千年苦修竹籃打水。白狐躲在山坡大樹之後，眺望村莊，越想越無奈，越悲愴，這麼多年的苦修，到最後一關，竟然過不了，個中委屈只有自己知道，想著想著就禁不住哭了起來。

「咦，這隻狐狸會哭？」身後傳來了一聲驚叫，驚得白狐連跳三下。

白狐回神一看，只見一個扛柴的清瘦少年正在大樹前面看著自己。

「您是狐仙吧？為啥歎氣？」小夥恭敬的說。

白狐點頭，少年欣喜若狂，白狐觀察起少年的命運，看到少年是個私生子，命苦，還在襁褓之中就被丟在了村口，爹娘是誰也不知道。村人收養了他，但是村子貧瘠，只能東吃一天，西吃一天。吃百家飯，穿百家衣長大的。少年說對村子感情極深，又和村人熟悉。

白狐聽得心頭大喜：「這等知恩圖報的人，告訴他村子即將遭難的

事情，他必然會助村子逃脫的，到時候我的劫難也會過去。」

於是和盤而出，少年聞罷，向著遠處的村子飛奔而去。

第二天午時，隨著山村北坡幾聲震耳悶響滾過，山體轟然坍塌，洶湧泥漿與山石，頃刻間填埋了小村。

可白狐左看右看，只見那小夥一人在隔壁山頭。除此之外，村裡再也無人生還。

白狐面若死灰，問道：「其他人呢？」

那少年哈哈大笑：「我壓根就沒告訴他們。從小到大，每次我去吃飯都被打得滿地滾，粗活累壞都是我幹，我受他們的白眼，他們死了，也沒人嘲笑我是不知拿來的野種。」

他又補充道：「等天晴了，水消了，我就下去挖。我知道誰家有錢，那自然都是我的了！」

白狐聽罷，呆若木雞，少年從他身旁笑著下了山。

千年苦修化為流水。白狐慘笑一聲，突然化作人形，猛然躍起，抱住小夥子，一起跌進了滾滾洪流中：「你這少年披了人皮，卻是獸心。似你等禍害，活著何用？一起死吧！」

故事完畢，孟婆幽幽地歎了口氣，評論道：「知人知面不知心，人心真是變幻莫測，難怪曾聽聞渡人最難。」

蕭岩自顧合上眼睛，也不接話，靠著牆角睡去。

反倒是孟婆聽了這個故事，徹夜難眠。

陽光再次到來，蕭岩帶著孟婆回到了軍營，進入軍營後，將士們看著孟婆議論紛紛。

這幾日軍中傳言：安幾道安將軍因心腹部下戰死，自己未能保護，便心懷自責，去了崖間祭祀。怎料雪大路滑，又喝了酒，不慎從崖上滑了下來，跌落而死，屍體也被雪狼蠶食無痕。只剩一片血痕，今早蕭將軍尋覓安將軍不見，料想可能去了往日飲酒的山崖上，怎料只在崖底見著一灘血，一把劍，又看到旁邊虎視眈眈的群狼，猜想安將軍可能遭遇不測。

又說蕭將軍兩月前獨身歸來，原來是一養羊老者相救，昨日老人已

死，帶人托口信請蕭將軍認她為義妹，並代為照顧他的女兒，於是蕭將軍便去老者居住的地方將義妹帶來軍營。

安將軍的死和蕭將軍義妹的來到，在軍營裡沸騰了幾天，隨著時間的推進，更重要的事出現了。

天才放晴了一日，便而轉陰，還不時伴隨著大風和幾片雪花。此時大雪封路，已經半月有餘，軍營人心惶惶，糧食不足，軍衣有限……把蕭將軍義妹到來帶來的喜悅也沖了下去。

這幾日蕭岩悶坐在營帳裡，看著各種地圖，不斷推演各種路線，派出斥候四處打探，可結果往往是大雪阻隔，此路不通。

隨著時間的推移，危機越來越盛，將士們開始開始出現凍傷和饑餓。

「要不我幫你找條路？」孟婆站在蕭岩的身邊問道。

「你不是不能隨便用法術嗎？」蕭岩發問道。

「你呀，笨腦袋。我不用法術，但我可以用靈識飛在半空看呀。正所謂站得高看得遠，即使找不到路，也省得派兵四處看，不至於浪費時間呀。」孟婆說道。

「那就有勞了。」蕭岩大喜。

孟婆的靈識從肉身中飛出，空中大風凜列刺骨，雪花紛飛礙眼，孟婆渾然不覺。

一刻鐘，兩刻鐘，蕭岩想要收回高高抬起的頭，但又覺得發現收不回來，便抬手捏了捏脖頸，發現已經僵住。蕭岩輕笑，心裡暗想：「原來是真的什麼感覺都沒有了，這樣也好。」

活動了一下身子，四處踩著雪，蕭岩繼續在原地慢慢踱步等待孟婆。無情的風雪刮在臉上，不一會頭便白了，風闖過房梁，發出颯颯的聲響，等到周圍的雪地被蕭岩踏平，孟婆也回來了。

看著臉上帶著笑的孟婆，顯然她帶來了好消息。

穿過巡防的士兵，孟婆和蕭岩來到營帳，疾步走到地圖前，把地圖展開，孟婆手指順著一條路線劃過，回頭對著蕭岩輕笑。

第九節

　　半個月來，由於大雪封山，道路上三尺深的大雪，出行都不方便，更不要說運送物資了。但幸好物資運不進來的同時，敵人也進不來，這算是一個意外之喜吧。即使敵軍生於嚴寒之地，適應嚴寒的戰場，在冰雪的戰場上所向睥睨，也沒有搬山之術，只能乾瞪眼，攻不進來。

　　士兵們都知道，在封山的大雪後面，是整裝待發的敵人，敵人們正期待一個雪化的時刻。那將是最慘烈的廝殺。

　　雪不化，敵人進不來，糧食也運不進來，雪化時刻，虎視眈眈的敵人一定比糧食先來，為今之計，便是必須先想出一個辦法，先運來糧食，讓將士們吃飽，保證軍隊的戰鬥力處在巔峰，才是上上之策。

　　孟婆剛才在空中找到了一條路，那條路卻不怎麼順暢，蕭岩說它有著一段古老的歷史。

　　此路在軍營西北方向，盡頭是一個古國，叫璃國，據史冊記載，璃國的都城被一個叫琉的國家所屠。因屠殺導致怨氣過重，每到夜裡便有將士哀嚎之聲，幾百年來不曾斷絕，夜晚也多怪異之事。因此地邪氣甚重，遂城裡除了寥寥無幾的守兵之外，並無百姓居住。

　　蕭岩看到地圖上那條通往古璃國的路，用手抵著額頭，默默出神，顯得有些惆悵。

　　孟婆不解，地圖上說那是一個國家，國家之內必有糧食，正規買賣還是可以做的，難道蕭岩以前率軍攻打過人家，現在害怕被拒絕？

　　「如果你不好出面去買糧食，我可以做中間人，幫你去買，我是不會讓你吃虧的。」孟婆在旁邊拍拍胸脯自通道。

　　「恐怕那裡沒有糧食，即使有，也早就不能食用了。」蕭岩歎息道。

　　「為什麼呀？」孟婆眼睛裡面都是迷惑。

「璃國，早在幾百年前就被滅國了，即使有糧食，早就化為了碳渣，還怎麼吃呀。」蕭岩細細補充道。

不知為何，璃國這個名字，孟婆覺得有些耳熟。

「事已至此，也沒有其他辦法，只能死馬當活馬醫了，待我問問陳梁將軍意見。」蕭岩歎了口氣，指著地圖上璃國的位置默默出神。

孟婆緊跟著蕭岩來到陳梁的帳外，正巧遇到陳梁在觀貪狼星的局勢，見主帥走來，忙行了個禮，又瞟了一眼主帥身後的藍衣女子，猜想這就是大家傳言的將軍義妹。再收回目光，陳梁彷若無人般看著蕭岩，問道：「主帥，深夜前來，有何事吩咐？」

蕭岩凝重，說道：「陳將軍，今日有一不情之請，還望將軍念及全軍上下十幾萬將士的性命，破例一次。」

陳梁瞳孔放大，明顯吃了一驚，稍逝目光又溫和了下來。歎了口氣，對著滿天星辰的天空喃喃自語：「父親大人在上，不孝子陳梁念及同袍情誼，不得不說。」他的話讓孟婆有些摸不著頭腦。

孟婆開始也沒明白蕭岩要陳梁破什麼例，但聽陳梁言辭懇切中帶著無奈之情，便猜出定是陳梁的父親陳監副，臨終前書信告知幼子不可以示人的天象。「這蕭岩分明是不相信我的判斷和建議，還要逼人家破例來求證嘛。」想到這裡孟婆咬牙切齒的瞪著蕭岩。

雖背對著孟婆，蕭岩一樣能感覺到兩道火辣辣的目光注視著自己。

陳梁環顧四周，打發衛兵去了他處巡邏，此刻這百米內就剩他們三人立在夜空之下。

陳梁緩緩道來：「將軍請看，這浩瀚星空本是人間在天上的投影。那些璀璨的星辰，便對應著人間的英傑。」

人傑多是星宿下凡。天垂象，見吉凶，國運興衰，蒼生禍福，皆可從星象中得到映射與預警。

傳說早期聖人與天合一，是謂天人合一，但因為人心善變，天便將這聯繫斷開，將天機深藏。

《尚書》中曾記載：幸而天地間的精神通道尚未完全斷絕，星象家

仍可窮究天人之變，人間帝王們只需供養他們，便可究天人之際，知天人之意。

只是這對星象家的要求過於嚴苛，必須心念容不得半點雜思。與旁人往來都會沾染紅塵濁氣，影響心性，所以歷代星象家多深居簡出，嚴格自律。

陳梁繼續說道：「星象家的成就也體現在《步天歌》，在其上曆敘了天上一千四百六十五顆星的位置，從而將星空分成『三垣二十八宿』共三十一個部分。」

孟婆在一旁聽的有些倦意上頭了，忍不住道：「說正題。」陳梁語音斷線，愣一愣，歉意的朝孟婆做了揖，蕭岩轉過身來看著孟婆，這回換蕭岩瞪了孟婆一眼，孟婆自知無禮在先，嘟囔著吐了吐舌頭，好在薄紗遮擋，他們都未曾留意。

陳梁仰起頭來，用右手指著天上的星辰接著說：「我們現在要觀察的主要就是三垣：紫微垣、太微垣和天市垣。其中紫微垣居中且最大，它象徵人間帝王的宮殿在天上的位置。紫微宮有十五顆星，環成兩個半圓，包圍北極星，其中東方八星，西方七星。反映的意義是紫微宮諸星明亮穩定則表示吉祥，特別明亮表示臣子盡職，晦暗則表示臣子失職，諸星不明亮就是要有戰爭發生了。

「太微宮也有十五星，在翼宿、軫宿的北方，紫微垣的旁邊。是君王聽政的地方。太微垣主刺奸去惡之事，十星同時明亮表示將軍之間協同，不明則是臣子失職，搖動是諸侯謀反，偏移是刑罰過重。

「兩月以來我一直觀察太微宮，有兩顆忽明忽暗之星，怕是軍中有人有異心。只是恰巧安將軍去世後，只剩一顆明暗不定之星了，更重要的是此星離主星很近，恐是主帥身邊之人，大帥且提防。」

孟婆一聽前半句大為詫異，這哪裡是「恰巧」，明明就是正好嘛，這陳梁僅靠星象都能發現軍中有兩名內奸，顯然術數玄妙莫測，只是他一直未曾點破安幾道叛變一事，猜想也是顧念同袍之情，不忍連累其家人。孟婆不禁對陳梁的品行折服。

陳梁繼續自顧自的說道：「主帥之星西北方向有顆輔星，應是吉兆。想必主帥已然要出外些時日了。」

孟婆聽到這裡喜悅從臉上湧出，這陳將軍果然技藝玄妙，洞察幽冥。

蕭岩聽後，心神大定，常年冰凍不見一絲微笑的臉龐也緩和了許多：「多謝陳將軍指點，告辭。」

二人撩開簾帳離開之時，孟婆回頭看了一眼仍在仰首觀星，俯首記錄的陳梁。他父親曾貴為欽天監監副，到底讀出了什麼天星異象，以至於家破人亡？

三日後，蕭岩帶著孟婆和其他三個心腹，還有幾十個小兵輕裝上陣。他們此行的目的有兩個，一是去古璃國尋找糧食，二是要勘察地形，尋到一條退路，以待化雪之時，若軍營大雪化了，戰略轉移時，有路可退。若有可能，還可以和新帝帶來的軍隊前後夾擊，打敵人一個措手不及。

因為蕭岩要安排一些事務，所以孟婆先行出發，打算在前面找好路等著他們。

片刻後，蕭岩和護衛們沿著古道前進，突然一個騎馬的女子出現自道路盡頭，面向他們，而且還手裡拿著寶劍，一副兇狠模樣，全身的氣勢更是不容忽視……

蕭岩周邊的那三個心腹急忙拔劍，呈現出保護蕭岩的姿態。

軍營裡有傳聞說蕭岩蕭將軍有一義妹，因故在軍營之中，卻並未料到前往古璃國這種大事，蕭將軍竟然會同意他的這位義妹隨從，所以自然不認為前方的女子是孟婆。

蕭岩撥開他們的劍，對著這女子吼道：「鬧夠了嗎？」

孟婆收回手裡的劍，笑嘻嘻道：「沒想到你的手下這麼草木皆兵，嘻嘻，一個女人有什麼好怕的，你看他們，都拿劍對著我。」一副受了冤枉的樣子。

「你以為女人就不可怕了？戰場上不分男女，只有生死。女人狠起來，男人都害怕。」蕭岩道。

「女子柔弱，怎麼會？」孟婆不解。

「邊走邊說吧！」蕭岩轉身，對著自己的三個心腹道：「我的義妹，生長於這一帶，比較熟悉地形，也適應這裡惡劣的環境，跟著她我們可以事半功倍。」蕭岩面不改色。

「姑娘，在下蕭雲，剛才多有得罪。」剛才率先拔劍的一個將士鞠躬道歉，另外兩個也同時作揖。

「我叫孟……嗯，你們就稱呼我孟姑娘吧。剛才的事情不用放在心上。我們現在還是快去尋找糧草吧！」孟婆忙騎馬趕到蕭岩身側，又眼巴巴望著他。

「女子之中不缺巾幗英雄，她們智謀超群，運籌帷幄之中，決勝千里之外。」蕭岩指著覆蓋著飛雪的茫茫前路道，「這條前往古璃國，那裡就有一個叱吒風雲的女將軍。」

「那女將軍叫什麼名字？」孟婆想不到居然有這種女將軍，急忙問道。

「時間太久遠了，一切都淹沒在時間下面，現在誰也不知道。」

聽到大帥又在說故事，三個心腹也好奇湊了過來，茫茫的天地之間，嘶吼的風聲與紛紛的雪花補充了背景，一行人興致勃勃的交談著。

也不知是幾百年前，璃國出現了一位兵法謀略樣樣精通的女將軍，她在戰場上總是衝在最前面，英勇無畏。

史冊中記載，有一次她帶兵外出，被敵軍偷襲，在敵方三萬，己方五千的危險情況下，女將軍以弱勝強，凝聚了全軍的力量，一路衝殺，大破敵軍包圍圈，直衝敵軍將領，斬獲了敵軍將領頭顱。當時頸血噴湧而出，把女將軍的半邊臉都被染紅了。那位女將軍就提著敵方主帥閉不上眼睛的頭顱，站在一群男人當中，一步步走出去，如同地獄的修羅，讓人膽顫，使得敵軍退而不敢往前……

隊伍走得很快，一路飛馳，不出幾日便到了古璃國。

出乎眾人意料的是，古璃國並沒有想像中那樣破爛不堪，而是城牆高聳，城門堅固。若有敵軍來犯，沒有三年是攻不下的。孟婆心想。

城門前的土地在狂風猶如刀子一般的刮動下，露出星星點點的白色，

一行人走近了看，才知道那是一塊塊骨頭。一塊骨頭一個人，多少將士慘死，多少亡靈哀嚎，都在戰爭的鐵蹄像一根草被折斷那樣脆弱。

到了城門，大家都下了馬，那些將士，生前都有錚錚鐵骨，即使死於荒野，也值得被尊敬，於是蕭岩一行人小心翼翼地繞開白骨。

奈何橋上多別離，聽慣了人世間的悲歡離合，面對此番場景，孟婆倒是沒什麼感覺。

走在前面的孟婆調頭看向後面的時候，發現同行的那幾十名將士，眼角微紅，帶著幾絲悲痛。「他們或許是看到了自己的未來吧，也或許是對這些勇士們惺惺相惜。」孟婆心想。

但看向蕭岩，蕭岩卻面色如常，沒有太大變化。孟婆不禁有些奇怪。不過已經走到城門下，不能問了，走在前面五個人排開，望著城門。

那城門帶著鐵銹，結了蛛網，染了塵埃。

幾名將士上前用力推城門，試試能不能推開，不想竟真的推開了。

或許是年久失修，城門的閂早就被風雪或蟲侵蝕爛了。

孟婆剛剛踏進這座古老的城池，一股血腥味隱隱鑽入呼吸中，彷彿百年的時間裡，沒有化解的怨恨，發酵的更加濃烈。

主路的盡頭是一座莊嚴的府邸，門楣上題著：將軍府。

這應該是這座城市中最最重要的建築了吧。

一陣風刮過，眾人急忙捂住眼睛，裡面一陣唪喨的聲音隨即發出。等孟婆等人睜開眼，發現將軍府的大門無緣無故地開了。

驚得孟婆後頸倒縮。

但孟婆和蕭岩互看一眼，終究還是走了進去。

「既來之，則安之。」蕭岩拉住孟婆的手說道。

將軍府好像沒有蜘蛛，裡面乾乾淨淨，但雕龍柱子卻處處透露著威嚴之氣，與大街上詭異淒涼形成鮮明對比。孟婆和蕭岩等人分頭查找，試圖找尋一點關於糧食的蛛絲馬跡。

孟婆一個房間一個房間地慢慢找，推開一個房間，裡面裝潢大器，孟婆便不自覺走了進去。

孟婆進門，便看到窗前掛了一身紅色嫁衣。簡單的梳粧檯上，只有一個打開的胭脂盒子，胭脂已經在百年的時間裡，失去了底色，倒是那嫁衣奇怪的很，過了百年之久，除去周圍塵土，依舊如火，美豔無比，這應該是小姐的閨房，孟婆暗想。孟婆摸了摸這嫁衣，心想這是什麼料子的服飾，怎麼不壞不腐。

　　在床邊除了嫁衣，還有一個放兵器的架子，看樣子應該是纓槍一類的兵器。

　　看來這家小姐不愛紅妝愛軍裝。

　　另一邊蕭岩來到一間書房，書房裡有成架子的兵書，還有十幾柄即使落滿了灰塵依舊泛著光的兵器。一看這些兵器，蕭岩便知道，這主人絕對是位懂兵器之人。再往前走，一張被劈成兩半的羊皮地圖躺在鋪滿塵埃的地上。

　　蕭岩彎腰輕輕捧起地圖，輕輕吹去上面的塵土，原來是一張軍事布局圖。圖畫得很細緻，主要布兵處、險處等重要地點皆被重點標注，極為專業。

　　「畫出此圖的人定是大才，絕對的將領。」蕭岩心想。

　　忽然，蕭雲的聲音傳來。

　　「將軍，找到倉庫了。」

　　於是眾人急匆匆地來到倉庫，但是裡面的糧食皆被蟲蛇蠶食，只剩下空空的麻袋。

　　白來一場了，身後的蕭雲等人皆露出苦惱而失望的神色。

　　「我們換下一家吧！」蕭岩道，蕭岩建議道。

　　「嗯。」孟婆點頭道。

　　「將軍和孟姑娘都還沒有放棄，我們怎麼能放棄，繼續找。」蕭雲等人心想。

　　他們才出了將軍府的大門，孟婆腳步一滯，轉身後看，莊嚴的將軍府大門已經悄無聲息關上了，似乎有人在開門關門。

　　孟婆能感知凡人和死人的氣息，而轉身的瞬間，孟婆並未感知道除

了身邊一行人和蕭岩之外的氣息，這異常而詭異這讓孟婆有些心慌。

「怎麼了？」蕭岩看到孟婆止步，疑惑地問道。

「沒事，我們接著找吧！」孟婆擺擺手。

離開將軍府後，蕭雲問孟婆：「孟姑娘，我們不應該去市場上買嗎？為何來著枯城，挨家挨戶地找呀？而且這樣的古城，已過了百年，還能找到糧食嗎？」

孟婆回頭瞪了蕭雲一眼，說道：「怎麼不去問你們將軍呀？」孟婆見蕭雲不敢多言，嘴角一揚，露出一個笑容，接著道，「你也不想想我們現在的局勢，前有狼後有虎，我們哪有什麼退路呀，再說這裡哪有什麼和我們做買賣的，哪裡有市場呀，我們難道要和鬼魂做……做買賣嗎？」孟婆轉念一想，自己就是在和鬼魂做買賣呀，蕭岩不就是鬼嗎？

「我們出來了，就是給那些等待的士兵希望，要知道沒有希望才是最可怕的，而且你們的蕭將軍還沒有放棄，既然他提出來這裡尋找，一定有他的理由，我們跟著找便是了。」孟婆接著說道。

蕭雲被孟婆一說，自覺跟了將軍這麼久，連這點事都看不透，便紅了臉，不再說什麼。

蕭岩回頭，孟婆快步跟了上去，便聽蕭岩道：「謝謝。」

孟婆微微一下，說道：「沒事，快去找吧！」

不過多時，一棟宏偉的建築出現在眾人眼前。

第十節

空蕩的街道，孟婆牽著馬徐行，漫不經心地望向四周。

自從走進這座古城，便覺得有雙眼睛在盯著她，但仔細搜查，卻什麼也找不到。孟婆的靈力也會受阻，這讓她心裡極為煩躁。

蕭岩仔仔細細找了一遍，卻不見絲毫焦灼之態。孟婆望著蕭岩那副無論何時都一副胸有成竹的姿態，心中升起了一股莫名的信任和安全感。

蕭岩那份堅持，大概就是陳梁的那一句話。孟婆倒是明白了，為什麼蕭岩在軍中威望極高，用人不疑，疑人不用。既然選擇相信，就一條路走到黑。人們都知道，只有這樣的人，彼此在戰場之上才可交託生死。

但其實蕭岩自己心裡也沒有底，只不過多年戰場戎馬生活，多年將領生涯磨練了他。經歷生死，又在三生石前流連過，還在奈何橋頭走了一圈，此刻的他雖失去了少年時期的傲氣與衝動，卻增加了幾許沉穩與內斂。

望著蕭岩的拉了很長的背影，孟婆輕輕歎了口氣，這樣的蕭岩，青年俊才，遠處又有伊人遙相望，可惜只剩下大半年的時間。

孟婆望著蕭岩的背影，又看向遠處，兩地色彩不一樣，剎那間孟婆才意識到，原來這座城裡只有冷風，卻未見雪花，周圍遍布大雪，唯有這座城不染雪白，奇怪至極。

為什麼進城這麼久才意識到？孟婆悚然，忙提醒眾人。

想起蕭岩說過的那段歷史，或許是這座城流過太多血，已經辨認不得別的顏色。

片刻之後，孟婆和蕭岩來到一個宏偉富麗的建築前，雖荒廢已久，但從那琉璃瓦的重簷屋頂，朱漆門，同臺基，那飛簷上的兩條龍，金鱗金甲，活靈活現，似欲騰空飛去來看，這應該就是古璃國帝王的宮殿了。

眾人心想。

蕭岩並未多言，推開了那道雕刻著四神獸的沉甸甸的大門。

大門在咯吱聲中被打開，塵埃同時細細簌簌地落下。

宮殿百尺見大，雖然不大，卻充滿了威儀與匠心，大殿的內柱都是由多根紅色巨柱支撐著，每個柱上都攀爬著一隻九爪金龍，分外壯觀……處處透露出古璃國的古樸與神祕。

「四處找找，尤其注意那種大的房間，到處摸摸牆壁之上，或有機關，裡面可能有暗門。」蕭岩向總將士說道，裡面充滿自信。

按照常理，這樣偏僻且處於風雪之日較多的小國，應該有倉庫或者別人意想不到的藏糧之所。即使百年過去了，若糧食藏得隱祕也可能……

「那是希望，我們沒有理由放棄這樣的希望。」蕭岩眸色深沉，有著超乎年齡的冷靜。

孟婆到古璃國後，因一直覺得身後有人跟蹤，便趁著眾人不注意的時候，靈識飛上空中仔細觀察，後來找了一個可以俯視整個宮殿的位置，細細察看。肉身坐靠在大殿柱子之上，看似累了在打個瞌睡。蕭雲等人見到，也不忍驚擾，畢竟一個女孩子跋山涉水走了這麼久，困乏也是常理。

果然，孟婆看見宮殿某處的土地與別處不同，覺得有些蹊蹺。奈何橋上，孟婆常招來小鬼講故事，其中有一個的說法就是：當一個地方的土地與別處不同時，那裡極有可能被人為挖過。

那小鬼生前是個盜墓賊，生前會根據土地顏色的不同，辨別某地是不是有古墓，這種做法十分有效。

孟婆的靈識趕忙回到肉身，騰的一下從地上彈起，嚇得蕭雲等人退後了一步，問道：「孟姑娘，你沒事吧？」

孟婆忙爬起來道：「沒事，就算你們都有事，本姑娘也肯定沒事。」她說的確是實話，只是這話讓人聽得彆扭極了。蕭雲一愣，轉念一想，確實是在邊疆之地長大的姑娘啊，這用詞說話都這般生硬。

孟婆走到蕭岩身邊，耳語幾句，只見蕭岩嘴角一挑，似乎早有預料，忙說一句：「帶路。」

孟婆看了蕭岩一眼，似是詢問，似是控訴。

一行人跟著孟婆，很快就找到了那塊地。蕭岩彎腰，挖出一塊泥土，看了幾眼。緊接著，蕭雲跑了回來，手裡捧著一把什麼東西。蕭雲走近後，孟婆才看清，原來是一抔土。

「將軍，這是外面的土。」蕭雲邊說邊喘著粗氣道。

蕭岩接過土，認真看了幾眼，吩咐道：「四處找找，看看有沒有機關，包括這周圍的幾間房屋也仔細找一下。」

不久，機關倒是被滿牆亂摸亂拍的蕭雲等人給找到了。這機關暗含奇門遁甲之術，把機關按在地板之下，設計手法並不簡單，眾人都不想這偏僻之地竟還有這樣的高人。

打開以後，才發現原來是一個糧倉，孟婆高興的一躍三丈，將士們都相擁而泣。

糧倉封得很嚴密，有一條嚴絲合縫的密道，也不知這當時的良工巧匠用了什麼方法，竟讓這糧倉沒有空氣流通，沒了空氣流通，自然就不生菌類，蛇蟲就更說不上了，因此裡面存儲的糧食雖過百年，有些腐朽，但也算保存完好。

那糧倉裡的糧食，大概夠這城中數萬人幾個月的生活，觀察封條，尚未動過，可見戰爭前做了充分的準備。想想此來見過的堅固城牆，書房裡那張精細的羊皮戰略布局圖，還有此處充足的糧食，而偏偏這樣部署完備的城池被攻陷了，蕭岩無奈地搖搖頭，其中沒有內賊才怪。

「真可惜。」孟婆喃喃道，顯然她和蕭岩想法一致。

「這就是戰爭，先是你死我活，後來就是……」蕭岩說到此處，自覺後面的話無論如何都說不出口。

「裝好糧食，明日返程吧！」蕭岩對著手下的將士道。

此刻將士們還在為找到糧食而激動不已。

一彎新月劃過精緻城市四邊的角樓，給高牆內灑下一片朦朧銀白清冷的月光，大殿裡顯得神祕而安靜。

夜晚來了，蕭岩決定在大殿裡面休息一晚。

眾人在大殿中央生了一堆火，一來取暖，二來烤些熱食吃吃。任務達成，大家心裡懸著的石頭總算放下，打心眼裡更敬佩主帥了，連這樣的地方都能找到糧食，還有什麼可怕的？大家互相調侃著，只有蕭岩一人靠著大殿的紅柱閉目養神。孟婆走過來用小腳踢了蕭岩一下，蕭岩睜開雙目不解的看著孟婆。

孟婆也不發出聲音，只是做了個口型。

哦！差點忘記，自己雖然不會饑渴，但這麼多人在此，也得裝著吃上幾口，否則大夥都要生疑了。蕭岩配合的站起身來，走到火堆邊，大夥見主帥來了，更是高興，蕭雲趕忙拿來剛烤好的紅薯遞給他，想起紅薯的香甜美味，蕭岩微笑著一邊吹著氣，一邊讚美道：「真香啊，荒城之中，還有這等美食可吃。而且又香。」聽得蕭雲臉上樂開了花。

孟婆心想，蕭岩也真有表演天賦，明明沒了味覺和溫感，還能演出這吃燙手紅薯的模樣。來世做個戲子最好，免得屈才。想到此處，又猛然想起蕭岩的輪迴福報都給了她，完成願望以後，恐怕蕭岩便要灰飛煙滅了，又何來世可言。想到這，孟婆的情緒竟然有些低落起來，難道自己竟然開始同情蕭岩了嗎？孟婆一愣，隨即安慰自己道，或許是兩個月的相處讓人不捨。

見眾人開心圍坐在一起吃著紅薯，孟婆覺得有些失落，便主動坐在蕭岩旁，說道：「我講點有意思的事情給你們聽吧！」軍士們一聽，軍中生活極端枯燥，每天都是那些事情，若有一個如此美貌的女子願意說些故事給他們聽，那簡直太好不過。於是眾將士紛紛應和，一臉期待之色。

「你們知道五道輪迴嗎？」孟婆問道。

將士大為迷惑，都接不上話，倒是蕭雲看過些書，說道：「我曾在父親書房看到一本書，那是本道學典籍叫《太上老君虛無自然本起經》，裡面就有寫五道輪迴之說。」

孟婆見有人稍懂，不由的點了點頭，用讚許的眼光朝蕭雲看去。倒是孟婆的目光一看蕭雲，蕭雲的臉頰竟然紅了起來，微微錯開視野，不敢和孟婆對視。

蕭岩瞪了一眼孟婆，他早就該想到，孟婆說故事，還能說什麼？肯定就是冥府那些愛恨情仇。

　　孟婆也不理會蕭岩的目光，接著說到：「這五道，即神道、人道、畜生道、餓鬼道、地獄道。五道雖然博大精深，玄妙異常，但是這五道其實都有壽命劫數，也就是說，都還沒有擺脫生死輪迴。

　　「一道者，神上天為天神（神道）；二道者，神入骨肉，形而為人神（人道）。三道者，神入禽獸，為禽獸神（畜生道）；四道者，神入薜荔，薜荔者餓鬼名也（餓鬼道）；五道者，神入泥黎，泥黎者地獄人也（地獄道）。

　　「超越五道的覺者，把天、人、禽獸、餓鬼、地獄，合稱為眾生。自下而上，最底層、最痛苦的便是地獄，種種刑法，車裂火燒，難以形容，有鬼者，只求死亡，不願受苦。一直往上，最高、最清靜的是天道。道中有神，是為天神，天神與人同屬眾生，卻各有壽夭，但有一個生命週期。他們也不是可以無限期的待下去的。所以說五道輪迴，不得超脫。苦痛與美妙不可永遠求得。

　　「地府之中有冥府，主判決，冥府之外，還有六橋，亡魂飲罷孟婆湯，根據每個人的業報不同，鬼差們便會把鬼民領到各自要走的橋跟前，六橋六個世界，每個橋後都是截然不同的來世。

　　「那六道橋，玄妙異常。第一道金橋：給在世時修煉過仙法、道法，積有大量功德的人通過，以升仙或成道。第二道銀橋：給在世聚功德、善果、造福社會的人通過，成為擔任神職的地神，如土地等，得享人間香火。第三道玉橋：給在世積聚了功德的人經過，轉世為有權貴之人，享富貴榮華。

　　「第四道石橋：給在世功過參半的人經過，投身平民百姓，享小康之福。第五道木橋：給在世過多於功的人經過，投身貧窮、病苦、孤寡的下等人。第六道竹橋：給傷天害理、惡貫滿盈的人經過，分作四種形式投身：一為胎，如牛、狗、豬等；二為卵，如蛇、雞等；三為虱，即魚、蟹、蝦等；四為化，如蚊、蠅……」

孟婆正說得起勁，蕭岩見時間已晚，伸手碰了一下她，孟婆這才將自己的講述停下，打量了火堆邊的軍士們，只見他們各個都低著頭沉默不語，像是在思量什麼，表情凝重而落寞。

　　火堆東面的一個十七、八歲的小兵，竊竊地問：「孟姐姐，那我們這些當兵的，死後會走哪條橋啊？還是因為殺戮太重，連投生的機會都沒了，就只能待在地獄裡受苦，我不想去地獄，好怕……」

　　孟婆一愣，尷尬扯扯嘴角，心裡真是想抽自己幾耳光子，和這群軍士們說什麼投胎來世嘛，她有些歉意地瞟了蕭岩一眼，只見蕭岩冷漠地看著她，眼中似有怒氣。

　　這還是她第一次看見蕭岩有這種怨氣，好像他們兩個多月的相處並沒有融化彼此半分堅冰，平日裡的蕭岩都是雲淡風輕，喜怒不形於色的。即使自己再怎麼調侃他、怨懟他，甚至問關於他摯愛的問題，他都一副無所謂的模樣，弄得自己一度以為他是個不會發脾氣的人。

　　可見到自己的兄弟們受挫了，他竟然如此嚴肅冷峻。

　　好吧，看來自己真是說錯話了。既然說錯了，那就要圓回來啊。孟婆漆黑的眼珠子閃爍著靈光，隨即眼珠子一轉，想到了一個絕妙的主意。孟婆清了清喉嚨，對著那少年小兵說道：「不會的，保家衛國，這是多神聖的事情，怎麼會下地獄呢？兵者，詭道也，聖人不得已而用之。殺一敵人若是能救好幾個百姓，救人的功德和殺人的功德一比較，是救人的功德多，這一抵消，還剩下一大截功德可以帶去來世呢。英雄都是投生石橋以上的，那些英勇殺敵的還能投生玉橋呢，快去找個媳婦，才是你現在的正經事。」

　　眾人聽了，心裡都鬆了一口氣，見孟婆調侃少年小兵，又都跟著起哄笑了起來。紛紛問他將來想娶個什麼樣的媳婦，是胖的還是瘦的，臉蛋是什麼樣的，問的少年臉紅到了耳根。

　　少年疑惑地問：「孟姐姐，你怎麼知道的這麼清楚啊？就像自己看見過一樣。」

　　剛一聽到，卡在孟婆喉嚨的紅薯差點沒咽下去。幸好蕭岩見狀拍了

拍她的後背，孟婆喝了點水，咳了幾聲才緩過勁來，瞅了一眼蕭岩，蕭岩若無其事地拿著一根棍子挑亮火堆，也不看她。明明白白一副自己捅的簍子自己看著收拾的神情。看著少年，孟婆心想，哎呀呀臭小子，還差點以為他和安幾道一樣，看出了自己的真身呢。

孟婆咬了下嘴唇，舒了口氣，緩緩地講起了地府中一個亡魂的故事：「我們村有兩位老人氣絕之後，放在家中停屍七天，都到第七日準備裝斂之時，居然復活了過來，還陽了，當時太陽正中照，可還是嚇得妻兒子女奪門而逃，把大夥嚇壞了。後來還是他孫子實在太過於想念爺爺，記得爺爺時時給他糖，回來看見老人面色紅潤，體溫如常，只是說自己做了個夢，把夢中種種說了出來，說之所以還陽，是那牛頭馬面看錯了生死簿，勾錯了魂。才讓大人們知道了地府的情況，那兩家人到最後歡歡喜喜，又辦了一場酒席，慶祝老人活了過來。」

孟婆一邊講著心裡一邊念叨，牛頭弟弟、馬面弟弟不好意思了，讓你們背鍋。又接著說：「村中那兩位老人說的一模一樣，他們又沒有相互溝通，那還能假嗎？」

原來是這樣，地獄賞罰分明，我們不會受苦了，少年與一眾袍澤笑了起來。

孟婆見大家都不再生疑，邊安心的繼續吃起紅薯。怎料那紅薯被蕭岩一把奪去，大家也是一呆，蕭岩笑著說：「義妹你腸胃不佳，已食了一個，不可再食，這是你父親臨終前反覆囑託，說你一吃多了就鬧胃病。」

少年一旁聞著味道，喉結早就湧動了好幾次，當即叫道：「大帥，要不然給我吃吧！」蕭岩於是把紅薯遞給了少年，少年急忙從蕭岩手中接去那半截紅薯，邊吃邊說：「謝謝大帥，謝謝孟姐姐。」

大家都吃飽喝足後，蕭岩下令全體在大殿北側入睡。不一會兒，此起彼落的鼾聲回蕩在這大殿之中，這幾天的辛苦奔波，又跑又騎馬，將士們一路上太疲憊了。

黑暗中，孟婆摸到蕭岩身邊，剛想開口，蕭岩說道：「剛才的事情對不起了，但是你知道你我都是不會餓的，你只是貪戀那香氣，對你來說是

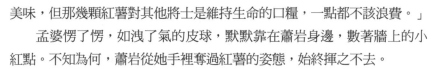

美味，但那幾顆紅薯對其他將士是維持生命的口糧，一點都不該浪費。」

孟婆愣了愣，如洩了氣的皮球，默默靠在蕭岩身邊，數著牆上的小紅點。不知為何，蕭岩從她手裡奪過紅薯的姿態，始終揮之不去。

長夜過後，第一縷陽光飄過大殿窗戶，孟婆又一次覺得人世間也挺溫暖的，不似地冥界那般清冷，這光線曬在人身上暖洋洋的。軍士們各個面色紅潤，精神飽滿。

蕭岩看著兄弟們，嘴角微微上揚，「還有六個月的時間與他們相處。」蕭岩默默心裡計算著。

起來以後，一行人找了幾輛大車，裝好糧食。因眾人都是騎馬而來，所以糧食不至於太難運。不過人太少了，他們只搬運了一小部分，大概十分之一的數量。尋找很困難，回去倒是簡單多了，馬蹄踏上歸程，一個個彎彎的月牙布在雪白的地面，一行人的身影漸漸消失，唯有那座城，繼續在風雪中沉睡……

嘶吼聲聲，叫不醒沉睡的城，大雪紛飛，染不白渴血的城，無人知道那自開的將軍門是怎麼回事。

歸途中，蕭岩囑咐眾人，不要將此古璃國的所見所聞外傳，要讓他說找到了一處山寨，裡面空無一人，但是物資都還在，於是順利地找到糧草，不必擔心了。

蕭岩一行人回到軍營時，已經是十幾天之後。蕭岩遠遠看見了軍營周圍巡視的士兵，提著長矛，士兵們也看見了他。

滿載而歸的蕭岩駕著毛色烏黑、眼神發亮的戰馬，出現在離軍營不遠的地方，哨兵營的將士盯著出現在風雪中且越來越近的影子，先是緊張，當看清楚是蕭岩的時候，大叫道：「主帥回來了，後面還有帶來了東西，我們快去迎接他們。」歡呼聲直上雲霄，傳遍了軍營，多日來的惶惶不安被打破，「我們有救了。」

當知道運來的不只有糧食，還有一些衣物、藥材，將士們歡呼雀躍起來，彷彿打了一場勝仗，是的，他們打贏了一場物資的戰爭，他們知道，自己活下去的機率更大了。

找來副官以後，知道軍營並不大礙，只是周圍斥候來了幾次，蕭岩安心了不少。

　　太陽落下去，紅霞消失在天際，夜色降臨，一切歡呼才回歸靜默，但將士們眼睛裡面現在充滿了自信，「蕭岩是一個精神的支柱，他不能倒下。」孟婆靜坐風雪下，回憶之前的點點滴滴。

　　在蕭岩外出搜尋糧草的這一段時間裡，敵軍一直採取守株待兔，沒有主動進攻的跡象，由於叛徒，敵軍知道蕭岩糧草不足，在等待蕭岩軍隊軍心大亂、潰不成軍的一刻，可是他們不知道蕭岩已經找到糧草了。

　　只是最近蕭岩不在軍營的這段時間，軍心浮躁流言橫溢。

　　蕭岩回來後，左右將軍便去找蕭岩「訴苦」。

　　「主帥，軍中流言傳道：敵方是北方人，天生耐寒，戰鬥力極強，從不怕冷，能夠以一敵十；又說他們在雪夜裡會長出狼牙，發出屬於狼的吼叫，最讓人害怕的還是吃人不吐骨頭。」

　　右將軍說到此處，聲線顫抖，接著道，「可是沒想到這幾天裡居然真的聽到了狼叫，那幾天軍營裡人人不安，巡視軍營都小心翼翼，出去也不敢，我和陳將軍也沒辦法，就斬了幾個傳播流言的，把頭掛在旗桿上做警戒，這樣做表面上傳播少了，私底下倒是更勝了。」右將軍眉頭皺得眼睛都快合在一起，加上咬牙切齒的樣子，讓蕭岩都心裡直打鼓。

　　左將軍陳梁站在一旁倒是沒有多言，微微皺起的眉頭，似是默許了右將軍所言，大概是自己所觀之星象與這結果吻合。

　　「主帥，接下來怎麼去消除，讓軍心安定？」右將軍楊宗明是個粗人，出征時驍勇善戰，此刻卻沒了頭腦。

　　孟婆在一旁仔細地盯著他們，到底誰是內奸呢？書香門第、氣質高潔的左將軍？還是勇猛熱血的右將軍？難道安幾道錯了？不是他們？

　　記得楊宗明說過，有一次，右將軍被敵軍圍攻，身上被刺了五、六矛，幸得蕭岩策馬回殺，單手提著他跑回了軍隊中，救了他。自此以後，楊將軍便事事聽從蕭岩的。

　　「不急，你們這幾天也辛苦了，回去好好休息吧！」蕭岩揮揮手道，

二人面面相覷，默默退出了主帥大營。

蕭岩的回歸便安撫了不少人的心，尤其是帶來的衣物和藥材，更是安定了軍心，將士們穿上冬衣，再來一碗熱呼呼的粥，身心得到了極大的滿足。流言少了人傳播，也就消退了，甚至士兵們沒事的時候還會主動在雪地裡練起整齊劃一的同擊之術，十來根長矛一起刺出去，再厲害的敵人也要跌落雪中。

敵軍正在逼近，蕭岩回來後，敵軍應該是接到了情報，開始有些按耐不住，因為除了蕭岩之外，新帝正帶著軍隊和糧草趕來。

即使蕭岩軍隊和新帝軍隊兩軍前後夾擊，相較敵軍來說還是處在弱勢，一旦戰爭，會是一場硬仗，但雙方都不願意多犧牲，都在默默等待著敵人最脆弱的時候，三個月之前的那場流血千具的攻略戰，雙方都付出了慘重的代價。

戰爭不只發生自戰場上，也發生在國力之上，國庫空虛，是支持不起什麼戰爭的，兩位帝王都在等待對方支撐不下去的一刻。不過如果某個帝王願意壓榨百姓，那又是另一件事情了。

在盛世與亂世面前，如何選擇，這已顯而易見的。蕭岩閉目，一行清淚緩緩流下。

談及戰爭，道爺曾經看著遠山，幽幽的說了一句話：「就怕君王有大志。」

「就怕君王有大志。」蕭岩喃喃重複道。

敵軍已經按捺不住了，他們正在清理道路，準備進攻。日子就在這樣凝重的氣氛中慢慢度過。

恍恍惚惚間，半個月彈指而過，大雪封山導致敵軍也出現糧食短缺，所以戰爭似乎越來越近。

路都是走出來的，何況他們的敵軍可是號稱「雪域狼軍」。

戰場是屍體鋪出來的，路是人走出來的，向來如此。

第十一節

傍晚時分，起風了，風越來越大。

連營駐紮在懸崖間，刀劈般的山崖上，雪在風的捲動下迅速拍在上面，不斷發出撼動山崖的咆哮，驚擾了軍營裡晚睡的人。

坐在大帳中的蕭岩一個人提著一罈酒走出軍營，在風雪間踱步。手凍得通紅，卻緊握長矛的將士腳步匆匆，見到蕭岩後便不覺整頓好隊伍，提起胸脯，踏著積雪，乘著寒風，向前走去。

風雪中，安幾道自殺的半崖上再次出現蕭岩的身影，「那夜我們分別時，也是風雪肆虐。」蕭岩想。

蕭岩喝了口酒，酒入喉，不覺辣，也不覺涼。

「想什麼呢？」孟婆悄悄出現在他身後。

「想看月亮，可惜現在只能看雪了。」蕭岩指著被烏雲遮蔽的月亮。

「月亮總是寄託家鄉和相思，想她了嗎？」

蕭岩並未多說，只是悶悶地喝了口酒。

「你說，這麼多次戰事，我們犧牲了這麼多將士，戰爭的意義是什麼？」孟婆開口問道。

蕭岩開始變得嚴肅：「戰爭，作為將士的我們從來沒有資格來問為什麼的，我們只能執行。」他有些落寞。

「故弄玄虛，明知道我問的不是這些。」孟婆瞥了蕭岩一眼。

「其實先帝時期我們就與狼族軍隊發生過戰爭，狼族人生長於多風雪的地區。土地貧瘠，因而多以遊牧為生，但有時候風雪來得早，牲畜受了災，他們無法生活，便會去我國邊境之處強擄，所以兩邊早就積怨，時不時地就打起來。

「那時安老將軍駐兵與此，守護邊疆要塞，他帶領的部隊驍勇善戰，

因此每次對方只敢掠奪點糧食就跑，不敢傷害百姓的性命，所以一直都是小打小鬧。邊民百姓雖有損失和抱怨，但沒什麼大的影響，即使厭惡，也沒有想要滅絕他們的心思。

「新帝登基後，不懂邊疆問題，又好大喜功，覺得對方長期騷擾，小規模搶劫，就是因為拿他們沒辦法。為了立威，發動了一場後來看來毫無意義的戰爭。

「那時，面臨對方守衛周全的大營，新帝執意要安老將軍帶領部下主動出擊，攻入大營，追擊殲滅對方。安老將軍屢次上書，言說只要布防得當，則邊塞易守難攻，不必攻擊，若是冒然帶軍主動出擊，恐遭敵軍埋伏，實不可取。新帝大怒，派了一個巧言獻媚的小人來接替老將軍，那個小人以老將軍年老膽怯為由，居然將一位身經百戰的三軍主帥貶為值夜兵士，這是何等奇恥大辱。老將軍悲憤之餘揮刀自刎。

「新帝得知，非但沒有悔過，更遷怒於老將軍，無論朝中老臣們怎麼求情，都不允許將士們帶安老將軍回鄉安葬：『就讓這老傢伙葬在那裡，看看我是怎麼取勝的。』眾將士聽聞，悲切不已，三天之內，軍中時常有嚎啕大哭之聲。

「那個小人事事都聽從新帝的安排，從不言明情況，終於有一次帶領數千人出塞出擊時，一月有餘不回，新帝派人去尋找時，斥候竟說他們被圍攻致死，那小人腦袋都被人割走，傷口在了背部，而其他人都是身前有傷口，眼睛裡面望著後面的那小人，濃濃地迷茫神情。據說，新帝聽到稟報，手中的杯子當即丟了出去。

「新帝大怒，又派十幾萬軍隊奔赴這苦寒之地，揚言說是要蕩平敵方一個不留。一雪前恥，並下令，若是攻占下來，若是男子，不論身高是否超過車輪，一律腰斬，首領更是要五馬分屍；若是女子，更要掠奪回國，不給敵國生息之力。

「敵國先是聽聞新帝要發兵十萬，大為恐怖，又聽聞殺男掠女，大怖轉為大恨，誓要拼死消滅這十萬大軍，讓他們永遠也不回去，保護自己的家園。遊牧民族平日裡也多有爭搶，但也懂曉唇亡齒寒，在此危機下，

於是幾大部落結盟對抗。

　　「敵國將士本就出生於苦寒之地，又是毛髮濃密、鼻孔高聳，早已適應惡劣環境。我方派來的將士南北方人各半，北方將士生長環境較冷，能很快適應投入戰鬥；可南方調派來的將士們，從溫暖濕潤的南方一個月之內到了寒冷乾燥的北方地區，本就水土不服，又遇上百年一遇的大雪，又哪裡受得了這般寒冬，所以時常生病。兩相對比，我軍是落了下風……」

　　故事仍在繼續，此時蕭岩盛滿了一杯酒，撒在安幾道自殺留下的血跡上：「幾道，贖完罪後，一定要找到文茵，下輩子不要辜負她了。」

　　說完又轉過頭來對著孟婆：「新帝登基，迫切想要確立自己的權威，建立一番功業，好名流千古。也算年輕氣盛吧，便匆匆發動這場戰爭。」蕭岩無奈發笑，又補充道，「我應該從來沒告訴你草原軍隊的特點吧！」

　　「對，你沒說過。」孟婆話剛出口，便覺得有些不對，又問，「有什麼說法嗎？」

　　「雖然我們稱呼他們敵國，但是他們實際上並沒有國家，沒有領土概念的，他們的牛羊走到哪裡，他們就住在哪裡。他們彼此之間會為了水源草地搶掠爭鬥，可是當我們想要消滅他們的時候，這時便會凝成一塊，一齊對外。如同雪地的群狼，春夏秋三季各自生活，彼此攻伐，當大雪來臨時，又會聚集在一起抱團取暖。

　　「狼會在缺少食物的時候襲擊其他動物，他們只是要生存，草原上的水源和草地，遠遠不能滿足休養生息，每到冬天，他們總是缺衣少食，所以才會每年都在我國邊民豐收時節大肆搶掠。現在新帝要大軍壓境，要將他們滅族滅種，就是讓他們活在了冬天之中，狼這個時候會報團取暖的。可是臣以君王為天，我們要服從君王的一切命令，該不該發動戰爭，發動以後怎麼做，我們沒有資格問為什麼。」

　　孟婆脊柱發涼，為什麼在戰場上拚死衝殺的將士都沒有資格問為什麼，是為正義而戰，為百姓存亡而戰，還是為新帝的顏面而戰。孟婆沉默，不知該說什麼。酒罈已經見底，蕭岩將剩下的酒倒在地上，喃喃道：「幾道，我該回去了，這是我第一次也是最後一次來看你。」

半壁猶如刀劈的懸崖裡側，兩人一前一後走著，明月高懸的夜晚，這兒一點聲息都沒有，蕭岩邊走邊問孟婆：「那晚在古皇宮大殿之中，對著眾將士說的五道輪迴和六橋，確有此事吧？」

　　孟婆一聽，這是在質疑我的本職工作嗎？想到這裡，默默說道：「自然是真的，百年之後，便知我所言非虛。」

　　「百年之後？他們能不能從這雪域全身而退還是個未知數，哪敢奢望安享終老。此戰非義戰，將士雖然不是發令者，但是仍舊要受因果牽連，你能保證他們都能走到前面的三道石橋，去開啟一個新的來世嗎？」蕭岩冷笑了兩聲。

　　孟婆啞口無言，之前一廂情願的認為將士是正義之師，保家衛國而奮勇作戰。可如今得知了原因，倒真是不知這因果該如何計算了，怕是要到了冥府請冥帝翻開因由簿，才能得知這些將士的善功惡果，是進什麼輪迴。這麼一想，心裡沒了底，也就不言語了。低著頭默默的跟在蕭岩身後走著。被倒在地上的酒結出來冰，走動的人影消失在遠方……

　　軍營裡人影如燭，晃晃而過。到了軍營，一個聲音從旁邊的營帳傳來，腳踩在雪地上沙沙的聲響消失了。

　　「林師傅，錯了，我真的錯了，求求你別告訴將軍，只要你不說，你讓我做什麼都可以。」

　　蕭岩和孟婆對視一眼，悄悄走過去。看到一個小兵抱著軍中醫王林老先生的大腿哭嚎著。

　　「你可知道這是多大的錯誤，若不是我及時發現，會有多少將士因此腹瀉而死，這件事我必須要告訴將軍。」

　　林老軍醫從軍三十多年，而今已經有六十多歲了。按說這個年紀的軍醫可以歸鄉頤養天年，享受兒孫繞膝之福，可惜這位老軍醫醉心於醫術，錯過了娶妻的最好年紀。三十幾以後，便終日與藥材為伴，不過他的醫術，最是高明，據他說，這藥材才是最有靈氣，最懂人心的。他整日探傷救死，看慣了生死，看淡了人生，也看清了世事，但當知道小兵所犯事情可能會導致幾千人喪命，所以不肯饒恕他。

蕭岩剛來軍營的時候，有次老軍醫為蕭岩療過傷，還細細地交談過，所以蕭岩對老軍醫頗為瞭解。

那時候蕭岩剛剛從軍，不慎深入敵軍，在戰場上被長矛刺穿右腹，安老將軍帶回蕭岩以後，蕭岩昏迷之際不停呼喚柳嬌二字。醒來之後看見林老先生，又常常問自己能不能好，能不能活下去。

他把老軍醫問煩了，便得一句：「上了戰場才知道怕死已經晚了。」

大概是怕自己沒說明白，老軍醫又說：「年輕人把戰場看得太簡單了，簡單到只知道這裡一個可以建功立業的地方，卻不知道同時也是血肉地獄，看淡點，若畏懼生死，這裡便是你的道場。每一個難受的地方都是道場，走過去，打開修行必須從那裡進行。」

少年見識淺薄，不懂生死怎麼和修行還掛上了關係，便追問下去。

老軍醫說自己是個修行人，蕭岩也曾問他，修道不是高山深林、喝露水才能白日飛升嗎？

老軍醫輕蔑的說到：「年輕人懂什麼，紅塵煉心最為難，整日躲在深山老林裡雖然安全，但是心性過於純白，稍有不慎，便是靈識散亂的危險，想修成正果那是癡人說夢。」

「修行，世人總想到偏安一隅的山林隱士，幕天席地、靜坐、行腳，苦苦思考人生的意義，但那只會把身體坐僵、把腦殼想壞。那些問題是坐在那裡就可以思考出來的嗎？知行合一，悟出道理，去實踐它，才是修道，才能得到真知。沒有實際的做事情，又怎會有真知。

「軍營之中生死常見，又恐怖，大超脫。此處有大欲望、無常與情緒苦樂……在其中尋求平衡，更能讓我們看清本質。一個問題就是一個道場，每一件煩事的到來是道場的考驗，每一次情緒的到來是道場的質問，每一次恐懼的到來是道場的實驗，每一個念頭也都是道場。」

「再則，修行要累積功德，當軍醫可以一邊修行，增進道行，還能一邊積累我的功德。專注當下，心無旁騖，哪怕是洗衣、洗碗、種地、打掃都是修行。時刻觀察和檢查自我，降服欲望和雜念，心就會變得清澈透明，才有機會白日飛升。」

蕭岩瞠目結舌，瞪著眼睛看了林老軍醫好久。

蕭岩傷好以後，常常找老軍醫請教道術奧祕，老軍醫在軍營三十年，見過將領冒失突進而死的，也見過小心翼翼探查敵情險死還生的，見識之廣博，體味之深，生平所見。蕭岩能有今日之建樹，離不開林老軍醫的指點，在蕭岩的心中早已把老軍醫視若己父。

「林師傅，怎麼了？」蕭岩知道林師傅處事安然，極少動怒。

「主帥，前日你尋糧食歸來了，可算解決了我的大忙，前些日子我看看傷病的狀況，吃不飽，穿不暖，愁死人了。還有你上次受傷怎麼不找我老頭子去看看？」老軍醫眉頭緊皺，吹著鬍子。

蕭岩擺擺手說道：「都是小傷，早就沒事了。外面挺冷的，我們進去聊吧！」

剛走進營帳，老軍醫便準備要給蕭岩把脈，蕭岩已經沒了脈搏，於是孟婆插在他們中間，扯開話題道：「剛才怎麼回事？」孟婆指著跪在地上的小兵，轉頭問老軍醫。

老軍醫瞪了一眼跪在地上瑟瑟發抖的小兵，氣憤地道：「自己說。」

「主帥，我錯了，我不是有意的……」小兵不敢說出，只是一直求饒，語氣悲切。

「混帳東西，我種植的很多藥材都是遇寒則死，一點寒氣也見不得，軍中多重傷的將士都等著這些藥材救命。可是剛剛我進營帳的時候，看到他竟然將我蓋起來的藥材掀開，說是蓋起來怕熱死了，要不是發現得早，起碼幾百人因此無藥救治，只能看著死去。」林老軍醫氣得臉上泛紅。

小兵聽得心驚膽戰，慌忙抬頭看著蕭岩：「將軍，我真的不是有意的。你要相信我，我是看到師傅既要照顧軍營裡的傷兵，又要檢查藥材，每次看到師傅檢查完藥材後氣喘吁吁的樣子，可是竟然幫不了他，覺得很自責，所以想著這次提前掀開幫著查看，省得師傅累著，沒想到……」

林老軍醫說這個小兵之前他分配去照顧傷病，結果弄得傷兵大喊大叫，看他笨手笨腳，便親手教他，待他如徒弟一般。今天掀開蓋子，擦點耽擱了幾百人的性命，好心辦了壞事。林老軍醫說幸好今日早一點忙完，

提前去檢查藥材，不然這些藥材就失效了。

聽到幾百人可能因此死去，蕭岩的眼睛收起了溫潤，冷峻開始蔓延到臉上，蕭岩走到小兵面前：「既入軍營，便有賞有罰，犯了錯就要負責任。」蕭岩對著小士兵冷冷說道：「自己下去領罰吧！」

小兵膽怯地趕忙從地上爬起來，兩腿顫顫巍巍，面如死灰地獨自走出營帳，看到這裡，孟婆一聲歎息。孟婆看著那小兵孤零零的背影，帶著幾分討好對蕭岩說道：「既然藥材沒有死去，要不就算了吧，這孩子也算是好心辦錯事，何況他身體單薄，受刑恐怕要死！」

蕭岩看也沒看她一眼，對孟婆語氣淡漠地說道：「你知道小善如大惡嗎？」

善良不就是善良，邪惡不就是邪惡嗎？善良居然會是罪惡，孟婆一臉迷茫，便老實地說：「不知道。」

蕭岩停頓了一會，說道：「為人處世，要懷有一顆善心，但並不是所有的好心都能帶來好的結果，很多的『小善』就是因為沒有人制止才釀成了大禍。今日我不罰他，明日他還是記不住，軍營，必須要嚴肅，這樣子也能讓將士們活著回去，所以今日對他處罰是為他日後好，放過他，那就是縱容，而不是寬容。」

「人有感性與理性，善念屬於感性，但是行善卻一定要理性。只憑著感性去行善，卻完全不知道這樣的善良會給對方帶來什麼樣的後果，這樣的善良就是愚蠢的善良，而且常常導致很壞的後果，這就是『小善如大惡』。心中不忍之後，一念仁慈，不想後果就去做，這就叫小善。」

「天地不仁，以萬物為芻狗，對萬物等而視之。看似無情，反而是最大的有情。真正的善良，一定要匹配智慧，既要洞悉人心，又要需明白自然規律，不得隨意違反自然的內在道理，只有這樣，一個人的善行才能合乎天道，不違背自然而又能幫助別人擺脫困境，這樣的善良才是真正的善良。」

林老軍醫聽得連連點頭。

孟婆怕蕭岩再絮叨下去，趕忙說：「義兄言之有理，今日一言讓小

妹醍醐灌頂。」蕭岩扭過頭去，知道這孟婆又在打發自己。

「這個就是你義妹？」老軍醫問道。

「嗯。」蕭岩道。

「老人家您好，這廂有禮了，叫我小孟就行。」孟婆顯得很是乖巧。

「我剛才觀察姑娘，看你氣息淺淡，如風中殘燭，便以為你體弱病虛，聽你這般開口，沒想到竟有如此活力，怕是練了什麼功夫嗎？」老軍醫笑道。

「先生目光如炬，小女子確有家傳功法在身。我本體弱，三、四歲的時候爺爺說我恐怕熬不下去，便擅自破了功法傳男不傳女的禁忌，讓我練了它，於是自幼勤練，才會出現這種看似體弱、其實健康的狀態。但是自從我的爺爺去世，我就再也不知道怎麼練了。」孟婆打著哈哈道。

老軍醫正聽得好奇，抬頭看著孟婆吞吞吐吐，哪裡還不知道孟婆想要說什麼，既然孟婆不願意說，也就不強求，於是看向了旁邊的蕭岩。

「快要開戰了，有什麼需要我老頭子幫忙的嗎？」老軍醫問道。

「軍中各事準備妥當，不過還有一事要請先生幫忙。」蕭岩鄭重地說。

「說說吧，看看我老頭子能幹什麼。」

「軍中雖完事妥當，但是敵軍有個內奸在軍中，知道我們的動向。若是發動攻擊，恐怕我們會很被動，而且他們若是破釜沉舟，想要做出些什麼來，軍中將士恐怕十不存一。」蕭岩緩緩說道，嘴唇緊咬。

「老頭子我明白了，藥材這方面我會親自查看，飲食飲水我也會留意。」老軍醫點點頭，摸著鬍子道。

「多謝先生了。」蕭岩大喜。

「你也辛苦了，這一戰打完就回去娶了人家吧。你小子剛來軍營裡面就說要娶她，現在都成了主帥了還沒成功，不行啊，這次要成了吧？」老軍醫拍拍蕭岩的肩膀調笑道。

「嗯！」蕭岩露出笑容，像是美好的期待，可是只有孟婆知道其中有多少苦澀。

「先生那你先忙，我們走了。」

「好，下次多來我這裡，我好好招待你。」林老軍醫點點頭，「快去吧！」

三日後，孟婆路過老軍醫的營帳外，老人家內氣十足地說話：「你都給我好好記著這些藥材藥理，若是記不住，我還要罰你，聽好了：

「山楂：消食化瘀的好手。黃芪：首屈一指的補氣要藥。生薑：禦百邪，助陽氣，散一身寒濕。白茅根：涼血止血的草根太醫。花椒：驅寒很有效果。三七：起死回生『金不換』。白茯苓：健脾補中。山藥：神仙藥食，養足我們的後天之本。陳皮：健脾良藥。藿香：助脾胃正氣。丁香花：胃寒之人可以暖胃……」

孟婆突然一笑，向前走去，這老人家嘴硬心軟，前日還被這徒氣得吹鬍子瞪眼，今日就急著教人家藥材知識。

雖然以兄妹相稱後，蕭岩和孟婆的營帳也靠在一起，不過漫漫長夜，又是兩個不眠之人，孟婆便問隔壁的蕭岩：「那天那個小兵按照軍法受到那種懲罰呀？」

「鞭刑十下。」蕭岩淡淡道。

「這小兵恐怕是不好受吧！」孟婆歎息道。

「嗯。」蕭岩道。

「這小兵心挺好的，而且也是知恩圖報之人，雖然愚鈍，但勤奮，我剛才路過軍醫的營帳，昨日剛被罰了十下軍鞭，才隔一日，就趕去老軍醫那裡記憶各種藥物形態性質，真希望他以後小心謹慎。」孟婆撇撇嘴說。

「這種人懷善心，做惡事。戰爭之中，藥物何等重要，居然問都不問就去碰草藥，被罰可以讓他長記性，記得以後小心謹慎。」

「嗯。」孟婆想起了最近軍營巡邏人數增加了起碼三倍，問道：「最近有什麼作戰計畫沒？」

「敵軍應該快到了。」

敵軍確實快到了，因為敵軍已經準備走出一條路了，哪怕大雪封山。暗夜裡，一個身穿黑衣與深夜相容的身影，貓著身子閃進了一個營帳。

第十二節

「報告主帥，敵軍距離我軍還有十五里路，正以一天五里的速度撲向我們，我們下一步怎麼做？」右將軍楊宗明大步流星地走進觀望臺，大聲彙報道。

軍營高聳的黑木觀望臺上，蕭岩與左路陳將軍，先鋒軍和哨兵營將軍並肩而立，眺望遠方彌漫天際的塵土，敵軍離軍營的位置越來越近。雖然大雪封山，但是面對做了充足準備的敵軍們，此刻的風雪，不過意味著給接下來血肉橫飛的戰爭鋪個底色。

「敵軍大概幾日能通完路？」蕭岩問。

敵軍不愧被稱為「雪域之狼」，確實有狼的魄力，竟然在這風雪中開路，想要將蕭岩的軍隊一網打盡。

「三日。」陳梁大吼道，旁邊的右將軍聞言微微顫抖。

「三日夠我們擺好陣勢，莫急。」蕭岩拍了拍右將軍楊宗明的肩膀，安慰道。

「這……」右將軍楊宗明帶著詢問看向陳梁，陳梁便搖搖頭，表示自己也不知道蕭岩葫蘆裡賣的是什麼藥。

昨夜三更時分，蕭岩忽然找上了陳梁，言說有事商討，那時的陳梁正在營帳內靜坐下棋，棋盤上黑子被圍殺，即將死亡，聽到蕭岩在外頭，側頭聽了聽，伸手請蕭岩入坐對面。

「主帥找陳某所謂何事？」陳梁問。蕭岩與陳梁並無舉杯共飲過，今日蕭岩來，所謂禮賢下士必有求，夜半入帳，定是有事相求，至於何事，陳梁也大概猜到了，便伸手邀請入坐。

「陳將軍應該猜到了吧！」蕭岩掀起披風坐下，頭微微向後偏。

「將軍雅興，左右對弈。」蕭岩指著棋盤，「不過這盤棋的黑子快

輸了，先生有何妙策，可使黑子起死回生？絕地反擊？」

陳梁默然，並未回話，只是伸手請蕭岩執黑子而落。

蕭岩撚起一枚棋子，輕輕地落在棋盤上。

燭光下，兩人的影子投在營帳上，微微搖曳。

「主帥棋藝精湛，竟然在這千鈞一髮之際，為黑子贏得了一線生機，陳某佩服。」陳梁道。

「下棋如行兵佈陣，我看的不過是下面，是戰場，而陳將軍看的卻是上面，是群星。正如外面的小兵來下棋一般，只看得見眼前的棋盤，卻看不到更深的那層。下棋其實看的是下棋的人，和下棋者身後的人，不是棋盤上的某一顆棋子。」蕭岩臉上帶笑，手中輕撚棋子。

陳梁聞言，挺直的腰桿彎了，眼睛緩緩閉上。稍等片刻後，又睜開：「唉！罷了，若是兵敗，命都喪於此地，還說什麼保一世平安。說吧，這次要我算什麼？不過話說在前面，星象奧祕，我一介凡人，所參有限。」

「不多問，只問這幾日氣象。」蕭岩輕笑著說。

陳梁打量了一下蕭岩，笑著說：「這倒不難……用口訣來推演就行。來觀天象、觀雲、觀風皆可得知，說與主帥聽聽也無妨。

悶雷拉磨聲，雹子必定生。

陰雨亮一亮，還要下一丈。

南風吹到底，北風來還禮。

南風怕日落，北風怕天明。

南風多霧露，北風多寒霜。

夜夜刮大風，雨雪不相逢。

西北惡雲長，冰雹在後晌。

暴熱黑雲起，雹子要落地。

黑雲起了煙，雹子在當天。

黑黃雲滾翻，冰雹在眼前。

黑黃雲滾翻，將要下冰蛋。」

陳梁邊說邊往營帳外走去，抬起頭看著滿天的繁星，用手指著東西南

北四個星區說道：「四象，東方青龍、西方白虎、南方朱雀、北方玄武，四靈：麒麟、鳳、龍、龜。今日觀四象四靈以祥瑞之相呈現，主帥可以回去了。」說畢，向蕭岩做了一揖，轉身掀開簾幕走進去。

蕭岩看著天空，長長舒了一口氣，回神向著陳梁一鞠，隨後便離開，逕直去了老軍醫的營帳。

剛撩開營帳的一角，就看見老軍醫雙手背在身後，口中朗朗念誦：「人之臟器主要是心為神之居、血之主、脈之宗、五行屬火。肺為魄之處、氣之主，五行屬金。脾為氣血生化之源、後天之本，藏意，五行屬土。肝為魂之處，血之藏，筋之宗、五行屬木。腎為先天之本，藏志，腰為腎之腑，五行屬水。膽主決斷，胃以降為和。小腸主液、大腸主津、膀胱依賴腎的氣化功能，三焦通行元氣，總司氣機和氣化，為水液運行的道路。」

蕭岩從側面看著老軍醫身後的小兵沒半點聲息，猜想又睡著了，剛想輕咳一聲，微微示意他，這時老軍醫卻回頭一看，所以默默看了下去，卻說老軍醫掉頭一看，竟愣住了。

大喝一聲，拍著桌子道：「榆木腦袋，與你說了那麼多，竟還是雙目發直。」說到這裡，聲音突然低了下去，繼續道：「罷了罷了，老夫還是說些粗淺易懂你好生記下便可。記好了，只要是筋的問題，治肝沒錯；只要是骨的問題，治腎沒錯；只要是肌肉的問題，治脾胃沒錯。」

「師傅，懂了懂了。」小兵臉上笑開了花，趕忙記下。

老軍醫邊說邊跺步，猛地抬頭看在撩起一角營帳的蕭岩，正含笑看著他。

「主帥怎麼來了？快進來坐，外面寒涼。」老軍醫慌忙掀開簾帳。

「師傅，那我先告退了。」旁邊的小兵悄悄抬頭看了一眼，見來人是蕭將軍，小兵悄悄退下了。

蕭岩不急不慢地坐了下來，自顧自的在帳內沏了壺茶，只說茶葉滿鼻芳香。

老軍醫見狀，臉頰跳動，問道：「說吧，這次是什麼事？」

蕭岩放下手中茶杯，湊近與老軍醫耳語一番……

蕭岩回到營帳已過午夜，到了營帳，孟婆悄無聲息地出現在蕭岩背後。但蕭岩並未回頭，他知道是孟婆來了，說道：「跟著我作甚？」

孟婆一笑，湊到蕭岩耳邊說：「你又去陳梁那問星象了？不是上次只讓人破例一次嗎？看來破例的事情做不得，這只要破例了一次，那就沒完沒了。今日又為何去那裡呢？」

蕭岩微笑著說：「這天上星象都是人世間的投影，以各種方式預示了人間萬物的變化，我要保證士兵活下去，所以去向陳將軍學習一下。」

孟婆一聽，自討沒趣，提起衣裙轉身就走。

蕭岩快速地跟上去，一把拉住她，意味深長地說：「孟婆，幫我個忙。」

「幫忙？」蕭岩大將軍也會求人？這倒是稀奇事。

孟婆來了興趣：「說吧，幹什麼？」

蕭岩在孟婆耳邊耳語片刻，孟婆擠出一個意味深長的笑。

兩日後的那個半夜，兩軍相距不足三里，找個十來尺高的地方就足以看見對方的軍旗，蕭岩這一方，將士們都不知道要採取何戰術，但見到蕭岩不急不慌，也便心安不少，過去那麼多次都勝利了，這次也一定可以化險為夷，轉危為安。

老軍醫孤身站在營外，雙手後背，微揚起頭看著兩軍密集的巡邏隊伍，道：「雛鷹羽豐初翱翔，披驚雷，傲驕陽，狂風當歌，不畏冰雪冷霜，欲上青去攬日月，傾東海，洗乾坤蒼茫。」

又拍了拍身上的落雪，喃喃道：「此戰，不知又有多少新亡之人。仙道貴生，老夫卻在這軍營之中看過多少生離死別。唉！罷了，這是我的劫，也是我的命數。」說完，便踱步進了營帳，再無一點生息。

第三日，將士們都整裝待發，準備迎來最後的一戰。

蕭岩站在高臺上，望著士兵們凝重自信的臉，露出淡淡的笑容。

軍營前，將士們連綿排開，手裡拿著弓，恰若滿月的弓上搭著箭，神色堅定，等待不遠處的大雪被敵軍衝開……

風雪刮過每個士兵的臉，南方的將士們有些臉上已經開始紅彤彤的，但他們一動不動，提著刀盯著遠處。寒光閃出，敵人用彎刀破開了大雪，第一個，第二個，第三個，看也看不過來的敵人蜂湧而出，堆積的大雪眨眼間就被踏平，最後的時刻就要到來了。

　　敵軍通開那高聳的積雪後，卻驚訝地發現眼前是一大片阻塞了任何道路的寒冰，而寒冰的對面，就是蕭岩蓄勢待發的軍隊。

　　敵軍停下了步子，寒冰發出森森的光，如一面鏡子，可以照盡世間百態。

　　即使前面是冰面，但到了這個時候，敵軍想停止也做不到，前面的先退後，後面的想靠前，前面的沒了退路，草原民族如狼一般，既然必定犧牲，又何必退縮？最前面的向後一看，便決然地義無反顧向蕭岩他們衝殺，奈何走了幾步後，堪堪滑倒。前面的滑倒，絆倒了後面的，後面的又阻礙了更後面的，一連串的冰溜溜，而更後面的看不清前面發生了什麼，只是急著向前衝。於是你推我、我推你，都在冰上摔倒了，一時間，敵軍如同滾湯圓般七零八落……

　　蕭岩和將士們聚精會神地盯著，待敵人摔得剩下一半面前站著，回過頭來，只看到蕭岩站在高處，手中旗幟一揚，高喊一聲：「放箭！」

　　滿月的弓成了殘月，萬箭齊發，一時之間冰面上悶哼聲、慘叫聲、哭聲震天，流出的鮮血在地上滾動著，霎時間白茫茫的冰層上便作了一副地獄圖……

　　敵軍要消滅這些滅絕他種族的人，要大舉進攻，怎敢無功而返？寒冰和箭陣讓他們死了許多人，但是戰爭總會有人犧牲。

　　箭太多，敵軍舉著高大的盾牌，排成一排，扛著箭陣往前衝。冰地濕滑，不時有人滑倒，於是中間便出現一道道的小口子，蕭岩軍隊便趁此間隙，急忙想著左側的一個小口子射箭，意圖撕出條口子，打擊敵軍。因為士兵雖然配合默契，但不是長久之計。

　　敵軍當有人滑倒的時候，先派出弓箭手掩護，再派拿盾的將士急忙補缺口。

「撤！」一聲令下，蕭岩軍隊撤離戰場。

敵軍彷彿看到了蕭岩軍隊的退縮，很是興奮，便如狼般吼叫起來。同伴被射殺的憤怒，此刻見到對面退縮，不自覺地往前，想要追擊蕭岩。等到蕭岩和將士們撤離到左側的山上時，一陣轟隆隆的聲音，並且越來越響。從北面的高山上傳來，忽然敵軍陣營裡發出「啊啊」的、很是痛苦的嘶吼聲。

眾人終於在抬頭時找到了聲音的源頭──碎冰。那是雪崩，還有無數的碎冰裹著。懸岩不知什麼原因結了冰，而敵軍忙於開路，並未意識到那是白色的懸崖。

碎冰帶著巨大的衝擊力從上面滾落，凡是被砸到的士兵，腦漿飛迸，慘叫聲連成一片。此戰敵軍損失慘重，人員十不存四，急忙退軍而去。

敵軍大敗，蕭岩軍中猛然爆發出熱鬧的慶祝，冰是如何來的？有幾個默默出神的人，盯著原本站在高處的蕭將軍默默消失……

勝利了，蕭岩又一次領著他們化險為夷！

一切都在蕭岩的計畫之中。

大戰過後，隨後蕭岩安排了一隊人，打掃戰場。一來檢驗一下是否有無詐死逃脫者，二來將他們的武器鎧甲剝下，還有貼身的毛皮襪子。夏季時分打掃戰場、掩埋屍體是為了防止瘟疫，這寒冬時節瘟疫倒是沒有，只怕引來狼群野獸覓食，雪後冰堅也不便掩埋，只能將那些屍體剝光了，從懸崖上扔到崖底。

「命之修短，實由所值，受氣結胎，各有星宿。天道無為，任物自然，無親無疏，無彼無此也。命屬生星，則其人必好仙道。好仙道者，求之亦必得也。命屬死星，則其人亦不信仙道，則亦不自修其事也。」老軍醫不由得感歎。

一旁忙剝盔甲的士兵也沒空搭理老軍醫，只想著早點打掃完戰場，好回營慶祝，再飽餐一頓，這才是最緊要的事情。

夜幕降臨，將士們沉浸在勝利的喜悅裡，孟婆卻不怎麼樂意。孟婆坐在營帳裡，摸著泛痠的手腕，咒罵蕭岩。

「在嗎？我幫你拿了烤紅薯。」蕭岩的聲音從門外傳來。

孟婆剛要開口，一身戰場的血氣的蕭岩已經撩開帳簾走了進來。

「剛結束？」孟婆問，「怎麼樣？」

「嗯，活下來了。」蕭岩道，「所以急忙來看望孟姑娘了。」

「裝模做樣。」孟婆小口咬了幾口紅薯，樂滋滋地瞥了蕭岩一眼。

「多謝孟姑娘你的幫忙，我替將士們感謝您。」蕭岩端正了身子，嚴肅道。

「你說你呀，怎麼想到這點子？」孟婆問。

「這其實還要歸功於陳將軍，他觀星象，算出這幾天天氣轉寒，可能有大雪，我觀察這四周的地勢，制訂這一策略。」蕭岩笑著說。

「幾個紅薯就想打發我，你看看我從昨天晚上到今天都幫了你多少忙。」孟婆邊吃邊說。

「是，孟姑娘的確辛苦，就是孟姑娘夜裡先帶著火頭營的兄弟們燒了幾十大缸的水，然後又親自將這些熱水提上懸崖，再從上面將滾燙的水倒下來，才有了今日軍營懸崖上的堅冰，而且孟姑娘今天還幫忙鑿懸崖上的冰，都說明孟姑娘確實厲害，當居首功。這確實幫了蕭某的大忙，蕭某在此謝過。」

蕭岩作揖，一派真誠。

那些水都是孟婆半夜趁眾人熟睡之時，神不知鬼不覺地獨自一趟趟提上去的，懸崖峭壁被冰雪覆蓋，太滑，普通人哪上得去，唯有孟婆可以飛行上懸崖。熱水將崖間冰雪沖化，結成明鏡般的新冰。這也幸虧懸崖積雪較多，兩邊崖壁較近，只需幾十缸熱水，就足以讓懸崖中間的道路凝成冰面。直到現在，大夥都互相以為是哪個營負責將水提上山上。

「前幾天晚上的事查清楚了嗎？」孟婆又問。

「快了，做了事情，總會露出馬腳的。」蕭岩眼神堅定地說。即使平日裡比較沉著，今日的勝仗還是讓眸子格外閃亮，蕭岩興奮不少，即使他平日裡都比較沉著。

「你們這些人呀，真是可怕。都是兄弟，同吃同住，一片和樂。卻

偏偏有人，暗地裡想要害死你……這讓你們提心吊膽不說，說不定哪天，你們就被自己每天稱兄道弟的人給毒死，唉！真是可怕。」孟婆又吃了口冒著熱氣的紅薯，搖搖頭。

「那孟姑娘怎麼還敢吃？」

「我怕什麼，什麼毒能害死我？」孟婆仰頭道。

「也對。」蕭岩輕笑，又轉為落寞，「可惜我的將士們不敢吃。」

「哼！你還是想點辦法抓住內奸吧！」孟婆嘟嘴，踢著旁邊的雪，不滿道。

「確實要好好查查。要不是老軍醫偶然檢查今天的早餐，幸好發現了食材裡被人混進了瀉藥，不然就麻煩了。」蕭岩摸著下巴道。

「有懷疑的人了嗎？」孟婆追問，顯得困難。

「算有吧！」蕭岩說完，又搖了搖頭。

「說說？」孟婆問。

蕭岩一笑，卻不答話，只說道：「孟姑娘還有什麼吩咐嗎？不然蕭某就要告退了，之後的戰事還等著蕭某安排。」

「走吧走吧！」孟婆重新將紅薯放進嘴裡，瞥著蕭岩道。

那道契約，就是一場交易，孟婆滿足蕭岩的心願本就應該，而如今他們越來越像朋友，孟婆竟然隱約覺得，讓蕭岩與自己再多待幾個月也是好的。

這場仗能勝，主要還是孟婆的幫忙，但下一場仗，不會那麼好打，尤其是還有一個在暗處隱藏得很好的人。蕭岩心裡想著，身影消失在茫茫風雪裡。

此時，突然有個身影似乎就在軍帳外一閃而過。

第十三節

　　望著遠方的敵軍，蕭岩知道他們只是暫時退回，蕭岩清楚，這只是一個開始。

　　「如果我是他們，下一步我要怎麼做呢？」滴水成冰的夜深裡，四下安靜，穿著單薄衣衫的蕭岩，伴著晃動不定的燈火，雙手撐在地圖前，喃喃自語。

　　一旁的孟婆最怕無聊，便隨手拿了本兵書，百無聊賴地翻弄著。

　　夜還在繼續，但不眠的人仍在思考著怎麼把人帶回家鄉。

　　「主帥在帳內嗎？」營帳外傳來陳梁的聲音。

　　「是陳將軍嗎？進來吧！」蕭岩仍舊盯著地圖，沒有移開眼睛，對著營帳口道。

　　陳梁一進帳內，步子僵硬了一剎又繼續走向蕭岩。看來並未預料到孟婆也在此。

　　「陳將軍深夜到訪，不知有何事？」半夜十分，若不是有關係軍隊存亡的事情，陳梁此時定不會來訪，蕭岩倒是沒有廢話，直接問道。

　　陳梁看著孟婆默然，並沒有接話，蕭岩瞇著眼睛，忽然明白：「但說無妨，這裡沒有外人。」

　　陳梁清了清喉嚨說道：「回稟主帥，今日我們讓敵軍大敗而亡，留下數百具屍體，確實值得慶幸，不過……我軍處在半山靠近坡底上來一點，將軍可否想過我軍駐地的問題？」陳梁緊張地問道。

　　「願聞其詳。」蕭岩伸手邀請，請陳梁端坐指點。

　　「今日碎冰從崖上降落，我想定然是將軍安排的，但我一直未想將軍您是如何做到這一點的。懸崖太滑，加上風雪嚴寒，根本無法攀登，那是如何把幾十桶水帶上去，所以我就去仔細觀察半天，雖然還沒有想找到

答案。」

陳梁這時突然自嘲似的一笑：「但是我發現了另一個問題。我看到我們軍營後面的山坡陽面。出現了厚厚的積雪。冬天天冷風大，那積雪只會越來越多，終會有一天，積雪滑落，軍營便會被冰雪覆蓋。況且我們所駐紮的方位，是今年太歲所在之位，若只是短住幾日，問題不大，但是這預備長期駐紮，軍士們搭建的搭建、深挖的深挖，是在太歲頭上動土，我心裡著實是怕衝撞了太歲，懇請大帥遷移軍營……」

陳梁所言絕對不是危言聳聽，蕭岩聽到這點，之前不斷地用手指往覆滑動桌面，發出嘩嘩的聲音。

「我軍當初駐紮在這東西走向的懸崖裡，就在於此處風雪多為南北走向，來此崖間可以躲避大風寒雪；若此刻撤離出此處，且不說難以找到如此安全和溫暖的避風雪地，便是轉移新建，也是個困難事情。」

兩人沉默起來，各自摩挲著拇指，想要祛除些許困難……

孟婆在冥府多是瞭解些投胎轉世流程的事情，來了這人間聽聞了陰陽五行、奇門遁甲、天象星相，對於太歲還是毫無瞭解，甚為好奇。便湊過去問陳梁：「陳將軍，太歲為何物啊？是妖怪嗎？」

陳梁趕忙搖頭：「孟姑娘，萬萬不可，對太歲爺不可不敬。」

「嗯，為何？」

陳梁解釋道：「孟姑娘有所不知。在術士中。太歲有一種含義便是，太歲即歲星、木星的神格，為五星之一。木星繞行一周的週期是約十二年，古代觀星者記載，每十二年後木星又會在同一星空區域出現。因此他們把天匀分為十二份，每一塊根據其特徵取一個名稱，每年運行經過一份天域，所以，木星又叫歲星。

「每一塊天域在人世間都是有投影的，每年的太歲爺都在不同方位，當年一般百姓都不會去那個方位動土，害怕不測之事。民間有云：『太歲頭上動土自取其禍。』我軍在這山崖下安營紮寨，大挖大建，但這恰好是今年年太歲所在方位。動太歲方位的隱憂、於高處有積雪傾覆之憂患，故此才來與主帥商議對策。」

陳梁說完，繼續與蕭岩商討問題，便告辭離開，只留下聽得發懵的孟婆在原地站著。

第二天傳來京城聖旨。

「陛下有命，蕭將軍英勇善戰，乃萬民之福。由於年關將至，朝中大事難定，朕將在朝處理朝中事務，蕭將軍代朕處理軍務，屆時我派出張贛將軍去慰問，君臣一心，天下可定。」

新帝原本意在秋高氣爽之時出征，一仗打完剛好到了年關，那時班師回朝，舉國歡慶，君威便可大漲，可震懾四海之內的國家。

奈何新帝將這次行軍當成了出遊，耽誤了些時間，奈何今年北方的風雪來得太急，況且君王龍體與社稷同重，不可冒險，所以沒來。

「報告主帥，南方來了一支軍隊，據斥候觀察是我軍勢力，上前去詢問，原來是張將軍張贛。張將軍受陛下之命，帶來了五萬人和三千石糧餉而來，預計今日傍晚便可到。」

果不過半日，張將軍便帶軍隊和物資與蕭岩勝利會師。

蕭岩身死那一戰，五個副將、一位將軍當場戰死；之後敵軍突襲，軍心受挫，雖還有力與敵軍一戰，但也只是被動防禦；再後來大雪封殺，南方將士頻繁凍傷、感冒，傷兵營時常哭喊連天，更是導致軍心不穩。聽到有新的袍澤，軍隊裡一直浮躁、變動的人心終於穩定下來。

前日一戰，擊殺敵軍一千有餘，大獲全勝，但將士一直都是在減少的，敵軍卻因是生死存亡的時刻，後面一直有新的隊伍加入，所以人數不斷增加，這讓他們信心越來越足……

如今援兵和軍需到達，兩軍人數終於對等，蕭岩稍微鬆了口氣。

雖然鬆了口氣，不過心還是懸著，因為這戰爭會越來越殘酷。

「也好。」蕭岩立於風雪中，接到聖旨後鬆了口氣，還有挽回的餘地……

夜色悄悄襲來，漂浮不定的燈光籠罩整個軍營，從遠處看去，好像黎明前的那束光。

「蕭岩，你最近心不在焉的，怎麼了？」孟婆走近蕭岩，手放在他

的肩上，問道。

蕭岩望著軍營，點點星火，有些出神。

雖然氣度依舊安穩自在，不過孟婆能看出來，此刻的蕭岩眼睛有些混沌，那神色有些……

「將軍，軍醫有請。」士兵道。

「我先離開一下。」蕭岩對著孟婆道。

孟婆點頭。

「是孟姑娘嗎？」

孟婆頭頂上出現了一把傘，楊宗明從孟婆背後走出來，遮擋了不少風雪。蕭岩怎麼了？孟婆出神，未曾注意到身後之人。

「右將軍有禮。」孟婆說。

「什麼將軍不將軍的，叫我老楊就行。」楊宗明嘿嘿笑道，連連擺手。

「月色正好，楊將軍也出來散步？」孟婆似笑非笑道。

「出來走走。好久沒看到月色了，有些懷念了。」看著天上若隱若現的微茫星辰，楊宗明有些感慨。

「是呀，今日風雪難得歇一歇，見著了月色，米白色煞是好看。再低頭，這連營中點點燈火微微亮，一閃一閃，像極了空中的星。」孟婆道，「明月掛星空，將軍夜思鄉。」

「此月同彼月，千里共賞一輪月，家鄉，也不知什麼時候能回去。」楊宗明輕歎道。

「回到故鄉……」孟婆喃喃道。

孟婆撇了撇眼睛，看著頭上的油紙傘，盯著楊將軍笑道：「沒料到楊將軍這般細心。」

「這雨傘本來是姑娘用的，我一個大老爺們不太適合。但之前左肩受過傷，這幾天舊傷復發，受寒疼得咬牙，打把傘，多少可以擋些冷風。」楊宗明搖頭。

「原來如此，將軍驍勇善戰，因此負傷，辛苦了。」孟婆道。

　　孟婆自知，跟對的人說對的話，在外人面前，她是個姑娘，自要保持矜持與正經。

　　「楊將軍，你傷還沒好，怎麼可以在大雪裡走，快回營帳休息。」老軍醫的徒弟，就是那個小士兵在遠處就大聲喊道。

　　那小士兵當初見到蕭岩哆哆嗦嗦，說話也不俐落，沒想到見了楊將軍不但沒怕，反而關心他的身體起來，孟婆眼珠一轉，好奇起來。

　　「出來透口氣，久在軍營，悶死了。」楊將軍語氣一轉：「你小子醫術學得怎麼樣了，那老頭又訓你了嗎？」那老頭自然說的是老軍醫。

　　「師傅對我很好，一直在指點我。」小士兵含挺直了腰桿，回道：「師傅也不是教訓我，那是恨鐵不成鋼。」

　　楊將軍哈哈大笑，並未拆穿小士兵，接著他擺擺手，像是怕小士兵再說些什麼，不耐煩地說道：「你先去傷兵營檢查劉副官的箭傷，我一會兒就回去。」

　　看著小士兵慢慢消失慢慢的身影，孟婆道：「你們認識？」

　　「認識，這小子上次犯了錯，被打得背上全部是血條，天氣嚴寒，又感冒了，整個人都在發熱。那時候我正舊傷復發，去林老軍醫那裡取藥，看到他，我便將我私藏的金創藥拿出來給他用，結果第二天這小子就活蹦亂跳了。他聽老軍醫說是我給的藥，便跑來感謝我，說是沒有我的金創藥，不死也要脫一層皮了。於是每次去林軍醫那，他每天給我熱藥，時間久了，也就熟悉，倒是個不錯的孩子。」

　　「是挺不錯的。」孟婆附和道。

　　「相處久了，有次無意之間發現我們竟然是同鄉。在這荒無人煙的邊疆，哈哈，這也真是緣分呀。」說到這裡楊將軍眼角都是笑。

　　「同鄉，楊將軍是哪裡人？」孟婆順著問了下去。

　　「清河縣人，就在離著這邊關三百里的地方，那裡經常受到狼族的掠奪，百姓生活苦不堪言。」楊將軍露出憤怒的表情，接著道，「所以我來參軍，希望可以把那些傢伙趕走，還我的家鄉一片清淨。」

　　楊將軍表情有些扭曲，或許是因回憶起過往，生氣而導致的，但孟婆

卻在他眼底看出了裡面掩藏的狠戾與沉鬱。於是說道：「我們回去吧！」

「好。」

兩人走過，留下一深一淺兩行腳印。

之前敵軍開路進攻被蕭岩的戰術打敗後，敵軍便安穩紮營，蕭岩也沒有去偷襲，只是兩邊都在不斷地增加巡邏人數。

這種異常的平靜讓蕭岩有些意想不到，不過各有謀劃，能否勝利，就看看是怎麼進行。

主帥大帳內，將軍們聚在一起。

「今日我們分析一下敵軍可能選擇的路線，陳將軍說說你的想法。」蕭岩坐在主座上。

「各位且看，我軍駐紮在這懸崖處，敵軍進攻除左右兩面之外，還可能從懸崖上進攻。但因為此時風雪較大，加上懸崖高且陡峭光滑，所以從上進攻是最難也最不可行的。敵軍上次的進攻從右側發起，那裡離著敵軍營地最近，也是敵人首選的。其次是右側的路，雖然敵軍從右側進攻要繞遠，難度較大，但也不是沒有可能。」陳梁指著地圖道。

「細緻入微，那楊將軍有什麼應敵之策？」蕭岩追問。

「將軍，守不如攻，為何不主動進攻？」右將軍楊宗明道，「我軍如今軍需充足，無後顧之憂，加上剛打了勝仗，士氣大漲，乘勝追擊，便可戰無不勝，因此末將請求領兵出擊。」

「不可，我軍現在南方人居多，水土不服，終究不適合雪地野戰，如今有了充足的糧食，能夠撐到來年天氣轉暖之時，更應該守。」蕭岩反駁。

「將軍，取得勝利，正是乘勝追擊的好時候。我軍雖不擅長雪地戰爭，但是我軍兵力充足，且有主帥謀劃，何須怕他們？若一直避戰不出，我軍士氣便會持續低落，將士們定會不滿的。」

「楊將軍所言有理，一直避戰不出確實不妥。」先鋒將軍聞言附議。

「主帥且做考慮，只需謀劃一番，便可擊敗對方，不用擔心來年的掠奪，這確實好。」朝中新派來的張贛將軍道。

這位將軍是皇帝親信，授命於皇帝，一言一行都代表皇帝的指令。

　　這位張將軍與蕭岩有過交往。武將世家的張贛可打小就認識柳嫣，暗自癡情於柳家小姐，卻未言明。相處多年，柳嫣卻只待他是兄長一般。見蕭岩和柳嫣來往，便醋意大發，非要和蕭岩較量一番，言說若誰輸了就遠離柳嫣。

　　結果張贛的右腿瘸了半年，成了當時一個笑柄，人人都叫他「柳下瘸」。

　　「此戰終不能免，因此要考慮如何更少的傷亡才是最重要的，軍隊是國家的尖刀，若刀缺口了，麻煩也是一大堆。」你攻我守，各執己見。陳梁一看兩邊意見不同，便出言勸道。

　　此時爭執，甚無好處。

　　其實，新帝此次讓蕭岩為主帥帶兵攻打遊牧民族，為制衡蕭岩，便在軍中設立左右中將軍，凡事有商量，因此並未出現大的爭執。後來中將軍安幾道莫名身死，右將軍唯蕭岩馬首是瞻，左將軍又性格柔和，軍權近乎掌握在蕭岩手裡。再加上蕭岩軍心在握，且戰術得當，還解救將士與危難，所以派來了張將軍。

　　贊同派軍的人很多，新帝雖說是皇帝，但登基年份不足，朝中老臣皆為先帝時期的人，只能供著，這些老臣之間關係盤根錯節、姻親結盟者眾，私下結黨營私。蕭岩邊疆手中有大量士兵，幾欲擁兵自重。新帝想要收攏全國的大權，握在手中。

　　其次是請纓而來的張贛。張贛右腿每逢陰雨連綿的日子便隱隱作痛，他便每每想起當初與蕭岩的那場比試，不但輸掉了傾慕之人，還讓自己被眾人嘲笑，又落下了舊傷。

　　先鋒將軍林守之自覺戰時，總是衝鋒在前，奮勇殺敵，最後取得勝利，將士們卻說是蕭岩指揮得當，使得他心底的那份不甘，就像潭水一樣越積越深。

　　此前敵軍偷襲，哨兵營沒有損失慘重，哨兵營的將軍李三惜受到無能的質疑，他急需一場戰爭證明自己不是蠟燭頭。

懷著不同的心思，此三個人走到了一起。

「蕭將軍，我奉陛下之命來此監軍，陛下說君臣一心，天下可定，我想蕭將軍定然知道陛下的胸襟與抱負吧！」張贛道。

「楊將軍，清掃戰場有何收穫嗎？」蕭岩不理張贛，反而問楊宗明道。

「將軍，弓箭一半以上還能繼續用。」楊宗明回道。

「這次應該不用我軍主動出擊，敵軍會來找我們的。」蕭岩道。

張贛兩眼抓黑，「這是何等意思？」

「他們的弓箭沒有用，證明他們無功而返。狼是不會允許自己無功而返的，他們不久就會再次進攻。」蕭岩細心解釋道。

「主帥所言極是，但他們何時來進攻？可否給大家一個明確時間？我也好上報陛下。」張贛抿嘴，臉帶慍色，嗓門也跟著大了起來。

張贛能力也頗為卓越，新帝早就想提拔，他自己也知道，只是苦於沒有機會。這時候他藏不住心中話，逞口舌之快，還沒看清形勢就用皇命壓制蕭岩，反而露出了底牌，心中不由暗生起自己的氣來。

「或許是明天。」蕭岩只是輕輕地說。

大帳裡面陷入寂靜，無一人再說話，外面的風雪聲格外清楚。

議事大營裡，一屋子人，各懷心思。

第十四節

　　三個人雖然各懷心思，但是該解決的問題還是要解決。

　　「若敵軍此時來犯，確實最可能從右側強攻，若再等幾日，他們便可能是繞了遠路，走左側，那時敵軍形成左右兩側圍剿之勢，我軍才真的難以防守。」蕭岩指著地圖上軍營左右的線路，語氣變得沉重，一個字一個字地艱難吐出。

　　「主帥，我願帶兵去左側阻擊，勢要他們不得進寸步。」楊宗明往前邁一步，抱拳道。

　　蕭岩不語，揮手示意楊宗明退下，然後環顧四周。

　　「既然猜到敵軍有次打算，既然有人主動請纓，為何不早做部署？」張贛張將軍上前一步，逼問道。

　　「我只是猜測而已，又不是敵軍肚子裡的蛔蟲，怎麼知道他們是如何想的。」蕭岩淡淡道。暗地裡說若猜錯了，去左側不輸，而敵軍從右側進攻，這時候責任你張贛擔負嗎？

　　「哈哈，這麼快就到了正午，各位推演戰爭都辛苦一上午了，各位想必都餓了，該吃飯了，先吃完飯再商議也不遲呀。」陳梁手指輕敲桌子，看著帳內的人，提議道。

　　「諸位先吃飯吧！」蕭岩面帶微笑道。

　　「多謝主帥提醒。」張贛當即轉身掀開帳簾，幾眼以後就沒了人影。其他人也大抵如此，上午受了蕭岩一肚子的氣，此刻一刻也不想待下去。

　　「這張贛是個什麼人？怎麼來了以後一直處處為難你，挑你毛病？」當人都走以後，孟婆悄悄問蕭岩。

　　「你慢點吃，我的都給你。」蕭岩把一碟青菜、一碟豆腐推到孟婆面前。

「這位張將軍，老舊相識，在京城的時候我們因為柳嬤結過梁子。此人有勇無謀，做事情只憑藉一股魯莽勁，不成器，我剛才是故意拿話激他，便是想看看他有什麼底氣和我說話。」蕭岩舉手。

「老謀深算，你又有什麼陰謀了？說來聽聽。」孟婆放下就要夾菜的筷子，抬頭眼巴巴地看著蕭岩，好奇地就像發現毛線團的貓咪。

「什麼叫陰謀，這叫兵不厭詐。」蕭岩這個已死之人倒是沒有半點羞愧。

「好。兵不厭詐。」孟婆噴笑，盯著蕭岩：「快說說吧。」孟婆嘴唇微上揚，心裡卻想到這明明就是「鬼主意」，一個鬼想出來的主意那不是標準的鬼主意嘛，哼！

「想知道？」蕭岩抱胸：「那先幫個忙！不然休想。」

「這點小事都要幫忙才告訴，小氣鬼。」語氣轉眼一鬆又道：「唉！說吧，你這人總是喜歡吊我胃口。只要不違背天地法則，不擾亂人間秩序，都包在我身上。」

「你想去火頭營幫忙，還是去幫老軍醫整理藥材呀？」蕭岩眼中閃著光道。

「果然，我就知道沒啥好事。我去火頭營。是不是最近兩天又出什麼事了？」孟婆毫不意外地問道。

「昨夜老軍醫抓到了一個間諜，可是他當場咬舌自盡，這非常不正常。我們的戰士大都是各地征來的兵，其中不乏流民。征戰需儲備大量資金，因此從新帝登基開始，就頒布了比過去嚴苛的新稅法，致使遭遇水災旱災的地區，出現了很多年紀不過十五、二十的人，就成為了脫田逃籍者。這些人沒了以往種田養不活自己，就只能在去幫別人做事情謀生。這些事情裡面最恐怖的當屬死傭。」蕭岩凝重地說道。

「死傭？怎麼沒聽說過了？」孟婆疑惑不解，手指互相摩擦。

「一些人逃亡是一家子逃亡，他們家中妻兒老小眾多，薄田的那點收成加上賦稅，早已壓垮他們，若是不逃走，便會全家押解邊塞去無人之地墾荒，路遠而且難走，又沒有吃的穿的，很多人在半路就死了。索性躲

起來，不再進入官府的名冊中，所以他們就需要去弄錢來，活下去。

「這死傭就是已經做好必死準備的人，一般是年輕力壯、意志堅定的年輕人，他們經過嚴苛的訓練以後，只要完成某些黑暗組織的兩、三個任務，得到的酬金往往夠他家幾口人好幾年的食糧。但是若是失敗，絲毫不能透露組織半分資訊，否則自己的家人就要遭受滅家的報復。所以他們任務失敗多半會自裁，不肯留一點線索。而且自裁以後，家人可以得到比任務完成多幾倍的撫恤金，死他一個，全家人都可以填飽肚子，過上七、八年。」

孟婆聽完，心裡一陣發涼。人世悲慘，竟還有這種人。

「一般混進來幾個收錢換情報的，是不會自殺的，但是像老軍醫抓住的這種，到關鍵時刻能咬舌自盡的，不是一般的奸細，我猜想他在軍中已經潛伏起碼三、四年了。過去不急於行動，直到靠近大決戰才活躍起來。怕不只那幾個暗地做手腳的，或許還有更深的暗樁，而且這批人也一定有個軍職不低的領頭人，才能自由地送出核心情報，只是他藏得太深，我雖有一直守他，卻無證據，若繼續下去，定成禍患。」蕭岩慢慢分析道。

「此人確實是個大麻煩。不過既然說給我聽，你不應該有幾個懷疑的人選了吧！」

「嗯，但我不敢打草驚蛇，那樣太冒險了。」蕭岩眼簾下垂。

「若敵軍從左側發起進攻，你負責阻攔。」蕭岩指著地圖上的路線道。

「主帥，末將請命隨從與陳將軍一同前去。」哨兵營將軍李三惜接著說：「我哨兵營偵查意識極強。若敵軍來犯，可以讓陳將軍做好準備，提前防禦。」

「你說得不錯，不過哨兵營……」蕭岩頓了頓：「我另有安排。」

「主帥！我……」李三惜忍不住出聲道。

蕭岩沒有因此停止安排，繼續說道：「我與陳將軍同去，林守之將軍隨從。」

聞言，原本想要說話的李將軍和林將軍一起閉了嘴。

「李將軍莫急，右側就交給你、張將軍和楊將軍了，剩下的右側由張將軍負責防守。」

一旁把手抱在胸前的張贛聽到這個安排，心裡覺得甚為滿意。

「諸位將軍請回，明日五更天出發。」蕭岩令下，各自散開。

當晚，蕭岩來到了陳梁的營帳。

「主帥請坐。」陳梁說著，將剛倒的熱茶推到蕭岩面前：「茶溫剛好，請。」

兩人看著那杯茶，茶縈繞著清香和溫熱，各有心思。

可惜，蕭岩不需要。遞者有意，品者無欲。

蕭岩落寞一笑，端起茶，一飲而盡：「可惜我沒了味覺。」蕭岩想。

「好茶，茶都算準了時間倒好，陳將軍料事如神呀，蕭某實在佩服。此次前來，確有要事勞煩陳將軍。」蕭岩開門見山，「最好今日便解決。」

陳梁先是望著蕭岩，然後說了一個字：「好。」

杯中茶盡，再次茶被重新倒滿，蕭岩再次開口：「陳將軍可要準備什麼，是否需要蕭某幫忙？」

「不用將軍勞煩，陳某一人足已。」

「辛苦陳將軍了。」

「哈哈，這是陳某分內之事，此戰，勝利可以活下去，失敗，一起共赴黃泉，不必道謝。」陳梁微微搖頭，擺擺手。

杯中茶又被人添上，蕭岩這才發覺已經喝了三杯。

「此茶甚好，多謝陳將軍了。」蕭岩含笑道。

「五、六年的相處，都是同袍兄弟，有什麼好謝的。」

「那我也不拐彎了，明日出發後，蕭某想請陳將軍做一件事。」蕭岩這是雙手放在大腿上，挺腰面對陳梁。

「好。」蕭岩還沒說是什麼事情，陳梁便給了答覆，這讓蕭岩有些驚愕。

「多謝陳將軍，事情是這樣的……」

第二日，蕭岩與陳梁、林守之領軍向著左側進發。

此時在火頭營的孟婆站在營帳裡，對著一旁的小兵伸出手指，一勾，小兵急忙走過來。這種情況讓孟婆不由得感歎起來：「有人端茶倒水，這火頭營可真是個好地方。」

「姑娘有何吩咐？」小兵彎下腰，左手放在腹部，鞠了個躬。

「去給本姑娘拿些烤紅薯來。」孟婆嘴眉頭上挑，一手指著營房，隨後搭在小兵的肩膀上。

「是……是……孟姑娘……」看著孟婆的手，小兵結結巴巴道。

孟婆見狀，訕訕地收回小兵肩膀上的手。這些小孩子們真愛臉紅，碰一下就臉紅，孟婆摸了摸自己的臉，心裡默默道。

小兵一溜煙地就去拿了紅薯，孟婆拿到紅薯後，一邊吃著，一邊往老軍醫的營帳走去。

軍營裡，老軍醫正在差看記錄藥材的生長情況，記下一個個的資料。

「老爺子，吃烤紅薯嗎？」孟婆端著一盤子烤紅薯笑嘻嘻地向著老軍醫走過去。

「閨女真有心，等會，馬上就查完了。」老軍醫回頭看了一眼孟婆，繼續整理藥材。

孟婆聞言，默默跟在老爺子身邊，觀察他怎麼擺弄的。

四分之一時，老軍醫走到了藥材的最後一列，忙完了，直起身來，伸了伸腰，拿起一個紅薯，打開以後，一股熱氣往上冒：「有心了，真香呀，是我老頭子最喜歡的烤紅薯。」

老軍醫笑道：「一定是蕭岩那小子告訴你的吧！」

「怎麼會，幾千人的一個營，就靠你的管理，我想著您老人家不但要幫人查看傷口，回來還要檢查藥材，確實辛苦。於是，我就想給你做點什麼事情，這不，我就把我最喜歡吃的紅薯拿來孝敬您了。」孟婆撇著嘴，氣哼哼地道：「怎麼會是蕭岩告訴我的呢？」

孟婆心裡嘀咕，這邊塞軍營烤紅薯都成了美味佳餚，哪裡比得上牛

頭馬面從富饒江南地區帶回來的精緻點心。但轉念一想，在這不知道下頓飯有沒有命吃的邊關，有紅薯解解饞就知足了。

「呦，原來咱爺孫倆都喜歡烤紅薯呀，這算是臭味相投吧！」老頭子樂呵呵道。

「我才不臭呢，再說了誰和你是爺孫倆。」孟婆翻了個白眼。

「我老頭子都六十了，你也不過十八，爺孫倆怎麼了？而且我老頭子也姓孟呢。」

「快吃吧！」孟婆白眼都快翻上天了，心裡想：「我都當孟婆幾百年了，按年紀你該喊我一句太奶奶。」

「小孟呀，你祖籍是清河嗎？」孟老軍醫邊吃邊問。

「您還真想認我當孫女？」孟婆盯著老頭子，好長時間才回道。

「哈哈，你這小姑娘呀。」老軍醫笑著說道，「來找我老頭子啥事呀，說吧！」

「可以不這麼厲害嗎？怎麼什麼都瞞不過你。」孟婆歪著頭說道。

「哈哈。」老頭子解釋道：「不是我厲害，人老精、鬼老靈。世人追尋太多，過分在乎自己，忘記了外界的一切，但我心空明無物，不求於內所以能多分出了些心來觀察外物，做到有所瞭解。」

「您的心裡不都是這些藥材嗎？」孟婆嬉戲道。

「哈哈，真是小機靈鬼。模樣倒是像蕭岩那個未婚妻，但是她的樣子不是你這樣的，人家溫柔賢慧。」老軍醫鬍子一撇道。

「你見過人家未婚妻呀？什麼溫柔賢慧還不都是你們自己想像的，再說，我幹嘛要和她比，又不是我要嫁人。」孟婆氣哼哼道。

老軍醫聽後，微微點頭。

「不比，這就很好。說說這次的目的吧，烤紅薯就剩一塊了，吃完了老朽可就不聽了。」老頭子打趣孟婆。

「老爺子，前幾天你這裡逮著一個奸細的事情，蕭岩跟我說了，我覺得咱們得想個辦法抓住他。」孟婆正經道。

「噢，看來小孟姑娘有辦法了。」老軍醫隨口反問。

「是有辦法，不過需要老爺子幫忙。」孟婆笑著說。

「還真有？那好。」老頭子吃完最後一口烤紅薯。

藥材大帳裡，老軍醫面前是一眾學徒。

「接下來幾天可能會有戰事，我需要隨軍外出，明天我檢驗一下，看看誰能照顧查看藥材。」

「今日大家準備一下，明日我們開始測試。」老軍醫說完便離開了，十幾個學徒站在原地，還沒回過神來。

營帳漆黑之地，「一切準備就緒，就等魚兒上鉤了。」一個年老的身影和一個窈窕的身影耳語幾句，便消失在風雪中。

「報告張將軍，敵軍確認是從右側大舉進攻，人數是我軍的一半。目前已將到了三千米外。」一個斥候落下了臉，單膝下跪稟告。

「好，列兵！這次我們可以圍擊他們了。馬上通知各位副將，並派人去通知其他幾位將軍。」張贛大喜。

「將軍，不是我們人數的一半，是我們總軍的一半。」士兵哭喪著臉糾正道。

「什麼？總數的一半，你說清楚？」楊宗明跑上前抓住士兵，睜大眼睛大喊道，不敢置信。

「這怎麼回事？」站在楊宗明面前的李三惜手發冷，有些慌亂道。

「還看不出來嗎？蕭岩猜錯了，敵軍根本沒從左側進攻。蕭岩帶走了一半的軍隊，此時我軍人數與敵軍持平，即便敵軍比我軍適應此地戰場，但我軍以逸待勞多日，糧草資源暫且充足，軍心穩定，定有一戰之力，諸位莫憂心。」事情突然起了變化，這就成了勢均力敵、短兵相接，那必然是殺個你死我活，這時候哪邊軍心穩固，贏的機率就高。張贛盡力穩住陣。

「若我軍擋不住，敵軍想要一舉擊破我軍，繼續加派兵力如何，敵軍至少還有一隊兵留守軍營。蕭將軍走了三天了，已經走得太遠了，現在趕回來不如敵軍來得快，我們現在孤立無援。」楊宗明拳頭緊握。

「這可怎麼辦？」這下李三惜也慌了，急忙問道。

「什麼怎麼辦？在軍營中主張出戰的也是兩位將軍，怎麼臨到陣前反而如小兒般退縮。此等情況自然是全力一戰，沒有後路。派兵急速去左側，尋找援兵，其餘軍佇列陣，拚死一戰。」張贛雙目赤紅，眼神堅定。

李三惜沒有任何外援，心想這是最好的解決辦法了，於是採取了張將軍的做法。更何況也是自己主動提出出戰，這被張贛一頓說，下不了面子，只得硬著頭皮衝了。

而楊宗明本就主戰，自然不多言。

「三百步。」站在高處觀測敵軍的哨兵營小兵大聲道。

張贛神色緊張，與士兵們握著長矛的手微微顫抖，眼睛在自己和敵軍面前來回迅速變動，估量著與敵軍的距離。

「兩百步。」

「一百步。」聲音再次傳來，將士們神經繃得更緊全場安靜不已，李三惜看到有些士兵的雙手已經捏得發白。

「放箭。」張贛大喝一句，緊接著萬箭齊發。

敵軍見狀迅速把盾牌列在前面，宛若魚身上的鱗片一般，張將軍一看敵方零星的幾個人倒下。

張贛見狀頭有些發昏，但強撐著整合軍隊，準備兵戈相交。

「準備！」

地上的冰層經歷上次一戰，已經變得稀薄，如今被雙方一踩，又化作了稀泥。

蕭岩一方的戰士們剛打了勝仗，士氣高昂，軍心穩定。

「衝！」先鋒營副將接到張贛命令，鼓手隨後「咚咚咚」敲起來。

逼仄的懸崖間，兩滴墨水剛一接觸，就碰撞出紅色來，又迅速擴散。刀劍相接，慘叫聲，嘶吼聲，彙集成一片。

在軍營一處不顯眼的高架瞭望塔上，一個身著哨兵模樣的人，正看著遠方戰場，一旁的藍衣女子如酣睡般躺著，那是正在出竅的孟婆。

半刻不到，天邊便出現紅色的虛影，那是孟婆靈識飛回，孟婆醒過來說道：「敵人到了。」

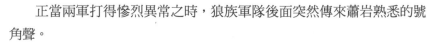

正當兩軍打得慘烈異常之時，狼族軍隊後面突然傳來蕭岩熟悉的號角聲。

「將士們，我們的援兵到了，他們就在敵軍背後包圍，殺過去，和他們匯合。」蕭岩突然出現在張將軍的身前，隨後轉身吩咐傳令兵道。眾將士突然看見主帥出現，軍心大定，原本被強敵震懾的將士回神過來，臉色潮紅。

看見蕭岩出現在自己的跟前，還奪走自己的指揮權，張贛臉色說不出的難看。

敵軍前有張贛帶軍阻擊，退有陳梁帶軍來圍攻，左右還有懸崖的阻擋，想戰不允許，想逃跑又不能，真是進退維谷。

於是敵軍中央傳出「嗚嗚」號角聲，如狼吼叫一般淒厲，他們想要援兵來解救。

敵軍拚命想要在兩方圍擊中撕出一條求生之路。

「所有人聽著，追，全部殺光。」張贛見敵軍逃跑，殺心大起，領著自己增援來的部隊，追殺了出去。

「速戰速決，不可戀戰。」蕭岩急忙下令道。

「不好。」蕭岩喊道：「窮寇莫追！」

蕭岩道：「敵軍擅長雪地作戰，且撤退行動如此迅速俐落，好似一早便知道自己要撤退一般，事出反常必有妖，定是想誘我軍入局。」

奈何戰場上廝殺聲一片，命令早就亂了，就算蕭岩立刻令人吹號角和搖號旗，那些將士哪裡肯答應，就如此時的張贛哪裡聽得進去，他滿眼都是戰功和賞賜，他自己帶頭衝鋒，後面將士也只能跟著將軍向前追殺逃軍。

但衝上小坡，等待張贛的，不是一直追擊的敵軍逃兵，而是一茅尖閃亮的敵軍後援部隊。而這支援兵的數量，竟然超過此時正逃跑的敵軍。

「不好，有埋伏。」張贛突然意識到，於是立即大喝後退，有埋伏。全軍立即後撤，但是來不及了，敵人已經蜂湧而上。

張將軍邊戰邊逃。最後軍隊死傷三分之二，他自己最後也是在幾個

親信的護衛下，才滿臉血汗的逃回了軍營。

此戰張贛被算計了，敵軍是有自己計畫的，兵不厭詐。

逃得一命的張贛臉色鐵青，臉上滿是懊惱與憤怒，那不甘與失意死死糾纏。冒進地吃了敗仗，本想立下赫赫戰功，如今這般……自覺顏面無存。

戰爭又一次做了熱身運動。

第二日張贛就向蕭岩陳情，請回朝廷覆命，得到許可後，步伐沉重，踏上了回朝接受新帝發落的道路，來時的趾高氣昂絲毫不見。

他再一次敗給了蕭岩，而這一次的「敗」，也輸掉了許多無辜將士的性命……

當晚的作戰總結，幾位將軍圍在蕭岩身邊，聽他分析：「此次敵軍援軍加上先行攻打我軍的人數，比上一次要多，上次敵軍隱瞞的實力，導致此次我方估計有失，且敵軍援軍如此迅速抵達，定然是早有計畫。接下來，陳將軍負責安撫軍心，盡力救治傷患。哨兵營李將軍增加巡邏人數，楊將軍派人快出探查消息，不可有失。」蕭岩分配人去，眾將領命。

待眾人散去，孟婆快步走來，用手在蕭岩臉上晃悠，說道：「告訴你一個好消息，我和老頭子抓到奸細了。」

「怎麼回事？抓到了？在哪？帶我去。」蕭岩大驚，眉毛上翹。

孟婆並未多言，帶著蕭岩出了軍營。

「枉我待他如親子一般，他竟然往止血藥裡放潰爛散！」老軍醫進出氣呼呼，指著上次因差點凍壞了藥材而受罰的小士兵道。

「我不是，我不是，師傅，你要相信我。這藥是楊宗明將軍派人給我的，說是治傷療效特別好，我之前挨了軍鞭，將軍善心給我用過。」小士兵跪在地上瑟瑟發抖。

「愚蠢，大戰當前，一點警惕性也沒有，愚蠢的善良比有意的作惡更容易傷害人，軍中條例你從來就沒懂過。」老軍醫氣憤道。

「楊將軍……為何放這潰爛散？」蕭岩問道。

「這裡面起作用的這兩種藥材不但顏色一致，味道也相差無幾，且

初次使用並無任何不良反應，只是傷口難以癒合。若反覆使用，傷口不見好，軍醫們不疑有他，反而會加大藥量，會導致傷口越來越難以癒合。我們的負擔就會越來越大。」老軍醫解釋道，「這畜生什麼都不懂，就隨意聽從別人的安排，蠢貨。」

「原來如此，傷口越來越難以癒合，在這種凍寒的天氣下，必然潰爛加深，只怕小傷會成大患，重傷則根本就無法救治。這樣一來會損耗我方兵力，二來就會傳出別的流言，動搖軍心，原來敵軍這是一石二鳥之計。」蕭岩道。

「那要如何處理？」孟婆問。

「攻我之矛，擋之以盾。」蕭岩淡淡道。

「先把他綁起來。」蕭岩看著地上發抖的士兵。

一次也就罷了，可以給機會學聰明，若第二次再犯，便軍法處置。

有些東西不能冒險，有些人也是定然不能再用。光是善良不一定有好結果，只有帶著智慧的善良才能真正幫助到人。

蕭岩與孟婆安撫好老軍醫後，離開了營帳，前去找楊將軍。

「怎麼抓住的？」回主帥大帳的途中蕭岩問孟婆。

「設個局吧。此戰結束，定有大批傷兵，大多都是輕傷，稍稍休息就能投入戰鬥中，內奸怎會放棄這次絕好的機會，削弱我們的戰鬥力，定然有所作為，於是我便讓老軍醫找了個幫手，再利用幫手引出內奸。」孟婆三言兩語說出計畫，主要是怎麼給內奸製造條件。

「兵書沒有白看，知道引蛇出洞了。」蕭岩感歎。

「有件事必須和你好好說一下。以後只要是我靈識飛去巡視之時，您能待我那肉身好一點嗎？細皮白肉的大姑娘家，風雪若是太大了，您把我往亭子裡挪點呀，再給拿披風擋擋風雪，上次我這一醒來，好傢伙，連眼睫毛都凍住了，手指凍在一起都打不開，基本上可以成冰凍人了，你都不知道給我取個暖，能不能憐香惜玉些。」孟婆一頓抱怨道：「下次一定注意。」

蕭岩聽了這話，竟然有些不好意思。

「說說你呀，讓我在茫茫大雪中給你巡視懸崖兩側路線，追尋敵軍蹤跡，察覺無敵軍，你便派軍隊左側行軍，從南面繞道到右側來包圍敵軍，聲東擊西的，也是可以呀。不過你為何留下張贛、楊宗明和李三惜守著右側，林守之和陳梁從後夾擊？」孟婆聽到蕭岩這麼傲氣的人服氣，胸口中的便氣消了大半。

「張贛好大喜功，此次前來就是為了立下戰功，回京邀功，所以他不會因敵軍數量多少而選擇退縮。再說，敵軍雖然驍勇，我軍也不差，只有真真正正打一仗，讓將士們明白自己的戰鬥力，才能消除心底的芥蒂，不再畏敵；楊宗明本就一直主張主動出擊，他也沒有理由退縮；而李三惜心思深，思慮多，絕不會貿然抗衡張贛；林守之作為先鋒軍，雖然傲慢，但才能是有的，而且懂得判斷局勢。他想要主戰不過是想要功績，如今給他這樣一個立功的好機會，他不會白白浪費掉；至於陳梁，我相信他。」蕭岩輕描淡寫，細細解說。

「看透人性，揣摩人心，再給之以利，蕭岩你太可怕了。」孟婆道。

「這叫知己知彼。」蕭岩輕笑。

「那你之前向左側出發，去找陳將軍幹嘛了？」孟婆問。

「找陳將軍喝茶去了。」蕭岩露出輕鬆的神色。

「別胡鬧，正經呢，快說。」孟婆催促道。

「拜太歲的事情留在心裡，不敢忘掉。」蕭岩說道。

孟婆心想：「也對，太歲之事，需要儘快處理，隨時懸掛在頭頂的刀子，最是嚇人心。萬一傷患們傷口久久不得癒合，有人拿太歲動土一事為由，那就真是軍心大亂。這軍人行軍打仗因為生死不定，最是最信神靈，刀槍箭雨中但凡能保條命下來的，都要朝天拜叩三次，感謝上蒼庇佑。」

蕭岩道：「軍中有這陳梁將軍，真是堪當大用，不但知道天象星相、奇門遁甲、連這法事也會，真乃奇才。若非我已身死，不然要和他喝些酒，交個朋友。」

蕭岩有些出神，眼神有些迷離，但再次閉目，睜開眼又變成了那種一切理智的神情，繼續說道：「這是陳梁將軍告訴我的：拜當年太歲之

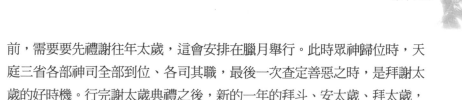

前，需要要先禮謝往年太歲，這會安排在臘月舉行。此時眾神歸位時，天
庭三省各部神司全部到位、各司其職，最後一次查定善惡之時，是拜謝太
歲的好時機。行完謝太歲典禮之後，新的一年的拜斗、安太歲、拜太歲，
方可正式開啟。

「而現在已經如此時節，早就錯過了該謝去年太歲的時間，只能更
加禮敬當值今年太歲爺，為不得已在太歲一方動土而道歉。一邊為眾將士
祈福。太歲爺以仁慈為本，這陳梁他一番咒語典禮，進行了足足兩個時
辰。第二天再看時，懸崖陽面雖有風雪堆積，卻一夜之間猛然薄了許多，
這下軍營便不必遷移。鬼神莫測，你說這陳梁是不是奇才。」

「陳將軍確實奇才，所以也是那時將你的計畫告訴陳將軍的？」孟
婆問。

「對，我方有內奸，所以這個計畫不能拿到明處，我便將此任務交給
陳梁將軍，讓他替我左側行軍，繞路南面，並在右側懸崖入口處的偏南方
埋伏，而我在守在大營附加，到時候我軍號角一響，陳將軍再率兵圍攻，
敵軍位於北方，所以繞南行軍絕不會與敵軍相遇，我也可以解脫出來，埋
伏起來，坐鎮全域。」

「看今日一戰，敵軍沉默多日，卻直取我軍右側，定然是知道我軍
往左側埋伏，但是敵軍卻先派兵一半，後面設兵埋伏，有試探之意。敵軍
或者內奸定然知道我軍開始存疑，開始查找內奸。」蕭岩又補充道：「之
後的內奸會有所警覺，以後更不好抓了。」

「這次找到線索了，放心。」孟婆指著楊將軍營帳道。

楊將軍的軍營漸漸映入眼簾，隨即，傳出哀呼聲……

第十五節

　　風雪呼嘯裡，打鬥聲從楊將軍的營帳裡傳來，兵刀相接，還有楊將軍的叫罵聲，隨後便是一聲哀嚎，隱隱有人悶哼！孟婆剛剛想說什麼，便被蕭岩一把拉著跑了過去。

　　二人趕到時，正見到一個楊將軍手下的巡防營將領，拿著一把劍刺在他的胸膛上，楊將軍的衣服裡面浸得紅潤，他已痛得捂著胸口趴倒在地。

　　「我去拿住那個將領，你去救助楊將軍，快！」蕭岩扭頭對著孟婆吩咐道，隨後拔出腰間那柄紅玉寶劍，衝了上去。孟婆聞言，立即拿出藥粉敷在楊將軍的傷口上。

　　那將軍看到主帥來了，腳步浮動，咬牙拔劍，但是不是蕭岩對手，才交擊十來下，就無力防禦，被蕭岩一個劍背拍倒在地，蕭岩順勢一把擒住那將領的兩手，只見將領露出絕望的神色，孟婆看見，他咬了牙，隨後在地上抽搐起來，等蕭岩掰開他的嘴時，這就將領嘴唇已經發黑，面色灰白，死了。

　　原來這將領早已把毒藥藏在牙齒裡面，他們只要看到沒有生還的希望，就會咬碎那一顆毒牙自盡。這是一種流傳很廣的自殺方式，但是因為培養不易，需要自殺的人有極高的覺悟，所以通常都是死士使用，事後蕭岩向孟婆解釋著。

　　真是狠呀，不愧是死士。

　　救下楊將軍以後，孟婆又找了幾個小兵把他抬到老頭子的營帳中，蕭岩也順勢跟隨。

　　「老軍醫，楊將軍如何？」看著床上因為失血過多顯得面無血色的楊將軍，蕭岩兩手握成拳頭，拇指來回挫折食指問道。

　　「幸好你送得快，也算他命大，若再刺進去半寸，就會刺破心臟，

那時真的是神仙都救不了。」老軍醫搖搖頭，長長地吐一口氣，歎息道。

「好好好，但他何時能醒來？」蕭岩又追問。

「莫擔心，明日太陽出來時便可醒來。」老軍醫安慰道：「他沒事了。」

夜晚一更天的時候下起了暴雪，蕭岩就坐在營帳裡面靜靜看著風雪在遠山展開白色的幕布。

翌日，風雪漸小，軍營一片寂靜，烏雲籠罩多日的高空，出現了一絲陽光。

暖暖的日光照入窗子，灑在楊將軍臉上，一直守著他的蕭岩，看見他的眼皮微微顫抖，隨後迅速睜開。

「楊將軍覺得如何？」

「是蕭主帥？我……對了，那巡防營將領呢？快抓住他，他是個叛徒，竟然敢刺殺我，我一定要宰了這個兔崽子……」楊將軍一連的粗話罵出口，想要站起來，但是牽動了胸口的傷口，悶哼了一聲，不得已躺了下去，接著又露出懊惱的神色道：「這樣一個叛徒，我竟重用他，讓他做我小兵，做巡防營的巡防官。」

「楊將軍怎麼不是此人的對手？」蕭岩。

「最近大腿舊傷復發，腿腳不俐落。」楊將軍唇色發白，忍受著劇痛道。

「楊將軍祖傳的療傷藥，難道不能治療？」蕭岩頭左偏，同時微微閉上右眼，疑惑道。

「那是治療刀劍傷的，對我的舊傷沒大用處。」楊宗明說，隨後大叫一聲：「不好，前幾天我讓那叛徒拿了療傷藥去老軍醫營裡，蕭將軍快快派人去檢查檢查，軍醫不能出現問題。」

「莫擔心，我已經派人去查了。」

「楊將軍，」蕭岩繼續問道：「我先問你一個更重要的事。」

「主帥請講。」楊宗明冷靜下來道。

「將軍是拿了這個嗎？」蕭岩將手裡的潰爛藥給了楊宗明。

楊宗明看了一眼道：「這不是我之前送過去的藥嗎？難道是那叛徒給掉包了？真是混蛋。」

　　「楊將軍是怎麼知道那將領是叛徒的？」蕭岩詰問，眼簾上下移動，好像就要縮到上下框裡，眼裡的審視怎麼也抹不掉。

　　「近日舊傷復發，需要用藥，我都會先下午黃昏時分去巡一遍營，然後順便去取藥，天天如此。今日我因戰事部署，耽誤了些時間，因此沒去巡營而是直接回來，沒想到正遇到他在亂翻東西，好像在找什麼東西，我在外面悄悄瞧著，結果發現他正在仿畫我巡防營新的布防圖。」楊宗明憤怒道。「於是我衝上前去，卻不料被他刺中胸口，幸好大帥趕來及時，我才勉強保得一條小命。」

　　「那我軍上次遭遇突襲，敵軍不但避開了哨兵營，竟然就連巡防營也都躲了過去，看來是因他所致。」蕭岩喃喃道，想哭卻哭不出來。

　　「主帥，都是我沒有早點抓住他，才導致我軍受此劫難，請主帥責罰。」楊宗明語氣悲切，顯得極為自責。

　　「楊將軍先好好養傷，今天的事情以後再說。」蕭岩安撫道。

　　「謝將軍。」

　　蕭岩隨後走出了楊將軍的營帳，剛踏出的那一刻，面色剎那間凝重起來，回頭看了下楊將軍的營帳，轉身離開。再去軍醫那裡的時候，蕭岩看到孟婆急忙迎上來，便聽孟婆問道：「如何？」

　　「只有一些簡單的線索，沒成果。」蕭岩搖頭，分析道：「這次找的內奸可能是個替死鬼，下毒計畫是戰前便計畫好的，當我們我們看穿了內奸的陰謀，要順藤摸瓜尋找內奸時，內奸就被輕而易舉的發現了，這太過於巧合，就像有人想讓你知道一樣。最讓人生疑的是，內奸不可能在察覺我們起疑的時候，還冒險仿製我軍布防圖。」

　　「那我們再設一個局，讓那內奸露出馬腳。」孟婆：「上次做得非常好。」

　　「不行了，內奸已經警覺，這次抓不到他，再想抓就難了。」蕭岩扶著額頭，有些頭疼。

「這樣不行的話，那接下來怎麼辦？」孟婆有些焦急了。

「兵來將擋，水來土掩。」蕭岩道。

戰爭仍在繼續，但是雙方都進入守戰模式，開始準備最後的大決戰，決定兩個帝國的命運。

兩軍風平浪靜，但大風嘶吼不斷，降雪揮灑不息。戰事雖無再起，雙方卻都在觀望，就看誰先按耐不住。

主帥大帳裡面，夜半時分的蕭岩竟出現幻覺，似乎又回到了過去。

那時，自己的未婚妻柳嫣眉目燦爛，語笑嫣然。上元佳節，燈籠高掛，鞭炮齊響，花燈閃爍。

柳嫣走在上元節熱鬧的大街上，隨手戴上畫著女娃娃臉的面具，左手裡拿著捏麵人，右手裡拿著蓮花燈，身後跟著一個戴男娃娃面具的男子。男子兩手裡拿滿了東西，在擁擠的人群中舉步維艱。

柳嫣轉身，看向身後男子又回過去，調皮一笑，滿眼的愛意。後來兩人散步到了溪流邊，柳嫣把手中的蓮花燈輕輕放在水裡，蹲在花燈前面許願，那男子站在後面默默看著柳嫣。

蕭岩回過神來，繼續守著這夜，夜還在繼續，風雪不停，日月不老，但人心難免寥落，恰如此刻的蕭岩。

由於戰事緊急，蕭岩和一眾將領開始每天在主帥大帳推演敵軍下一步的動作。

「將軍，再過半月就是年節了，那時我們要過年關，軍營防禦會大弱，敵軍或許會選擇在這個時候進攻。」李三惜指出。

「好好過個年多好。」陳梁道。

「我們想好好過年，敵軍卻不想。」李三惜笑道。

「李將軍說得是，不過還是要聽主帥號令的。」陳梁和李三惜同時看向蕭岩。

自大雪以後這幾戰，逢戰必勝，蕭岩在軍中的威信因此大漲，眾將皆服從蕭岩號令。

「張將軍應該快要回到京城了吧！」出乎二人的意料，蕭岩並沒有

說年關怎麼過，反倒關心起因為敗仗而回到都城的張將軍。

「快馬加鞭的話應該快了，應該年後便會傳來新的指令。」兩人相看一眼，陳梁上前稟告。

「嗯。」蕭岩不敢隨意發動突襲，君王愛權，不敢讓他抓住把柄，但蕭岩知道如果年前結束不了戰爭，一待開春，按耐不住的君王定然會來。

這天沒有什麼事情發生，蕭岩沒有下達新的命令，只是讓大家照常，並無出戰的意圖。

眾將領走後，孟婆從隔壁營帳進來：「蕭岩呀，你可是越來越威風了，越來越說一不二了。」

「你又聽什麼流言了？」蕭岩相處得久了，蕭岩發現孟婆就是一個對什麼都好奇的奈何橋旁的孟婆。

「這種流言是絕不會少的，你應該早有準備的。」看到蕭岩毫不在意，孟婆提醒道。「過幾日就是年節，孟姑娘覺得敵軍會不會進攻我軍呀？」想起最近三個月來孟婆一直在鑽研兵書，蕭岩便想考校一番。

「這我怎麼知道。」孟婆剛一開頭，蕭岩便敗退，搖搖頭，又給孟婆分析敵我雙方的情況。

「此次一戰，敵我兩方難分勝負，但是冬天來了，睚眥必報的狼很容易抱團取暖。」

「意思是敵軍會進攻？」孟婆猜測。

「我可沒說一定，畢竟狼也有打盹的時候。」蕭岩道。

「到底什麼意思！你是說敵軍會報復，但不會再如此激烈開戰。」孟婆瞥著蕭岩：「你是不是有什麼計畫了？是不是要我幫忙呀？」

「暫時還沒。」蕭岩說。

「蕭大將軍，你這人呀，當初血氣衝天，怎麼現在越來越不像初見時的樣子了。」

「人都會變，何況我還是鬼呢？經歷過生死後，忽然看清了很多東西。」

「又來了。」孟婆搖搖頭，轉身道：「去吃飯了。」

距離年關還有三天的時候，雙方又打了一場，這一場仗不大不小，不痛不癢，彷若小兒嬉戲，彼此都在醞釀更大的一戰。

　　這次是蕭岩帶軍出戰崖谷，與敵軍在廣闊的雪地上展開一戰，雪白底色的戰場，再次結起了腥紅色的冰。待來年雪化之時，又是一條紅色的河流。

　　新年那日，什麼事情也沒有發生。蕭岩帶著酒去到崖間祭奠安幾道，辣酒入喉，無色無味，這如刀的寒風，刺骨的凍寒，蕭岩也無感覺⋯⋯

　　回到軍營以後，大帳裡面出現一個宦官打扮的人。

　　「謝陛下恩典、蕭岩定不辱使命。」蕭岩單膝下跪，雙手接受聖旨，卻絲毫沒有升官的喜悅。

　　「將軍稍等，七日後，陛下便可聖臨。」那宦官道。

　　新帝登基還未確立自己的帝號，朝中大臣都說他是想要建立一份豐功偉績再確立帝號，於是便說新朝新氣象，讓諸臣先以新帝稱呼，待一統草原之日再定下帝號，並此激勵自己，建立大業。

　　「蕭某想要宴請使臣大人，為大人接風洗塵。」蕭岩含笑道。

　　「那恭敬不如從命了，在此謝過大將軍了。」兩人一起笑起來。

　　營帳裡，燈火通明，兩個人推杯換盞，酒香撲鼻。

　　「使臣從京城而來，可知蕭某家中父母如何？」蕭岩輕歎一口氣。

　　「蕭老大人和老夫人身體康健，將軍大可不必掛懷。這次蕭將軍擊潰敵軍，為消滅他們立下大功，新帝還特意封賞了蕭老大人，升了蕭大人的官階。」

　　「我終年征伐在外，不曾在二老面前盡孝道，實在有愧養育之恩。」蕭岩搖頭道。

　　「蕭將軍是為國家立功，保家衛國，讓二老生活的無憂無慮，這就是最大的孝道呀。」使臣四指和拇指反覆交替、時不時地摩擦、安撫著說道。

　　「多謝李大人告知京城諸事。征戰多年，蕭某對不住的還有家鄉的好友。」蕭岩輕歎道。

「大將軍莫急，柳嫣姑娘一直在等著將軍，若此次打贏了，將軍便可攜帶軍功而回，到時候功成名就，就可美人紅袖添香。」使臣輕笑，笑著說道：「說起來，蕭將軍與柳嫣姑娘現在還是京城的一段佳話呢！」

營長外北風呼嘯，帳內美酒縈香。

「蕭將軍而今功業有成，柳姑娘才華橫溢，又有傾國傾城之貌，英雄美女，天作之合！」使臣喝得醉醺醺，嘴裡恭維的話滔滔不絕。

「來人，扶使臣大人回帳休息吧。此處天寒，記得多給他蓋些被子。」蕭岩吩咐。

接著蕭岩起身離開設宴之處，走回營帳，步伐穩健，全然不似當初沾酒即醉。如果是安幾道多好，蕭岩心想。

營帳裡燈火微弱，蕭岩坐在案前，想起了父母、愛人。此生雖沒盡到為人子的孝道，但家中尚有兄弟姊妹，父母也能有所依傍。唯有柳嫣還在等他，深情此生難償，最是辜負。

當初從軍，想著建立一番功業，光耀門楣，然後風風光光娶自己心愛的姑娘，可上了戰場才明白，戰爭是個讓人時刻記起家鄉的地方。自己當初的想法是何等幼稚。

為人一世，大義之情與兒女私情難以兼顧，何況威名百世不衰，怎及一世琉璃，浮了花香，撒了熱血。與她相守。

不悔前塵，此生終究歸於戰場，守護了盛世清明，何懼忘川河中，永世守護。千百輪迴，不過如此。

這酒宴熱鬧的緊，孟婆卻獨自去老孟軍醫帳中。兩個人聊天解悶，打發打發時間。

孟婆一進軍帳，便看見老頭子正在給幾個徒弟講醫家的道德。

「真有職業操守。」孟婆心想著。

老孟見她進來，只是示意她一旁坐坐，並沒有停下授課。

孟婆心想：「老爺子也是苦心，少年兵多是家裡窮苦、沒有讀過什麼書的，現在有人教他們習字，又在這軍營中方的醫師，那是他們的運氣，要不然就這些小身板，若是上了前線，根本架不住敵軍的隨意一刀。」

老爺子教他們學些簡單的醫術，便有了立身之本。但學會了醫術，若是心術不正，那必然禍患無窮。所以老爺子教醫理藥材的同時，也教授他們醫家的道德，讓他們做個懸壺濟世的人，權當子女般教育。

孟婆倚在椅子上，聽老頭子平和地說道：「當醫生之前先瞭解兵家是怎麼回事，你們都是當兵的。要知道兵家是從道家而來。所以我就與你們說說道家的『承負』即是『因果』，一個意思。

「太上曰：『禍福無門，惟人自召；善惡之報，如影隨形。夫心起於善，善雖未為，而吉神已隨之；或心起於惡，惡雖未為，而凶神已隨之。其有曾行惡事，後自改悔，諸惡莫作，眾善奉行，久久必獲吉慶，所謂轉禍為福也。』

「意思是前人行善，今人得福；今人行惡，子孫受禍。這就是『承負』，所以今世有的人一貫行善，但卻經常得禍；有的人一直行惡，但卻經常得福。這是『承負』使人蒙受的。本人的命運是在為祖先承擔後果，祖先如果造惡，本人就會得禍；祖先如果行善，本人就會得福。就如同祖輩積財，後輩享受，祖輩欠債，後輩還錢一樣。所謂『積善之家，必有餘慶；積不善之家，必有餘殃』。

「為了你們祖先、為了你自己，也為了你們的後代，要慈悲為懷，善意醞釀在心中，對傷患要用心治療、不可馬虎了事，用藥得核對檢查，確認無異常才能用。煲藥之時守著藥煲，自始至終注意火候，好了以後再親自倒出，給與傷患服下。」

「還得注意那些心懷不軌的人，害人之心不可有，防人之心不可無。老夫在做軍醫四十餘年，見過各自陰謀詭計，敵軍偷偷換藥下藥，軍中想至對方於死地。」

「注意這校尉以上的軍官送藥煎藥，必須兩人同時在場。各位將軍們的煎藥送藥，需要三人同時在場。若是主帥需要喝藥，就由我和孟姑娘負責，其他人一律不能經手。爾等知否？」

幾位學徒整齊地點頭，齊聲響亮地回道：「師傅，我們明白了。」

老孟滿意地點了點頭，揮了揮手說：「今日散了吧，明日繼續。」

幾位學徒聞言一股腦得各自懷揣著筆記魚貫而出。

安排好學徒以後，老軍醫扭頭問孟婆：「丫頭，找老夫何事啊？」

「老頭子，或許是這些日子血見多了，讓我夜夜難眠，只要一入睡，就噩夢連連，常在半夜額冒冷汗驚醒。請您給我開個方子，讓我回睡個一天一夜。」孟婆低著頭說道。

老孟一見她那神色，哪有一點點像失眠的模樣，心裡便知道這鬼丫頭不知道又打什麼歪主意，但看破不說破，主要不危害軍營，也就由著她任性吧。

老軍醫假裝猶豫地想了會，轉頭對孟婆說：「那好吧，我讓人給你熬服酥麻散，兩刻後送去你的營帳，你就敞開了睡，十二時辰可好？」

「多謝老頭子，既然如此，那我先回營帳準備準備，也請老軍醫到時和義兄言明，免得他擔心我癡睡不醒。」

老軍醫點了點頭，全答應了，於是招來一個小兵去蕭岩那裏報。

孟婆回到了營帳後，便笑起來，她本就無需入睡，平日晚上熄燈靜躺也是避人耳目，免得將士們心疑。又想自己才是最適合當夜裡巡邏兵，事出有因，孟婆也不願意欺騙別人。

不知為何，上次心口絞痛求助冥帝，冥帝用靈珠修補了她的靈魂之後，雖未再出現過心口絞痛的現象，但卻有了其他的事情發生。她已經慢慢把自己當成了蕭岩的朋友，盡心竭力地幫他，似乎已經忘掉了她和蕭岩的契約了。

而且這幾日她腦海常常出現古璃國的景象，還有那將軍府的大紅嫁衣。一想到此情此景，她心中就有些不安。這種不安磨了她好幾日，她著實想再去探個究竟。

但獨自一人去古璃國實在不適合，思來想去，或可讓靈識飛去，這樣便可縮短路程時間。但靈識也要走上一陣子，一日行幾百里那是沒有問題的。

孟婆算好這來回和逗留時間，計算著十二個時辰最佳。隨後就像怎麼得到這個時間，想來想去只有失眠說得過去，喝了老頭子的藥睡個十二

時辰，大家便會覺得正常，自然不會生疑。想到這裡，孟婆笑出了聲。

半個時辰之後，小兵送來了溫熱偏燙的湯藥。孟婆見狀，當著小兵的面把藥喝得一滴不剩，那小兵又和營帳守衛吩咐了老孟的交待。那守衛聽完便道：「孟姑娘好好休息，請放心，期間定然無人趕來打擾。」

這藥平常人喝下去，一根香的時間就會昏睡過去。可是對孟婆卻無用。但她為了避免旁人生疑，亦解開外衣，在床上安安穩穩地躺好，蓋好被子。

入睡之後，孟婆的靈識從身體裡飛了出來，朝著古璃國的方向去。

太陽初升的時候，靈識終於到了古璃國的大門。只飛這一段便已勞累不堪，但孟婆來不及休息，飛速穿過了那破敗冷清的街道，直射向將軍府。她識得路徑，便直接到了那閨閣門前，輕輕地推開那咯咯作響的小葉紫檀的門，走進去，一切場景布置還是如千百年那樣，一點都沒變，只是那大紅的嫁衣今日竟顯得更為刺眼。

靈識在渥丹小姐的閨閣裡仔細地掃來掃去，孟婆也不知道自己要找什麼，但是好像這裡總有什麼東西吸引著她。

小姐的閨閣分東西兩閣，東閣是讀書寫字繪畫之處，西閣就是臥式。這西閣裡裡外外看了一邊，除了那大紅嫁衣顯得無比妖異之外，其他都平平常常。

東閣，上次來得匆忙，都沒能仔細看看。走進去，書架上的書早已腐朽破爛，倒是書桌上有一張疊住的羊皮紙。真是大戶人家啊，動不動用羊皮紙，孟婆心想。

孟婆走上去，攤開這羊皮紙一看，雖然已經歷經百年，但是上面的墨蹟依舊可以辨認。

定眼看去，這羊皮紙上的字跡剛勁又不失娟秀，但是卻幾處出墨之處，難道寫的時候，這人的手在顫抖？至於羊皮紙上的內容，孟婆倒是真知道，冥帝和墨書房也掛著這麼一副內容的字。

這就是著名的《放生文》：

蓋聞世間至重者，生命；天下最慘者，殺傷。

是故逢擒則奔，蛆虱猶知避死；

將雨而勇徙，縷蟻尚且貪生。

何乃網於山、罟於淵，多方掩取；

曲而釣、直而矢，百計搜羅；

使其膽落魄飛，母離子散；

或囚籠檻，則如處圇圈；

或被刀砧，則同臨剮戮。

憐兒之鹿，舌氏瘡痕而寸斷柔腸；

畏死之猿，望弓影而雙垂悲淚。

恃我強而凌彼弱，理恐非宜；

食他肉而補己身，心將安忍？

　　此文導人向善，不因一時的欲望而傷害生命。冥帝和墨書房掛這個還可以理解，他定是看到了很多人殺戮之業太重，有感共應，便掛了這幅字。但是這將軍府中的大小姐，想必自幼也是習武出生，怎麼會悲春傷秋地也寫了這番文字。國破家亡，真是讓人唏噓得很啊。

　　繞了一圈，並無異常。孟婆正懊惱自己多心多思，辛苦了一晚上趕來這廢棄之城尋覓，什麼也沒有發現。

　　她歎了口氣，抬頭看向窗外，天色也不早了，這靈識走回軍營也到下午了，喝了老孟的藥睡到晚餐前，還可以圓得過去，出發之時蕭岩還在宴請使臣，自己也沒有機會和他說明去向，恐怕他現在會憂心。再遲老孟也會起疑，萬一要給自己把脈，也要花心思方能應付，想到此處，孟婆便動身回到軍營。

　　離去時，孟婆戀戀不捨地回頭看了一眼，只見一道日光映在名貴的小葉紫檀門框之上，孟婆順著看去，在西閣的梳粧檯上有個不起眼的木盒子，這木盒已然開裂豁口，露出金屬的一角。孟婆走上前，打開一看，竟然是個銅盒子。

　　孟婆拿著這沉甸甸的銅盒子，想打開瞧個究竟，卻見這盒子嚴絲合縫，竟然沒個開口，折騰了好一陣子也沒弄開。孟婆想起，自己在人界聽過，有種機巧的盒子叫密巧盒，只能有專門的打開方式，若是強取，就會連盒帶物一起毀掉。

　　她想，這盒子之中一定有什麼重要的東西，略一思忖，便將盒子取在手中。

　　一路連飛帶跑，好生狼狽，終於在軍營炊煙升起之時，入了自己的營帳，看見蕭岩正憂心忡忡地坐在自己身旁。孟婆掃了一眼，好在帳內並無他人。原來今日早晨蕭岩來找孟婆，聽守衛稟報完情況後，入帳一看，便知道孟婆用靈識飛離肉身，也不知道做什麼去了。

　　她這般大膽行事，也不提前告知一聲，蕭岩便有些擔心起來，索性在一旁守著。孟婆靈識回到肉身，猛地坐了起來，嚇了蕭岩一跳。

　　蕭岩見她醒來，也鬆了一口氣，見她手中憑空多了一件物品，眼睛眯眯，想問是怎麼回事。

　　孟婆本也不想隱瞞蕭岩，就一五一十的說了。蕭岩聽完，沉思了片刻，也覺得十分蹊蹺，這《放生文》代表什麼意思呢？這孟婆手上的密巧盒裡面又會有什麼呢？

　　這密巧盒做工精湛，一望就是一流的工匠手藝，只是什麼樣的東西裝在裡面呢？此盒不用一般木料製作，顯然就是恐有人找不到機關，惱羞成怒直接用刀劈開取出。這用料如此厚重，可不是能隨意劈開的。

　　兩人對視一眼，眼神中的意思不言而喻。

　　「走。」孟婆招呼著蕭岩向陳梁的營帳走去。

　　來不及通傳，兩人便直徑進了陳梁營帳，守衛見主帥而來，自然也不敢出聲。

　　陳梁此刻正在看書，聽到聲音方放下手中書本，抬眼看去。見到蕭岩和孟婆一同踏出帳中，有些不解，正欲詢問何事。

　　孟婆急不可待地從披風中掏出那個銅盒子，放在陳梁桌上，問道：「這盒子要如何打開？」

陳梁這才明白兩人是來找自己開盒子的，「這兩個傢伙把我這當百憂解了。罷了、能者多勞，我看看就是。」陳梁自我寬慰道。

　　拿起盒子，觀察了四周的花紋，陳梁說：「打開這類密盒子的方法有三，第一種是抽根法，第二種是錯開法，第三種是旋轉法。作為機關盒，打開它是有步驟的，有一步解不開或者順序有問題，機關盒就打不開。

　　「這古代機關盒與平時我們用的盒子打開方式不同，平時我們打開盒子無非就是三個方向，一種是直向上，一種是水平前後左右，還有一種就是旋轉。

　　「但是古代機關盒破解法有一點不同的是，古人很精，他們設計的機關盒，只有向 45 度角方向用力才會將盒子打開，這說起來簡單，但是和我們平時習慣用力方式不同，所以孟姑娘和蕭主帥你們打不開盒子。

　　「這盒子一時半刻我是打不開的，若是信任在下，孟姑娘可以把這盒子在我這多放些日子，我也好生琢磨琢磨，如何？」

　　孟婆沉默了一會，回道：「那就有勞陳將軍了。」

　　陳梁又轉向蕭岩問道：「主帥找我何事？」

　　蕭岩無比自然地說：「當然是找你一起去用晚膳。」

　　陳梁一笑，三人和和氣氣的走出了營帳。只餘了桌上那只精工巧匠製作的銅密巧盒，莫名泛著寒光，越發詭異。

第十六節

　　在緊張的備戰中，時間緩緩到了上元佳節。軍營裡也漸漸有了些輕鬆的氣氛，大家在這些日子裡細心調養，很多傷病兵員也逐步恢復。

　　上元佳節，就連風雪也感覺到了熱鬧的氛圍。到處都是白茫茫的一片，好多士兵最近時常跑到軍營中的高坡上望著遠方，萬物安安靜靜地享受著溫暖日光。

　　白雪融化，曾經被埋藏在大雪裡的死亡被再次翻出來。將士們看到戰場的真面貌，無不面色淒然，或許就連最兇狠的狼也不忍逼近，但總有一天，戰場上血跡隨風飄散。到那時，那些在上位者就會再次發動戰爭，這片土地會被再次染紅，待來年春天，一切周而復始。

　　天山雪後海風寒，橫笛遍吹行路難。

　　磧裡征人三十萬，一時回首月中看。

　　「周而復始，確實可笑，或許新帝是正確的，一勞永逸，大一統後，便不用再年年流血。」孟婆冷冷道。

　　「星象繚亂，終有規律，世事反覆，人心卻難以度測。」陳梁歎息。

　　三人從高坡上漫步走回軍營，這天氣冷的連鳥兒也不見了，孟婆心想，但他們什麼話也沒說。

　　這大戰之地，三人下山之時竟然遇到一個背著兩大捆柴的農夫，嘴裡念念有詞，見到三人也不害怕，竟然還朝三人開心地一笑：「三位，上元節安康。」三人還沒來得回禮，只見那農夫已經頭也不回地踏著步子下山，嘴裡還念念叨叨，三人急忙往前追趕，只聽見那農夫唱道：

　　天地無私，為善自然獲福；
　　聖賢有教，修身可以齊家。

利鎖名韁，籠絡許多好漢；
晨鐘暮鼓，驚醒無限癡人。
存心邪僻，任爾燒香無點益；
扶身正大，見吾不拜有何妨。
事在人為，休言萬般都是命；
境由心造，退後一步自然寬。

　　三人細細分辨曲中的意思，只覺得意境高妙，出塵絕世。不由在心中讚許，山野之地竟有如此隱士，可任憑他們步子再快，總是和那農夫相隔百米，幾人一直追到山下，再抬頭時，只見前面的農夫已不見了影蹤。

　　三人面面相覷，孟婆道：「怕他不是凡人，這裡有這樣的人物，恐怕也是非之地。此地不宜久留，我們還是快快回營吧！」

　　回營後，陳亮吩咐後廚上了幾碟小菜。廚子特意燙了一壺老酒，三杯清茶，在燭光的襯托下顯得溫暖而美好。

　　陳梁先是以茶代酒，舉杯敬了蕭岩和孟婆，祝賀道：「多謝主帥帶領全軍上下脫離險境，上元節安康。」然後一飲而盡，閉目。

　　「這仗還要打多久呢？」陳梁似乎在問什麼人。

　　「今日是上元節，那些事情就先放下，今日權且想些開心的事情。長夜無事，蕭岩，上次那個女子從軍的故事，今日你就說與我們聽聽吧！」孟婆飲了酒，似乎也和常人一樣多了許多話。

　　「不知義妹何故對這個故事如此感興趣？」蕭岩反問道。

　　「總覺得這女子之事，似乎有什麼隱情，或許與我的事情有關。」孟婆半真半假地說道。

　　蕭岩領會了孟婆的意思，他知道孟婆說的或許是冥府之事，當即也不再追問。

　　「孟姑娘說的女將軍，可是史冊所載的那個異域女將軍？」陳梁問。

　　「對，就是她。」蕭岩乾脆俐落。

　　「難道陳將軍也知道？」孟婆扭頭問向陳梁。

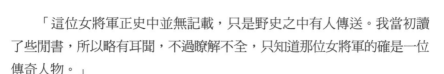

「這位女將軍正史中並無記載，只是野史之中有人傳送。我當初讀了些閒書，所以略有耳聞，不過瞭解不全，只知道那位女將軍的確是一位傳奇人物。」

說到這裡，陳梁直了直腰，正色道，「蕭將軍呢？您有何瞭解？」

「瞭解說不上。有次聽父母說過大了以後，去查看，野史中記載也不詳細，我只是兒時聽家中長輩們提過一次，但也只是過年節時給我說的故事而已。再加上彼時年幼，遂也不甚在意。印象深刻時反而是有次去拜訪在終南山隱修的張道爺時，聽他提起這個故事，我才回憶起來。

「張道爺說他年輕時曾雲遊四方，天南地北走了個遍，談道有些地方現如今人煙稀少，但那裡困難就是古代的都城，曾經輝煌一時，張道爺見多了這種繁榮與衰敗同在的遺址，大徹大悟，最後回到終南山隱修。

「上次拜訪張道爺，說起人生命運，便聽他提起了這位英姿颯爽的女將軍。女將軍才華橫溢，能文能武，巾幗不讓鬚眉，又有一位青梅竹馬相伴，本來前途一片光明，可惜卻成為了皇權政治的犧牲品。

「道爺說，現在我們現在所在的這個地方，就是古代琉國的國境，在它的旁邊是璃國。

「當時古代琉國和古代璃國是兄弟之國，兩國的開國之君便是親兄弟，皆是老國君的兒子，安氏的子孫。到了他們那一代，兩個推讓皇位，最後老國君不得不把原先的國家分化成兩個國家，分出來以後，兩國還感情深厚，並互相扶持，一直發展了下去，直到第五代君王時發生了變化。

「那一代，琉國皇后孕有嫡皇子二人，但是一直以來都沒有確立太子。相反對面的璃國皇后卻只有一位公主，膝下無嫡皇子。到了成家立業之年，琉國國便給兩皇子安排婚事，於是而關於立誰為太子的問題朝臣們再次爭執不休。

「只是因為兩位皇子都是皇后所生，雙胞胎同時降生，那時皇后難產，女醫們混亂一團，倆皇子順利出生後，就歡天喜地的給等候在外的陛下報喜去了。皇后讓貼身侍女把兩個孩子報在自己懷裡，只見兩個孩子幾乎一模一樣，皆是眉目如畫，皇后見了十分歡喜。

「待把兩位皇子抱給陛下時，陛下亦高興得很。等反應過來，他便問兩位嫡子之中誰是長子，誰是次子？

「女醫官誰也回答不上來。這一下把所有人嚇傻了，陛下因為喜得兩位嫡子，便沒有責罰那些女醫官，在沉默中，此事就逐漸過去了。但隨著時光的流逝，兩位皇子逐漸成人，兩位又都是嫡子，又不確認誰是長子，朝廷上下都說長此以往，可能會引起兩位皇子對皇位的爭奪。

「兩兄弟自小感情就好，非但不爭太子之位，還各自上書給君王，建議立對方為太子。古今皇家多殘殺，君王看見自己兩位皇子都才學滿腹，武功精進，待人和善，又謙讓孝道。這皇帝見了，內心不由得更加糾結，更拿不定主意該立哪一位為太子。

「最後朝臣裡有人出了一個主意，上奏皇帝道：『既然兩位皇子皆為人中龍鳳，何不學習太祖劃分兩國，那麼兩位皇子皆可稱王，到時相護扶持，朝廷便可永存。』

「眾朝臣皆言不妥，原因是琉國不過方圓七百里，若劃分兩國，必然會致國力受損，到時候獨木難支，難以抵禦周邊虎視眈眈的幾個國家。

「這事就此擱置下來，但皇后愛惜兩位皇子，一日，皇后獨自覲見皇帝，就二位皇子之事談及自己的看法：琉國不過方圓七百里，仿照太祖先例不妥。但如今情況不同，既然不能分作二國，不如再打一片江山，如此既可以保國力不受損害，又可開疆拓土，建功立業。至於攻打哪國，如今除了琉國，其餘三面皆是海洋，渡海攻打太過勞民傷財。那麼，現在只剩下一個選擇，便是璃國舉兵攻打琉國。

「皇后還給出了兩條理由：首先，琉璃古早本就是一國，若兩國複國，共同發展，經濟、政治、文化都可以進一步發展；其次，璃國國君的王后早逝，唯孕育一未到及笄之年的小女，且國王心戀王后，無心再娶，導致沒有男嗣。以後若公主外嫁，安氏江山便落入外姓之手，這萬萬不可；三則琉璃兩國素來近親，可以遭遇的抵抗很小。

「特別是兩國將軍也都是世襲家族，都忠君愛國。兵者，詭道也，若是舉兵攻打琉國，還可用計。若能先將兩位將軍結為親家，琉國將軍之

子將要娶璃國將軍之女，更能促進融合。

「說起來，此前琉國本就有意透過聯姻來拉攏渥將軍，既然現在有了這樣的想法，不如便撮合琉國賽將軍的獨子與璃國渥將軍之女結親。此事一提起，琉國國君果然同意。於是這琉國皇后便親自替賽將軍之子寫函向璃國君王寫請婚書。」

「那女將軍是不是就是璃國渥將軍之女？」孟婆迫不及待地問。

「嗯，別急，接下來就說到了。」蕭岩緩緩地抿了口清茶，接著說。

一國之后親自替將軍之子寫請婚書，可見對賽將軍一家是何等的器重和倚賴，其他士族豪門皆未有過這等殊榮，賽將軍一家更是對皇后的恩典銘記於心。渥將軍的女兒就是那女將軍，她的父親渥將軍是琉國的鎮國柱石，一生戍守邊關，英勇無畏，忠肝義膽，效忠君王，曾立下承諾：此生惟以忠君為念。

兩國本來就親近，璃國君王收到請婚書，也未多想便應允了。渥將軍得知自己女兒能讓琉國皇后親自寫請婚書與陛下，再由陛下賜婚，這是無上的榮耀和信任，於是欣然答應。

琉璃兩國的渥將軍與賽將軍師出同門，身懷報國之志，只是回國以後，便各投其君，施展胸中抱負。兩人本就志趣相投，如今雖身處異國，卻依舊不改當年同門之心，時時在一起交流作戰心得。

兩位將軍想到兩國國君兄弟之情，又念及兩方子女青梅竹馬、情意相投，如今能與故友成為親家，實是喜上加喜，兩家便熱鬧地籌畫起婚禮來。

聯姻一事確定下來以後，所有人都落入了琉國國君的陷阱之中，連璃國國君都沒察覺，更何況女將軍以及她的未婚夫呢？

兩國下聘，婚期既定，琉國當即便送去了嫁衣，這嫁衣是廣袖流仙裙樣式，白金之絲製成，外染天然紅花萃液。除了一件芳香四溢、千年不朽的嫁衣外，還派去了能言善道，洞察人心的張姓使臣。

這位使臣向著璃國渥將軍透露了琉國有意收復璃國，並希望將軍幫

助琉國的願望，他以為會得到渥將軍的協助，卻遭到了渥大將軍的嚴厲拒絕，當時他甚至差點被暴怒的將軍一劍刺死。

女將軍知道了使臣的陰謀後，天還沒亮就去上書稟明璃國國君，同時請求將那婚事推掉。國君聞之，想不到兄弟治國的聯姻就包藏吞併自己的禍心，於是下令婚事停止，並向對方宣戰。

至此兩國撕破了臉皮，再沒有什麼兄弟之情。

收到璃國退婚公文以後，暗地裡一直在調兵遣將的琉國就以迅雷不及掩耳之態，進攻璃國。智取不行，那就強奪。琉國國君曾這樣說。

知道琉國進攻的消息以後，渥老將軍當夜心中滿是：人不寐，將軍白髮征夫淚。

據說他繞著軍營走來走去，看著那些稚氣未脫，滿懷建功立業就在此時的士兵連連歎息。

戰爭起，他們能有多少活得下去？

聽僕人說，那晚老將軍徹夜未眠，只是在巡視軍營的過程中，反覆念誦一首詩：

戚戚去故里，悠悠赴交河。
公家有程期，亡命嬰禍羅。
君已富土境，開邊一何多。
棄絕父母恩，吞聲行負戈。
出門日已遠，不受徒旅欺。
骨肉恩豈斷，男兒死無時。
走馬脫轡頭，手中挑青絲。
捷下萬仞岡，俯身試搴旗。
磨刀嗚咽水，水赤刃傷手。
欲輕腸斷聲，心緒亂已久。
丈夫誓許國，憤惋複何有！
功名圖麒麟，戰骨當速朽。

送徒既有長，遠戍亦有身。
生死向前去，不勞吏怒嗔。
路逢相識人，附書與六親。
哀哉兩決絕，不復同苦辛。

　　按照那些軍事家的推測，入侵者常常寸步難進，但兩國開戰以後的戰爭，作為入侵者的琉國竟然戰無不勝，好像就像在自己國家一樣。

　　璃國官員們經過漫長的調查，發現琉國專挑它的薄弱之處下手，彷彿璃國的布署和防線、要塞、空隙點皆在琉國掌握之中。

　　琉國主帥正是那位差點與渥丹結為夫妻的賽將軍之子賽奎，自從進入璃國以後，每到一城，好像家就在這裡，輕而易舉地就能攻進去。璃國逢戰必敗，十萬軍士死傷過半，所過之處，血流成河，屍體總是疊成一座座小山。

　　「他為什麼對我們的布防如此瞭解？」朝中有人猜疑：「莫非是渥將軍叛國，洩露了我軍的布防，畢竟與之交戰得本該是自己的乘龍快婿，渥將軍是否早就有意投靠璃國，又怕背賣國求榮的罵名，故意佯做守國，而實則早就盤算著以璃國為獻？」

　　朝中猜疑不斷，議論紛紛。

　　接連上奏君王將渥家打入大牢，另派主帥前去應戰，唯獨璃國國君堅定地信任渥將軍，將奏章一一留在宮中，不做回覆。

　　但戰事仍在繼續，流言快速在全國傳開，於是軍中也開始湧動著這些傳聞，軍心動盪，將領士兵們開始彼此猜忌，有的更以逃兵意圖保命。出了這等事情，唯有以死證明自己得清白，於是渥老將軍為證自身清白，自刎於軍前。

　　那天上午，昨夜風雪剛過，第二天是熱鬧的太陽天，就在軍營中央高臺上，渥老將軍當著全軍將說道：「今以一死證明清白，吾死之後，主帥之位由我女兒渥丹接任。他日她若下這戰場，只能凱旋，或馬革裹屍陣亡於此。我渥家深受皇恩，無愧於天地良心。」

言畢一刀砍在脖頸上，噴出的血飛上璃國的軍旗。渥丹給老將軍收屍時，只見父親怒目圓睜，沒有合上眼，那夜主帥似有嚎啕大哭之聲。

眾將士見渥老將軍以死明志，淚滿眼眶。

而女將軍渥丹，手持其父血染之軍旗，懷揣盔甲之內，飛身上馬，帶頭衝向敵營。眾將士見新主帥如此英姿颯爽，亦是滿腔熱血，誓要以死相搏，阻擊賽奎的軍隊，期望能以此安撫老將軍在天之靈。

渥丹不知疲憊，一身紅色盔甲，在夕陽下泛著寒光，她帶著必死之心，帶領本國軍隊一次次地反擊，雖然取得了一定的成效，奈何大勢已去，再怎麼反擊終究是徒勞，女將軍帶領的軍隊於城門前全軍覆沒。

女將軍臨死之時，即使身中數箭，賽奎派人去找她的時候，見她扶著戰旗屹立不倒。本以為她還活著，哪知探測鼻息以後，屍體都涼了。據說她至死都沒有合上眼睛，屍身倚靠在城牆邊，看著琉國大軍衝入城中，國破家亡。

琉國算盤打得精，仗打得成功，但卻空算了璃國人的氣節。

璃國軍隊拚完以後，男子不論老少皆上戰場。

當賽奎攻開璃國的國都後，未上戰場的老少婦孺見城門被衝破，反抗無效以後，揮刀自刎，帝都所有人都以死殉國，慈愛的母親讓子女閉上眼睛，用菜刀割開他們的脖子，再抱著死去的子女毅然跳進河裡……從那以後，那條城中河便常看見有什麼東西在裡面漂浮。

滿城血流成河，賽奎打贏了戰爭，但是野蠻對文明的征服。

數十萬屍體堆積如山，掩埋不及，此後八個月內，盛夏酷暑，整座城池如老鼠蒼蠅蛆蟲的老巢，各種食腐動物皆來，屍水、血水滲透了牆壁和土地，鮮血灑滿大地，留下陰暗的詛咒，禁錮著城中的一切。明明沒有人，卻夜夜有將士哀嚎，女人啼哭，城池無法翻新，成了棄城，而敵軍唯一的勝利搶了無數財寶。兩國交兵的唯一後果，就是使這一座繁華的城池變成了煉獄。

聽到這裡，陳梁和孟婆好像看見那一具屍體疊著一具屍體的慘烈景象。陳梁沉默，孟婆莫名地覺得心中刺痛。

片刻後，孟婆摸著流下來的眼淚問：「百姓為何要自殺殉國，活著不好嗎？」

「那時候，城中男子年滿十歲上至五十有五，皆犧牲與陣前，這剩下的老弱婦孺留下來，也是與人為奴為婢，心懷深仇卻苟且偷生，永無天日。他們不想如此卑微低賤，於是便用這種方式了結殘生。」陳梁解釋道：有時候，活著比死了更令人恐懼，特別是對於女人來說。

「賽奎真的這樣狠毒嗎？」孟婆不敢置信。

「或許吧，但聽老道長說，賽奎本來也是不願的，只是琉國國君以他全家七十幾口人的性命相逼迫，才不得不打。」

蕭岩補充道：「琉國軍隊戰後自從撤離後，璃國城池最後被拋棄了，屍體無人清理，唯一生還的少年留在城中，一人搬屍體、砌墳，直到被城中疾病所累而死，也成了城中枯骨中的一具。」

「難道我們那天去的那座荒廢的城池，就是這故事中的古璃國？沒想到這不是傳說，而是真實發生的事情。這麼說，那閨閣中百年不腐的嫁衣，就是女將軍渥丹的了？而她書桌上的《放生詞》，恐怕是在出征前含淚顫抖所書，所以才有幾處出墨之處？」孟婆靈光電閃，一剎那間心裡想通了所有。

蕭岩看了孟婆一眼，輕輕的點了點頭。

「難道分不出對錯嗎？這場戰爭本就不該出現，對待自己兄弟下手是為不義；對待忠於自己的臣下出手威脅，是為不仁。如此不仁不義之徒，賽奎為何要聽他的話？」孟婆義憤填膺道。

「人間有人間的規矩，就像陰間有陰間的規矩一樣，打破是要付出代價的。或許女將軍的未婚夫還是不夠有勇氣。」蕭岩說，「再則這世間弱肉強食，本就是常態，老虎吃了羊，該怪老虎還是羊呢？這不是正如此刻的我們嗎？心中不平，但只能聽令而行。」

「蕭將軍和孟姑娘此番話，以後千萬不要在他人面前談起，此言傳出株連甚廣、恐禍及無辜。」陳梁打斷二人，急忙說道。

「為何一個人的錯誤要讓無數人抵命，人間笑話太多了。」孟婆自認

看清了生死，也不願意插手人間事務，但看清這些世態，難免心有所感。

「歷史總是不斷重複，驚人的相似，總是這樣。」蕭岩自嘲。

「嗯。」陳梁歎息：「或許吧！」

「為何聽一個故事會如此失態？」孟婆反覆問自己。孟婆深吸一口氣，緩緩地吐出，不讓他人察覺有異，便道：「好好的上元節，怎麼又說到了這麼傷心的故事上。」

「將士們已經編製花燈了，你知道嗎？上次你說過想看花燈，怎麼這麼快忘記了。」

「這裡都是雪和山，就是有河流，早就結了冰，能踏馬過河。又不能放花燈，做了也浪費。」孟婆埋怨道。

「孟姑娘有所不知，蕭將軍所說的花燈是孔明燈，是可以飛上天的。」陳梁說道。

「孔明燈？也可以祈福嗎？」孟婆睜大眼睛，從前竟不知道孔明燈還有這樣的用途。

「當然可以，邊關的將士們為親人祈福，都是放孔明燈的，他們都希望這些燈上的祝福，能飛到家鄉去。」陳梁說道。

「真好！陳將軍會做嗎？教教我，讓我也為他們做點事情吧！」孟婆道。

「好。」

「多謝陳將軍。」孟婆拉著陳梁轉身要走。

「孟姑娘也別將軍將軍的叫了，不介意的話叫我陳大哥就行。」說到這裡，陳梁臉都紅了。

「行，聽你的，陳大哥。」孟婆道。

「認識多久就叫人家陳大哥，義妹？」蕭岩玩味道，眼角帶著一絲不滿的神態。

雖然知道孟婆與陳梁只是朋友，卻也忍不住調侃。

「走了，蕭——大——哥！」孟婆咬牙切齒。

風雪中，三人的身影消失茫茫的雪花之中。

第十六節

　　費了許多材料，孟婆總算學會了做孔明燈，正想往上面寫字，但拿著毛筆的手卻遲疑了。

　　她該寫些什麼呢？她要為什麼人祈福？她在這世間還有親人嗎？

　　她看了遠處的蕭岩一眼，終於知道自己該寫些什麼了。

　　年關將近，空中升起了許多孔明燈，一閃一閃地掛在半空，映照著漫天繁星。將士們也有了一些興奮之情，圍著火堆話起了家常。

　　「陳梁，問你一件事。」蕭岩看著手裡的孔明燈道。

　　「我們一直追尋內奸的蹤跡，卻終不得，但是不管去搜集資訊，如何傳遞資訊，兩者必須有一個。」蕭岩望著陳梁，舉起手中的孔明燈，輕輕放開。

　　直到孔明燈帶著那微弱的燈火融入黑暗的夜空，蕭岩和陳梁才收回視線，兩人相視一眼，陳梁點頭，蕭岩不語。

　　「你們的孔明燈放了嗎？」孟婆瞪著蕭岩空空如也的雙手：「不是說好了要一起放的嗎，這麼你們先放了？」

　　孟婆很生氣，這是她第一次與認識的人一起放燈，結果……

　　「孟姑娘，蕭兄弟剛是放給我看的，他……唉！孟姑娘怎麼走了？」陳梁還沒說完，孟婆就轉身走了，陳梁不解，明明蕭兄弟是透過孔明燈來詢問自己……糟糕了，孟姑娘不知道我們的對話呀。

　　旁邊的蕭岩幽幽地瞥了陳梁一眼，看得陳梁雙手捂額，心裡不禁大為懊悔：「陳梁呀陳梁，你可真是聰明一世，糊塗一時呀。」

　　誰能告訴我怎麼哄姑娘呀……不知為何，蕭岩竟十分在意孟婆會生氣。他在心裡小聲嘀嘀咕咕：「柳嫣就不會這樣。唉！柳嫣……」想起了柳嫣，蕭岩的神色立刻就黯淡了下來。

　　蕭岩抬頭望向已經消失在夜空的孔明燈，嘴裡喃喃自語：「柳嫣，柳嫣……」接著便搖頭輕歎，落寞一笑。

　　孟婆低著頭一邊走回自己的營帳，一邊不自覺地淚流滿面，她又想起了渥丹。無論她如何讓自己轉移注意力，滿腦子裡卻都是那身著紅色盔甲，中了十數箭，手持軍旗，永不瞑目的女將軍的模樣。

· 161 ·

第十七節

　　三人這段日子待在一起的時間越來越長。陳梁內心不禁有些歡喜，這麼多年來，終於有個能懂自己的人了。被打發到這荒涼的地方，本以為只能寂寞而死，卻沒想到斷崖前面還有路，能遇到蕭岩這般的主帥。

　　在生命的最後時刻，相見恨晚的悲傷湧入胸口，蕭岩看著陳梁，微微笑起來。

　　又一個寂靜的夜晚，三人盤腿圍坐在陳梁的營帳裡。

　　陳梁提起茶壺，向著杯中悠悠注水。蕭岩嗅了鼻，貪圖那好茶的香氣。蕭岩只能聞到那份清香，可孟婆不同，她是實實在在能品味到那沁人心脾的茶香，想著回了冥府就喝不到如此好茶了，為了避嫌男女之別，所以隔三岔五就拉著蕭岩一起來陳梁營帳之中討茶喝。

　　蕭岩也不知為何，樂意陪伴，每每孟婆一說要去陳梁那裡，他也覺得甚好，兩人皆與陳梁交談甚歡。

　　去了之後，談論一會後，陳梁便沏好了茶，給每人端了一杯，輕言道：「小心燙。」

　　這次，蕭岩喝了口茶，問道：「賢弟，如何看當今朝廷朝政？」

　　「新帝即位，朝廷中基本都是老臣，他們把持大權，由於先帝在位時殺戮太過，所以老臣們憂心新帝，不知他的心性如何，所以不敢放權。如此常會導致政令不通。

　　「再者，世家多彼此勾連，哪個世大夫家中不是百來口人，若是新帝眼饞他們的財富，他們的地位，放棄了權利，就只能任人宰割。所以他們不敢放手。因此如今青年才俊常常不得重用，朝廷上多是先帝時期的老臣，先帝朝廷上受到限制，就想把抱負全施展在這戰場之上。唉……大一統是好的，但是不惜一切代價，卻不知道這代價是什麼呢？代價就是

普通百姓民眾、也是你我這般無奈來此的兵士。」

陳梁語重心長地回答道：「戰爭已經快要耗盡我們國家的財力了。」

蕭岩盯著陳梁的眼睛，又不時低下頭，聽到後面，握成拳頭的手散開，又捏了捏。心裡暗自歎息：家學淵源深厚，智謀一等；武功又高超，亦懂行兵打仗，抬頭看朝廷，指上觀紋，歷歷可數，真是不可多得的人才啊，可惜了，如此人物，當年他父親的事情是否有隱情？

念至如今朝廷上的局勢，蕭岩詢問道：「賢弟若是朝廷命官，若是讓你挑選年輕才俊，你要如何挑選呢？」

「如果是我，則以觀察人為主，以九點觀其行為舉止：其一：遠使之而觀其忠。其二：近使之而觀其敬。其三：煩使之而觀其能。其四：卒然問焉而觀其知。其五：急與之期而觀其信。其六：委之以財而觀其仁。其七：告之以危而觀其節。其八：醉之以酒而觀其則。其九：雜之以處而觀其色。」陳梁整理衣帽，正色道。

看著兩個大男人你一句我一句，各自猜暗語，時不時地還要微笑。一旁的孟婆甚感無聊，兩個大男人果然聊不出什麼有意思的內容，便冒出頭問道：「陳大哥，你在京城還有親人？房子還在嗎？」

見一旁安靜的孟婆出聲，二人愣了一愣，陳梁紅潤的臉色灰白起來，低聲回答：「父母早逝，京城之中只有叔叔一家在西門側居住，二老在世的時候倒是買了房子，現在還在。」說到此處，他的聲音漸漸低了下去。

孟婆正奇怪這陳梁說話聲音怎麼越來越小，遂不解地扭頭看了蕭岩一眼。只見蕭岩瞳孔左轉盯著自己，那模樣就像看待要出嫁的少女一般。只聽蕭岩道：「哎呀，真是孟婆啊，哪有未嫁的女子這般問的。」

又想起這陳梁可能會錯意，便有些窘迫。

果然，下一刻蕭岩就問道：「義妹是想在京城獨自買個小宅院嗎？到時為兄替你挑選就好，你人生地不熟，這些事就不必操心了。」

還沒等孟婆回答，只見陳梁就一臉真誠地說：「蕭兄提議甚好。待我回京後，若是孟姑娘要尋個幽靜古樸的宅子住，陳某倒是可以給點布置的參考。」

孟婆忽然想，就算回了京城也肯定賴在蕭府，裡面好吃好喝，綾羅綢緞的，幹嘛要費事自己尋個宅院，況且蕭岩也剩下不多時日了。但還是忍不住好奇地問道：「陳大哥，有何建議？」

陳梁起身，背著雙手，繞著營帳邊走邊道：「東植桃楊，南植梅棗，西栽槐榆，北栽杏李，大吉大利。壬子癸丑方種桃樹，寅甲卯乙方種柏樹，丙午丁未方宜栽楊柳樹，申庚西辛方宜栽石榴樹。桃株向門，蔭庇後嗣；門前有槐，榮貴豐財；竹木四畔，家足衣祿；高樹般齊，早步雲梯；大樹直沖大門，宅門大凶。房前不種柳，屋後不栽桑；四畔竹木青翠，財運好；庭心種木多閑困，樹植庭心主禍殃。」

孟婆站在原處，心想這真是個人才啊，什麼時候陽壽盡了，千萬別讓他投胎，留他在冥府做冥帝和墨的文書差該多好啊。想到此處，不由兩眼直愣愣地盯著陳梁上下打量，看得陳梁毛骨悚然。

好在一旁的蕭岩捏捏喉嚨，故作嗓子不舒服之態，清咳了幾聲，才把孟婆驚得回過神來，眼神又恢復溫和。孟婆有些不好意思道：「陳大哥如此才情，放在荒涼的邊關，要是待在冥……明君左右一展才華多好。」

「言重了，識得些皮毛而已，不堪重用。」陳梁搖搖頭。「父親仙逝過早，我的才能不及他十一。」

「陳大哥，你，太過謙虛了，你這學識若只是皮毛，那我豈不只能是毛渣了。」孟婆打趣，手指交纏。

在一旁喝茶的陳梁差點一口茶噴了出去，用手捶捶胸口，好生努力才咽了下去，說：「孟姑娘真會說笑。」

蕭岩看得孟婆如此一本正經，心中暗道，他們倆還真是一個裝傻、一個真傻啊，如此兩人在軍中，他也不算寂寞。

二人見場面陷入你不敢問，我不敢答，更不知下去該說什麼的情景，蕭岩便扭頭問孟婆：「義妹也是有才學之人，不必自謙，你懂的，我與陳梁都不知呢，就像上次的六道輪迴一樣，還有嗎？」

孟婆聽他問起冥府之事，心中不由一喜，既然想聽，便再說點他們不知道的也行，遂清了清嗓子道：「好，現在就給你們說說。」

「你們知道嗎？地府有幅對聯：上聯云：陽間三世，傷天害理皆由你；下聯云：陰曹地府，古往今來放過誰；橫批是：你可來了。」

蕭岩這回著實被茶水嗆到了，邊咳邊想，自己幹嘛要誇她有才學呢，真是瞎眼了。

陳梁也是聽得發懵，看見蕭岩被茶水嗆到，給蕭岩拍順氣以後，一臉敬佩地對著孟婆說；「孟姑娘果然見多識廣，陳梁讀書雖不算少，但確實未在哪本典籍之中看到這地府對聯。」

孟婆一見蕭岩那模樣，便又知自己說錯了話，尷尬的笑了一下，說：「都是不入流的雜書上看到的，不足為奇。」話雖這麼說，但心裡直嘀咕：「等你陽壽盡了，就能看到。到時候你就知道我所言非虛，哼！」

上元佳節過後，萬事歸於正途。

「主帥，接下來有何安排？」楊宗明大聲請教道，李三惜在一旁附和。軍隊養精蓄銳達到了最佳狀態，楊宗明是武將之心，李三惜則是上次立功未果，心有不甘。

急於立功的將領們已經按捺不住，想在新帝到來之前立一大功。

「我已做安排，各位放心，此次定能可一舉破敵，到時候都有各位的份。」蕭岩伸手在空中輕按，示意眾人安靜。

眾將士皆紅了眼，等待蕭岩新的指令，於是圍了上來。

蕭岩在地圖上指點描畫，在將領面前分配工作，整體作戰都傳遞給了每一個人，都知道自己知道了負責那一部分。

太陽落下，銀月上升。

夜幕降臨後，營帳裡茶香縈繞，蕭岩、陳梁相對而坐，兩隻素日裡拿刀槍劍戟、滿是繭皮的手，正執棋子，快速地你一枚我一枚，在四方棋盤上殺得火熱。

孟婆素手執著一個空了的茶杯，雙眼緊觀戰局，管道蕭岩的局面，嘴角微抿，臉上露出急切的表情。見蕭岩手中黑子即將落下，急要出言，微張丹唇。見到蕭岩嘴前豎起食指，做安靜狀。

「觀棋不語真君子。」蕭岩淡淡地說。

孟婆忙閉起嘴，把話咽了回去。

廝殺還在繼續，茶香一直未散。

「又是平局呀。」孟婆道，「這是棋逢對手了。」

「賢弟的確厲害，短短幾日精進不少，且局勢光明磊落，揮灑自如。都說觀棋若觀人，如此看來，將來定是將相之才，國之棟梁。」看著棋盤上爭鋒相對的棋子，蕭岩帶笑說道。

「蕭兄謬贊，蕭兄縱橫捭闔，氣勢恢宏，下子堂堂正正，以後能成為國之柱石，是安邦立國之將才。」但他不知道自己面前的是一個還有幾個月就要魂歸忘川的鬼魂。

「若是那時，你我兄弟齊心，定保國民安泰。」陳梁盯著蕭岩的頭，看了一會，又好像看著天上的星星，憧憬道。

「賢弟持有一顆赤子之心，純淨不染，值得傾佩。」蕭岩低首道。

「蕭兄，難道不是嗎？」陳梁反問。

兩個人這時一起笑了起來。

「此來一世，兄弟在側，又認了義妹，在戰場轟轟烈烈征伐了一生，實在沒有什麼遺憾了。」蕭岩並未露出沮喪之意，而是欣然接受了自己將來的命運。陳梁不知道自己面前的是一個已經逝去，即將連往生都做不到的人。

「人世複雜，好好居於一處，可以得到清閒。」孟婆默默低頭、有些無力地安慰道。雖知道蕭岩已經看開了，孟婆不免心緒複雜。

「怎麼又聊到生死了，我們談點其他的吧，蕭岩你來說說今日戰術吧！」孟婆僵硬地說道。

「今日戰術如此一局棋，等著內奸上鉤。之前在放孔明燈的時候，我與陳梁就有猜想，內奸是不是透過類似孔明燈的方式，將我軍情報傳出去的，便做了此局。」蕭岩說道，「上次沒等你就把孔明燈放出，也是此原因。」

「哼！我沒真的生氣。」孟婆喃喃道，「要是生你的氣，這麼多次，我早就氣死了。」

「謝義妹大人大量。」蕭岩噴笑。

「別貧嘴了。」說著遞過去一杯香茶，孟婆說道，「給你杯茶，潤潤嗓子，繼續說正事。」

「此處一到秋冬時節，自是北風居多，敵軍又處在我軍的北方，所以即使內奸用這種方法，那情報也是越飄越遠呀，這很難成功。」孟婆眉頭都結在一起。

「也正是因此我們才不會懷疑。」陳梁補充道：「內奸便是利用我們這份不疑。」

「此言何意？」孟婆問。

「雖然北風多，但是也有種能逆風飛翔的拳頭大的灰色小鳥，風越大，牠飛得越有力，還喜歡午夜飛行，而且這種鳥可以馴化，記路線，認主人。」蕭岩道。

「真有這樣神奇的鳥？」孟婆自覺做了百年孟婆，也算是見多識廣了，沒想到來了次人世間，發現了太多自己不知道的新奇之事。

「當然有，北方苦寒，生物多有奇特之處。就像狼在暗夜裡能視物一般，皆是生存所需。」陳梁解釋道。

「就像人一樣吧，你們不都在世上修練出了多副面具嗎？」孟婆反駁道，似有所指。

蕭岩和陳梁先是一愣，接著笑著說：「對，所言有理。」

「既然如此，那麼今晚要行動嗎？」孟婆繼續問道，打斷了他們的笑聲。

「嗯。」兩人目光堅定。

「離著午夜還有幾個時辰，要不再講個故事，要不然漫漫長夜，太過無趣。」孟婆摩拳擦掌道，想起上次的那個故事，現在還心有戚戚。

「無聊嗎？我覺得還好。」死亡以後，沒了束縛，蕭岩感覺一直以來的重壓都沒了，學會了和自己和解，懂得了享受最後的生活，珍惜難得的友誼，越來越能尋回當初那個意氣風發，不受束縛的英雄少年。

孟婆懶得理蕭岩，轉而對陳梁說：「陳大哥，要不你來說個傳奇浪

漫的故事吧！」

之前聽故事只是為了打發在奈何橋無聊的時光，但是相處這麼久，而今這一切都成了孟婆的一種習慣。

「我在這守了多年，看多了血淋淋的現實，早就不知繁華滋味，那裡還有什麼傳奇浪漫故事。」陳梁有些難為情。

「新帝不識才，把你放在這地方，他不懂戰爭是國家的大事，不能輕易開啟，陳大哥也是滿坎坷的。」孟婆思及陳梁的過去，氣呼呼的。

蕭岩曾說，陳梁父親受職於欽天監，因向先帝進言太子一事，惹怒君王，當場被下了獄，鬱鬱而終，他的兒子也就是陳梁受到遷怒，發配至邊關，鎮守疆界。可惜陳梁有才能，多次掙扎才掙得一番功業。

陳梁但笑不語。多年的邊關生活磨練了他都同時也沉澱了他，如今的陳梁，恰若一塊美玉，潔白無暇，隨曆風霜，卻絲毫不染，在時光的打磨下，變得溫潤儒雅。

「陳大哥在這邊遠之地，沒有過幾段奇緣嗎？」這麼傳奇色彩的人，怎麼會沒有故事呢？孟婆自己都難以相信。

「軍中生活，十年如一日，大戰，休戰，再次大戰，哪有什麼奇遇，不過我被發配來此的路上，倒有一番機遇。」陳梁先是搖頭，隨後想到了什麼，陷入回憶之中。

少年陳梁，才華橫溢，少年天性好動，覺得天高海闊，將來定有一番作為，意氣風發。當時京城除了柳嫣與蕭岩男才女貌的愛情，還有陳梁這個少年才子。陳梁五歲寫詩，十歲占星，又天資聰穎，十五歲便在考試中拔得頭籌，先帝都讚歎不已。

他一舉成了最年輕的狀元郎後，城中少年皆豔羨，處處受恭維。京城尚在閨中的女兒們中有一句話最能概括：「最羨蕭柳盟，但念陳家郎。」可見他受愛慕的程度。

但就在最桀驁的年紀，最怕失去的時候，父親遭受牢獄之災，父死家散，他也被驅逐入邊關。過完的榮譽皆如雲煙，陳梁跌入塵埃之中。一個書生，被發配邊疆苦寒之地，這一切，想起來都是何等淒涼！

雖然同在一句話中，又同住京城，但兩人卻並不相識，一個專文，一個擅武，湊不到一起去。陳梁之後，蕭岩三年後才這來邊地的軍營，但他來此之時，陳梁已經做的校尉，還保持著曾經的驕傲，不過鋒芒不再刺眼，而是更加溫和，所以蕭岩也不知道陳梁的過去，只是知道這是一個溫潤的男子，智謀超人。

　　後來蕭岩又常與安幾道喝酒，軍務繁忙，蕭岩既要適應邊地生活，又要鑽研兵法戰略、打算建功立業，回到都城迎娶柳嫣；而陳梁儒將風範，遺世獨立，蕭岩那時自覺武將粗魯，結交之心便不了了之。

　　「我來此的路上，因心思鬱結，便生了一場大病，同行役官皆不懷希望，想把我留下，讓我自生自滅。」陳梁輕笑，彷彿那是別人的故事。

　　「天不亡我，有一位過路的青衣老道長，看到了鍾馗廟中奄奄一息的我，捨我一粒丹藥，還精心照顧我幾日，救了我的命。」陳梁說到這裡，陳梁含笑，滿懷感激。

　　「老道長青衣騎牛，拂塵生蓮，素冠豎簪，飄然而來，悄然而去，不留姓名，恰若老軍醫，是渡世修心之人。此後我便褪了浮躁與悲傷，還了真心。」

　　「那老道長左手有何異常之處？」蕭岩問。

　　陳梁眼神一頓，道：「確有異常，老道長左手手背上，有塊自然而生的深紅色胎記，案似太極。蕭兄弟莫非認識？」

　　「那是終南山張老道長。那時老道長應該是雲遊四方之時遇到了陳兄，也正是機緣使然啊！」蕭岩感歎道。

　　孟婆好奇地問道：「我曾聽人提起，所有的胎記都有它出現的因由，會是前塵，或是未來，有著某種神祕的使命，或許那張老道長自小手上便有這胎記，和道教有前塵，於是家人送他去修道了吧。我遇到一個開賭坊的，他就說他胸口自小就長了個如銅錢般的胎記，和錢有關係，那時我還認真地查了查，確實是真的。」

　　蕭岩一聽不由笑出了聲，這是什麼說法啊，想詰難孟婆一番：「那義妹認為我左後肩蒼虎般的胎記是何意呢？」

孟婆一呆，蕭岩身上有如此奇怪的胎記嗎？沒道理啊，她穿著那皮囊也好些日子，都看光了也沒看見啊，不過畢竟又不是自己的身軀，自然洗澡也是糊弄一下，再說男女有別，也沒前前後後仔細看個遍。旁邊地陳梁好奇地說道：「與我們看看可好？」

蕭岩倒也大方，聞言露出左肩，陳梁和孟婆看去真有個暗紅色的胎記，其形狀確實如猛虎下山。在人身上還能出現如此特殊的胎記，兩人不住吸氣。

看罷，蕭岩整理好衣裝，裝作認真的問道：「義妹，見識廣博，能否為愚兄解釋一下，我這胎記為何意？」

孟婆眼睛一轉，便假裝道：「你這胎記甚好理解，就是愛吃肉嘛。你想那老虎不吃青菜水果點心，挑食得很，只吃肉就像你這般。」

蕭岩知道孟婆打趣他，沒好氣地看了一眼瞎說的孟婆，也不在意，只是又向陳梁討了杯清茶。

「既然如此，待我們打完此仗，同去拜訪張老道長如何？」陳梁嘴角高掛，笑得燦如晨曦，墨目如星辰，好像營帳裡都溫暖許久了。

「這場戰爭打贏了，還會有新的戰爭，新帝即位，征伐之心不止，戰爭就不會結束。」

蕭岩眼中閃過一道光，涼得嚇人。

蕭岩似乎做了某種決定，陳梁一想這個可能是的決定，嚇了一跳。

是的，孩子……

陳梁心底忽然響起一個聲音，那是父親渾厚威嚴的聲音。

「兄長，我父親那事情有隱情，今日迫不得已，我且說與你聽。」

「軍中眾人皆以為我父親犯了過錯，我父親當初是因為反對立嫡長子為太子。」

此話一出，孟婆和蕭岩差點跳起來，太子之位，尊貴不已，陳父居然敢插手。

陳梁繼續不急不慢地說：「按父親手案所記，他觀察星象十年有餘，按星象排列，推算出嫡長子為破軍星下凡，殺氣戾氣太重。太子繼位之

後，定然民不聊生，百業凋零，百姓流離失所，戰亂不休……稟告之後，先帝大駭，但只言過幾年再說。」

陳梁說到這裡，蕭岩端起杯中微涼的茶，一飲而盡，接著說道：「先帝殺業也是太重，明明已然投降的俘虜，卻因為擔心糧食不足，背信棄義將投降的士兵全部坑殺。

「或許正是因為如此，先帝至死都只有三個皇子，二子癡兒，第三子雖然知書達禮，卻身體贏弱，且手指略有殘疾，太子之位，先帝思索已久，認為只有太子最為合適，加上二人年輕時心性最像，所以太子深受寵愛與器重，我父所言，便被忽視。

「新帝還是東宮時，就城府極深。在朝中結黨營私，拉攏官員，形成太子黨，又在先帝身邊安插耳目。他得知我父親向先帝言明他是破軍星降世，將來若稱帝，定然戰亂不斷，百姓流離失所、十室九空……便經常建議立三皇子為太子，那樣才可百姓安居樂業，江山穩固、四海之內無戰事。手下報告他先帝當時並未採納，但是臉上露出了憂慮之色。

「另一邊，從那時起新帝便派人排擠父親，陷害父親，但父親為官多年，也得先帝信任，未曾苛責。

「後來太子構陷父親，利用職務之便，行巫蠱之術，妄圖加害於他，企圖動搖國本。

「只因先帝年輕時曾因一次巫蠱之事，差點喪命，便嚴禁止巫蠱，所以新帝用此計謀，殺人誅心、一舉刺痛先帝。巫蠱之事，證人、證物皆齊備，由不得半點分辯。

「先帝勃然大怒，便把父親關進大牢，父親不堪受辱，最終抑鬱而亡。最後只能破席裹身，在亂葬崗埋名，家母與父親情感至深、便三尺白綾，可惜父親一生算無出錯，但是終究人算不如天算。」

一件太子之案，一件父母身死的淒慘過去，陳梁緩緩道來，似是說一件旁人的往事。

只是他微微皺起的衣褶子，述說著他的不平靜。

此刻孟婆還沉浸在故事裡，便聽到蕭岩說道：「或許，我們要在新

帝到來之前打完這場仗了。」蕭岩似乎若有所指。

「為何？新帝此戰正是要為自己建立功勳才發起的，要是在新帝到來之前就把仗打完了，你可想過後果？」陳梁忙勸蕭岩。

「我會死。可是賢弟，若此戰繼續打下去，受苦的是百姓，受累的是戰士。新帝初次出戰便勝了，只會加重他的好勝之心，貪得無厭，不斷索取；若此戰敗了，功業難成，新帝不會休養生息，反而還會發起別的戰爭，直到在他手上建立新的功勳，這是沒有兩全之法的。但是此次迫在眉睫之禍，便是新帝下了屠殺之令。」

「我知道賢弟為我著想，此心望賢弟能懂。」蕭岩握成拳頭，抵著胸口道。

「蕭岩既然說了出來，便一定會去做，與其勸解，不如幫他如何做得更好。」孟婆在一旁淡淡道。

茶香濃郁，三人都在等待午夜的降臨。

第十八節

起風了，外面又飄起了雪花，營帳內又是一片凜冽肅殺之氣。

蕭岩、孟婆和陳梁三人又聚在一起，只是這次他們皆是靜靜地坐在蕭岩的營帳中，帳中一片寂靜，他們正在等待午夜的來臨。

一個謎底將被解開。

三人抬頭望向星空，一片渺茫，閃閃爍爍的星光從天上流下來，染得千里之內一片銀白。

午夜了，千里連營人聲寂寂，微弱的淡黃色光芒在夜空中閃爍。

突如其來的雪，帶來了凍傷無數的牛羊，為了保暖，將士們都待在營帳中，緊緊地抓住自己的被子。夜很靜，偶然有幾句夢囈發出，都顯得格外清晰，寒冷使得巡邏的士兵也顯得有些行色匆匆。帳簾被掀開，一個人影在哨兵營瞭望臺高塔的微弱燈光下忽隱忽現，好像鬼火一般漂浮。

孟婆盯著人影望過去，那人穿著普通士兵的衣服，低著頭，臉上蒙著層薄黑布，在夜色之下讓人看不清臉龐，他步伐匆匆卻不失章法。在地上輕輕跳躍，速度又快又沒有聲音，還時常躲入各種灌木叢裡，很是警覺。不僅如此，他還不時回頭查看，準確避開所有巡防的士兵。

這個人，像埋伏已久的獵人，躲在暗處，正盯著獵物邁入陷阱。

不多時，那人走到一個無光暗淡的偏僻之處，三人聽見一聲如狼叫般的口哨聲，但又不似狼吼那樣純粹。不過巡視的將士們也都見怪不怪，邊地最不缺的就是狼了，每晚都可以聽到許許多多的狼聲，又凄慘又寒人，聽多了，將士們已經見怪不怪，未及多想，只當是普通的野狼在附近逡巡。那人站在小樹叢裡面，孟婆看見一隻手伸出來，就好像一截枝椏。

一隻毫不起眼的鳥兒飛來，落在那隻手上，快速地擺弄腦袋，那人拿出了一點什麼東西餵牠吃完後，又從懷中拿出一個信條，綁在鳥腿上，

再次輕撫鳥的腦袋和羽毛，看樣子十分親切。那人一抬手，把鳥再次放飛。做完這一切，那人隨即轉身往營帳的方向走。

沒有燭火的營帳內，四周一片漆黑。

蕭岩和陳梁靜坐在帳內，伴隨著悄無聲息的腳步聲，那人進了一個營帳。他剛一掀開簾帳，還沒來得及放下，一道劍光便閃入他的眼中。他急忙後退，可惜陳梁的刀和蕭岩的紅纓槍已經架到脖子上了。

「楊將軍，這麼晚了蒙著面去幹什麼？」蕭岩望著那人，語氣冷漠。

「兩位將軍怕是有什麼誤會吧。我就是為了辦事方便，怕驚擾大家這才蒙面獨行。」楊宗明像從前那樣，大刺刺地摘下黑布。

「大晚上有心情出來餵鳥，想必之前的舊傷也好了？」蕭岩語氣平淡，眼中卻有淡淡的寒意。

「主帥，你要是這麼想，那我就認了。反正我老楊這條命都是主帥救的，現在還給你便是。」楊宗明伸手就要奪走陳梁的腰刀，馬上就要切到脖頸，陳梁一個手刀，把刀打開，又奪了回來。

此刻蕭岩卻將紅纓槍的槍頭對準了楊宗明的額頭。

「夠了。」蕭岩目光冷冷，彷若地獄的修羅。

「想要證據，好，我給你！」

現場陷入寂靜，二人對峙著等了許久，孟婆拿著一隻鳥，出現在三個人的面前，這時蕭岩的紅纓槍還指著楊宗明的額頭。

陳梁看過去，那之前漆黑一片，羽毛豐茂的鳥現在光禿禿一片，隱隱有些好笑，但看見蕭岩眼中的神色，便又忍住了笑容。

「你的這隻臭鳥，還真能折騰，啄了我好幾口。你看，都給我啄紅了，氣得我把牠的毛拔了。」楊宗明見自己傳信的鳥被孟婆抓住，不由得雙眼通紅。此時他早已惱羞成怒，孟婆卻還是一副不急不徐的態勢。

被孟婆拔掉羽毛而顯得光禿禿的鳥立在原處，一切都敗露了。

楊宗明臉上肌肉顫抖，明顯是想要咬碎什麼東西。

「不好，他要自殺。」陳梁看到他的神態，忙叫了一聲。

蕭岩一把抓住他的下顎，手腕用力，已然卸下了楊宗明的下巴。他掰

開楊宗明的嘴，看了一眼他的後槽牙，那裡有一顆白色的牙齒。蕭岩用小鉗子將那顆牙齒拔出來，拿出毒藥，然後才將他的下巴安上。整個過程中楊宗明五指緊握，身體顫抖，眼睛幾乎要噴火，但他卻一聲也沒有呻吟。

「確實是個真漢子，可惜了。」蕭岩道。

死不成，眼見孟婆一根根拔著鳥羽，楊宗明面如死灰。看見自己視若珍寶的逆風鳥被孟婆這般折騰，楊宗明覺得十分心疼，當下惡狠狠地望向孟婆。

「他凶巴巴的看我幹嘛？」孟婆故意問陳梁。

「這是逆風鳥，很難培養，你把人家花費好大力氣才養出來的逆風鳥給拔了毛，他不心疼才怪。」陳梁道。

「都怪這鳥太認主了，不好對付。」孟婆又捏了捏手中的鳥。

「那你是怎麼抓住這逆風鳥的？據我所知，這逆風鳥體型雖然不大，但是力道不小，尤其是一雙翅膀，撲動起來，力氣可與鷹相抗衡。」陳梁盯著那逆風鳥已經光禿的翅膀道，

「看你是朋友，我偷偷告訴你，我曾經受到一位雲遊高人的指點，高人見我體格匀稱，適合柔術，是練武奇才，便給我指點幾招，讓我能飛簷走壁，側身過牆。高人不留名，所以我也不知道他叫什麼，這麼多年都是以易師傅稱呼。」孟婆暗想，幸虧奈何橋邊自己聽的那些俠義故事夠多，現在拿出來應急剛好。

「嗯，我想也是。」但陳梁已經知道自己想知道的，所以也沒在繼續追問。

「難得今晚抓住這個大奸細，我們去看看。」孟婆指著十米見外的楊宗明和蕭岩。

「他甘當叛徒，你怎麼處置？」走過去後，孟婆三五步跑到蕭岩面前。卻把陳梁落下了。

陳梁默默小跑跟上去，笑而不語，跟著孟婆站在蕭岩面前。

誰人都有自己的小祕密，即使關係再好的朋友，也要懂得給對方留下祕密空間，這個陳梁是知道的。

「要殺要剮隨便。」楊宗明撇過頭去，口中還有些硬氣。

「楊將軍莫急，先好好睡一覺，有什麼事我們之後再解決。」蕭岩正色道。

「他要對我用刑？」楊宗明臉色大變，生死從來都不是最可怕的，最可怕的是生不如死，但他現在已經無法自殺了，已經是人為刀俎，我為魚肉，再這麼掙扎也是無用了。

蕭岩制伏的時候，楊宗明被強行灌下了酥麻散，此刻他已全身無力，早就被五花大綁，再交給老軍醫祕密看管起來。隨後蕭岩又找了個身型相似的替身，現在軍營裡面出來幾個知情人外，其他都以為楊將軍還在。

因為楊宗明被識破的緣故，所以那份密報沒有發出去，因此作戰計畫也都沒有洩露，這樣說來原本安排的戰術繼續使用，但以防萬一，防止敵軍察覺，提前開戰。

此戰正面進攻，採取奇襲戰術，趁敵軍早飯之前，從右側分出三分之一的兵力去大舉進攻。又在左側埋伏，以防敵軍派出軍隊。

就在昨夜，孟婆跟著逆風鳥不斷狂奔，最後竟然找到了敵軍的駐紮地，然後抓了逆風鳥回來覆命。孟婆說了這件事以後，蕭岩看也不看鳥，反而對敵軍的駐紮之地產生興趣，還讓孟婆再次前去查看。

蕭岩找了許久，繞著附近到處看了看，果然找到了一些部落。

知道這點以後，臨時調整了一下突襲計畫，首先派出兩支軍隊，一支正面進攻，殺敵軍個措手不及，同時吸引敵軍注意力，讓他們無暇他顧。同時另一支親軍從側面出發，包圍敵軍身後的部落後，再從敵軍身後發起攻擊，前後夾擊，威脅敵軍，讓他們無所適從，不知該主要反擊那一面。

「不成功，便成仁。」此次全軍出擊，成破釜沉舟之勢，下了最大的賭注。

戰場上將士們浴血奮戰的同時，軍營中也開始了一場新的戰爭。

看著軍營裡的楊宗明，老軍醫春風化雨般不斷安撫他。

「你可知道一步錯，步步錯呀。你做的這些事，信發出去以後，害苦的可是和你同吃同住、和你共患難、無比信任你的兄弟。他們會因為你

而送命，落個屍橫遍野的下場。你可曾有半點悔恨？

　　唉！醉裡挑燈看劍，夢回吹角連營。

　　八百里分麾下炙，五十弦翻塞外聲。

　　沙場秋點兵。馬作的盧飛快，弓如霹靂弦驚。

　　了卻君王天下事，贏得生前身後名。可憐白髮生。」老軍醫還是可惜那個被楊宗明利用的小徒弟。

　　老軍醫接著說：「老朽與你說個故事，在很遙遠的一個國家，有一位聖人被人稱呼為莊子。

　　「莊子有一次與弟子到山中遊玩，看到一棵非常高大的樹木，旁邊有一伐木工人卻不去砍伐它。你想啊，一棵樹長那麼大多不容易，肯定活在那裡幾百上千年，莊子就問為什麼不砍倒它？旁邊的伐木工人就說，這棵樹雖然高大，但是不中繩墨規矩，所以沒有用處。

　　「於是莊子跟弟子說，你看這棵樹雖然無用，卻能夠終其天年。無用才有大用，此言不虛。

　　「當他們出山之後，到一個老朋友家裡做客。朋友讓兒子殺隻鵝來款待莊子一行。友人的兒子就問父親：『家中有兩隻鵝，一隻會鳴叫，另一隻不會，那麼殺哪一隻呢？』

　　「朋友說：當然殺那隻不會鳴叫的了。弟子這時就問莊子，『您看山中樹木因為無用而得其天年，而鵝卻因為無用而被殺掉。要是處在樹木和鵝的情況中，您覺得應該怎麼辦呢？』

　　「莊子就說：『我將處於有用與無用之間，處於材與不材之間。能看透有用與無用界域，並在其中自由切換，這才是世間大智慧運用之妙，存乎一心。』」

　　楊宗明聽畢，自知其中深意，便沉默不語。

　　日落以後，大戰結束，蕭岩和將士們疲憊回營。

　　「老軍醫，主帥打勝仗回來了，正朝此處而來。」一個小士兵在帳簾外道。

　　「嗯，知道了。」老軍醫默默無語。

「老爺子，我和兄長來了。」孟婆先跑進來，後面蕭岩一派淡然地掀開簾帳走進來。

「辛苦了，來喝杯茶吧！」老軍醫道，「他要如何處置呀？」

「此戰取勝，我們擊潰了敵軍，他們中有些被當場殺死，有些被俘虜，還有得有些四散而逃，最難辦的就是四散的敵軍，我想要抓住他們，你能幫我嗎？」蕭岩看著楊宗明。

「不可能！」楊宗明猛搖頭，決然拒絕。

陳梁在一旁忍不住插話：「敵軍是給了你什麼好處，讓你都已經身為將軍一職了，還去賣主求榮？

「你十五歲時父母因病雙亡，也無兄弟姐妹，尚未婚配，也不可能有什麼至親至愛被人扣住做威脅誘逼。我著實想不到你為何這麼做？難道是兵馬大元帥嗎？」

楊宗明面帶怒色，對著陳梁吼道：「你懂什麼？我楊宗明豈是那貪財好色之人，勿要拿此等言語羞辱我。」

「你不要誆騙我們了。」孟婆走上前來：「你本不姓楊，你原本父母就是這狼族遊牧之民，你生父是族長的第三個兒子。

「每年的春、夏、秋三季，你們部落，各戶人家領著自己的牛羊這在外放牧，你們走到哪住到哪，居無定所。只有每年深秋時分才各自從外彙聚部落的大本營，一起共用資源，熬過寒冬，待來年開春再各自帶著牛羊散去。

「有一年冬天，你的父親和其他十幾名狼族戰士搶掠了邊民的糧食之後，準備帶回部落過冬。不過因為你母親剛生下小妹，身體虛弱，行徑不便，走不快，追不上騎馬的狼族戰士，幾天下來，竟也慢了一天的腳程。其他狼族戰士與家眷都先奔赴部落，只待他們一日之後便可到達。

「那時已經初冬時分，下完第一場初雪，他們一家更著急地往部落趕路。誰料到遇到了二十年一遇的突發暴風雪，哈氣成冰，極冷。他們當時在路上，離部落還有一天距離，四周五十里內皆無大山崖壁可藏身，實在無處可避，只得一家七口人抱做一團，又有毛氈覆蓋在頭頂，期望能

熬過突如其來的暴風雪。

「暴風雪肆虐過後，天亮了但家沒了。等楊將軍醒來，發現最周邊的父母早已凍死，中間一層的三個哥哥也已經沒了氣息，他懷抱著剛出世不久的小妹在正中間的位置，想到妹妹，急忙扒開哥哥們的屍體，去看那女嬰，卻見嘴唇發紫，也沒了生命徵兆。可是一個五歲的孩子，突見自己六個親人同時同一晚離去眼睛乾紅，竟然連哭都哭不出來，只是茫然的呆坐在雪地裡，等著風雪接自己去與父母團聚。

「但也算他命大，一個楊姓邊民獵戶漢子路過發現了他，見這孩子可憐便抱回了家。

「他孩子一到獵戶家便高燒一場，險些沒了性命。醒來之後，自保五歲的他，竟然說自己燒過之後沒了什麼記憶，連自己叫什麼都不記得了。楊家夫婦他們多年未有所出，一直想要個孩子，聞言大喜。於是對他謊稱自己他的父母，他名叫楊宗明，因為生病高燒燒糊塗了。這孩子默默看著，但是也不說話裝作全信了，喊楊氏夫婦為爹娘。

「這楊氏夫婦待他不薄，當親生兒子般養。只是這邊城城小人少，互相都認識，這猛然間多出了個五歲的兒子，周圍人都指指點點，任誰也不信。於是沒幾日，楊氏夫婦就不得不打包了家當。離開了這座邊城，去了其他地方，而老楊也開始做起了鐵匠。

「我們的楊將軍也算孝順，從小到大一直陪伴在二老身邊，有一次從南方來了一場瘟疫，這場瘟疫讓二老在三天內接連死去，那一年楊將軍十五歲。生活真是艱辛，十五歲的少年，什麼都不懂，於是獨自一人他埋葬了養父母，加入了軍營，半大小子，是最能吃的時候，為了一口飯，從了軍，從哨兵做起，努力上進，終於到現在做到將軍一職，其中滋味和磨難，只有他自己知道。

「新帝即位後，本以為不用打仗了，不料這次新帝竟派大軍來這苦寒之地，並且下了滅族令。

「他其實知道自己有部落的，而且心地善良，實在不忍自己的同胞被滅族，便獨自潛回部落，想要告訴部落之人新帝的決策。可是老族長

一見他，便老淚縱橫，因為楊將軍與其父親長得極為相似。楊將軍雙親離世的時候，已經是知道事情的了，所以他還記得自己全家死亡的事情，於是他把這個事情說給了老族長聽了。這與後來部落中人去尋找時所得到的資訊重合，於是祖孫兩個抱頭痛哭，喜極而泣。

「老族長告訴他，暴風雪後的第二天太陽初昇，部落就帶了人去尋找他們一家七口，最終只找到了六具屍體，卻沒有他的屍體，大家以為他被狼叼走了，畢竟那麼小的孩子，哪活得下去，於是造了一個人偶，便將他家人合葬了。最後倒是好，這個孩子順利的認主歸宗了，他就是楊將軍，我可說的對？」孟婆盯著楊將軍，一字一頓地說著。

楊宗明的臉上露出驚駭的神情，恐懼地問道：「你到底是何人？這些事情我從未說給外人聽過，為何你就如親眼所見一般？」孟婆哼了一聲，「我就一婦道人家，什麼都不懂，但這事我偏偏就能得知。請問楊將軍，我可有哪裡說錯了？」

楊宗明喪氣地低下了頭，不再言語。

知道得這麼清楚，這孟姑娘實在不可小覷。一旁的老軍醫、蕭岩、陳梁也都暗暗吃了一驚，她也不知道用什麼法子，把人家底細調查得如此細緻無二，任誰聽了，都是一身冷汗啊。

蕭岩也顧不得問清孟婆為什麼知道得這麼清楚，趕緊想這楊將軍問：「楊將軍，你養父母養育你十年，他們待你可好？你族人得知你一家七口慘遭不幸，他們可有悲傷？」

「養父母他們視我如己出，自小家中好些的食物都捨不得吃，一定要留給我，省吃儉用供我讀書，我的每件衣衫、鞋襪都是母親親手所縫製，我的一身武藝和好箭法也是父親大人所傳授，若不是那場瘟疫，我原本想著忘卻兒時之事，終生在兩老身邊侍奉，為他們養老送終。」楊宗明眼睛泛紅，強忍住眼淚。

接著說：「而我族人，他們對我們全家從未遺忘，年年祭祀之日，族人都會去我們一家人合葬的墳頭清掃祭奠。這二十五年來，從未間斷。」

「戰爭是件很殘酷的事，既然你養父母待你如此深厚，你的族人也待

你不薄，你為什麼要讓兩個民族如此戰鬥下去，白白斷送那麼多條人命？你可知道，有多少孤兒如你當年般無助？你要知道，並不是每個孤兒都能有你那般的好運氣，被一對善良好心的楊氏夫婦收養，更多的孤兒都是餓死，因為他們沒有了父親，母親也支撐不下去，他們或被賣到有錢人家為奴為婢，終生吃不飽飯，你可有為他們想過？你洩密，和你同軍營的戰士是活不下去的，他們信任你，仰賴你，他們的父母妻兒也在盼著他們歸家，但是他們終是回不去了，因為你陷害了他們，只能草草葬在這荒山之上，連個墓碑都沒有，這麼多的墳墓，後人子嗣就算想來祭奠，怕也分不清哪座墳是自己親人的了……」

「別說了！你到底想要幹什麼？」蕭岩的一番話擊中了楊宗明內心最脆弱的那一點。

「人生在世本就不易。我不想殺你的族人，反而會幫你們部族好好生活，不必再為了糧食短缺而煩惱，不必再為了一口飯，而斷送一家人性命。」蕭岩似乎在說夢話。

「你會那麼好心？我傳出那麼多次情報，害死了軍中不少兄弟的。」楊宗明話中有濃濃的懷疑。

「這些我都知道，八月那次大戰，我被敵軍包圍，全軍覆沒，唯我一人返回，就是你折了我軍側翼；後來九月我軍被襲擊，是你外傳我軍的巡防營兵力部署情況和哨兵營空位之缺，使得敵軍有機可乘；十月你又將我軍左側布兵消息傳出，讓敵軍突襲我軍右側；你還洩露軍營位置使我軍飽受威脅，軍營下毒並嫁禍他人，傳播流言弄得人心惶惶……我說的沒錯吧？」蕭岩淡淡道。

「原來你都知道了……」楊宗明紅著眼睛。

蕭岩很淡然，「事已至此，解決問題才是關鍵。我們已經找到了你們的老族長，與他交談過具體事宜，你按我的安排做就好了。」隨即他拿出一塊帶著狼頭的權杖，交付給楊宗明。

上次大戰過後，陳梁便與孟婆找到了狼族的族長，老人家那相貌確實與楊宗明有七分相似。明知兵敗，這狼族的老族長卻依舊氣勢凌然，一

副傲氣，不帶絲毫畏懼，綠油油的眼眸裡凝聚著剛毅之色。

　　狼族在大雪來臨之時，必須抱團活下去。狼族人學習狼之性，冬天也會抱團生活，所以當蕭岩得知敵軍的駐紮之地後，便猜測狼族後部一定有一群人，他們提供補給，也受庇護。而且是這部分人是上不了戰場的老弱婦孺和老族長等人。回到那天夜裡，孟婆領著陳梁到了老族長在的地方，兩人合力制伏了老族長。

　　「族長，在下陳梁，這位是蕭將軍的義妹孟姑娘。我軍主帥蕭岩將軍派我二人前來，想與您談談。」

　　「哼！我已經被抓住，現在無力反抗，要殺要剮，悉聽尊便。」老族長雖然被二人制住，卻仍舊一身傲骨，絲毫不懼。

　　「族長，我們只為止戰而來，並無它意。」陳梁恭謙道。

　　「哼！我族馬上就要敗亡，還說什麼止戰，無需假仁假義，想趕盡殺絕儘管來。」老族長梗著脖子道，「但是，狼族人是不會屈服的，只要我族還有一人，將來定能東山再起，為我們族人報仇。」

　　「你殺我、我殺你，這戰事要持續到幾時？難道要子子孫孫地都一直打仗下去嗎？我們完全可以不用打仗來解決問題。」孟婆插嘴道。

　　「哼！我們才不會相信你們，你們這些人奸詐如狐，定有什麼詭計。」老族長很執拗。

　　敵軍在數量上雖不及蕭岩的軍隊，兵法上也欠缺，但是作戰勇猛，加上常年居於苦寒之地，已經適應了艱苦，所以不是輕易就敗了的，此次之所以輕易被打敗，不單單是因為蕭岩的戰術奏效，還因為抓了背後的老族長及其家人，導致敵軍心存忌憚，我軍才能趁勢一舉擊破敵軍。

　　雖然敵軍被擊破，有些四散的軍隊，但是部分軍隊撤離，另尋他處紮營，準備繼續與蕭岩軍隊作戰。蕭岩知道自己須得說服老族長，再讓族長出面說服他們，撤離此地，才能真正的安寧下來。

　　「老人家，我們並沒有陰謀，您千萬不要懷疑。您想想，要是大家都相安無事、不動兵戈，這日子可以過得多安穩啊！」孟婆幫言道。既然陳梁說服不了，那麼就換孟婆來說服。

「族長，你且聽我說，只要你們退回北方，發誓不再犯我邊界，不再掠奪我們的邊民，我們即刻班師回朝。」孟婆說得很誠懇。

「每年此時，積雪壓住草地，還有好幾個月才能長出青草，才能畜牧，這段時間，如果不掠奪，你讓我們喝西北風？」

老族長繼續補充道：「誰不想好好的生活？可是上天不給我們活路，既然如此，我們只好用自己的一雙手拚出一條路。

「但你們呢？你們的土地可以耕種糧食，每年都有積餘，可是你們的先皇就想擴大疆域版圖。經年累月地與我們開戰，我們一退再退，直到這苦寒之地，直到他覺得沒有必要再打了，這才休戰。這苦寒之地是什麼？到處都是雪山，幾乎沒有可以耕作的土地，也沒有天然的圍蔽可以長期駐紮，一年中有半年都在風雪之中度過，不這樣做，你們要我們怎麼活？你們如此虛偽，退回去，哼！說得好聽。」老族長咆哮起來，又轉為悲戚。

「我們只想要活下去，活下去。」

陳梁聞言，不由得愣在原地。他原先以為，只要對方再向北繼續退居就能解決問題了。可是這樣一來，滅族令就無法實施。但如今看來也並非全然如此。

二人正僵持不下，孟婆突然笑了笑，吸引了兩人的注意：「老人家，我們有辦法，可以解決這個問題。」

「不可信口開河。」陳梁用湊在孟婆耳朵上說道。

「這是真的，你看我給你做示範。」孟婆轉身對著老族長道：「此處往西腳程走十日，可以看到一座古城，容納十萬人有餘。城池雖然是百年前廢棄之城，但是城牆依舊堅固，只需要將城門重修一番，城中所用石料搭建的房子，堅固耐用，最重要的還是有夠你們現在吃到開春的糧食，城周邊百里都是肥沃的土地，可供遊牧與種植。」

「你要是不信，現在就可以派人去一探究竟，我沒有必要騙您。」

「真有這樣的好地方，那你們也早占了去，怎麼會無緣無故地給我們，要不然我們怎麼會來到這裡？」

「當然有原因了，那是古璃國的城池，相信您也有耳聞。那裡有孤

魂野鬼，夜夜哀鳴，我們沒有多大興趣，於是讓它繼續荒廢著罷了。」孟婆隨口胡說。

「我想你們狼族，應該並不在乎這些孤魂野鬼吧？」看著老族長半信半疑的模樣，接著說；「到時候你們自給自足，既無內部糧食之憂，又無外族攻打之險，何樂而不為呢？那時候還會打仗嗎？」

「我不信，你個小姑娘怕是信口開河。」老族長帶著期待，好像孟婆說的是真的，但是還是執拗，不想敗下陣來。

「我說的真假，您派人去一看便知。不過那裡城中又少具白骨散落在地上，若是狼族去了以後，我希望你們可以將那些白骨好好安葬收斂，那些戰死的先民，定會感激狼族能讓他們入土為安，不至於暴屍荒野，或許就不會夜裡哀嚎，侵擾你們。」孟婆提醒道。

「我想想，我不敢相信你們說的是真的。」

孟婆和陳梁對視，都知道老族長已經動心了，也不多說，帶兵回營。老族長和族中一干人等雖成了俘虜，不過還是待在原來的地方，只要不過於反抗，守兵也不會難為他們。

到了軍營以後，去到了老軍醫的地牢裡，孟婆將與老族長所說的話告訴了楊宗明，又對他說：「我帶你去見你們老族長，讓他好好考慮我們的建議。還有，那些四散的士兵，你們要去找回他們，帶他們好好生活，不要再騷擾邊關百姓了，不然我們還會再起戰爭。」逃兵最難處理，孟婆只得如此威脅。

「現在我帶你親自去看那古城，你眼見為實後，再去告知老族長，可好？」

楊宗明一想，這事就算有詐，自己也不算吃虧，反正能回部落裡了。他思忖了片刻，便假意同意去見老族長。

到了部落以後，老族長和楊宗明兩人耳語一番，老族長點了點頭，說：「我們且等你半月，若是你沒了音信，便是他們加害於你，欺騙我們，那我們就算同歸於盡也在所不惜。」

隨後孟婆和楊宗明一起消失在清晨的光芒中。

孟婆親自帶路，同去的還有陳梁，三人快馬加鞭地向西而去。腳程十日的路途，以快馬代勞也就三日便到，剛看見這座城，楊宗明大吃一驚，不料此等地方竟然還有這樣的古國。為什麼以前沒有發現這個地方？又四周查看有無天險地難，再用鐵鏟向城外近百里的土地，每隔十里鏟一勺泥，分別包裹好，還去城裡看了看石屋石牆。

　　看完以後，孟婆又帶其到皇宮存儲糧食的密道，看見堆積如山的存糧，而且密道修建的嚴絲合縫，沒有任何鼠蟻痕跡，不由地跪在哪裡，臉上止不住的驚喜之色，不停地說道：「我們能活下去了，我們能活下去了。」於是楊宗明轉身奔向馬匹，催促二人返回，於是又連夜返回老族長的地方。一旁的陳梁不由得感慨萬千。

　　三日便至軍營。這一去一來竟然花了六天時間，孟婆在馬背上顛得屁股生疼，不知為何，自從和墨給了自己這具身體之後，她便脆弱了許多。

　　隨後楊宗明帶著那幾大包土，立即去了族長的營帳，除了族長，還有幾位族中德高望重的長輩同在，楊宗明顫抖地打開這一包包白布包著的土。跪在地上哭泣道：「族長，那裡確實有那座古城存在，除了城門破損不堪，城牆幾乎完好，城中也只是遭遇了搜掠，並未放火焚燒，百姓家日居的石頭屋子依舊牢固耐用，那皇宮之中有存糧密道，裡面存儲量之豐盛，足以我們吃上兩三年的，而最讓人欣喜的是城外百里都可以耕種，我們再也不用打仗了。

　　「而且這隆冬季節，那裡城外皆是冰雪覆蓋，可是城內地面上卻不見絲毫雪花，人在城內外走動，能感覺到城內溫度明顯高於城外許多，人在其中，都不覺寒冷，甚是奇妙。眼前這番景象，真如奇蹟一般。」

　　老族長和其他長者摸著這一包包的土，老淚縱橫。其中老族長顫抖地說：「好好好，我族子民不必再受那顛沛流離之苦，感覺天狼神，您的子民終於可以如中原人那般安居樂業。」老族長跪下對著天空認真三拜，其他長者也紛紛跪下，額頭貼緊土地。

　　老族長請來蕭岩，恭敬地說：「蕭主帥，言而有信，也沒有誆騙我們這些老頭子，我即刻可以吹響信號，告知散落的士兵，讓他們彙聚到這

裡，放下武器，一同遷往古城居住。只是我還有一個條件。」

「族長，請說。」

「楊宗明是我親孫，雖然他為了紀念養父母的大恩，堅持不改回本名，但我族不得不需要他，我們要帶他一起去古璃城，他熟悉中原農業生產、鐵器製造、我已經決定把他定為我族下一任族長的最佳人選，還請主帥放他與我等同去。

「他與我等說了貴國新帝所下的滅族令，我也知道了你所做的事情，感謝主帥仁慈，以自身之安危，保我族不滅，這份恩情我族永記於心，莫不敢忘。今天我在這裡代表全族向蒼天起誓，今後絕不掠奪邊民糧食物資、也絕不傷邊民分毫。」

蕭岩思索一番，開口道：「好，我答應族長便是，但是此事知道的人越少越好，免得流傳出去，回去以後我會回稟陛下，說其英勇殺敵，身先士卒，但不幸中箭，傷重不治而亡，可好？」

老族長吹響蒼茫的號角聲後，幾天就把士兵彙聚起來，又過了幾日，狼族全軍遷徙，從北方徹底消失，從此再無人知道他們的蹤跡。

狼族軍隊言而有信，一去古璃城，便在楊宗明的帶領之下，收斂古人的屍骨，在城郊，挖一大穴，將白骨一具具平整地放入其中，並且三牲三祭，並定那日為先民祭奠之日，往後每年全族皆來此墳，祭奠先民，感恩先民當初精心造就此城，今日得受前人恩惠定當銘記於心。

在挖坑掩埋屍骨的時候，楊宗明無意間發現城下有溫泉泉眼經過，才知此城冬日為何沒有積雪，城中溫度還高過城外許多。

獻祭完成以後，家家戶戶按照人口多少，分配了自己的房屋，這是多少年來想到都不敢想的事情，婦女孩童皆激動不已，男子臉上鎮靜，內心也是心潮澎湃。尤其是當楊宗明打開皇宮密道，給族人展示密道之中堆積如山的存糧時。刀砍血濺都不哼一聲的狼族漢子，也忍不住流著眼淚大聲歡呼起來。

狼族千百年的遊牧生活到此結束，終於安定下來，城中日日哀鳴的冤魂也不再哀嚎，這城中的人夜夜歡聲笑語，燈火通明。

　　軍營這邊聞言，亦是歡呼雀躍、彈冠相慶。說是蕭主帥和楊將軍親自帶隊，將殘餘敵軍悉數殲滅，親自執行了新帝的滅族令，全娘族無論男女老少，皆為刀下亡魂，部落所在大本營也以及一把火連同屍體焚燒殆盡。而將士們打贏了勝仗，不日便可班師回朝，與闊別多月的親人們團聚。

　　這麼久以來軍營第一次晚上如此熱鬧，大家喝酒吃肉談論著家中父母、兒女，人人臉上都展開了笑顏，喜上眉梢。

　　蕭岩也微笑得帶著孟婆在軍營四處慶祝，冷不防的問孟婆：「那日你說楊宗明的過去，怎麼知道的那麼細，就如親眼所見一般？」

　　孟婆白了他一眼，說：「我就知道你你會問這個，性格骨子裡打破砂鍋問到底。其實也挺簡單的，我發現少量的胡麻散能讓人不至於昏睡，也能回答問題，但是在藥力作用下，三魂七魄的防備心卻全都能卸了下來，就如將士把盔甲除去一般，此時我再用自己的靈識，去讀對方腦中的片段畫面，這不就知道了嗎？若是沒有孟老軍醫誤打誤撞餵他胡麻散，我也沒法讀到任何資訊。就如你現在清醒站在我面前，我也是讀不到你的記憶片段的，人的魂魄都是會自我保護的。」

　　「那這算在人世用了法術嗎？這可會折了福報？冥帝若是知道，可會責怪於你？」蕭岩聞言，抓住孟婆的雙手，急切地問道。

　　「不怕不怕，這不算真正的法術，我也沒變任何東西出來，只是窺探了一下本身存在的事情而已。冥帝為人和善仁慈，他老人家應該不會責怪，莫要擔心。」孟婆寬慰蕭岩。

　　「好。」蕭岩看了一眼孟婆，獨自向前快步走去。

　　孟婆急著在身後喊：「你走那麼快幹嘛？」

　　「我去吃烤羊腿。」

　　「哎，烤羊腿，你這人怎麼這樣，有好吃也不等等我，喂，走慢點……」孟婆跟在蕭岩身後，著急地拎起礙事的長裙，也加快了步子向前追趕蕭岩的步伐。

　　此刻的月亮，如圓盤般的滿月。皎潔而溫和地遍灑大地，大地上一片素白。

第十九節

　　大戰最終還是在新帝到來之前發動了，但是很幸運，他們贏了。

　　疆域變得比以往的疆土大得多，將士們將帶著浴血奮戰而來的戰功與榮譽，封田獲賞。他們還能回到記憶中都已經快模糊的家鄉。此時大多數人心中想的，都是父親母親現在怎麼樣了？佳人是否依舊在那河岸上等待？孩子現在能到處跑了嗎？駐紮軍隊千里聯營的崖谷之中，喜悅之情彌漫。只是這場戰爭，終究不是新帝開啟。只不過，除了蕭岩和陳梁，誰又會在乎呢？

　　「天氣稍暖，氣溫回升，開春之後就可以班師回朝。」將士們都在想：「我可以回家了。」朝議中，富麗堂皇的龍椅上，年紀輕輕的新帝手執這份朝書，一字一字似乎要把它們揉碎在眼睛裡。朝臣們也緊緊地盯著新帝，只見他面無表情，隨後合上奏章，靜坐了好久，直到他一把將其扔在几案上，起身，轉身進入到大殿後面的陰暗中，駝著背顯得有些沮喪。

　　一封朝書寫盡戰士功勳，被八百里加急，像飛翔的鳥一樣飛入京城。

　　一旁新來的小內侍急忙低頭跟上去，但在新帝轉身的時候，一步邁大了，走在了君王前面，便惹新帝不悅。接著，小內侍被幾個高大的侍衛帶了下去，之後驚恐地哭鬧聲隨著鈍器聲起落，最後，一切復歸安靜。

　　北方的雪在暖陽的脅迫下，開始融化，那戰場上血紅色的堅冰，在緩緩流淌成為一條河流，紅色的河水，一些仍舊沒有閉上眼睛的戰士，他們或是面朝大地，或是面朝天空，都在提醒著存活的戰士戰爭的殘酷。

　　蕭岩派人清理戰場，眾將領擺脫了多日來的愉悅，想起來時一起來的兄弟沒能一起回去，大家心中有些感傷。往後好幾天，都是安安靜靜在營地裡坐著。

　　收拾好兄弟們的遺骸，默默地堆起一座座孤墳，死的人太多了，分

不清誰是誰，蕭岩只得在一塊木板上把所有人的名字刻上，再沒有別的什麼了。但用不了多久，這些墳頭便會長出青蔥嫩綠的野草，埋沒這些小土包，風霜會將木牌腐朽成為泥土，最後，這些不幸死去的戰士在這片戰場之上只留下一副慘白的骨頭。

他們的銘牌和盔甲，就是他們的遺物，當這些銘牌和沾滿血跡的盔甲，連同那少許的軍餉交給他們家人手中之時，他們的家人或許會問為什麼大家都回來了，我家兒郎卻沒有歸來？想到這樣的情景，不知道又是怎樣令人心酸落淚的畫面！

多少擁有報國之志的人，曾立下封侯覓將的誓言；又有多少共甘共苦的兄弟誓死同生共死，同往同歸；多少男兒許下等我歸來，娶你為妻的承諾。而今看這血還沒乾、彷彿昨天的戰場，這些收斂屍首的將士們，才由衷地感到和平的可貴、生命的脆弱。

蕭岩站在高處，俯視戰場，眼中眸色複雜。

孟婆哼著一首悠揚的小調站在旁邊，一曲終了，孟婆緩緩閉上雙眼，雙拳緊握，默默祈禱，蕭岩也默默緊握雙手。

「剛才唱的那是什麼？」蕭岩問。

「安魂曲，一曲一安魂，冥界中，有人往生的時候我就會唱。」孟婆解釋道：「安魂曲可以給人一點祝福，讓他們奈何橋上一碗湯後，來世能好點。」

「可以教我唱嗎？」

「可以呀，這歌哀傷而又悲切，你學來幹什麼？」孟婆隨口反問了一句。

「送給一位已故的朋友。」蕭岩語氣沉靜道。

氣氛頓時陷入沉默，孟婆心想，兩個人都知道他說的到底是誰。

離開了戰場，蕭岩策馬來到安葬安幾道的地方。在這荒蕪的半山腰，父子兩代兩座孤墳，孟婆側臉看到蕭岩臉上的眼淚，沒多說什麼，只是過去拍拍他的肩膀。

面對著父親似的安老將軍和視若兄弟的安幾道，蕭岩唱起了那首剛學

的安魂曲，當做離別的禮物。他希望自己的好兄弟、安老將軍還有文茵，下一世都一定要幸福。

開春後，接到新帝的命令，戰爭打完了，兩個國家已經合併在一起，現在蕭岩也不必駐守邊關了，於是新帝下令蕭岩率領全體將士班師回朝。

行軍隊伍拉了幾百里，若龍一般盤旋在廣闊的大地上。綠色的背景，黃金色的長龍，眼前的一切都顯得生機勃勃。

傍晚，大家聚在一處安營紮寨。嫋嫋炊煙升起，遠處的金黃落日點燃爐灶，營地裡一派歲月靜好的安然，不用再把十分之一的人派去巡邏。一群人圍坐成一個圓圈，跟對方講自己家裡有幾口人、兒子幾歲了、妻子又是怎樣的賢慧，好像明天就能擁抱自己久別的妻子。

人世真是奇怪，殺戮的時候同仇敵愾，閒下來以後又滿是愛戀，孟婆不言語地在一旁聽著將士們聊天，他們憧憬未來的生活，多麼有生氣啊。在奈何橋邊的時候，來的都是死了的鬼民，他們目光呆滯，帶有各種偏執，身上沒有生氣可言，只是想著他們能早日脫離苦海，求個更好的來世罷了。

那些不幸的將士到了地府，會投什麼樣的胎？她越想越多，想到招弟在代替她做孟婆，肯定見到了不少這些戰死的兵士，也不知道招弟熬的孟婆湯有沒有自己的好喝呢……這一想腦子就停不下來了。

夜幕還未降臨，蕭岩帶著孟婆和陳梁策馬而去。

「蕭岩，你要帶我去哪？」快速略過的樹林裡，孟婆騎著另一匹棗紅色的馬兒跟在蕭岩身後。

「你馬上就知道了。」蕭岩語氣輕快。

「蕭岩，不會是你良心發現，覺得我們幫了你不少，想要給我們驚喜吧！」孟婆眼珠子一轉，好奇地猜測道。

「對呀。」蕭岩說得自在，導致孟婆有些不信。

既然不知道，那麼就不再開口，孟婆於是老老實實跟在蕭岩身後。

陳梁輕笑，這是他第一次帶著輕快的心情，與好友在這寬闊的土地上策馬狂奔。「心中無事，肩上無累，不必憂慮戰爭的事情，原來如此快

活。」陳梁想。

北方的風雪來得快，但是春日之景也十分美好。昨天還是一片冰雪的草地，如今春草已經冒芽，長出了半寸多高，三人策馬狂奔，迎面的清風撫人臉，但並不覺得清冷，反而全身輕快，就像空中飛翔的鳥兒。飛奔在遼闊土地上三匹棗紅色的馬，向著遠處黛色的山迅速推進。「從草地的這一邊到那一邊，好像只是一瞬間。」孟婆想。

「看，那是邊地早開的杜鵑，這應該是我最後一次來這裡了。」登上緩緩的小坡，在三人面前展開一望無際的杜鵑花，蕭岩笑著對孟婆說。

連綿的杜鵑花，形成一道花海，再往前，就看到了小巧的花朵兒，顏色嬌嫩，比不得冥界的曼珠沙華那樣深紅妖豔，吸納靈識，但小串的花兒鮮紅色引人迷醉，都在風中搖曳，別具一番滋味，孟婆看了心生歡喜。

「漫山深紅引！奈何橋邊的曼珠沙華，比這些杜鵑花還稍遜一點，少了些生機，美極了。」孟婆腳一蹬馬鐙，快速下了馬，立即朝著紅色的花海跑去，嘴裡喊道：「漫山遍野的紅花，蕭岩，你小子不錯嘛，這個禮物我喜歡。白雪皚皚之景，早就看膩了，還是花兒好看。」

行走花間，孟婆隨手摘下一朵，簪花髮間，與花爭豔。

蕭岩與陳梁相視一笑，下了馬，一起向著花叢走去。

「柳嫣也喜歡花，尤其是紅色的，要是她在這裡也一定也很喜歡。」看著自由自在撫摸著一朵朵花的孟婆，蕭岩低聲道。

夕陽下，在天上的血紅和地上的深紅之間，一人在花間撒歡，享受此刻的歡樂，那是孟婆；一人靜立，在殘陽下，背影被拉得蔓延出去很遠，那是蕭岩；一人站在一側，笑著看著奔走的孟婆和蕭岩，那是陳梁。好一副杜鵑惹人醉的絕世畫作。時間彷彿在此刻靜止。

玩了一會兒，蕭岩看著靜立的蕭岩，悄悄從後面走過來拍拍他的肩膀：「站著幹嘛，想柳嫣了？」看著蕭岩的神情。孟婆隨即安慰道：「不用擔心，我們馬上就要回去了。」

「嗯，回去之後事情應該很多吧！」蕭岩笑得有些落寞。

「沒事的，一起面對。」看到孟婆走過來，蕭岩也走了過來，陳梁

拍著蕭岩的肩膀和孟婆一起安慰他，露出堅定的神色。

「好。」蕭岩眼簾下落了一點。

「對呀，一起面對。沒什麼大不了的。」孟婆信心滿滿地道：「你又不是不知道我，只要有我在，沒啥幹不成的，你放心吧！」

逗得蕭岩與陳梁一笑，點頭稱是。

地平線上的太陽送來了餘暉，三人的影子被拉得很長，笑聲也傳得很遠。

三人到營帳以後，夜幕已經降了下來，連營裡點起的燈火，還有群星璀璨，黑夜就像白天一樣，到處是一片銀色。

蕭岩回到主帥營帳以後，早就等在外面的林守之、李三惜將軍請求入內：「主帥，返回京城後，我們想隨軍往南。」

「主帥，我和林將軍都是南方人，離家多年，現在建功立業了，我們就想早點回家去看看，陪陪兒子陪陪父母了。可憐兒子出生後沒三天，我就出征了，我就再也沒有摸過他的臉。」李將軍李三惜道。

「但若是主帥需要我們重披戰甲，衝鋒陷陣，繼續為國效力，定然會立即奔赴。」李將軍和林將軍一齊說道，顯然二人商議過了。

「放心，我並沒有阻攔兩位將軍的意思，兩位將軍想回家，可以。」蕭岩繼續補充道：「不過，兩位將軍若現在就回家，便只能做個四五品的官，拿著些剛好養活全家人的俸祿，兩位可要想好了。」

「主帥，我們都想過了。戰場戎馬，將軍鐵血，殺伐一生，現在越來越覺得人死之後不過一抔黃土，三尺土穴，更不要說有些弟兄們連個完屍都沒有，就草草葬在草原上。後人們若是有心祭奠，也無處燒錢紙，只能對著邊關的方向撒一杯酒而已，想來也是唏噓。更何況我等這般年紀，提不動刀劍，彎不了弓了。我們想在剩下有限的年歲裡，多陪陪家人。」

「我們這些老傢伙，也過夠了戰爭不息、戰亂不止的日子了。現在我們離開，新的將軍上來還需要磨礪幾年時光才能帶兵，這時候新帝也不敢貿然開展，這樣子下面的士兵和百姓也能休息幾年。」

蕭岩敲擊桌子，半餉才回道：「既然兩位將軍心中已有計較，那就

隨有緣再見吧。」

「謝主帥，那我二人現在便上書新帝言明情況，請求隨軍去南方。」聽到蕭岩願意放手，李將軍大笑起來。

「此等大事，原先都是直接稟報新帝，二位將軍今日為何要問我？」蕭岩有些不解。

「主帥大義，我二人遠遠不如，曾經只知立戰功，卻不知道謀略和遠見，給將軍添麻煩。」李三惜輕拍胸口，在責罵過去的那個自己：「但將軍並沒有因此偏待我們，竟然還給我們立功機會，若無將軍厚愛，我等或許已經血灑邊關，魂歸奈何了。」

「自從上次聽將軍之命，與眾將士一同親自清掃戰場，收斂兄弟們的屍首，想到兄弟們死無全屍，淚水噴湧而出。那時我們就意識到，我們的心脆弱了。已經不再適合上沙場了，慈不掌兵，我們都該歸老了。」林守之搖搖頭。

「二位將軍，請受蕭某一拜。」蕭岩對著林守之和李三惜一鞠躬。

嚇得二人差點跳起來，連連擺手。口中直呼：「主帥，使不得。」

「蕭某替眾多軍民，謝兩位將軍。」蕭岩不急不慌道。站起來後蕭岩身軀若石般堅挺，神情若山般泰然。

一旁的陳梁和孟婆看著這一幕，心中嘆服。

「這才是真正的蕭岩。」陳梁道。

「我終於知道他為何選這條路了。」孟婆輕笑，選擇這條不歸路，永歸忘川，以護心中所願，或許最近千百年的歷史中，只有蕭岩做出了這個決定吧。

這一刻孟婆終於明白了，這蕭岩從一開始就不單單是為了柳嫣而放棄來世，他為的還有這些和自己日夜同吃同住的將士們，擔心自己死後沒了主帥，內有奸人作梗，會有更多的人被埋葬在那苦寒之地，會家破人亡。所以蕭岩寧願放棄輪迴轉世，也要把他們安全帶回去。孟婆想了想：「這個人真是有些傻，他的這番苦心，除了我知道之外，又有誰能得知他是個有情義士呢？」

陳梁見蕭岩抬頭，出神，以為他在想京城的事情，便問道：「回朝之後，有什麼安排嗎？」陳梁問。

　　旁邊的孟婆插嘴道：「不是說過要給我安個家嗎？到時候勞煩陳大哥給選個房子。」

　　「沒問題。」陳梁立即許諾。

　　「陳大哥這次解決了邊民擾關的禍患，要入朝為官嗎？」孟婆有些小疑惑。

　　「是的，要守著這浴血奮戰的將士們好不容易贏來的和平，我就必須要入朝為官，不能讓戰爭輕易出現了。」陳梁語氣堅定道，彷彿在說一個事實。

　　這樣的陳梁，這樣的蕭岩，不愧是朋友，可惜京城多年生活在不同的軌跡上，今日交心，待結識之時，已是即將隔開的人。想著想著，孟婆一股堵塞的感情淤積在心頭，有些難受。

　　心底那因殘缺而被靈珠修補過的魂魄，又開始作祟了。

　　孟婆近日又夢那戰場殺伐，屍橫遍野的畫面，夢境再轉，竟然她看見了古璃國的女將軍。

　　孟婆不由地自嘲地笑了一聲，來到人間以後，自己想得都多了。

　　一個多月的時間，蕭岩終於帶領著將士們來到京城。

　　「恭迎蕭大將軍歸朝。」奉皇帝之命前來迎接的大臣蘇甯拘禮，祝賀道。

　　「為陛下效命，是臣的福分。」蕭岩半跪在地上，不卑不亢，有禮有節，不似當年桀驁。

　　「哈哈，情況緊急，就不閒聊了，蕭將軍，陛下在宮中已經設立宴席，就等你了，將軍請吧！」

　　「謝陛下隆恩。」接過旨，蕭岩接著說：「您遠道而來迎接，蕭岩在此謝過。」

　　於是將領們跟隨一行人樂融融地行至宮城。

　　大殿上，新帝穿著厚大沉重的龍袍，坐在高位上，俯視著跪在地上

的蕭岩。

「蕭將軍戍守邊關多年，甚是辛苦，如今又替朕解決了北方大患，朕要重賞與你，官職、珠寶或者其他的什麼，說說想要什麼吧！」新帝難得沒有冰冷著臉，和顏悅色道。

「能為陛下效命，是臣的榮幸，臣別無渴求。」蕭岩道。

「哈哈，既然愛卿不說，那麼朕就要好好考慮考慮，如何賞賜你了。」新帝一番不明意味的話，讓眾人心思不一。

蕭岩此時並不知道自己犯了大忌諱。新帝看他一直他拒絕自己善意的獎賞，凸顯自己一身正氣。一個將軍若不為名、不為利而戰，把鍋都丟到他的身上，凸顯出他皇帝的野心，不要賞賜，難道要當兵馬大元帥？他難道想要朕江山嗎？想到這裡，新帝眼中陰鬱色調一閃而過。

新帝一下一下地敲擊著龍椅，朝中頓時鴉雀無聲，只蕭岩靜靜跪在冰冷的地面上。

先帝指派了一些老臣，讓他們輔佐新帝，別讓新帝做得太出格。

這些人都是和先帝一起一輩子的君臣了，對先帝忠心耿耿。先帝看到新帝野心勃勃，不吝惜民力，甚是失望，便消了放權的想法，想著死都不放權。因此朝中現在形成了兩派勢力，他們明爭暗鬥，此消彼長。之前攻打北方，便是新帝一派勝利的結果。

這一仗本是新帝收回實權，排擠老臣，建立功業，證明自己的一戰，卻未及自己出征建功便被扼殺，新帝怎能不恨，再加上給蕭岩封賞他不接受，於是新帝自然將蕭岩與一幫反對自己的老臣歸為一類。另一方面，老臣們卻認為蕭岩聽從新帝指令，帶兵出征，占用國力，導致國庫空虛，對他也不待見。

面對新帝的故意刁難，蕭岩周圍並沒有人出來解圍，反而都在一旁看熱鬧。

新帝震懾了蕭岩，眾臣看了熱鬧，陳梁則人微言輕。

這場充斥著明爭暗鬥的宴會在歌舞聲中落幕。

晚會後，孟婆前來尋蕭岩：「聽說你受辱了？」

蕭岩不語，算是默認。

「哈哈……沒想到你這樣計謀多端的老狐狸也有鬥敗的時候。哈哈……」孟婆扶著腰大笑。

「小孟，別笑了。」陳梁給孟婆使了個顏色。

「蕭兄，難受就說出來吧！」陳梁道。

「賢弟難道還沒看透嗎？」蕭岩不答，反過來含笑問道。

「可是……」陳梁還未說完，便被蕭岩打斷：「既然都看透了，還生什麼氣？」

「走吧。小孟一直說想吃長生閣的『六味鴨』，聽『望江亭』的說書，我們去吧！」蕭岩說。

「好呀，等不了了，我們快走。」孟婆拍著手拉著兩個人就要走，又忽然想起什麼，問蕭岩：「你不去見柳媽？」

「對呀，大哥不先去見柳姑娘嗎？」陳梁問。

「我還沒想好怎麼說，明天再去吧，今日我們兄弟一醉方休。」蕭岩苦笑道。

孟婆知道前因後果，急忙轉移話題道：「聽說『六味鴨』是冰凍在冷庫裡六種不同季節的調料……」

說到這裡，蕭岩、陳梁好像看見了孟婆眼中閃著期盼的光。

燈籠裡的燈紅紅的，路上行人紛紛，商販的叫賣聲此起彼落，首都的夜市格外熱鬧，不像邊關那般冷冷清清的，什麼也沒有。

或許是第一次來，孟婆很是興奮，東瞧瞧西看看，一會兒右手就舉著糖葫蘆，左手拿著捏麵人。

「新帝賞賜的珠寶分出五分之三來，讓讓林將軍與李將軍分給要回南方的兄弟們，不過別聲張，也別說是我的，讓他們私底下分了就行。」擁擠的道路上正是說祕密的好時刻，蕭岩附耳對陳梁說道。

「嗯，我代兄弟們謝過大哥了。」陳梁道。以往的主帥，哪裡願意把這些珠寶分給下面的士兵。

「蕭兄今日不回家？」陳梁問。

「在宮中見到家父和兄長了，我說晚些回去。」

京城對陳梁來說，既是光輝的起點，也是落寞的起點，現如今只剩他孤身一人。在班師回朝的歸途中，陳梁心中總有種近鄉情更怯的感覺，心中很是忐忑，幸虧一路上孟婆有意的照顧，幫他驅散了些許困擾。孟婆雖然平時大大咧咧，但正事從未拉下，對人也很是體貼。如今歸來，軍營奮勇殺敵三四年，榮耀加身，再來看這京城的一切，反而更加輕鬆。

兩個人慢慢走在孟婆的後面，不一會就到了一座高大的建築上，那是長生閣，一座京城才子都愛去的地方。孟婆回首向著他們招手，示意他們走快點。

看著孟婆手裡的糖人，再想起夢中見到的柳嫣，還有那個看不清面容的男子，不禁出了神。「她們真像！」蕭岩心想。

「蕭兄，前面是長生閣，我們進去吧！」旁邊的蕭岩陷入沉思中，陳梁提醒道。還拍拍他的肩膀。

原來已經到了長生閣了。

長生閣位於京城最繁華的街道上，地面是青石鋪的，拿籤子插入兩塊青石縫隙之間，是插不進去的。在地上，無數的燈發出黃光，一切都掩藏在朦朦朧朧中。

那樓，孟婆看去，用握著葫蘆串的右手一點一點地數著層數，共有有九層，每一層都有琉璃燈點綴，蕭岩說那是為了取長久之意。只要站在長生閣最高層，就可以俯瞰整個京城。在長生閣後面是一條河，河邊栽柳，水中點綴些許蓮花，在琉璃燈光照耀下，顯得格外溫柔。長生閣的對面是望江亭，望江亭隱於花間水旁，竹木環繞，曲徑通幽。亭中有一先生，身前一桌，一椅，一扇，一杯清茶，不知道又流傳著多少傳奇故事。

進入長生閣以後，便有一小廝前來引三人到一個裝飾著各色花瓶、各種吊蘭的房間。菜品開上來以後，孟婆左手一簇菜，右手一簇，吃得嘴角都是油。看著孟婆大快朵頤的樣子，把天塌不驚的陳梁都嚇了一跳。這孟姑娘真是懂事啊，在軍營裡每日只吃幾個烤紅薯，原本以為她是個纖

纖女子，素日只有普通食量，今日一看，只是當時食物不夠。

只聽陳梁道：「真是委屈姑娘了，原來姑娘在軍營之中食量小，不過是讓自己忍饑挨餓，讓兄弟們多吃點吧！」

酒足飯飽之後，三人愜意地端著一杯清茶，品著甜甜的小點、窗外微風襲來，樓下歌女的清揚曲調若隱若現地傳來耳邊，好不自在。這樣的日子要是能一直下去多好。孟婆腦海中忽然閃過一個這樣的念頭。

另一邊各懷心事的陳梁和蕭岩，看著窗外那輪滿月出神，孟婆一見兩人如此這般，便忍不住來刁難他們一下。

孟婆突然得意洋洋地說：「陳大哥，早就耳聞你是京城大才子，學富五車，才高八斗，小妹有一題，想請教兄長，不知可否？」

蕭岩瞟了孟婆一眼，這丫頭又在憋著笑，卻假做正經地說了這番話，肯定沒安什麼好心，真是頑皮得緊。

陳梁一聽，往日直來直往的孟婆，今日竟然還知道提前打聲招呼，肯定不是等閒問題，不然不會如此慎重其事地求問。

一念及此，陳梁不由得有些頭皮發麻，不知孟婆心裡打得是什麼鬼主意，只得硬著頭皮說：「小妹請講，但說無妨。若是愚兄答不出來，也會如實相告，絕不會胡亂編造。」

孟婆假裝很是苦惱，問道：「每個人都知道三魂七魄，到底何為三魂七魄？」

陳梁在腦中搜尋一番後道，關於此事，先父未曾告知，廣泛涉獵的時候也沒有遇到過。撓了撓頭，實在沒有把握，便誠懇地說：「還請小妹賜教。」

孟婆就等他這句話了，趕緊炫耀起來：「這人有三魂七魄，人死以後，往生魂回天界去投胎；守屍魂隨屍體進入墳中，祖先透過守屍魂影響子孫後代；因果魂（覺魂）根據在世時的功德，決定這個人上天堂或是下地獄，有些神婆查事，就是請這個下地獄的因果魂上來。

「七魄是覺魂暗藏的無形力量，有喜、怒、哀、懼、愛、惡、欲七種情緒反應。人以外的動物只有二魂，動物的六識感應，即透過眼、耳、

鼻、舌、心、意的感應，而人除了有六識之外，還多了覺魂和七魄。怎麼樣，厲害吧！」

陳梁大為吃驚，於是就問道：「孟姑娘為何如此熟悉？」

孟婆眼都不眨隨口便說：「父輩中有一姑姑，終生青燈古佛，這些都是她告訴我的。」

想到自己的父親，陳梁接著求教：「人若是少了魂魄會如何呢？」

「人少了魂魄，就肯定不正常了。你看那些瘋子，多半是少了魄。若少了因果魂，就變成活死人一般躺在那裡，沒知覺；若是少了主魂人就會死。如果在投生時，因為有些沒湊齊三魂七魄的，就等上百年找回來。若是少了覺魂或丟了七魄還去投胎的話，就會成為癡兒，如二皇子一般。人死後，在七天到六百年之間必可投胎，意外死亡遭難的人，由於壽元未盡，一般都投不了胎，只得成了孤魂野鬼，他們要超渡才能往生，最是淒慘不過。」

陳梁的好奇心又被激發了起來，追問道：「那三魂具體管什麼呢？」

孟婆這時卻不說話了，只是眼睛撇著桌上的那杯茶，陳梁於是迅速地端起，遞給孟婆，孟婆給了陳梁一個機靈的眼神。喝了茶，慢悠悠地繼續說：「第一，守屍魂：祖先的守屍魂靈光會感應、影響到子孫的命運。如果祖先的守屍魂靈光寄託到好的風水地，而使得後代子孫擁有好的命運。而如果祖先的守屍魂寄託在不好的風水地，如此子孫的命運就會變差。事實上，風水只占了三分，其餘七分則看這個人在一生之中的善惡功德。

「第二，主魂：因為是從天界而來，所以肉體死亡後便回到天界而去，主魂不生不滅、永遠存在的，道教則稱為『靈山』。

「第三，覺魂：如果是遇到意外死亡或是猝死，覺魂則會留在人世間的冥冥空間；若是壽終而死，就會到地府報到。

「所以三魂各走三條路線，不歸於一體。如果意外死亡，覺魂和守屍魂無法合為一體；除非壽終正寢，覺魂與守屍魂才會下地府合為一體。這兩魂合而為一就是『陰魂』，而主靈魂叫『陽魂』。『陰魂』與『陽魂』重新組合才可往生輪迴。

「若是自殺、他殺、淹死等等，這些情形就無法到地府報到。那就是入地無門、上天無路，這些孤魂野鬼就是無家可歸的『因果魂』覺魂，需要請得道高僧做法事超渡，安排進入地府，這才有機會重新輪迴往生。」

陳梁聽得沉默，頓了頓，問道：「孟姑娘，我已經為先父母超渡過，請問他們若是投胎轉世，面貌可會如前世一般？」

孟婆歎了口氣說：「這平常人，他的魂魄是團聚的，才會擁有生命。人死了，就是三魂七魄聚不住了，因此就散掉了，散掉了之後，這個人的生命就失去了。道教有一些修煉的方法，就是讓人的魂魄不會分離。

「《道德經》說：『載營魄抱一，能無離乎。』《黃庭內景經》說：『垂絕念神死複生，攝魂還魄永無傾。』這樣就可以透過修煉的功夫，把生命保持下去，做到長生。但能有機緣，並且能修成這樣的人，那是十萬個人中找不出一個，普通人這條路是絕了。

「這魂魄分散之後，生命就已經不是原來的模樣了。這時喝了冥府那碗孟婆湯，人就沒有原來的記憶了，三魂七魄分散之後，不會再回到從前，無法復原了。

「那麼三魂七魄散失之後，也就各奔東西了。之所以可以投胎轉世，還是需要魂魄的結合，一個人的魂魄分散了，會通過天地的生命通道，與其他分散的魂魄重新組合，成為新的魂魄，這就是一個新生的生命了。

「所以大多數人轉世之後不但相貌有變化，性格、性情、喜好皆與前世不同，也有少數轉世之後模樣還是一樣，但是心性肯定也是不同的。一投胎就是一個全新的人了，所以才要他們喝下孟婆湯，忘掉陳前往事，才能安安心心過好下一世。」

陳梁聽後有些失望落寞之情，父母就算投胎轉世了，面貌也已然不同，記憶也不存在，果然今生的緣分就此斷了。但他突然抬頭問：「孟姑娘，那有沒有能完全心性、性格、不改變、甚至還保留很多前世記憶的轉世投胎呢？」

孟婆一聽，心想：「你以為我熬的孟婆湯是糖水？」

但見陳梁面色憂鬱，又有些不忍心，忍不住解釋：「完全的生命轉

世，那是高真大德才能做到的，有些高道甚至是乘願再來者，或者他的生命可以完全轉世，這是不受約束的。但是一般人的魂魄，他只能分離，然後遇到機會，與其他分離的魂魄重新組合，成為新的魂魄的一個部分，湊齊三魂氣魄就可以投胎了。

「所以說，來世的你已經不是現存這個你了，好比前世你爬後牆喜歡了張家小姐，今生你可能花燈會喜歡了王員外家小姐，來世你可能喜歡上百花樓的頭牌花魁……」

孟婆說得越來越偏，聽得陳梁滿臉黑線，話怎麼越來越離題了，就趕緊打住孟婆，認真地說了聲：「承蒙三妹釋疑，兄長不勝感激。」

孟婆就笑了笑說：「沒什麼，這都是慣常的知識和見聞罷了。」

陳梁說：「兒時父親曾說過『承負』的核心是將天道、地道、人道置於『承者為前，負者為後』的迴圈之中，用天道、地道來論證人道。說明天災之發、地禍之起的原因，在於違背自然之道的人道承負。社會動亂，王朝更迭，亦是人為所致。

「陰德天報之，陽善享世名。名亦福也。名者造物所忌。世之享盛名而實不副者，多有奇禍。修善最重要的是，出於真誠而無所求，這是真善。天道自有天道的安排，很多時候不是不報，只是時機未到。」

孟婆聽後，微微點頭，誇獎陳梁：「陳大哥真是家學深厚啊，陳伯父更是瞭解這世間運行之規律，他此等有學識又善良的人，若是投胎，肯定依舊是官宦名門之家。陳大哥無需擔心。」

陳梁拱手而禮，說到：「承小妹貴言，只盼父母來世不再受今生這等冤屈。」

陳梁心中卻想：「投生官宦之家真的就好嗎？投生帝王之家就幸福嗎？恐皆不是，投生一個平常人家，可能才能平安善終，親人之間沒有爾虞我詐，宗族之間沒有爭權奪利……」

在一旁默不作聲的蕭岩，聽著兩人的對話，心裡又是另一番滋味。明日見到柳嫣該如何開口，這對他而言確實是比打仗更難的事情……

第二十節

　　見陳梁聽得認真，孟婆也來了興致。畢竟如今孟婆說的都是自己熟知和瞭解的事情，當然興致勃勃。又絮叨了一番：「這地獄世界有四層血湖地獄、九層九幽地獄、十八層泰山地獄、二十四層酆都地獄、三十六層女青地獄等等。

　　「人陽壽耗盡以後，由黑白無常、牛頭馬面將其帶回交由判官審查，判官根據生死簿，校定善惡良莠，依一生所犯罪惡大小、多少、輕重的不同，將其發配到十殿閻君處、不同地獄之中。做善事的或投身天人道、或輪迴再世，那些作惡的或是被割頭分身、斷腕鋸腿，或上刀山下火海……

　　「道教典籍《太平經》中有陰府召人靈魂考人魂魄的說法，記載有：『大陰法曹，計所承負，除算減年。算盡之後，召地陰神，並召土府，收取形骸，考其魂神。』

　　「冥帝主宰冥界，在冥帝的治所下，其下六天洞宮，洞宮下立三元宮，三官九宮九府一百二十曹。

　　「塵世的種種善惡，皆由自己所定。其實若是活著的時候能明白這個道理，還能約束自己的言行，就不至於陽壽盡了以後，受這割頭分身的苦痛。地獄天界在心頭，是去地獄還是去天界，是由自己來決定，不是由別人來決定。所以人活著的時候，就要儘量行善事、做好事。」

　　陳梁看著默不作聲的蕭岩，以為他對冥府和投生感傷，思念起那些戰死的兄弟，又想起來了安老將軍和安將軍，感同身受。

　　但是抬頭，卻發現天上四象有些異象，於是指著天上的星星說：「蕭大哥、小妹，你們看天空中的四象。」

　　「何為四象？」孟婆來到幾個月了，但是這些東西畢竟很難，沒有經年累月地學習，所以此刻孟婆也不懂。

　　「四象是指東方青龍、西方白虎、南方朱雀和北方玄武。在四象的基礎上，又把每一象分為七段，第一段叫做『宿』，一共二十八宿，環天一周。二十八宿之中東方有七宿：角、亢、氐、房、心、尾、箕七個星宿，共三百餘顆星，其形象好似蒼龍騰空。

　　「二月二，龍抬頭，就是指東宮蒼龍的星宿開始自東方夜空升起，龍角的角宿開始從東方地平線上顯現，而整個『龍身』即其他六宿尚隱沒在地平線以下，故稱為『龍抬頭』。

　　「這七顆星宿又各有不同的表意，其中東方青龍是最值得觀察的。

　　角宿：為青龍之角，主造化萬物，傳播君主的威信，稱作『天關』。

　　亢宿：為青龍之頸，主天下的禮法，又主疾病疫害。

　　氐宿：為青龍的胸，又名天根，主天子之路，又為後妃之府。

　　房宿：為青龍之腹，為布政之宮，是天子發布政策的地方。

　　心宿：又叫天火，天王之位。心宿的中間一星為天子之位，旁兩星分別是太子和庶子。積卒在西南，十二星，是軍士的象徵，過於明亮是兵禍的先兆。心宿二色紅似火，又稱『大火』。

　　「每年農曆六月後，心宿就漸漸偏西，暑熱也開始減退。若是火星的逆行會令它在同是紅色的心宿二附近徘徊，這種天象稱作『熒惑守心』，我們視其為大凶之兆。角宿星明亮為太平，芒動則國家不安寧，日食天下亂，金星、火星犯角宿是有敵入侵，金星守是大將把持朝政。

　　「明明我軍已經凱旋，金星和火星也沒有犯角宿之兆，不似有外敵主動入侵之相，何以角宿依舊無法明亮，反而是在芒動，到底有什麼事情讓國家不安定呢？明明已經戰事平定，士兵歸家，為何這心宿為何還是過於明亮？」

　　但此刻想到就要回家的蕭岩不想關注了。

　　孟婆見蕭岩還是不接話，一副心事重重的模樣，便知道他心裡此刻想得都是柳嬤，但孟婆又不知道怎麼安慰蕭岩，怕他悶壞，便拉著他和陳梁行起了酒令。一酒解千愁，還是酒好，一來二去，蕭岩的神色也輕鬆起來，不再死氣沉沉，笑聲也逐漸傳出，在這荒涼的邊關傳出去很遠。

孟婆在冥府裡能和她拚酒量的怕是沒幾個鬼差，自然酒量驚人。蕭岩生前雖然酒量爾爾，但身死之後有了凝時珠的幫助，雖能聞到酒香，卻品不出酒味。這身體發生變異之後，連醉酒的痛苦也沒了，喝酒像喝水一樣一壺接著一壺、一盞接著一盞，喝得陳梁以為他是平日裡把酒當水喝。

　　喝了兩刻鐘以後，陳梁已經有八分醉態，孟婆見了蕭岩的模樣，不由打了個寒顫。蕭岩再如此灌下去，陳梁醉倒也是早晚之事。孟婆猜想蕭岩打算灌醉陳梁，是有什麼事情要和自己說，怕是有難題要幫忙。果然，陳梁醉倒後，蕭岩便望向了孟婆。

　　「賢弟，賢弟……」蕭岩推了推趴在桌上醉得不省人事的陳梁。約莫是醉得太厲害，陳梁沒什麼反應。

　　不會醉酒的蕭岩，輕而易舉地灌醉了陳梁。

　　「這麼快就醉了，比你活著的時候還差勁，他真該練練酒量。」孟婆在一旁咋舌道：「他已經醉倒了，你是不是有什麼話想說，或是要找我幫什麼忙，快說吧！」

　　蕭岩滿身的酒氣，貼在孟婆耳邊說了幾句話，聽得孟婆神色大變。

　　「你瘋了吧。不行！」孟婆嚷嚷道：「怎麼可以這樣？」

　　「我沒瘋。」蕭岩眼角微紅，臉色平靜得出奇。

　　「這給柳嬤帶來得傷害太大了，沒有別的辦法嗎？」孟婆問。

　　「我太瞭解柳嬤了，她執著、驕傲，若是我走後，她定然四處找我，她的驕傲讓她付出多年的感情必須有一個交待。若讓她認為是我負了她，她會毫不猶豫地離開，甚至連恨我都覺得噁心。」蕭岩神色淡淡地說：「配合我吧！」

　　「我配合不好的，你找別人吧！」孟婆連連搖頭，連真靈都在拒絕。

　　「不行，你知道我的祕密，而且我們之間是有契約的，你要幫我。」

　　蕭岩看著孟婆說：「找別人幫忙，若以後我走了，我不知道會不會發生什麼意外，但是只要我走了，你一定會和我走，而且我只信得過你。」

　　「你這人……你有沒有想過，柳嬤也可能會恨自己為何會愛上這樣一個貌似噁心的你。」孟婆質疑，語氣中滿是悲涼，人世間的愛戀，都是

這麼曲折嗎?

「這樣她會過得更好,能找到一個更愛他的人,我已經沒法給她想要的了,既然這樣,為什麼不放手?」蕭岩抬頭出神地望著窗外的月光,似乎又想起夢中柳嫣對著那人的一顰一笑。

雖然知道夢終歸是夢,但這夢境要是真的多好……蕭岩想。

歡慶結束後,將士們就啟程返回家鄉,蕭岩孟婆和陳梁三人一路順利到了京城。陳梁家之前的老傭人聽說少爺回來了,便早早將老宅打掃出來。送陳梁送回家後,隨後孟婆跟著蕭岩到了他家。蕭岩歸家後,蕭岩以恩人之女的身分將孟婆介紹給父母,自己又給父母親磕了個頭。

蕭岩母親為人熱情,聽說孟婆是蕭岩的救命恩人,又見這姑娘長得乖巧美麗,也很是喜歡,自己生的都是兒子,女兒卻沒了蹤影,整日都在想女兒在哪裡,如今盼來這孟姑娘自然是無比歡迎。

既然是蕭岩的義妹,那就如自己的女兒一般了,這心裡一想就喜歡得緊,趕忙讓下人去收拾間上好的客房,安頓孟婆住下。又急著命人去京城的羅記綢緞莊,買了幾套合適的成服回來給孟婆,說著這幾日替換的,找日自己親自帶著孟姑娘去選布料,量體裁衣。

這次戰爭,自己讓新帝沒能順利御駕親征,蕭岩知道,新帝會針對自己,兄長和父親為官清廉,且站位中立,若自己選擇「那條路」,並不會牽連到自己的親人。

看著父親逐漸老去的臉龐和鬢角明顯的白髮,想到自己不但無法為父母養老送終,還要他們白髮人送黑髮人,心中鬱結了更多的不捨與情意。

當日夜裡,萬籟俱寂,蕭岩來到後花園,在石凳子上坐下來。夜深露中,凳子上也凝結了許多的水珠,到處滾動的風吹人到人身上,帶著絲絲涼意。隔壁傳來熟悉的聲音,蕭岩習慣性地輕輕敲擊大腿。

曾經無數的清晨,柳嫣就在隔壁練武,而蕭岩就坐在這裡等待茅尖劃破空氣的聲音,就在這裡手指敲動著桌子,數著節奏,猜測柳嫣的招式,但而今連見一面都不敢……

「小姐,更深露重,進屋吧!」院子另一邊傳來聲音,那時鳴翠的

聲音，蕭岩記得很清楚，她是柳嫣的貼身女僕。

「你先回去休息吧，我一會兒就回。」一個讓蕭岩無比懷念又無比糾結的聲音傳入耳中。

「小姐，蕭岩公子打了勝仗，解決了邊關的問題，還帶來一個謫仙下凡般的義妹。」接著又連忙補充道，「不過，自然是不如小姐漂亮的。」

「你越來越皮了。」蕭岩似乎看到隔壁的柳嫣嘴角微微上揚，眼裡落寞，心痛地緊緊抓住凳子。

「小姐，你快去睡吧，說不定明日蕭公子定來找你，你可是他未婚妻呀。」鳴翠安慰道。

今日柳嫣聽說蕭岩回來，立即策馬出門，站在城門高處遠遠望著歸來的隊伍，直到那張魂牽夢繞的面孔，還是那麼堅毅，蹬著馬鐙的腳穩穩地固定著，不動搖絲毫。

容貌彷彿就像昨天認識的那樣，還是那般英俊，身姿還是那般威武，但氣質變得威嚴，更加沉穩。「或許是因為當了主帥吧。」柳嫣這樣想。

蕭岩越來越近，柳嫣滿心歡喜地正準備撲進那人的懷中。

這時忽然從隊伍一邊跑出來一個騎著棗紅色良駒的姑娘，那姑娘生得眉目如畫，肌膚賽雪，一下子站到蕭岩身邊，側過頭跟蕭岩說著什麼，兩人極為親昵。

蕭岩的笑容看著那女子還是那麼溫柔，眼神那樣明亮，與當初對著與她笑時一樣，如今對著笑的那人卻變成了一個和他一起戰場歸來、貌美如花的姑娘。

進城之前，孟婆看見那城門上有一個姑娘正在遠遠地看著蕭岩，便跑過來提醒蕭岩，問蕭岩她是誰，那樣出塵，是他的未婚妻嗎？

蕭岩不言，反而笑了起來，如沐春風。

自己的未婚妻永遠如同雪地裡的梅花，高傲純潔，傲骨一身，只能讓人等待，又怎會迎合。「孟婆或許太緊張了，在開玩笑吧。」蕭岩想。

夜深了，鳴翠也已經去入睡。

柳嫣依舊坐在家中後花園裡，望著滿院含苞待放的牡丹思索。

「蕭岩，你就在對面，對不對？」柳嫣對著牡丹道，院牆另一邊的蕭岩默默無聲。

若真的愛一個人，百煉鋼也願化作繞指柔，堅冰也會被暖日融化。

柳嫣並不是因為多了個孟婆而吃醋，她相信自己和蕭岩多年的感情，更相信蕭岩的為人，但卻覺得這樣的蕭岩很陌生，有些疏離，不再親近。

歸前不曾寄信，宴後不曾尋覓，之前的蕭岩絕不會如此。

無論是歸來後向著大臣作揖，還是在家中規規矩矩地吃完宴席，都與之前那個桀驁的蕭岩不同。

出征時許諾——來日凱旋歸來，只願擁你入懷。

兩個人都知道院牆另一邊坐著心心念念的人，但兩個人什麼都沒說。

看似在床上入睡的孟婆讓靈識站在院牆上，靜靜看著這兩個人的默劇，默不作聲。

微風吹走了天上的雲，明亮的滿月灑下銀輝，被一滴淚倒映著，那顆淚珠砸在地上，破碎入泥。

夜色未央，兩個不知睏倦的人，等待著對面的人打破這寂靜。

夜色濃黑又復歸明亮，第二天的清晨已經到來，這時蕭岩被一陣腳步聲吵醒，那是院牆另一邊的聲音，是柳嫣的腳步聲。

一切或許都結束了。兩個人都在想。

昨夜已經不能入睡的蕭岩感到睏意，在一種無形力量的驅使下睡了過去，很奇怪，而且做了一個夢。

夢裡有柳嫣，還有一個男人。那個男人之前蕭岩一直看不清面貌的男子，而這次他看清了。

男子長得清新俊逸，下巴尖聳，分毫不遜於蕭岩，兩個人相擁在一起，蕭岩看見柳嫣在笑，輕鬆快樂地笑。

夢中的柳嫣與那男子在開滿杜鵑花的涼亭下，男子一手摟抱著柳嫣，一手素手紙筆，描摹懷中佳人的眉目。那畫裡面柳嫣舞動紅纓槍，眸中含羞，任誰看了都覺壁人一對。

「那是夢嗎？」夢醒後的蕭岩摸著被露水打濕的衣服，望著徐徐升

起的朝陽，站了起來，閉目，又睜開走進屋裡。「那或許是一個夢吧！」蕭岩心想。「今天我要去看看她。」

蕭岩洗漱完畢後，早飯時，母親提醒他該帶些禮物去未婚妻家拜訪一下。蕭岩應了下來，不再多言，昨晚看了兩個人靜坐的孟婆瞥著蕭岩，不知道該說什麼，小口中的那一口燕窩也沒了味道。

蕭岩的父母與兄長，雖知道新帝對蕭岩的態度有些模糊，暫時給了蕭岩個官高權輕的閒職，心裡雖然擔憂，但是蕭岩畢竟還年輕，有所作為的時間還很長。兒子在邊地辛苦戍守多年，三四年的時間從來沒有歸家過，這次能回家休息一段時間，自然是最好不過的。

當年的蕭岩意氣風發，桀驁不馴，仗著一身武藝，單人一騎便義無反顧地萬里赴邊關，舉槍滅敵，從一介小兵到副將，再到將軍，最後變成主帥，立下過多少顯赫戰功，如今歸來卻已物是人非，而自己連經歷生死輪迴的機會都沒了。

蕭岩站在門口，看著庭前花發，不禁苦笑。

「想什麼呢？」孟婆從後面拍了一下蕭岩的肩膀。

「想起當初上戰場殺敵的原因。」蕭岩笑著說。

「噢？當初為什麼要走這條路，我看你父母也不是望子成龍的人。」孟婆很是好奇。

「父親是很開明，他從不強求於我，不管我做什麼都支持，當初我說大丈夫人生在世，若沒有一番成就，是配不上柳嫣的，於是請求父親讓我去邊關殺敵，父親只是淡淡地說了聲：『允。』於是我就去了。」

蕭岩自嘲一笑道：「過節時，柳嫣出去逛街，我跟在她後面提東西，幾個淘氣的孩子站在我後面，唱兒歌道：『蕭家老二不吃鹽，天天跟著媳婦轉，無官無職空皮囊，不進不取無出息。』我當時聽了很生氣，把他們趕走，還發了脾氣。其實生氣並不是因為那幾個孩子的幾句戲言，是沒有自信。柳嫣那樣優秀、漂亮、溫柔，不但知書達理，還精通武藝，就連令人無可奈何的驕傲都那樣迷人；而我還一事無成，只是憑風月故事為人所知，就連纏著柳嫣的張贛都有官職在身。

「我不甘心自己比他們落後，於是我選擇了邊關，戰爭頻繁發生，讓那裡立功最快，於是我去了。

「如今我是回來了，卻與初衷相悖，要與柳嫣解除婚約，真是世事弄人呀。」蕭岩望著孟婆道，苦笑一聲。

「那這最後一戰你為什麼沒有消滅楊將軍的部落，反而讓他們活了下去？你沒了私心了嗎？」

「別這樣說，我也是人，又豈會沒有私心？選擇此路，除了怕軍隊群龍無首兵敗城破，天下蒼生繫於風雨，新帝好大喜功，耗竭人力，我不忍百姓受苦之外，還有心有不甘的原因，離最後功勳只差一步，也沒有回來見到柳嫣，怎麼能夠甘心就此死去。」蕭岩又道：「這顆心，永遠在為她跳動著。」

「自願入忘川的人，大多因為看盡人世醜惡，受夠了世事的蹂躪，覺得活著甚是無趣，才帶著一身落寞不甘與憤恨入忘川，以至於忘川河中能養出惡獸，可你卻與他們大不相同，你的心實在太仁慈。」孟婆正色道：「難道你是那十世的善人嗎？天生帶著善良的心性？」

「相反，或許是我前世是大奸大惡之徒，做過壞事吧，所以才有今世償還，魂歸忘川。」蕭岩搖頭，輕笑道。

「你就要去她家了，說說你今日的打算吧！」

「按計畫來吧！」蕭岩看了眼孟婆，轉身去問管家禮物是否收拾妥當，獨留孟婆原地跺腳。

若此時退婚，世人便以為蕭岩忘恩負義、貪新忘舊、背信棄義、捨棄等待自己多年的未婚妻，此舉必受到世人指責，而且柳嫣也會聲譽有損。這些蕭岩不是不知，只是沒有選擇，他要給柳嫣選一條路，一條不被自己束縛的路。蕭岩不知道，真正束縛人心的往往只是自己，對他如此，對柳嫣如此，對孟婆亦如此。

柳嫣更衣洗臉，細梳髮絲，點唇描眉，輕塗胭脂，即使一夜未睡，依舊神采飛揚。粉紅的閨房裡面，柳嫣拿著描眉筆小心翼翼地梳弄著眉毛，這時鳴翠興奮的聲音透過窗戶：「小姐，小姐，蕭公子來了，他正與老爺

用茶，你可以見著他了。」

「知道了。」柳嫣淡淡回答，「小姐之前不是天天期待蕭公子來嗎？怎麼現在一點也不激動？是不是他們鬧彆扭了？」鳴翠暗想。

「小姐，這是蕭公子讓交給你的。」鳴翠一邊想著，一邊將手裡的信與槍穗交給柳嫣。

握著手中的槍穗，柳嫣讀完了手中厚厚的信，面色不變地拿起梳粧檯上那支一直放在那裡、從來沒有插過的紅寶石髮簪，戴於髮間。

髮簪是蕭岩所贈，算定情信物，髮簪上鏤雕一牡丹，做工精巧，在陽光下發出淡淡的光。槍穗是柳嫣在蕭岩出征前親手所製，柳嫣雖然喜歡習武，但是相反，針線活太細，做不了，手被紮了無數針才縫好，送與蕭郎，表心意如此。戰場殺敵，伊人永相伴。這寄託如今又回到了柳嫣手裡，柳嫣自然明白其意。

「小姐，你不去看看？蕭公子就在外面。」鳴翠看自己小姐拿著信如此沉靜，有些不知何故，心底的不安感越來越強烈。

「你先出去吧！」柳嫣吩咐道。

小姐自從蕭公子走後便不再練槍。又時常深夜裡點燈，鳴翠細查一遍只見少了紙墨，卻不見墨寶；今晨幫小姐換衣服時，那衣服潤濕，衣領處有露珠，顯然一夜未睡……

不只小姐奇怪，這蕭公子也是奇怪，出征之前來柳府都是先問小姐在哪裡，或者小姐吃飯沒，導致府中丫鬟經常打賭，蕭公子下次來問的第一句關於小姐的話是什麼。而今蕭公子的第一句話竟然是：「柳伯伯在哪？」這可太不正常了。

傍晚，柳嫣什麼東西都沒吃就動身，來到一處開滿紫色的、白色的、紅色的各種花的地方，這是隱花灘，位於望江亭後三裡處，遠離京城繁華地帶，很是安靜。

此處是柳嫣與蕭岩發現的，在各色的花中，二人尤其喜歡其中的幾棵牡丹，挺拔直立，花朵綻開得又大又圓，最是好看，這牡丹不似家養的嬌豔，還有獨有一番風骨，所以每次二人都喜歡來這裡。

看著熟悉的花，想起熟悉的人，那人身姿翩若驚鴻，宛若游龍，期間蝴蝶飛動，槍花絢麗，花香彌漫。

「可惜他再也不可能來了。」柳嫣似要落淚。

隱花灘的另一邊，孟婆捉蝴蝶跑累了，隨意找了個石凳子休息，蕭岩負手而立，眼中一片因回憶帶來的落寞，柳嫣，你要好好生活下去。

「蕭岩。」那個期待已久的聲音傳來，蕭岩呆呆的轉過頭，看著那個魂牽夢繞的女子。似乎此刻滿世界都是她的聲音，又似乎變成了一句話：「蕭岩，你為什麼要這樣做？」

背對著柳嫣的孟婆，聽到背後的聲音，便知道戲開始了，急忙起身轉過頭去，只見一個女子明眸皓齒，姿容絕代，再看蕭岩那副專注和糾結的眼神，心想著就是柳嫣了吧，不禁暗歎蕭岩沒福氣。柳嫣走到蕭岩的身前，看著孟婆淡淡問道：「想必這位就是孟姑娘？」

蕭岩什麼都沒說，只是看著孟婆走過來。

「對，我就是孟姑娘，蕭岩的義妹，還是他將來的妻子。」孟婆臉上在笑，心裡在哭，這倒楣的角色怎麼要自己來扮演呢。

「孟姑娘有禮了，我是柳嫣，蕭岩的朋友。」蕭岩從柳嫣的眼睛裡面找出一絲激動，但是那雙潭水裡面碧綠，看不到底，沒有一絲波瀾。

曾經，都過去了。

「嫣兒，我……我很抱歉，終究我負了你，不能陪你一生一世了。」蕭岩臉色複雜有些僵硬，好像在出演一部演技拙劣的戲劇。

「你在信裡都說了，我都知道，你也不用跟我解釋什麼了，槍穗我收到了，這牡丹簪子也沒什麼意義了，如今也留著無用，我折了吧！」柳嫣一邊從頭上取下簪子，一邊盯著蕭岩的眼睛，那種射穿靈魂的注視，讓蕭岩幾乎忍不住要把真相告訴柳嫣，但話剛剛湧入喉嚨卻再也吐不出來。

柳嫣盯了蕭岩一會兒，沒等到蕭岩開口，便要折斷那簪子。

「別，柳姑娘，這簪子多麼好看呀，折了怪可惜，不如送給我吧！」孟婆順手接過簪子，拿在手裡摸了摸，一副很喜歡的樣子。

「既然孟姑娘喜歡，那送給你便是。孟姑娘也請放心，我定然如某人

的願，絕不多事。」孟婆尷尬地笑了笑，知道柳嬤這話是說給蕭岩聽的。

此時蕭岩的臉色卻很難看。

「柳姑娘說笑了，其實……」孟婆又想解釋又想申辯似的。

「若無別的事，那我先走了。」柳嬤道。

言畢，轉身就走，沒有一絲停留之意。過去得就讓它過去吧，我已經知道該怎麼做了。

「啊，這就走了？那慢走……」孟婆僵硬地說道，這和蕭岩說的完全不一樣。

靜靜凝望著柳嬤漸行漸遠的身影，越來越小，直到消失在視線裡。「轉身吧，只要你轉身我就什麼都告訴你。」淚水滑落但離去的人並沒有回頭，哪怕微微的顫抖也沒有。

回去以後，孟婆從頭上取下髮簪，遞給蕭岩：「給你。」

又說了一句：「別謝我，這是我最不樂意幫的忙，做了百年孟婆，也就今日最是尷尬，心裡悶得慌。你跟我之前說的完全對不上，我啥也沒做。」

蕭岩剛要說出口的話被頂了回去，只是輕輕搖頭。

「話說，你在給她的信裡說什麼了？剛才你與柳嬤說，你不能違背諾言，你該不會告訴她，你曾被我爺爺所救，但我爺爺為了救你，搭上了性命，他在臨終前囑咐你要照顧我吧！」孟婆調笑。

蕭岩好像就沒有聽到這句話，不言不語，只是盯著手中的髮簪，眼神迷離。

「不反駁就是默認了，你不會真是這樣說的吧？」蕭岩還是沒反應。「天啊，這種爛藉口你都說得出去，你編故事的能力真的很一般，這種理由虧你說得出口。」

但語氣一轉，誘惑道：「我有辦法，你想聽嗎？」

蕭岩看向孟婆，並未開口。

「蕭岩，你雖在戰場上所向匹敵，陰謀陽謀用得爐火純青，但是你卻一點也不會處理感情上的事情，尤其是當你想負了對方時。」孟婆最後

點出來：「其實，騙一個人，就在於這個人願不願意相信罷了。」

「這才是真的你吧？」蕭岩道。

孟婆一笑，說道：「都是真的，不過是選一種輕鬆的姿態來活著。」

孟婆在冥界這種地方端往生湯百年，聽過的人世悲歡離合如繁星那樣多，怎會可能還是一副天真姿態。她變得天真，不過是讓自己排解寂寞的一種方式罷了。

「原來不只人有煩惱，鬼也有。」蕭岩慨歎道，「願意說說嗎？」

「說出來就沒有祕密了，那多不好。」

「不是在說你嗎，怎麼扯到我身上了？」孟婆嗔斥道。

「還請孟姑娘指教。」蕭岩謙虛道。

「哼！告訴你吧，如果你真的想要一個女人離開你，就讓她徹底失望。」孟婆握緊手，惡狠狠地揮起手來，「這樣子她才會放下一切。」

徹底失望。如此高傲的女子，要徹底失望，怕是會很痛苦吧。

別無他法，蕭岩只得按照孟婆的辦法來做。

沒多久，京城中便傳出流言，說是柳嫣被蕭岩退婚，竟然只是因為柳嫣太過驕傲，不夠溫順。

當初口口聲聲說喜歡她的驕傲，如今又說最討厭她的驕傲。自己最看中的東西，被別人踩在腳下蹂躪，真的令人傷情。

消息出傳到蕭父耳中，迅速查明消息的真假以後，蕭父指著大門，讓蕭岩滾蛋，反思反思。

自此關於孟姑娘紅顏禍水的流言，便迅速傳播了開。但對此孟婆不以為意，她唯一憂心的是不能上街買好吃的。

除此之外，還有一個越來越清晰的夢境。夢到的那人，臉龐漸漸清晰，卻又始終模糊。

而另一邊，傳來柳嫣一病不起的消息。

第二十一節

摘星閣建築雕梁繡柱，古色古香，最高處一層的摘星閣聳入雲間，人若站在上面，伸手可摘星辰，因此被人稱為摘星閣。

摘星閣原本是一位京城名門的公子所建，據說是為了遙望遠處的碧落山，因此建得極高，似乎要從上天摘下一個星辰，送給遠山的摯愛，據說那位公子負了一位姑娘，令那姑娘極是傷情。那姑娘傷心之餘便出了家，從此常伴青燈古佛。

公子後悔，再來尋時，才發現此處已然物是人非，一切都不能挽回。碧落山寺門常年為他而閉，姑娘心經為他而誦，一頭青絲也為他而斷。

自此之後，公子建了這座摘星閣，每日都在閣上遙望，只希望可以遠遠看姑娘一眼，等著山寺之門為他打開的那一刻。

可是從此之後，山寺之門一次也沒有為他開過。

公子一生無妻，壽終之後，摘星閣便被仰慕他才華的商人買下來，成了酒樓。不過這最高層依舊保持原貌，並未翻修，以此紀念公子和佳人的淒美愛情，更是警示後人莫要辜負佳人，以致常登長生閣。

蕭岩站在摘星閣的最高處，站在窗前，將手伸向窗外，對著遼遠又渺小的庭院方向探去，那是柳嫣練武的地方，只可惜他伸手時，只是空捉了一把清涼。庭院的牡丹已經已被清理乾淨，曾經一片火紅，而今成了泛著冷光的石子路。那是在暗示對蕭岩的不滿吧。

「好不容易出來，不好好吃一頓，發什麼呆呀。」看著盯著窗外的蕭岩，孟婆問道。

「孟姑娘，你和蕭兄是怎麼回事，我不信你們真的有私情，更不相信蕭大哥會為了其他姑娘而拋棄等待自己多年的未婚妻。」陳梁猶豫了幾次，終於還是問出了這句話，臉上全是疑惑。

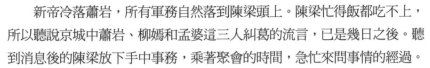

新帝冷落蕭岩，所有軍務自然落到陳梁頭上。陳梁忙得飯都吃不上，所以聽說京城中蕭岩、柳嫣和孟婆這三人糾葛的流言，已是幾日之後。聽到消息後的陳梁放下手中事務，乘著聚會的時間，急忙來問事情的經過。

「瞎子都看得出來，我們當然沒有私情。」孟婆邊吃邊道：「這還不是為了幫他，我這幾天遭受多少罵名，滿街傳遍了各種版本，說我是狐狸精，現在我連出門都要戴上面紗，不然會被唾沫星子淹死。你看他倒好，不寬慰一下我就算了，權當我心胸開闊吧，但他竟然也連請我吃頓好的也不會，這就說不過去了。還是陳大哥好，知道寬慰人，請我吃好吃的。」孟婆拿著筷子衝著蕭岩扔過去，示意他過來吃飯，再看也沒有結果。

這幾天柳嫣病重，藥石無用，蕭岩很是心焦。如此獨立要強的姑娘，現在竟然一病不起，那份要強反而會折磨得她難以承受。

「為了幫蕭兄弟？此話何意呀？」看著兩個說著聽不懂話的人，陳梁更加迷茫了。孟婆和蕭岩對視一眼，便說道：「陳大哥，事到如今，我想也不能瞞你了，容我慢慢跟你說吧！」

「你說。」那個奇怪預感，終究還是來了，陳梁想。

孟婆慢慢將自己和蕭岩的事說了出來。陳梁端坐傾聽，隨著孟婆的講述，陳梁拿著酒杯的手越握越緊。

「孟婆、奈何橋、忘川、契約……」陳梁喃喃道，「我相信，父親曾提起過，我也好奇冥府的模樣，見小妹懂得那麼多，就忍不住求教了好幾次。難怪小妹說的如此篤定，我只是……蕭兄，我們兄弟就緣分為何如此短暫？」

「這樣的話，我不就可以永遠守護你們了嗎！來日奈何橋，有我一杯清酒，以慰兄弟，就足矣。」蕭岩笑著說道：「到時候別忘了。」

「蕭兄胸襟，在下自愧不如。」陳梁道。

「別恭維他了，你看看他都幹了些什麼事呀。對待什麼兄弟呀，家國呀，都做得讓人挑不出毛病，但是對於感情，對於柳姑娘而言，他也太過草率和兒戲，而且用的都是第三者的戲碼。你看陳大哥連你都不信，那柳姑娘又哪裡會信呢，唉……」孟婆怒目，為一面之緣的柳嫣憤憤不平。

陳梁撓了下頭問道：「哦，剛剛唐突了，其實我該稱呼你小妹、孟婆，還是孟姑娘呢？」

孟婆大大咧咧地說：「就叫我小妹吧，雖然我歲數比你們都大，但我還是喜歡做妹妹，有時候你們可以保護我嘛。」

陳梁心想：「就你這身本事，只有你保護我們的份，我們哪裡保護得了你。難怪在邊地之時那麼多匪夷所思的事情：懸壁上的冰如何落下、逆風鳥如何被捉住、對楊宗明的過往瞭解得如此細緻，甚至說起陰曹冥府、輪迴投胎、地獄酷刑都那麼熟悉，如此篤定。」現在這些都有了合理的解釋，那時弄得自己想破了腦袋也沒想明白的事情，今天就這麼解開了謎團，心裡舒暢了許多。

與孟婆和蕭岩的相處時光將越來越短，陳梁心裡免不了唏噓一番，好不容易有了兩位知己，卻都要早早離去，到最後自己依舊還是孤身一人。

孟婆想到柳嫣，也不由得歎了口氣，不知為什麼，她從第一眼看見柳嫣就覺得親近而熟悉，莫名地就對這個姑娘有些好感。想到這裡，孟婆不由得在心中感歎：「或許這就是命吧，這世上有幾人能做到我命由我不由天？兜兜轉轉還不是在五行之間、三界之內，受著因果業力的影響，一生又一生的輪迴著。」

「難道永遠不能改變命運嗎？」陳梁想起自己慘死的父母，和現在蕭岩以及柳嫣的結局，心中既是落寞又是傷感和不甘。

孟婆托著腮幫子說：「我在冥府那麼多年，就聽冥帝提起過一次。」

有次馬面執行公差，去一戶姓沈的有錢人家，準備帶走這家夫人，生死簿上寫的是她亥時死於丈夫手下，被活活掐死。馬面按時去了，等了一宿都沒有發生此事，他大為不解，馬面是不能勾活人生魄的，有此突發狀況，便急急忙忙跑回冥府請示冥帝。

冥帝也覺得蹊蹺，拿了因緣簿翻查後才得知這事情的曲折。原本這沈家是當地的有錢人家，但是沈老爺為人卻吝嗇無比，修橋、鋪路、助學、養孤老這些鄉紳雅士、豪門大戶常做的行善之事，他一件也沒做過。但他從不占別人便宜，別人也別想從他那多拿他一個子。他娶了一房正妻、三

房妾室，就只有原配李夫人給他生了個獨生女兒沈凝，更不要說兒子了。

這可愁煞了他，這偌大的基業連個繼承之人都沒有，自己這三代單傳難道到自己這裡就絕了後？他自是不甘心，因此派人到處遍訪名醫、自己又去親自燒香磕頭，說是能讓夫人懷孕的名醫請了一位又一位，但是換了無數位的名醫，夫人還是生不出來。

都說沈老爺和眾夫人身體都是安康之態，但是就是不知道出了什麼問題。隨著沈凝小姐漸漸長大，又見她生得乖巧可人，沈老爺便絕了生子的欲望，一心培養起沈小姐來。這沈老爺生兒子不行，培養女兒倒是厲害，沈小姐琴棋書畫樣樣精通，引得一干才子盡皆傳頌沈小姐的才華。

沈家小姐一日日長大，出落得亭亭玉立，兼其才學聰慧，才子們都知道她的名目，於是上門提親者絡繹不絕。可這沈老爺卻不肯，按他想的是，女兒一去，自己家就算斷了香火。他最後給自己尋了個折衷方法：招女婿入贅，這樣生下的孩子還是姓沈，如此，沈家也不至就此斷了香火。

那些門當戶對者，一聽沈老爺只接受上門女婿入贅，便都打了退堂鼓。這肯入贅的，一般條件都不會太好，不肯的也都家境優越，所以沈小姐只能這樣一天天地等下去，期待自己的如意郎君出現。

有一日，沈小姐和丫鬟出門散心，在湖上泛舟。忽然見船夫生得相貌堂堂、是個濃眉大眼的年輕人，古銅色的皮膚在太陽下顯得格外有生氣，一下子便著迷了，她克服矜持前去與此人交談，被這年輕人逗得連連發笑。沈家小姐自此之後便日日去泛舟，日日與這年輕船夫相視交談，知道這位年輕人好學勤快，《詩經》、《大學》熟讀於心，才高八斗，若不是因為無錢，也不會來著江上開船為生。

追問之下才知道其父是個窮秀才，爺爺奶奶都是老實的農民。好不容易熬到兒子娶妻了，兒媳又懷孕了。那時家境貧寒，買不起什麼補品，二老於是親自上山採摘藥草製作補血的藥湯。有次在懸崖邊上看見一株百年人蔘，大喜之下，二老一個牽著一個，天雨山石濕滑，一起跌入了懸崖上，當即死亡。

船夫的母親六月初八生下他後，沒熬過三日就雪崩而死，所以自小

就只有父親獨自拉扯，只是父親也是體弱多病、常年臥病在床，勉強熬到他十二歲那年就一命嗚呼了。他只能小小年紀就出來做事補貼家用，在江上渡人為生，終日來往自這兩岸，這一做就是十來年。

沈家小姐從開始仰慕他的才華，悲歎他的身世，這般久了，便慢慢地暗自寄託相思於他。自己如今尚未婚配，父親這幾日準備去道家高人何老先生那裡問生辰八字。

這小姐生了一計，自己提前找到了何老先生，請求他說，若是日後他父親拿著幾張生辰八字讓他來看，就記得選六月初八這個日子的，就說今後此人能助力妻家好運，家業必然興旺。又暗道心意，言說自己與這劉姓青年情投意合，早已誓死不分，還望何老成全。何老當時沒來得及算，又聽沈小姐情誼真切，便想成人之美，於是便答應了下來。

果然不出三日，沈老爺拿著十餘張生辰八字，讓何老選一個對自己家最好的上門女婿。按照沈小姐的交待，何老故作認真地看了一陣子，就把那張八字給挑選了出來。這時他才看見沈老爺的臉上一陣紅一陣白，滿臉的不情願。原來這十餘人裡除了劉姓船夫，其餘的雖然也是寒門學子，但有機會培養，將來也可入仕，不料最終竟然選了個最落魄的船夫。沈老爺雖不情願，但也敬畏何老一向斷事如神，便應允了這場婚事。

結婚當日，按照習俗，這位何老也被請去喝喜酒，他這才第一次見到新郎官的模樣，一看不由倒吸了口涼氣，一屁股跌坐在地上。這青年雖然相貌堂堂、孔武有力，但是懸針破印、眼神閃爍不定，是剋父剋母剋祖之相。就連他自己也是中年牢獄之災，脖子上還有一顆殺妻痣。一旦與其成親，沈小姐便會死於非命。想到這裡，當下何老覺得天昏地轉，於是跌跌碰碰地跑了出去。

第二日，何老思前想後，便給沈小姐寫了封信，說他昨夜把新姑爺的八字結合他的面相仔細做了推敲，言說他命太硬，自結婚起五年內剋死家中長輩，第六年三月初四夜殺妻，第七年入獄之命，是凶惡而低賤的命格，要是沈小姐是明白人，應當另尋良家子。

這沈小姐正值新婚燕爾，情意濃膩，聽到先前還熱心給自己婚配的

何老現在說自己的夫婿有問題，哪裡聽得進去，於是痛罵他，再也沒有回他書信。

何老自覺沈家待自己不薄，又預知將來發生這些自己造成的慘事，覺得自己實在沒有臉留在縣城裡，便獨自跑去三百里外的一個小村生活。

日子一日一日滑過，何老心裡越發忐忑不安，到了第六年三月初一，何老正在給村民的孩子們教著書，忽然門前路過一道士打扮之人，說是途經到此討口水喝。何老倒了滿滿一碗水，還拿了幾個饅頭讓道長路上吃。

這道士年紀也不大，四十歲上下，吃了口饅頭，盯著何老看了一陣，便說：「這幾日，你還是回縣城看看去吧。」說完向其道了聲謝，懷揣著幾個饅頭，又繼續趕路去了，留下滿臉愕然的何老。

當天夜裡何老輾轉難眠，想起自己之前推算三月初四夜那沈家小姐會遭遇不測，於是再也睡不著，頂著狼嚎和天上的弦月，帶著包袱就往縣城跑。若不是自己當初掉以輕心，也不至於讓沈家家破人亡，如今自己造的這業，實在太重。

他連走帶跑的行了三日，到縣城時已是戌時，他顧不得許多，直接便去了沈宅，讓下人通傳去尋沈小姐。沈小姐見到他時已經身懷六甲，那肚子大得隨時都要生一般，一見何老她便頓時淚流滿面，原來他們結婚後第一年沈老爺就病故了，第二、三年沈老爺的兩位妾室也相繼病逝。

之前父親還健在，丈夫是唯唯諾諾、小心翼翼、生怕說錯一個字，父親嫌棄他出生低微、常常有事沒事就挑他的毛病，他也一句都不回嘴，只是站在一旁恭敬地聽著父親的訓斥。可父親去世之後，他像變了個人，脾氣反而見長，戾氣也更重。

後來長輩只剩自己母親一位和三媽，這時候她越發相信何老當初的告誡，這三月初四她是根本不敢闔眼。等何老來了，沈小姐輕手輕腳地領著何老去了後院書房，見這姑爺趴在書桌上睡著了，沈小姐輕輕地吹滅了蠟燭，合上了書房的門，與何老在花園裡訴說後來之事。

何老進到書房，隨著燭火看了看姑爺的臉，說也奇怪，那面相竟是變了，連脖子上的殺妻痣也莫名沒了，不由得大為驚奇。

沈小姐說，雖然那日生了何老的氣，但是心底還是相信了，自從她相信了何老的話，她就想了個辦法來改變丈夫。她與丈夫說，丈夫是劉家唯一的兒子，若是他們生下第一個男孩就姓劉，生到第二個男孩才姓沈。並且把門外的掛牌併排掛著「沈府」、「劉府」，同時她也希望丈夫考個功名，算對得起早亡的父母。

這姑爺聽了感動的當場流淚，發誓考取功名，於是日日夜夜捧書而讀。看到丈夫如此上進，沈小姐於是專門請了幾個先生，教姑爺《大學》、《中庸》等典籍，也不知道這姑爺是否是慧根自生，還是每日努力堅持的結果，學業水準也是一日千里地進步。

然後夫婦兩個每年都給鄉親們修橋搭路，誰家有難處了，兩人親自上門去探望，也每次都留下點銀兩，幫他們度過難關。這縣城裡都覺得沈家小姐與沈家姑爺是大方心善之人，與沈老爺做法完全不同，所以但凡縣城裡誰家添丁，都會專門送紅雞蛋過去。

話說回來，這一宿何老和沈小姐都沒敢睡，只是在房中對坐了一宿。這可苦了外面候著的馬面，卯時太陽初升時，馬面無可奈何地回冥府覆命去了。何老和沈小姐見到太陽便推門而出，去了書房，只見姑爺也剛睡醒，突見何老，趕忙行禮問安，舉止間風度翩翩，面目之上絲毫找不到一點戾氣。又過了幾天，何老見姑爺對下人溫和寬容，對兩位長輩尊重備至，當下心裡安心下來，再次計算起姑爺的格，見其眉有異彩，科名星之徵兆，內心大喜，便悄悄告知沈小姐，姑爺今年有可能高中三元。

果不其然，一月之後放榜，劉姑爺竟然中了榜眼，屈居狀元之下。縣城五十年了，居然能有人再次得成榜眼，這是何等榮耀，當夜沈小姐因歡喜之情，動了胎氣，順利地生了一對雙胞胎兒子。姑爺感動地在產房外面連連磕頭，感謝各路神仙，起身後，劉姑爺感念沈家對他恩情深重，將長子取名為沈恩德，次子取名劉恩義。以此紀念雙方已故長輩，並要孩子們長大重情重義，不忘恩德。

馬面回頭稟報冥帝後，冥帝沉思半響，再命人翻查生死簿，果然沈小姐的陽壽添了三十五年，而劉姑爺的陽壽也添了三十年。

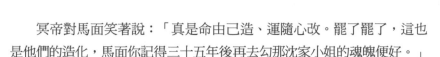

　　冥帝對馬面笑著說：「真是命由己造、運隨心改。罷了罷了，這也是他們的造化，馬面你記得三十五年後再去勾那沈家小姐的魂魄便好。」

　　陳梁聽完，心情複雜，心想當初父母慘死，親眾友人皆背離，彷彿恨不得沒和他們陳家有過交道。如果自己自暴自棄，恐也早曝屍街頭，怎會有今日建功立業之時，將來自己一定會為父親翻案，以證他清白名節。

　　「謝謝小妹指點，我也須得再次啟程建功立業，期盼有一天能為亡父洗脫冤名，還我們陳家一個公道。」孟婆也沒接陳梁的話，只是瞟了蕭岩幾眼，接著數落蕭岩來。

　　「人生在世，我看那些能有多大建樹的人，多半都是於外人情深意重，而對自己身邊的人反而薄情怠慢。就算蕭岩你建立了再大的功業，偏偏對於身邊人薄情，此等男子，最是傷那癡情小姐的心，空耗人家的青春年華，最是負心不過。

　　「你們男人自覺在外建功立業、保妻子，以為讓她們在家平安榮華，就是對得起自己的妻子，可你們有沒有問過她們想要什麼嗎？拋開功名利祿，或許他們只是想要你一個月花出一刻鐘寫一封家書，幾句問候。

　　「蕭岩你自覺讓柳嫣斷了對你的念想才是最好，以為這樣她以後就能活得幸福，家庭美滿。可你是否想過，那份念想已經和她的血脈熔鑄在一起，成了她最看重的驕傲的一部分了，她忘得了嗎？」孟婆一股腦說出來後，頓感輕鬆了不少。

　　其實這幾天孟婆也後悔幫蕭岩傷了柳嫣的心，做了如此草率的事情，分離不應該用如此殘酷的做法。人們都是在摸索中看透世事的，之前的孟婆也沒看穿這一點，直到那天晚上，孟婆窺探了柳嫣的想法。

　　柳嫣愛蕭岩，也恨蕭岩的冷漠，她知道蕭岩是故意讓她傷心，想讓她離開，但她知道蕭岩或許有著難言之隱，可是她希望蕭岩將這一切講清楚，即使真得不愛，也要光明正大說出來。她恨蕭岩的殘忍，她知道蕭岩有事瞞著她。氣氛尷尬了片刻，陳梁咳了一聲。

　　「對了，小妹，有一件事要告訴你們，那個盒子我打開了。」陳梁掏出盒子，放在桌子上，將盒子打開。

「我原本以為裡面是什麼貴重之物，結果只有一封信，上面也就兩個字，也不知道為何要放在這樣機巧玲瓏的寶盒裡。」陳梁拿出泛黃的紙，即使百年，紙質的信並未損破，可見銅盒之嚴密精巧。

「快走！」蕭岩接過信念了出來，心裡一片困惑，這到底什麼意思？

「快走！」孟婆心中莫名燃起一股憤怒。

「這會是什時候收到的呢？」陳梁問蕭岩。

「可能是戰爭開始前的祕密通信吧，似乎是有人在背叛。」

蕭岩聽說這個盒子是從古璃國那個掛著嫁衣的房間裡拿到時，就升起了一股好奇。當初進入古璃國以後，蕭岩心中就湧起了一股莫名的感傷，等到了那間掛著紅嫁衣的房間，覺得更是心痛。當時他覺得是因為見到嫁衣，想起了終究無法為他身著紅衣的柳媽而傷感，但那似乎是一種來自靈魂深處的痛苦與悔恨。當時忙著尋找糧食，無數將士的性命更重要，哪還管別的。如今看這盒子，傷感重新湧上心頭，一時間，蕭岩心中百味雜陳。

「蕭兄，這幾日來我家住下吧，別住外面的客棧了，那裡人多嘴雜，很不方便，再說我們兄弟好好聊聊也好啊！」兩兄弟相處的時間不多了，陳梁心裡很是傷懷。蕭岩微笑著，朝陳梁點了點頭。

事已至此，誰都改變不了什麼，與其傷心難過，不如與兄弟好好喝幾杯，珍惜這最後的日子。真正的兄弟，就是懂他，做他願意做的事情，正如孟婆所說──他的心願助他完成，他的選擇不要打擾，若不能助他，也請別攔他的路。

月色正好，夜涼如水。夜裡，陳梁被一股無形的力量拉入一場奇特的夢中，在他旁邊的正是孟婆。不過，孟婆似乎比他入夢還早。

這場夢中，孟婆終於在夢裡看清了那一對曾經看不清臉的男女。

那英俊挺拔的男子悄悄出現在女子身後，跳出來將認真看書的女子嚇了一跳，氣得女子追打那男子，那男子假意求饒，又趕忙從背後拿出一個銅盒子舉到女子面前：「渥丹，我的將軍大人，別打了。你看我手上拿的是什麼，猜猜看？」

「讓你嚇唬人，你可得勞勞記性，人嚇人會嚇死人的。」渥丹半輕嗔薄怒地衝他笑笑，又好奇地問道：「還有，這是什麼玩意，看似很是別致？」渥丹接過盒子，摸索著擺弄一下。

「這個是千機銅盒，千變萬化，機巧無雙，而且刀槍不入，水火不容，不知道打開方法，只用暴力是沒有用的。師傅說，能自己摸索著打開的，世上也絕對不超過三人！而我就是其中的一個。」賽奎得意洋洋地道。畫面一轉，少年和少女面孔再次模糊，孟婆又掉入另一個夢境，夢裡那女子渥丹的臉更加清晰地出現在孟婆面前，那女子竟然與柳嫣長得一模一樣。一樣的柳葉眉，一樣的額間小痣。

夢裡是一片烽火連天，似乎在戰場上，兩方對峙，戰爭一觸即發。

渥丹手握著紅纓槍，在戰場上來回奔走，一槍就是一個，鮮血淋淋，素白的衣服都紅了，就像血色的嫁衣一般，她身下的馬是棗紅色，名為「追風」，真如風一般，帶著渥丹從敵人東側殺回西側，又從西側殺回東側，英勇無比。

可是，敵軍已經看見了她，誓要拚死留下她，於是一團一團地聚集在他的身邊。最後，敵人越來越多，渥丹的「追風」馬被刺中數刀，但依舊馱著渥丹殺伐，絲毫不畏。直到最後有個長刀手一刀砍斷了「追風」的右腿，「追風」悲鳴一聲，跪倒在地上，再也站不起來……

危機時刻，渥丹奪過長刀，殺出重圍，回到了城中，但「追風」已逝，渥丹卻來不及救牠。渥丹歸家之後，渥丹鋪開紙卷，寫下了《放生文》……

孟婆還沒反應過來，又進入另一個夢境，在夢裡，渥丹收到了一個盒子，正是千機銅盒，渥丹打開盒子，裡面是「快走」二字。渥丹只是把信放回千機銅裡盒，猶豫中，又將那大紅色的嫁衣拿出披在身上，塗了胭脂，美人紅唇與紅衣。孟婆覺得，鏡子裡的渥丹美如仙子。

渥丹一笑，鏡中她明眸善睞，邊笑著邊流出兩行清淚。然後擦去臉上胭脂，脫下紅嫁衣，換上戰袍，握著紅纓槍邁出了將軍府，從此再也沒能回來。

敵軍已經攻至城牆前，渥丹一人獨戰數十人，但是體力不足，終究是沒能打回去，被長槍手抓住機會刺中了胸膛。但即使是死，渥丹也手握戰旗，身體屹立不倒，令敵人膽顫。

鮮血像雨水般滑過渥丹的臉，此刻她猙獰如同修羅。

孟婆醒來後，想起夢境有些心驚。夢境中，最後那一幕，是柳嫣的臉，也是渥丹的臉。

孟婆早就懷疑早先夢見的女將軍與夢裡的渥丹是同一個人，但也沒有放在心上，只覺得或許是日有所思也有所夢。再者就是懷疑，想那忘川河中化出來的靈珠或許蘊含了渥丹的精魂，所以才會時常夢見。

如今，這一切與柳嫣連在一起，一股冥冥中的巧合讓孟婆有些驚慌。人轉世之後，就不能保持原來的容貌，如今渥丹與柳嫣容貌竟然一般無二，這其中大有問題。而且二人不僅容貌一致，甚至連一舉一動、一顰一笑皆帶著彼此的影子，好像是一個人的兩種生活、兩種身分，讓孟婆越想越覺得是一個人。如果渥丹的魂魄在忘川河中，那這樣看來，柳嫣可能是渥丹那強烈而又多年不曾化開的執念。

執念為何找到了蕭岩，孟婆不解，難道蕭岩就是賽奎？若蕭岩就是賽奎，那會發生什麼？

孟婆急忙跑出房間，去找蕭岩。

在孟婆進入夢境的時候，蕭岩也做了一個夢，夢裡有個長著和柳嫣一模一樣臉的姑娘，披上了那男子送來的嫁衣。

孟婆正快步走向蕭岩的房門。只見陳梁此刻正在蕭岩門外，急促地拍著門：「蕭大哥，你在嗎？我有急事。」

陳梁向來穩重，今日怎麼這麼慌張，難道是出什麼事了呢？

蕭岩打開房門，便聽到一旁陳梁急促的聲音。

「蕭大哥，柳嫣去世了。」陳梁氣喘吁吁地道。

「什麼？」孟婆驚得一下子站起來，連忙向陳梁確認。

「真的，我處理完軍務歸來之時，路過柳宅，看到門前掛起了白色的燈籠，家裡還傳出來哭聲。我遂即起疑，下馬去問一個小廝，說是小姐

去世了，而柳家小姐不就只有柳嫣嗎？於是我就急急忙忙趕來了。」陳梁五指放開，捂著胸口喘息。

蕭岩聽到後，一言未發，推門狂奔。

「蕭岩，你慢點，我們跟你一起去。」孟婆跟在後面呼喊道。

一行三人匆忙來到柳府門口，被柳老爺看見他們急匆匆地想闖入府中，大怒斥責，並讓管家招來下人，讓他們層層守住大門，不讓蕭岩進來。這閉門羹是早已料到的事情，但是蕭岩還是拚命往前推，孟婆和陳梁一人一邊強拉著蕭岩往回走。

回去的路上，三人都一言未發。回到陳家，孟婆與陳梁交待了一句，就匆忙用靈識飛了出去。

午夜時分，柳嫣去世，那時蕭岩正夢到柳嫣穿著紅嫁衣，笑靨如花。

「小姐去世前，先是嘴角輕笑，接著又不斷咳嗽，雙手顫抖想掏出什麼來，但是最後吐出一口鮮血，就沒了聲息。」孟婆用靈識偷溜進了柳府，聽到下人們正在說著小姐生前的最後時光。她立即回來將打聽到的事告訴蕭岩，蕭岩默默聽著，孟婆擔憂地望著他，也不知道該如何寬慰。

他本來最想的事情便是和柳嫣解除婚約，但是沒想到如今卻是以這種方式解除。

昨日聽了孟婆的話，蕭岩想著今日去找柳嫣道明起因，他不想再欺騙柳嫣了。就在夜裡還想著如何開口的蕭岩，此刻無力地靠在柱子上，一滴淚水滑落，無限悔意湧上心頭。

從柳嫣病危開始，自始至終，柳嫣的父母都不允許蕭岩去見柳嫣最後一面，蕭岩只能站在摘星閣上，凝望著那已經不是牡丹花叢而是冰涼的石子路的院子。

「孟婆，我都已經是鬼了，為什麼我還看不到柳嫣的魂魄？若此時我去奈何橋，還能見到她嗎？」這些話，昨夜就跟孟婆說過。

孟婆昨夜去了一趟奈何橋，等了好久都沒等到柳嫣，又找來牛頭馬面詢問，牛頭馬面皆說不曾見到。孟婆又去找了冥帝，冥帝卻不在冥府，問其他人也皆言不知，孟婆只能先回來。

關於柳嫣本人或許是渥丹的一絲執念所化的猜測，孟婆沒敢告訴蕭岩，怕他承受不住打擊，三魂七魄當場碎掉。

　　一直到柳嫣入葬，蕭岩都不曾見到柳嫣一面。

　　孟婆原本以為一切都可以結束了，沒想到冥帝卻來召喚孟婆。

　　「冥帝找孟婆所謂何事？」孟婆疑惑不解，難道是柳嫣已逝，蕭岩的願望就算完成，如今她必須回到奈何橋邊了嗎？

　　「你丟了的東西，本帝幫你找回來了。」冥帝一番話說得孟婆莫名其妙。

　　「我不曾丟任何東西呀，冥帝您說笑了。」孟婆笑嘻嘻地回答。

　　孟婆前幾日來找冥帝，發現冥帝不在，就偷偷翻看了冥帝的生死簿查找柳嫣死因，結果並未找到柳嫣的名字。想來自己偷看生死簿之事可能被冥帝發現了，要來懲罰自己了。

　　「噢，那我們先不說你是否丟了東西，就說說本帝的生死簿被人動過是怎麼回事吧！」冥帝說得輕描淡寫，彷彿是一件很小的事情。

　　「孟婆知罪，請冥帝責罰。」孟婆低著頭，一副乖乖認錯的樣子。

　　「哼！先不計較這個罪過，我問你，你翻閱生死簿，是不是要找一個叫柳嫣的姑娘？」想來冥帝並未在意孟婆偷看生死簿一事，反倒關心起柳嫣來。

　　「冥帝，您怎麼知道？」孟婆抬頭對上冥帝的眼睛。

　　「前幾日，我感覺人間一股躁動，進而引得忘川水波異常，便去人間查看一番，順便聽了一下京城中的風月故事，才知道我們冥界的孟婆竟然還願還到這種地步了。孟姑娘成了狐狸精，可與妲己爭輝，對嗎？」冥帝臉色並不好。「莫非是耐不住奈何橋邊的寂寞了？」

　　「想不出什麼好的方法，又著急，結果就用了最俗套的辦法，不想事情竟然到了如此地步，唉……」孟婆紅著臉解釋道。

　　「有個東西要給你。」冥帝說著掏出一顆血紅色的靈珠。

　　「這是什麼？」孟婆問。

　　「這是柳嫣的魂魄。」冥帝淡淡道，「我在京城的時候找到了柳嫣

四處亂飄的魂魄，準確來講，這不是完整的魂魄，是一縷魂。」

「一縷魂？」孟婆不解，「不是只有魂魄才能投身人胎嗎，一縷魂怎麼能化身成人？」

「一縷魂當然不行，若在人間飄蕩多年又有靈性，能化成人也不無可能。若再加一點機緣，便更加可能了。」冥帝道。

「對！」孟婆點頭。

「你知道渥丹吧。她是我作冥帝以來遇到最剛烈而執拗的魂。」冥帝似是陷入回憶裡，接著道，「當初牛頭馬面勾不到她，還被她打了一頓，他們便來求助於我。我便有些生氣，天有天道、人有人道、鬼有鬼道，這才是自然之道，怎麼可以如此任性妄為，我覺得這樣的魂就該被關進地府，好好教訓一下。

「但當我看到她的時候，這種心思完全沒有了。因為當我看到一個女將軍用自己薄弱的身軀擋在都城前面，身中數刀，血流滿面，依舊站立不倒時，就明白了這執念從何而來。紅纓槍的紅色槍穗，在鮮血的渲染下異常猙獰。後來女將軍的屍體被攻城的士兵推倒，但那魂魄卻保持死時的姿勢，站在那裡一動不動。」

「魂魄不能留在人間，我雖被她這種精神感動，但也仍舊將她帶到了冥界。由於她打傷了牛頭馬面，終究是犯了過錯，便被關起來，受了一段時間的責罰。」

說到此處，冥帝停了下來，只是轉頭看著孟婆，不再繼續往下說。

「所以柳嬤是渥丹的一縷魂？」孟婆問道。

「是。」冥帝道。

「那後來到底怎麼樣了？」孟婆急切地問。

「要補上你殘缺的魂魄嗎？」冥帝拿著手中那血紅色的靈珠，不答反問。孟婆一驚，呆呆的望著冥帝。

此刻殿內大柱上雕刻的異獸們，在寒夜之中，顯得更加妖異猙獰。

第二十二節

　　冥帝不再說下去，反而先讓自己補完魂魄，很顯然，自己與渥丹和柳嫣有一種不可說的關係。孟婆震驚地立在原地。

　　她怔怔地看著冥帝手中血紅色的靈珠，還是說了聲：「好。」

　　或許過往的記憶會讓她痛苦，所以她才選擇了主動遺忘，可是，現在那份殘缺的感覺讓她更難受。宏偉而壓抑的大殿裡，丈寬石柱子，二十四根成方正排列排列，輕飄的帷帳，給大殿增加了些許溫柔。

　　鎏金的大床，孟婆再次走向上面，看到自己在此灑過的淚痕還未曾磨滅，這反而使得黑底金花紋的床褥更加妖嬈。每一個孟婆都有自己的特異之處，而孟婆的淚是紅色的，妖嬈的紅色，美過奈何橋邊的曼珠沙華，美過邊地連綿的嬌嫩杜鵑，美過院子裡獨具風骨的牡丹……

　　輕輕地平躺在上面，閉目，隨後冥帝掐了一個法訣，將靈珠打入孟婆的體內，孟婆忍受著蝕骨灼心般的煎熬，那種痛楚無法形容，似乎要將靈魂撕裂，然後又重新拼接起來。那是來自靈魂的痛苦，痛得讓人幾乎想要放棄生命，但她想到自己那些未知的過去，又悄悄在心中對自己說了一聲：「再堅持一下。」

　　在極致的痛苦中，孟婆將嘴唇咬破了，朱唇鮮紅近乎妖媚；汗像泉水一樣從臉上冒出來、流滿了臉頰，混著唇邊的血跡，順著打濕的秀髮流下去，在床褥上綻開一朵朵紅色的花；雙手捏得變紫，捏得骨節鮮明，彷彿馬上就要衝破皮肉。

　　但即使這般，孟婆也硬是不哭不鬧，甚至似乎在笑。看到最後，冥帝忍不住勸道：「難受就哭出來、喊出來，不用壓抑。」

　　孟婆不哭反笑，讓冥帝很是無奈。曾經大大咧咧的孟婆，軟弱的孟婆，無理取鬧的孟婆，裝乖賣傻的孟婆都是偽裝，此刻剛強而驕傲的孟婆

才是最真實的。幾百年了，孟婆其實從未變過。

冥帝搖頭歎息，這麼多年，終究還是沒看透。

明明長著一張翩翩佳公子般溫潤如玉的臉，卻總是擺出苦大仇深的模樣，像人世間那些遭遇苦難的老人家。冥帝想起孟婆曾經開過的玩笑，再看看此刻痛不欲生，偏偏不言不語的孟婆，心中一片苦澀。

迷迷糊糊中，孟婆也不知過了多久，身體開始不那麼疼了，再後來，便墜入了夢鄉。

冥帝看著放在孟婆身上，那發著淡淡青色光芒的玉魂不斷暗淡時，那是他幾百年了一直配在身上的玉佩，可是為了孟婆減少一點苦痛，冥帝沒有絲毫不捨，此刻看向孟婆蒼白的臉，臉上露出憂慮。

進入夢境的孟婆，心中一片淒涼。夢境迅速交替。

渥丹領賽奎去挑選武器，結果渥丹父親的全國布防圖沒有收好，賽奎正好瞧見，見獵心喜，不自覺研究起來。

等到渥丹催促賽奎時，賽奎將戰略圖細細描繪，與原圖一模一樣。

隨後，琉國為吞併璃國，讓賽奎送來了嫁衣，那一天渥丹一個人時，悄悄地穿上，塗了胭脂，畫了眉黛，鏡中人兒嬌羞美豔。

可是這婚姻是建立在陰謀上的，渥丹察覺了璃國的陰謀，上報國君，隨後兩國開展，渥丹主動退婚，夢醒了。

那張戰略地圖被掛在作為侵略者的琉國軍營裡，而古琉國透過這張地圖，使得渥丹的國家逢戰必敗，山河破碎。

孟婆越看越心驚，心也一點點冷下去。

接著，賽奎帶領軍隊攻入琉璃國都，渥丹最終戰死在城門，魂歸冥界，因犯錯而被罰困多年，成了在奈何橋畔當值的孟婆。其實，被罰困多少年是每一任孟婆控制的，若是渥丹不能放下前塵往事，不能放下愛恨情仇，她們不能與自己的過錯和解，消除執念，她就會一直做孟婆。直到她釋然了，願意投胎而去了，冥帝才會去挑選下一任孟婆，重複這個迴圈。

渥丹一直認為古璃國的滅亡皆因她而起，若不是她和賽奎相戀，也不會讓琉國皇后動了心思；如果當初賽奎在看戰略布局圖時，自己能及時

阻止，不讓他複製全國的布防圖，如果在琉國以迅雷不及掩耳之勢攻擊璃國時，她能早點想到戰略布局圖已經出賣了所有的資訊，需要盡快調整全國的布防。但直到她父親為了自證清白，自刎於軍前，她都沒有機會和父親說一句抱歉，父親死後自己擔任主帥之時，沒有來得及讓全城的老弱婦孺先逃出去，以至於所有人都為國家殉葬，如果沒有自己，那麼或許一切都會變好。

面對著流過罰困之地的忘川河水，渥丹越想越自責，悲苦鬱結在心中，噴出一口心頭血，自此之後，魂魄殘敗。

那心頭血寄託了渥丹的一縷魂，飄蕩在忘川。

魂受到忘川水中種種邪念的打磨，又生出了執念，於是脫離了忘川，飄蕩在人間，想要再演過去，彌補自己的過失。

百年之後，這縷魂寄託在一位夫人肚子裡，於是柳嫣出世，一個故事重新開始。丟了一縷魂的渥丹，同時也丟了記憶，她腦中空白一片，後來慢慢有了新的記憶，慢慢便成了孟婆，在奈何橋畔，一徘徊便是數百年。孟婆流下了血淚，她抬手摸著自己紅豔豔的血淚，終於記起了這一切。

「原來，我就是渥丹。我是那位被愛人背叛的渥丹。可是，賽奎是誰呀？」孟婆越想越心驚，有一個名字徘徊在心上，但是她卻說不出口。

睜開眼睛的孟婆，環顧四周，發現這大殿空蕩蕩的，冥帝並不在。剛起身，一塊玉魂便從胸口處滑落，掉在床上，那玉魂暗淡，內中的力量已經消失殆盡，布滿裂痕。孟婆輕輕一碰遂即裂開，碎片沾染了未乾的紅色血跡。這塊玉魂，孟婆總覺得自己好像見過，可是到底在哪裡見過呢？她覺得頭有些疼。

「想起來了，這是冥帝的玉魂！是個寶物，冥帝說可以修復靈魂，且能緩解靈魂融合的痛苦，很是珍貴。」

孟婆拿起玉魂的碎片，很是感激。

圍著黑金色的大殿找了一圈都未見到冥帝。

「孟婆大人，冥帝閉關了，你不用再找了。」一個守衛對孟婆說：「冥帝在閉關前說，玉魂送給孟婆大人了，任憑孟婆大人處置。」

「閉關了？」孟婆握緊五指，幾乎成為一個拳頭，急切地問道。

「冥帝大人本就到了閉關的日子了，孟婆大人這句話很奇怪。」守衛道。

「十五了，都三天了。」孟婆恍然大悟。

「冥帝還說，孟婆大人之前的過錯，希望大人以後莫再犯。」守衛笑著說道：「孟婆大人犯了什麼錯呀？」

數百年來，冥界的人都知道孟婆為人風趣幽默、天性樂觀，常常給大家帶來各種歡樂，便又向她開起了玩笑。

「做好你的事就行了。」孟婆一反常態道，隨即轉身離開大殿，朝奈何橋方向去。

孟婆來到奈何橋頭，迎面就遇到了牛頭馬面。牛頭馬面急忙過來套近乎：「孟姐姐回來了，孟姐姐辛苦了，改天我們要不要我們再從人間帶些好吃的點心給孟姐姐？」

「你們不用怕我，我以後不會打你們了。」孟婆丟下一句話，轉身離開。

「孟姐姐這是……怎麼了？」馬面疑惑道，馬臉皺成一道道小峽谷。

「孟婆來找過冥帝，好像說到補魂之事，現在怕是什麼都想起來了吧，唉！這事情又要開始折騰了。」牛頭歎了口氣。

「啊！怎麼可能，之前不是好好的嗎？」馬面呆站在奈何橋，不願接受這個現實。

踏過奈何橋，孟婆來到人間。

人世間，蕭岩守著孟婆的軀體，三天來未敢離開一步。

「蕭大哥，孟婆還沒醒來嗎？」陳梁再一盤走來走去。

蕭岩搖頭，歎了口氣，重新挑頭看著孟婆的臉。

「如果孟婆不是魂，我能她占一卦，可是……你也知道……」陳梁有些心焦。

三日了，為何孟婆還未回來？是不是冥府出了什麼問題？

蕭岩想起之前孟婆教過他一個咒語，只要念起這句咒語，便可以召

喚她，於是便對陳梁道：「之前孟婆告訴過我一句口訣，她說如果我遇到什麼危險，就念這個口訣，無論她在哪裡，都可以感受到召喚，出現在我面前。」蕭岩道，「我之前不敢念，怕擾了她，如今都過去三天了，我怕出什麼事情了，想要試一試。」

陳梁思考片刻，「好。」

陳梁站在一旁靜靜看著，他怕蕭岩念這個咒語會有危險，於是在一側觀看，準備打斷蕭岩的咒語。他總覺得此事異常危險，萬一招不回來孟婆，反而把蕭岩搭進去，他在一旁也可以打斷這個過程。

蕭岩啟唇，一串經文從口中流出來，生硬低沉富有神祕的聲線，伴隨那時古老時代神人所使用的神語，似乎帶著某種的奧祕。

剛回憶起一切的孟婆，則需要平復心情，故土現在是什麼樣子了？孟婆跟著靈魂的指引，來到了璃國。

開春之後的璃國恢復了生產，原本那荒廢多年的土地，經過狼族的耕種，如今生機勃勃，寂寞多年的城池，因狼族的到來重新煥發生機。

長期生活在必須非常努力才能活下去的環境中，狼族人能體會到這種安寧生活的美好，他們因此對這座城獻出了所有的熱情。對於城中的建築物，除了必要的修補，大部分保持了其原有的樣貌，就像孟婆記憶中的那座都城一樣。這是狼族對這一城忠心鐵骨人民的尊敬。

經過自己曾經的家將軍府時，孟婆並未進去，只是站在那裡看了好久，隨即轉身去了那掩埋忠骨之地祭拜了一番。

看過了古璃國，孟婆又按照記憶中的路線去到了古琉國。

曾經繁盛程度與古璃國並肩的古琉國，現在也已成了一片廢墟，寥寥無幾未坍塌的建築，也成了過路飛鳥和邊地土匪的巢穴，空留一片落寞。

曾強大的古琉國，如今成了這副模樣，讓孟婆有些驚訝，琉國不是勝利了嗎？這麼還會這樣？她用神識去追溯古琉國的過去，回到那最初的時刻，才知道古琉國攻占古璃國後，國王便一病不起，似是被詛咒一般，終日哭喊，見了人就磕頭，嘴裡喃喃著：「我錯了，我真的錯了。」

沒過多久，古琉國國君去世，當晚兩個皇子竟然起兵互相攻擊。面對從古琉國搶奪堆積如山的財寶的國君寶座，兩個皇子都想滅掉對方，獨占這一切，過往兄弟之間的手足之情、謙讓之態皆無。

　　兩位皇子在國都兵戎相見，最後兩敗俱傷。隨著血染都城，一場不知根源的大火也不知從何處燃起來，那夜照得明亮起來，在火光背後，古老的城池燒毀得一乾二淨。不貪婪珠寶的，沒拿任何東西，在大火蔓延過來是逃得了性命，貪戀財寶沒有逃跑的人，則和財寶一起葬送在大火裡。

　　拷打了幾個土匪，從土匪口中他們得知在最古老的時候，即他們剛剛來到這裡的時候，還在此找到過金沙，更富有傳奇性的是，在一堆金沙上，有兩個被燒成乾屍的人，竟然始終掐著彼此的脖子。年老的盜賊們都說那金沙上的兩個人，就是古琉國的兩個皇子，他們都想讓對方死去，誰都不放過誰，最後一起葬身火海。

　　站在這塊曾經繁華而又空曠的土地上，望著廢墟遍布的大地一切都早已物是人非。

　　「還恨嗎？」孟婆問自己，隨即搖搖頭。

　　過去了那麼多年，恨已經消失了。

　　孟婆返回京城時，路過邊地那片蕭岩帶領去看的杜鵑花叢，此刻它們開得正好，燦爛如火，那是一種絢麗。

　　孟婆回到陳梁家，踏入肉身，睜開眼正看到陳梁和蕭岩面露擔憂地看著自己，兩個人交談聲一字不落地入了孟婆的耳朵。

　　孟婆在蕭岩開口後便返回了肉身，又成了那個大家眼中的孟婆。

　　孟婆也不知道該用哪種姿態面對蕭岩與陳梁，或許不該像凡人一般交朋友，孟婆心裡想。

　　看著孟婆睜眼看著他們，「沒事吧！」陳梁和蕭岩異口同聲。

　　孟婆愣了一下：「我能有什麼事，不過是去了趟冥界，跟牛頭馬面還有招弟敘敘舊、聊了會天，沒想到聊得太久，一時忘了時間。」

　　看著孟婆結結巴巴的，很顯然孟婆在說謊。但人沒事就好，不願意說，沒關係的，陳梁和蕭岩也不再多問。

日月沒有感情，哪怕過著不斷重複單調至極的日子，也不知疲倦。

　　坐在陳梁家的涼亭裡，孟婆看著空中一輪月，正往下撒著銀輝。陳梁經過，看到發呆的孟婆，關心道：「坐在這裡幹什麼？想什麼人了嗎？」

　　「沒，我在看月亮，當初在邊地養成的習慣。」孟婆伸手拉開一旁的凳子，示意陳梁坐下。

　　「邊地多年，我也時常坐下來看著月亮，月色可以讓人心底通透，也容易讓人想起從前。」陳梁道。

　　孟婆心思一轉，笑著問道：「陳大哥，當初是怎麼遇到那張老道的，他可教了你什麼功夫？陳大哥今後有何打算？」

　　陳梁沒想到孟婆會問起這個問題，思量了一陣道：「道爺倒不曾教我什麼功夫，只是依稀記得那時他在意識迷糊之間，聽到道長在我身邊說：『陳梁，世間人命受胎於父母，而應和天地之氣，這就是命。有命必然有運，這世間但凡史書留名者，多為自知其命。須知運是命的走向，猶如春夏秋冬，一時晴日一時雨。和其光同其塵，方為大器。大音希聲、大象無形，他日你若旺運之時，可積極奮進，但運低之時，一定要三緘其口、退避三舍，方能保你周全。』」

　　陳梁接著說道：「我也不知道是何等機緣，才能遇到高道出手相救，我本已了無生趣，也想隨父母一併離去，在冥府再敘親倫。但那次死裡逃生之後，反而讓我活了下來。既然上天讓我逃過一劫，又讓張老道長救治我身、提點我心，我應該惜福才是。我活著必然有自己的價值所在，所以我就默默在邊塞從小兵做起，沒有告訴任何人我過往的家世，與兄弟們同吃同住，不分彼此。至於小妹說的兒女情長，情深不壽，強極則辱。定然不能似蕭大哥與柳姑娘這般情根深種，到頭來恐大夢一場。」

　　孟婆抬起頭，像變了一個人似的，模樣還是那副俏麗，只是氣息上帶著不怒自危的壓迫感，依舊和聲悅氣地與陳梁說道：「陳大哥，我知你一直以來，未曾放下父親的冤案和母親的慘死，也忘不了顛沛流離和寄人籬下的日子，那些白眼、嘲笑、唾棄，非但沒有消磨你的意志，反而讓你更加刻苦上進。在那最邊遠的地方，都能做出一番作為，可見你內心蓄積

了多大的力量。

「在冥府之時，我們特別羨慕那些得道之人，他們死後不經過冥府審判，那些受了籙職的修行者，死後都是直接由天將來接管，由天部根據他們所在世間的功德，來判斷他們的來世。得道者，超脫三界，化神為氣而與天地同壽，永登仙界；入魔道，則面目猙獰，為禍天下，永入地獄受殃，飽受輪迴之苦。實則，道與魔僅一線之隔，稍有差池，便萬劫不復。

「地獄門前僧道多，就是這個道理，有道自然就有魔。世間人常說誰誰誰著了魔，我每次聽來都好笑。想著魔也是要有道行的，那些病症只是中了邪罷了。你有一定道行了，魔就一定會來找你，就如你是土匪，是打劫路邊一路人，還是前方轎子中綾羅綢緞的官人，那自然會選擇那官人。

「魔道二者並存於世，如陰陽二魚，互為充斥，互為消長。有潤之以萬民蒼生之福為己任而得江山社稷，造福天下，此心中有道也，你陳家三代棟梁之才，清廉無二，你父母肯定也投生了好人家。

「一切欲念均為魔，故世間魔盛而道衰，皆因世人難以做到虛無，故必受五行生剋之影響。受五行生剋影響則必有吉凶禍福，則必有生離死別。你有心在官場做一番建樹，這是好事情，但是能保有心中正道而在官場有成就者，自古就是寥寥可數，你一知天象星相、二知五行演變，一切的發展和變化都是有它的道，不可操之過急，欲望占領上風，那就成了魔，為一己之私也容易著魔。天道有其運化軌跡，你只需守好初心，莫急功近利，靜待時機便可。」

陳梁聽得直冒冷汗，這是何等的洞察力，才能將自己的內心看得如此通透，又是有何等的智慧，才能所出此番話來。這個面貌青春、明眸皓齒的孟婆，目經歷數百年的洗禮，已經洞察了所有大道。陳梁恭恭敬敬地給孟婆做了一揖：「受教了，此番提點如醍醐灌頂，定當銘記於心。」

孟婆心裡一樂，在奈何橋時，那些文人才子、達官顯貴們在喝孟婆湯前，總是侃侃而談，也不顧旁的鬼民的感受，硬是端了碗湯，倚靠在奈何橋上，也不影響其他鬼民的來往，只是獨自在那裡嗚呼哀哉了老半天，感慨人生、感慨朝政、感慨世態炎涼，只顧著在這最後的時間裡，把自己

一腔情緒宣洩殆盡。待那湯都變涼了才一飲而盡，還常做豪傑之態，一口飲盡就罷了，還將碗用力地往地上一摔，彷彿是突顯自己的灑脫與不羈。

每當這時候，孟婆就氣不打一出來，喝湯就好好喝湯，甩碗作甚，便沒好氣地和押解的鬼差說，給那廝的陰債裡多加百文錢。這日子久了，知乎者也聽的多了，古有云誦經千遍、其理自明。今日一談，隨心而動，有感而發，孟婆快步走上前，拍拍陳梁的肩膀：「別說那些客套話，陳大哥，我們今天吃什麼好啊？聽聞京城的松鼠鱖魚也是美味的很，今天要不帶小妹去嘗嘗鮮？」言罷睜著一雙明媚的大眼盯著陳梁看。

陳梁這一時半會還沒回過神來，先前嚴肅現在活潑，這就是她做孟婆幾百年的原因嗎？這變化也太快了，著實令人不適應。但是他素來和善，便接著話道：「全憑小妹拿主意，你想吃什麼，為兄就帶你去。」

夜色，一頓夜宵是不可免去的。

「叫一下蕭兄同去吧！」陳梁道。

「蕭岩呀，柳嫣離世，他這幾日心情不好，我們還是別打擾他了。」孟婆搖頭道。

孟婆歸來這幾日，總覺得蕭岩有些怪怪的。

陳梁想了想，便不再多說，與孟婆跨上馬匹，朝著京城西門而去。

路過柳府門口，在這路上陳梁不由想起那天也是夜裡，聽見裡面哭聲一片。心裡不由一緊，歎了口氣，可惜一對璧人了。

陳梁問：「小妹，你做孟婆這麼多年，可有見過情義深重的夫妻？」

孟婆沒好氣地白了陳梁一眼，說到：「嘖嘖嘖，還說沒什麼追求，沒追求過姑娘家，只知道紙上談兵吧。這世間夫妻，多是搭夥過日子的，彼此心裡各種嫌棄對方。哪裡有什麼刻骨銘心、山盟海誓的愛情，那都是說書人杜撰的罷了。但真要說起情義深重的夫妻也不是沒有，只是數量不多罷了，但是有一對夫妻，我倒是記得很清楚。

「那一年是我做孟婆的第一百六十年，來了個老婆子，死活不喝孟婆湯，我剛想強灌，她卻給我跪下了，求我聽完她的事情再做決定。你要想在那奈何橋上多無聊啊，整天就是面對一群又一群迷迷糊糊的死魂，

有人講故事自然是消磨時光的最好辦法，那時正巧新鬼民也少，一日的業務也快做完了，我就耐著性子聽她說了起來……」

那老婆子說，曾經有個商人姓王，他帶三百兩銀子去京城買貨做生意。他走累了便進了一間大理石做的茶館，倒不是他貪求面子，主要是為了安全，畢竟身上帶著那麼多現銀，在路邊的茶館就怕遇到小偷，一丟了，沒處去哭。

他吃著小菜、喝著茶水，太陽暖洋洋地曬在身上，不知不覺地就打了個盹。醒來時，看見天色朦朧就結了帳，忙拿起身旁的包袱就去了京城綢緞莊張老闆準備進貨，綢緞莊主人與他也是老相識，見他又來親自進貨，自然是殷勤備至，命人準備了上好的點心茶水和晚膳。待用完晚膳，便去了倉庫選貨，這一季來的貨，無論是材質還是手工都是一等品相，但張老闆念及是多年的老主顧，又見他每次都親自來選料，說明也是小本生意，馬虎不得，便還是按了以往的價格算給老王。

老王一聽大喜，連聲道謝，趕忙從包袱裡準備掏銀票付款。一摸，空的，再找找，還是沒有，老王嚇出了一身冷汗，錢呢？

看到老王左找右找就是拿不出錢，急得滿頭大汗，張老闆一問，老王說了詳情，張老闆就說肯定是落在什麼地方了，我們快去找找。於是兩人連同幾個下人，就匆匆忙忙從城南一路小跑到了城北的茶館。

那時候都快黃昏，這時候茶館夥計正準備打烊，見有一行人神色匆匆而來，便上前說幾位爺今天打烊了，明日再來吧。老王說：「我東西掉了，需要找找。」一邊說著，一邊衝進店裡，裡裡外外找遍了，在自己坐的地方來來去去好幾圈，連一粒銀子也沒有，更不要說三百兩了。出來店家的時候，老王頭暈目眩，當即癱倒在地，連話都說不出來了，一看就是焦慮過重喪了心神，只得由張老闆的幾個下人背著回了綢緞莊。

張老闆心善，怕老王一下子想不開出事，就安排下人守在屋子裡。那時三百兩銀子可是個大數目，買自家絲綢用不了那麼多銀兩，猜想老王本盤算著還要去進些其他貨品，東西量足了，就夠帶回去賣一年的貨了。

老王三十幾年從沒受過這麼大刺激，當夜昏死了過去，老王請來的郎中一看，面色蒼白無力，是心神受損，需要野山蔘煮水，餵與他喝，再調養半個月，方可緩過勁來。這野山蔘現在是稀罕的物品，在以前也是，哪裡那麼容易得到，張老闆父親倒是有一根，都用了一百多年了，但想到多年的朋友老王，張老闆咬咬牙拿了出來，又心痛地問郎中值多少銀兩。郎中觀察那支山蔘的根須厚實飽滿，說若非被用過，那豈止二十兩銀子。

　　下人們一聽，忙勸老闆別用了，這王老闆本來只想買咱們三十兩銀子的貨，我們好吃好喝招待了，陪著從城南跑去了城北，又把他從城北背回了城南，足足折騰了一晚上，還去請了附近最好的郎中上門診病，再加上這出診費也不是小數目。這不是什麼好處沒撈到，倒是自己倒貼了那麼珍貴的山蔘，說這是老王的命，無需搶救。

　　張老闆思慮了一陣子，還是決定用了，郎中便把山蔘遞給婢女，又吩咐她們如何煎熬，又在什麼時辰餵幾口藥水，細細道來。

　　一副藥下去，老王氣色半刻不到就好了。到第二天一早，老王還在昏迷之中，雖然餵了野山蔘水，人的氣息平緩了，臉色也紅潤了，但要完全與日常無異，怕也好不了那麼快。

　　另一邊想著或許是人撿去了，或許會還回來，於是張老闆一早便去了那茶館，找了昨日那個位置坐下，要了壺茶。想著有沒有機會，昨日有人撿到了會送回來。這一坐就是一日，直到店面打烊，左看這個像似來還的，右看那一個也像來還錢的，但是就是一個都沒有。

　　到了晚上，老王在迷迷糊糊中醒來，只是說話還不大清晰，有些沙啞，這時候大家也不提醒他丟錢那事，怕又讓他犯了病。張老闆怕下人們不盡心，索性每日讓自己獨生女兒張夏玲好菜好飯地照料著老王。

　　張老闆店鋪裡的夥計們都不解老闆為何如此費心，對待一個生意上的夥伴，便悄悄地去張夏玲那兒，這張大小姐生得普普通通，丟進人群裡立馬找不到那種，平日話就少，每當下人們問起來，都一句話回過去：「誰還沒點難事，能幫就幫。」語氣平淡無奇。

　　這老王下不了床，心裡焦急，這張老闆看著著急，像著了魔般，每

日都去那茶館打探消息，跑了三、四天，跑堂的都認識他了，一進來就說張老闆好，但又勸解道：「哪裡有人撿了三百多兩銀子還會還回來，不用再等了。」張老闆全然不聽，只是這樣子等下去。

第七日酒店剛剛開門，張老闆坐了不到一刻鐘，就有看見一個滿頭大汗的漢子抱著個包裹，蹲在茶館對面。這張老闆起身在店裡詢問有沒有把包袱還回來的時候，這漢子猛地走過去，問到是哪裡丟的包袱，張老闆鉅細靡遺的跟他說了。時間、數量都對得上，包袱總算找到了，三百兩也找到了，張老闆趕忙拉著這漢子跑回綢緞莊。一見著張老闆，再看見旁邊漢子手中的包裹，老王就什麼都懂了，頓時起身，病全好了。

起來後，摸著自己失而復得的銀子，老王當即取出五十兩銀子遞給這個漢子，這漢子連連拒絕，說自己雖然是個鐵匠，家境又清貧，但是自幼父親教導不得貪墨別人的東西，絕對不占人便宜，所以無論老王千說百說，都不肯收分毫的酬金，直說找到失主就好了，自己就安心了。

原來那日下午，這鐵匠賺了點閒錢，便也想去犒勞一下自己，正巧路過城北這茶館，就要了壺茶、一盤滷豆干。等到茶喝完了，豆干也吃得一點不剩，看外面的天色時候也不早了，就將地上幾個包袱一肩揹上就走。因為裡面放得都是鐵塊、工具之類的，沉重得很，和銀子的重量差不多，因此多了個包袱自己也沒察覺。

而後又在京城裡待了幾日，給幾戶人家修了修鐵器工具，賺了點小錢，就回到鄉里，進了家門，還來不及喝口水，喊孩子他娘，喊了好幾次都沒人回應，到了床鋪那裡看見自己的媳婦病倒在床，高燒不退。問了孩子事情，他趕緊去請大夫，但村裡的大夫出門省親了，只能背著媳婦去對岸的娘家。

於是和家人商量，第二日一早就背著媳婦帶著兩個娃，坐船去河對面的媳婦娘家，順帶請大夫看病，孩子們也讓丈母娘給幫著照看一下。他連夜去船老大那買了第二天中午一家四口的船票，這渡船一天就一趟，晚了客滿就上不去了。

當夜他回去收拾行李，才發現自己多了個包袱，打開一看嚇了一跳。

三百兩銀子啊，自己一年也就賺不到三兩銀子，這丟掉的人該是多擔心，心想可能是什麼地方拿錯了。他當下找來鄰居，請他們幫著照看下發燒的媳婦和兩個孩子，自己連夜回城裡去找失主。

鄰居一聽便急了：「說你是木魚腦袋啊，撿到了就是你的了，這麼大的運氣，怎麼還往外推？」

漢子說：「我用不了這麼多，而且我生活還算過得去，如果這人失去了這些錢，恐怕要跳河自殺。我得趕回去還錢。我看孩子他媽晚上退了點燒，我連夜趕路一早把錢送去。」話沒說完人就走了，消失在茫茫地黑暗中。

漢子邊走邊想在哪裡撿到這包袱，想來想去，是在那茶館裡，當時自己找了邊角位，把自己的包袱全丟桌底下，走的時候把包袱都帶上，還見到椅子凳角有個不起眼的灰色小包袱，以為也是自己的，就一把抓過來背上了，想來應該是在那裡拿到的，那麼就去茶館那找人便是。

第二天一大早，就看到那茶館裡面有個人問有沒有人前幾日見到一個包裹，但又害怕不是，於是問了一下丟的東西和數量，都對上了。果然還真找到了，他忙把三百兩銀子一分不少的還給了王老闆，一個子都不要就急著往回趕，對拉著他的張老闆說買了中午的船票，帶媳婦、孩子去對面村莊的丈人家看大夫，人命重大，耽誤不得。

這銀子回來了，王老闆的病竟然自己好了，便主動提出能否在張老闆家住幾日再走，因為前兩日他差人去給兒子送信了，猜想兒子在京城裡忙著，二三日便會來接他返鄉，張老闆一口答應了。下人們又不樂意了，這不是盡吃虧嗎？

第二日一早，綢緞莊還沒開門，就見昨日那漢子又急匆匆地回來找王老闆和張老闆，一見面就給兩人跪下，說是謝謝他們的救命之恩，兩人那是一頭霧水。

後來詢問才知，原來這漢子昨日連走帶跑回到村裡已經是下午時分，那船早開走了，到了傍晚就想看看還有沒有船。這時聽見河邊有哭喊聲，跑過去一打聽，中午那船翻了，船上三十二個人，一個沒跑，都淹死了。

中午的時候，他媳婦一聽這消息打了個寒顫，發了一身冷汗，這高燒就莫名退了。漢子一見此景，感謝上天讓他逃脫厄運，趕忙安頓好媳婦，說是要回去城裡感謝恩公，於是又連夜跑了出來。

三人正在唏噓感歎之餘，皆說對方善心得好報。此時忽聞店鋪門口熱鬧非凡，大家出去一看，只見一群人朝著自己來，一問說是新科探花帶著幾箱子東西這邊來，於是來看看熱鬧。張老闆正納悶著，這新科探花自己也不認識，怎麼就帶著這麼多東西上門了？總不會是過來買布料吧。

這王探花見到張老闆做了一揖，再走過去扶著老王說：「父親久等了，孩兒來遲了。」

哎呀呀，下人們頓時傻眼了，老王竟然是新科探花爺的親爹啊，這是何等榮耀的事情。老王轉過身和張老闆說：「我替我兒向張家小姐說個婚，你看如何？」

這回輪到張老闆吃驚了，自家女兒相貌平平，實在配不上這新科探花爺，便誠懇地說：「小女姿色平庸、略識些文墨，我家雖說是老字號小綢緞莊，但和這京城的豪門商賈比起來，那就是人家的九牛一毛。您家公子是新科探花爺，前途似錦，想與你家攀這門親的商賈貴冑人家多不枚數，小女著實配不上您⋯⋯」

一旁的王探花向前一步說道：「張伯父，家父在來信中已將事情原委詳細說過。俗話說娶妻當娶賢，心善賢良的女子，能讓一家人安穩平和，張家小姐照顧我父親無微不至，正合我心意，還請您准了這門婚事。」

言至於此，張老闆便答應了，這回兩家歡天喜地地結了親家。不久之後，這王張兩家就在京城舉行了婚禮，同時還專門差人把那鐵匠漢子全家接來京城，讓那漢子做了王探花家的管家。

張家小姐嫁給王探花後，一連生了四個兒子，長大以後各個都考上了功名。因為此事中相干人等都心懷善念，有恩必報，得了個好結局，於是這事後來成為京城之中的美談。

王探花夫妻舉案齊眉，恩愛至深。六十二歲那年王夫人先走了，這王夫人便是那個不肯喝孟婆湯的人，說是要在這橋上等她丈夫。

她將事情原委向孟婆一說，孟婆一時心軟，就讓她等吧。這老婆子每日幫著鬼差們做些瑣碎事，嘴裡總是念念有詞，一日，孟婆湊過去聽她到底在念叨什麼，一聽不打緊，著實把孟婆給氣到了，你說這奈何橋上等三年，無非就是希望兩個人一起投胎再續前緣。三年過後，就算等來了，也沒辦法投胎再續前緣了。結果這老婆子日日念叨的竟然是：神仙保佑我家老爺長壽安康。這不是給自己找碴嗎？或許是那王探花行善多，所以陽壽長。時間越來越長，一天一天都還是這老婆子日日祈禱，獨不見王探花蹤影。

　　就這麼過了八年，那一日橋上來了個哀思至極的老頭子，流著眼淚的老翁，正在引導鬼魂們怎麼走的老婆子，一見忙洗了手，用手抹了抹兩鬢，當即飛走過去，與他相擁在一起。

　　老翁見到亡妻也是老淚縱橫，又喜又悲。孟婆那時才知道原來這就是王探花。孟婆問那老婆子：「你日日在此等候他，就為了再見他一面，值得嗎？」

　　她說：「值得。」然後兩人笑起來。

　　見二人情真意切，難捨難分，孟婆一時私心又起，悄悄地往兩人的孟婆湯裡兌了一半泉水，兩人也不知情。手牽手端起兩碗孟婆湯，喝完之後各自走入人間道中投胎去了。他們只喝了半碗孟婆湯，若是來世相見，定會一見如故、一見傾心，說不定還能再續一段前緣。

　　「因為這事，我還受到了冥帝的處罰，冥帝仁慈，只是罰我每日除了照例發放孟婆湯，還要連續打掃冥府大殿三個月，原來冥帝也是有情的。」說到這裡，孟婆笑笑。

　　孟婆抬頭看著窗外空中的皎月，心裡別有一番滋味……

　　此刻的蕭岩正在屋子裡默默不說話，無聲無息。柳嫣的離世讓他精疲力盡，前幾日又見孟婆離魂，讓他心憂了幾日。

　　但如今孟婆歸來，內心竟然沒有平靜，而是波動起來，越來越心焦，越來越覺得自己不受控制，我、柳嫣、孟婆，有什麼關係呢？

　　孟婆說他是不會睡覺的，但是這幾日迷迷糊糊之間，總是不自覺地做夢，次數越來越多，有時候竟然寫著字就睡著了。一股無形的力量，總是將他拽入一個個夢境，那夢境裡都是柳嫣與那個長相俊秀的男子。

　　柳嫣已死，而今再做這些夢，又有什麼用呢？他生前不曾好好待她，如今佳人已逝，這些夢又有什麼意義，越發想要克制自己。可越是抑制，夢來得越猛，致使蕭岩不得不仔仔細細詢問這段感情，拷問自己的內心。

　　「在我與柳嫣的這段感情裡，我一直都是個懦夫。我不敢跟柳嫣說真話，即使柳嫣給過我機會；我不敢跟柳嫣道歉，即使知道柳嫣因我而病；我不敢見柳嫣最後一面，即使所有人都阻攔我，但我有辦法的，我卻不敢，我怕見到最後一面會成為終身的夢魘，所以只敢偷偷跪在在柳嫣墓前痛哭。敢面對堆積成山、血流成河的戰場，卻不敢見心愛女子的最後紅顏。」

　　來自靈魂深處的恐懼，這種恐懼究竟從哪裡來？蕭岩也說不上來，只覺得那種恐懼刻在了靈魂上，或許是自己曾經經歷過吧。

　　這些日子，蕭岩喝了好多酒，院子外面都是酒罈，但酒醉不了他，醉的只是身體，醉不了靈魂，反而越喝越清晰。用刀劍刺破自己的心臟，能流出來血，卻流不出來淚，因為淚流乾了⋯⋯

　　斯人若彩虹，遇上方知有，錯過放知悔。

　　今日，他又做了一個夢，夢中人不語，夢中人一顰一笑無比清晰。

　　那個總是和柳嫣一起出現在他夢境裡的男子，他男子身披戰甲，在堆積如山的屍體裡翻找，男子滿臉血跡，俊秀的臉龐掛滿了血跡。

　　不知道找了多久，他看見一支布滿血跡的紅纓槍槍尖，挖下去，男子順著槍身找去，在泥濘的戰場上，看到了握著槍尾的被血跡染得紅豔豔的手，那是摯愛的她的手，他知道。

　　男子抱著那具屍體痛哭起來，淚水滑落，打在屍體的臉上，被抱在懷中的屍體，被男子的淚水洗淨了臉上的血，露出與柳嫣一般無二的面容。

　　蕭岩再次從夢中驚醒。

　　孟婆和陳梁原本想去吃松鼠鱖魚，結果被路上餛飩的香味吸引，兩

人便下了馬，在一旁簡陋的涼亭裡坐下，要了兩碗餛飩。

孟婆聞到香味，不禁忘卻了所有煩惱。也不知道是偽裝習慣了，還是因為前世曾經不敢放肆，遵循過一日三餐不貪食色的命令，如今反倒輕鬆了許多，孟婆心裡想到。

「這家餛飩開了好多年了，還沒離京之前，我父親經常帶我來吃。」遞給孟婆筷子，陳梁笑著說道。陳梁被孟婆開解一番後，心事放下，反倒放開了許多。

「味道真香呀！」孟婆盯著撈餛飩的老師傅，問道，「師傅，還要多久呀，到我們了嗎？」

但抬頭看看周圍的幾張簡陋桌子，也坐滿了等著吃餛飩的人，滿臉的無奈。

「哭什麼哭，老實點！」一個聲音出現在孟婆耳朵裡。

餐館中的眾人轉過身子去，孟婆和陳梁轉頭望去，見一個長相粗狂、身材威武的男人，拽著一個長相清秀、身材嬌小的女人，女人邊走邊哭，一副楚楚可憐之貌，真是我見猶憐呀。

男子絲毫不憐香惜玉，拽著女子的胳膊大步向前，女子跟不上男子速度，加上一直在哭泣，體力不支，摔倒在地。

「起來起來！」男子咆哮道：「你家父親輸了，就要願賭服輸。」

「求你了，不要賣了我。」女子哭著連連後退，向男子求情。

男子轉身一巴掌，女子白瓷般的臉上，頓時出現了五個紅紅的掌印。

二人繼續觀望。亭子裡吃飯的人也好，等待餛飩上桌的人也好，都被這一鬧劇吸引，紛紛圍觀。這時後面一個老頭氣喘吁吁趕了過來，抱起跪在地上哭泣的女子。

「大老爺，放過我女兒吧，你要什麼我都給你，你要我的命我也給，我就這麼一個孫女，一個親人呀，她才十五，把她賣了，我就沒什麼親人了，求你放過她吧！」老頭子抱住大漢的腿，一邊抹淚一邊哭著求情。

「老頭，你來賭博，賭輸了，才把自己孫女押給我的。」男子從身上拿出一封抵押的條款，展開在眾人面前，又說道：「欠債還錢，天經地

· 244 ·

義，我來收債，不是拐賣人口。」

於是原本都在數落大漢的圍觀眾人，如今都數落起老頭來。

「一開始我一直在贏的，爺爺贏了好多錢，爺爺想讓你風風光光嫁給鄰家的張三郎，你要相信爺爺。」老頭看著孫女的臉轉向那大漢，說道，「雖然輸了幾把，但是我可以翻盤的，一定是你做了手腳，是你迷惑了我⋯⋯一定是你，是你做了手腳！」老頭子歇斯底里地說。

老頭子是讀書人，曾做過秀才，後來因家裡失了火，妻子、兒子還有兒媳婦皆喪生，唯有不到三歲的孫女跟他外出，才免遭劫難。

之後，老秀才也努力掙錢養家，但不知道何時，實在沒錢了，便迷上了賭博，而今竟然將孫女抵押了出去，孟婆聽著亭子裡的人解釋。

「呵，我能做什麼手腳，都是你个知道及時收手，貪得無厭，怨得了誰。」看著抱著自己大腿的老頭，大漢露出鄙夷的神色。大漢接著伸手去拉地上的女子，行為很是粗暴。

誰都沒想到年過六十的老漢突然跳起來，扒到大漢身上，掐住了大漢的脖子。

大漢身手敏捷，將老漢拽了下來，同時，老漢拽著大漢的衣服，使得大漢露出了身後的白虎紋身。看到旁邊人的神色，大漢有些驚慌，不顧老秀才的糾纏，急忙將衣服穿好。雖然短暫一瞥，燈光昏暗，但是眾人已經看清楚了大漢身上的紋身。

看到這一幕的孟婆忽然像想起什麼，畫面一閃而過，就此待在原地。陳梁看到大漢身上的紋身，很是吃驚，急忙上前捉拿他。

事後孟婆才知道，那大漢是一個江洋大盜，曾經滅口墨家山莊，威震京城，世人皆不知這大盜長相，而唯一為人所知的，就是他身後的白虎紋身。陳梁要先去處理大盜之事，便先行離開，只留下孟婆對著桌上香氣四溢的餛飩出神。

夜未央，燈依舊，人離去後，兩碗餛飩一筷子未動，錢卻一分錢不少的擺在桌子上。倩影在燈中搖晃，最終消失在遠處⋯⋯

第二十三節

夜色正好，孟婆牽著馬走在寂靜的路上，努力回憶腦海中的那一幕。

在另一邊，被夢驚醒的蕭岩，總覺得夢中所見太過詭異，明明不會做夢了的自己，竟然做起了夢，而且對於為什麼會做這些夢，連他自己也解釋不清楚。若說之前，是希望柳嫣能離開自己，追尋更大的幸福那也還好，而今，又該如何解釋呢？何況那男子蕭岩從未見過。那是自己因為思念過深臆想出來的，還是柳嫣的某個前世或者來世？

從開始的排斥到現在的牽掛，蕭岩想要繼續入夢，想要一探究竟。

也許是夢得多了，這次入夢倒是很順利，蕭岩再次看到了那個相貌俊朗的男子。這一次，不知為何，蕭岩看著那男子的模樣就如自己親人一般，親近之感油然而生。

那年輕男子來到了一個寬闊的書房，先是懷著好奇描摹一副戰略布局圖，很是興奮。在那稱讚布防的細緻，不愧是能夠運籌帷幄的將軍，幾十年的軍旅生涯帶來的優秀天賦，讓人覺得這年輕男子記憶力實在驚人。蕭岩看見他憑空畫圖，竟然可以過目不忘。

蕭岩記得，他去某個將軍府的隱祕書房裡看到的，就是這張軍事布局圖。上面除了詳細的繪有主城各個守衛和集結之處，還有水道的和密道的方位，更讓他覺得驚奇的是，連城門守衛步驟都列出了六十二道順序，這樣一來就算一個將領戰死，其他將領也可以按照此規則迅速代替指揮。

還有全城的資源儲備地點，和看守重要資源所需的十二道順序清單。當時蕭岩也只是匆匆一看，未曾記下多少。但見這年輕人不但繪圖細緻，連圖邊百條守衛作戰的順序也一一寫出，這份繁瑣，令蕭岩倒吸冷氣，一千年難遇的奇才或許才可以有此般的能力。

這位男子將畫好的畫卷放入書架隔層的暗格之中，然後心滿意足地

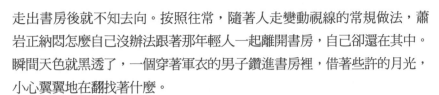

走出書房後就不知去向。按照往常，隨著人走變動視線的常規做法，蕭岩正納悶怎麼自己沒辦法跟著那年輕人一起離開書房，自己卻還在其中。瞬間天色就黑透了，一個穿著軍衣的男子鑽進書房裡，借著些許的月光，小心翼翼地在翻找著什麼。

那人赤足單襪，顯然早有預謀，雙手在月光下顯得白淨異常，指甲縫隙都看不到一絲的汙垢，他不慌不忙、不急不徐地把每本書輕輕挪開，又輕輕放回原位。一邊把耳朵緊貼在書櫃之上，像是在聽什麼聲音，約莫半個時刻，他忽然從第一格第三本書和第五格第九本書的位置，按次序分別抽離書架。

只聽見「鐺」的一聲，他像早有預料一般，用手托住書架側面的一塊木板，因為用手刻意托住，那「鐺」的一聲變得極其微弱，幾乎不被人察覺，果然書架中彈出一個暗格，他小心翼翼地從懷裡掏出塊白布，將畫卷折疊成巴掌大小，再用白布裹好，塞入自己懷中。然後依舊小心翼翼地把暗格壓了回去，並且把那兩本書原封不動的塞回了他們本來的位置。

他躡手躡腳的向門外走去，關門之前，還細細的看了一眼書房地上是否有足跡，因為只著單襪，自然沒有留下絲毫痕跡。

畫面一轉，只見坐在高位上的國君，對著一個威武的老將軍大發脾氣，最後兩個士兵把老將軍拖了下去，關入監獄。

旁邊的一位青年男子受到皇帝威脅，披上鎧甲成為主帥，領兵出征。

隨著畫面的流轉，自出征之日起，這年輕的主帥每三日收到皇帝派人送來一個錦盒，錦盒包裝奢華豔麗，每次主帥收到這個錦盒，都會雙手顫抖地將其打開。

那是一顆頭顱，每一次，錦盒裡面的人頭他都認識，這些是將軍府上服侍了超過二十年的老下人們，很多人都是照顧他長大的老人，就像他的父親一樣。每一次他都會讓手下打一盆清水來，流著眼淚小心翼翼地把錦盒裡的人頭取出，親手合上那雙死不瞑目的雙眼，洗去他們臉上的血汙，並為他們細緻地重新梳頭。

一切收拾齊備了，再小心翼翼把梳洗過後的人頭用白布一層層裹好。

之後他便喚門外小兵進來，將白布包裹的人頭和一張字條交到小兵手中。

　　小兵每一次接過後，都會將這些人頭埋葬在軍營的後山上，為他們豎了一個個墓碑，木牌上面寫的就是主帥交給他的字條上的名諱。小兵按照主帥的囑託，給每個小墳包前都祭祀了三柱香和些許白酒，再各自化了些紙錢元寶一類的，小兵會照主帥要求，邊化元寶邊念念有詞：「帶足往生錢，安心上路，不必留戀，來世再見。」

　　這個事情，年輕的主帥做了二十三次，他的小兵也足足做了二十三次。收到第二十三個錦盒之時，年輕主帥打開之後，看見裡面布滿皺紋的臉龐，身體忍不住顫抖了起來，眼眶流下兩行清淚。

　　這張臉的主人，從他兒時起，他就常常坐在他的肩頭，他帶著他看樹上的花，帶著他夜半去看蟬兒怎麼退殼，帶著他在河裡游水撈泥螺……這是他家的老管家，也是他父親砥柱而眠的小兵。十來歲參軍就跟著父親，直到後來因被弓箭射傷了大腿，長途行走多有不便，父親就把他召回府裡當管家，從小到大連父親娶母親的裡裡外外瑣碎雜事，都是他帶人操辦細緻。年輕的主帥抹乾了眼淚，他明白這是第二十三個錦盒，還有一個，如果自己再不行動，第二十四個錦盒裡，將是父親的頭顱。

　　畫面一轉，年輕的主帥面無表情地率軍出擊，下令進攻，進攻之前，他悄悄寫了一封信放在千機銅盒裡，讓親信喬裝立刻送信，他寫的時候，蕭岩看見，信上只有「快走」二字。

　　畫面又是一轉，敵軍旗倒，親信在紛亂的戰場之上找到主帥，面帶焦灼與其耳語幾句，只見他臉色大變，讓信號兵吹起號角，立刻要求撤軍回營，奈何已經晚了。進攻勢如破竹，士兵們蜂湧而上，年輕隊主帥卻下令退回，讓士兵不再進攻，正當士兵們不知所措之時，只見一位皇子來到了信號兵的跟前，將年輕主帥的帥旗一把奪過，接替了主帥之位，下達了繼續進攻的命令，帶領大軍更加激烈地往前進攻，攻入前面的城門中。

　　在那位皇子的指揮下，軍隊在敵人的城池裡瘋狂劫掠，老人孩子無一倖免，這時一位年輕的男子瘋狂跑到城門口，在無數屍體裡瘋狂翻找在他的後面奔跑時面帶潮紅、氣喘吁吁的小兵。

雖然明知是在夢境之中，但蕭岩忍不住為那些屈死的亡魂而心痛，生命可貴，可是剎那便會消亡。

　　這悲慘的噩夢，蕭岩閉上眼睛，希望自己能從這噩夢之中醒來。但想睜開眼睛的時候，眼皮就像被膠水黏住了一般，怎麼也睜不開，身體似乎還有有千斤巨石壓身，半點控制不了自己。

　　畫面再一轉，從血腥的戰場，轉到了琉國將軍府的門前。門前被皇帝的衛兵層層把守，密不透風。

　　一個瘦脫了形的老人家走出將軍府前廳，看著緊閉的大門，眼神充滿了絕望之色。蕭岩覺得這長者樣貌似曾相識，也十分親切。他剛想再仔細看看，只見老人家抽出一把劍，手一揮，自刎於前院中，下人們嚇瘋了，到處找人，接著那個年輕的男子瘋了一樣地從內屋跑了出來，抱著將軍的頭放聲大哭了起來。蕭岩抑制不住心中的悲傷，他在夢中不斷的提示自己，這只是夢境而已，不是真實的，可是眼中還是有淚水滑落。

　　接著一個夫人一手握著手絹出來，這個夫人體態清瘦，顯然挨過了煎熬的歲月，但是氣質十分高貴。夫人輕步走出來，臉上帶著淚痕，對那年輕男子道：「兒啊，若是爹娘早些做了斷，就不會讓你如此為難。從今往後，再也沒有人能逼你了。」

　　不等年輕男子答話，她又深深地看了一眼兒子懷裡的父親，說了句：「你等等我。」

　　蕭岩眼見不妙，急忙撲過去想制止夫人的舉動，但卻撲了個空，這才想起，自己這是在夢裡，什麼也做不了。只見夫人優雅從容地從長袖中拿著短刀插入自己胸口，沒有一絲遲疑和不捨，瞬間，鮮血噴濺在石板之上，濺射在年輕男子手上。

　　年輕男子抱著兩具屍體，放聲大哭，這一幕讓蕭岩心如刀絞，又有一種徹骨的痛楚，那種痛楚如針扎般遍布全身。他站在原地看著，彷彿自己就是那男子。

　　畫面再轉，那年輕男子穿著一身的孝服，面無表情，如行屍走肉般，兩眼空洞無神，只是手裡牢牢握著火把，在遍布屍體的皇宮中行走，這時

候鮮血還在一些屍體上往外冒，他最後將火把扔進了大殿，遍布血跡的大殿空無一人，很快整個皇宮冒出濃濃的煙塵，火勢被點燃後向外蔓延，接著整條大街被火吞噬，人們原本打算去救火，但太猛了，已經救不下來，人們於是四散而逃。

那男子頭也沒回，獨自騎馬去了一座布滿屍體的空城。

蕭岩知道，那裡是古璃國。

年輕男子到了這死寂的空城，一言不發地開始清理城池中的屍體，把一具具屍體擺放平整，用清水為他們洗去臉上的血汗。渴了就隨意喝口井水，餓了就在空城中翻找幾個早已餿掉的饅頭，累了就與那些屍體睡在一起，日以繼夜地重複著一樣的行為。不過半月，他就染上了重病，精疲力竭地死在一座沒有姓氏的土墳前。臨終時，兩行眼淚奪目而出，嘴裡喃喃自語道：「渥丹，我錯了，我來找你了。」

這是蕭岩第一次在夢裡聽到這個叫賽奎的男子說話，也是才知道他的姓名。原來這裡是璃國，這是琉璃兩國的那場戰爭。

夢終於醒來，摸著潤濕的眼眶，蕭岩發現自己在夢中竟然不知不覺流出了眼淚，弄濕了鬢髮。蕭岩拖著沉重的步伐，走出房門，現在他唯一心中僥倖的，便是夢中的那個女子不是柳嫣。

來到河邊，蕭岩默默地做了一個孔明燈，一筆一劃寫上柳嫣的名字，祈願柳嫣來世可以一世長安。

正巧走進別院的孟婆看到了這一幕，忽然憶起那一幕，心中一陣不安：「難道賽奎的轉世就是蕭岩？」

賽奎左後肩膀背上也有一紅色胎記，呈老虎下山之狀。而當日軍中，蕭岩也給孟婆看過他背上的胎記，兩個幾乎一模一樣。

渥丹自小和賽奎一起長大，從小就知道他有此胎記，但之前靈魂缺失，記憶如碎片般呈現，而今新的靈珠進入身體之後，那些被忘卻的回憶又重新浮現了出來，組合起來。

「真的嗎？」孟婆問自己。此時的蕭岩正高高舉起孔明燈，將要放飛。孔明燈飛上了天空，蕭岩抬頭靜靜仰望，背後露出老虎的一隻耳朵。

孟婆忽然想起冥帝和墨說過的話：「一個人轉世輪迴之後，如同再造，一切都會發生變化，但當你遇到一個人，身上還保持著上一世的某些特點，那說明此人受到了詛咒。」

　　「灼魂記，一定是的。」孟婆自言自語道。

　　灼魂記是一種詛咒，這種詛咒，是在這個人的靈魂上刻上某種烙印。但這種詛咒有一個特點，會透過胎記實現，將詛咒烙在胎記上，而這個胎記，將伴隨被詛咒之人的每個轉世輪迴。

　　但是這種東西只能自己心甘情願時才能被施咒，賽奎又是為什麼？是因為對辜負渥丹的愧疚、對讓父母自殺的愧疚，還是對那些無辜死去的將士和百姓們的愧疚？

　　蕭岩看著孔明燈飛遠，低首，回過頭來，正好看到一旁靜靜沉思的孟婆。孟婆站在院牆邊，面容隱藏在黑暗裡。

　　「孟婆？」蕭岩問。

　　「賽奎，我真不想再遇到你，生生世世都不想再見到你，可命運難測，可偏偏又遇到了。」孟婆語氣淡淡，聽不出情緒。

　　「你在說什麼？」蕭岩大駭，又追問道。

　　孟婆從黑暗中慢慢走了出來。平日裡平易近人的孟婆，此刻全身彌漫著陰鬱和戾氣。而更讓蕭岩驚駭的是，他竟然在孟婆身上看到了柳嫣的影子。孟婆眼神中的痛苦乃至隱忍中的高傲，錯不了。

　　柳嫣就是孟婆，高傲自然共通，所以孟婆十分驕傲，絕不允許自己失態。

　　「賽奎？」蕭岩有些吃驚，一下子想到了夢中那個叫賽奎的年輕主帥，「我是賽奎轉世？」似乎在肯定，又似乎在詢問。

　　「是的，賽奎，今世的蕭岩。」孟婆語氣淡淡道。

　　「那渥丹是柳嫣嗎？」蕭岩不自覺地問出口。

　　「渥丹是我，柳嫣是我，孟婆也是我。」孟婆對著蕭岩笑了起來唇色鮮紅，笑容卻滿是寒冷：「渥丹因被最愛之人背叛，身負國仇家恨，在冥府忘川之中日夜傷感，最後魂魄分離，她的一縷魂魄因執念而飄蕩到人

間，投胎成了柳嫣。而失去完整靈魂的渥丹，就在奈何橋邊做了幾百年的孟婆，那就是我，我需要做孟婆，以此來贖清自己前世深重的罪孽。」

蕭岩呆住了，此刻一切的言語都是蒼白的，看著眼前的孟婆，臉上重疊著柳嫣的容貌，他只是怔怔地站在原地，認真地看著這張熟悉的面孔，張嘴似乎想要說什麼，卻久久開不了口。

兩個人都默不作聲，空氣就像凝固成石頭，時間的流逝變得極其緩慢，慢到兩個人都聽得到對方的呼吸。就這麼面對面站著，一個因為驕傲而不屑於多言，一個因為慚愧而不知如何開口。

「賽奎的確錯了，我也的確錯了，可是我為何前世和今生都犯同樣的錯？」蕭岩頹廢地說道，所有的神采都消失了。

孟婆輕輕一笑，打量著蕭岩。這種打量，無異於剮刑，蕭岩甚至不敢去看孟婆的眼睛。那裡有渥丹的恨、柳嫣的不甘，還有對懦夫的嘲弄。

兩個人就這麼站著，誰也沒挪步，誰也沒再開口說一個字。

靜默有時如同一把殺人刀，讓人不寒而慄，也不知道默對著站了多久，直到陳梁回來：「大晚上的，你們兩個站在這裡幹嘛？」

陳梁忙完公務回來，已然是深夜，進了院子突然看見蕭岩、孟婆兩個人面色不對地對站，把他嚇了一跳。再仔細觀察，兩人四周的氣氛壓抑不已，喘不過氣來。

「放孔明燈呀，這京城不比邊地，一般不能放孔明燈的，怕燃。」陳梁打著圓場。

但孟婆自顧著轉身離開，一個字也沒說，就像當兩人是透明的一般視而不見。院子裡只留下不知所措的陳梁，和心事重重的蕭岩。

「發生什麼事了？」

「做了錯事，可以被原諒嗎？」蕭岩沒有回答陳梁的問題，反而輕聲問。

「那要看多大的錯了？」陳梁道：「若是劫富濟貧，可以被原諒，若是殺人放火，則萬萬不可被原諒。如果把我們的國家賣掉，那麼就再也原諒不了。你呢，你犯的是哪種錯？」

「那我就是不可被原諒的。」蕭岩苦笑。

「到底怎麼回事呀？」陳梁心憂。

蕭岩身子有些站不穩，大概是心力憔悴，陳梁趕忙把蕭岩扶進屋，給他倒了杯水，讓他坐在床上休息片刻。蕭岩倚靠在床柱上，眼神呆呆的看著陳梁，用幾乎沒有任何情緒起伏的聲音，把一切告訴了陳梁，他平靜地表述，就像在說一個別人的故事一樣。

賽奎偷描摹璃國戰略軍事布局圖，而被投機之人偷走；賽奎看不清局勢，負了渥丹的情意，負了父母的期待……

待陳梁聽完時，陽光已經來到屋子裡，已經旭日東昇了。

陳梁邊聽心裡邊是驚駭無比，他們之間竟然前世有如此的糾葛。但他只是扶著蕭岩睡下，又順帶說了幾句寬慰的話便離開了，讓蕭岩獨自一個人靜一靜。

曾經自我封印的記憶，孟婆重新解開，那多年的驕傲與悔恨，又一股腦湧上心頭，孟婆靜靜地蹲在地上，小聲抽泣。隨後劃破空間，去了冥界，那是她的避難所。

連綿的曼珠沙華最是好看，耀眼的紅色，生命的活力噴湧而出，孟婆很是喜歡。曼珠沙華的紅色，正是渥丹和柳嫣皆鍾情的紅色。

那是生命的意義，也是戰場的定格。漫無邊際的紅色戰場上，紅色淹沒一切，印刻在渥丹去世時的最後一刻，讓她不斷回憶起來，但是孟婆每每回憶起來，都會心如刀絞，所以就讓柔弱的花代替，代替那不斷的譴責和傷懷。

曾經看花是花，如今看花不是花。

踏上奈何橋，孟婆遇到了正在給人餵孟婆湯的招弟，招弟在忙碌之中與孟婆打了個招呼。那臉上明明帶著笑容，明明很是友好，但她那詭異的胎記，讓孟婆覺得很是猙獰，有一種從心底升起來的恐懼和噁心。

再走，孟婆便遇到了冥帝和墨。

「回來了，有什麼問題嗎？」冥帝和墨彷彿在等待什麼。

「我想知道在渥丹受罰之時，賽奎都發生了什麼？」孟婆問。

「他主動受了灼魂記。」冥帝雙手放在背後，輕歎一口氣：「其實在渥丹受罰之後，沒過多久賽奎便來了。那時他跪倒在渥丹的墓地前始終不願意離開，牛頭馬面想帶他回來，還被他打了一頓。

「牛頭馬面哭著喊著來到冥府大殿之時，我正在喝茶，看見他們這副模樣我十分生氣，我冥界的鬼差怎麼如此不中用？前幾天被鬼打了一次，沒過幾日又被新鬼打了一頓，每次都鼻青臉腫地來找我收拾爛攤子。但沒辦法，我只能再親自去一趟，我帶賽奎回來後，他主動問我，如何才能永世經歷相同的因果。我問為什麼，他說，他想為自己贖罪，更想懲罰自己。所以他受了灼魂記，而那詛咒便凝固在那猛虎胎記中。」

孟婆靜靜聽著，眼簾下滑了一寸。

「還要告訴你一件事，因為渥丹和賽奎都打傷了我手下的牛頭馬面，所以都要受罰，渥丹成了孟婆，賽奎背負命運轉世輪迴。說來也好笑，渥丹成了孟婆後送出的第一碗孟婆湯，正是給賽奎的。」

孟婆眼神一顫。孟婆還記得，成了孟婆後的她，失去了一部分記憶，但是她始終記得接過她第一碗孟婆湯的那個鬼魂。孟婆懷著熱情，送出第一碗孟婆湯，嘴裡叨唸著：「奈何橋旁孟婆湯，一飲堪斷紅塵事。」

那鬼開始的時候無動於衷，只是盯著她看，待她將手中的湯遞過去，他才揚起手臂，木訥地抬起頭，孟婆對上了那鬼的眼睛。那個魂魄不言不語，無聲無息，雙眼彷彿黑暗的深淵，不帶一點人間色彩，若是從地獄中出來的幽靈。

來到奈何橋，飲下孟婆湯之前，所有的鬼魂還保存著前世的記憶，他們對於死亡透露出各自真實的心理，或是哭鬧，或是憤恨，或是吃驚……在奈何橋頭，孟婆早已看清人生百態。

孟婆當時被這樣的眼神弄得慌亂不堪，轉而覺得自己也滿倒楣的，剛做了孟婆就遇到這樣棘手的魂魄。之後百年，孟婆還時常想起那個鬼魂枯寂的眼神。

「你剛才見到招弟了吧！」冥帝和墨似乎想要說什麼，又說道。

「嗯，我如今仔細看看她臉上的胎記，很像灼魂的痕跡。」孟婆回

答道：「他臉上的胎記也是灼魂記嗎？」

「不是，灼魂記是心甘情願承受的，而她是因錯而受責罰，她的胎記是烙魂鐵所打下的烙印。」冥帝緩緩說道，「你只知道她前世淒苦，卻不知這淒苦的根源。」

「根源？」孟婆喃喃道，一張網正在展開，所有的資訊正在指向同一件事情。

「招弟幾百年前是個小乞丐，終日在街上乞討，時常在狗嘴裡奪食。有一次他偷了東西，被人追著打，打得馬上就要死了，結果一位路過的將軍救了他，讓他做了自己兒子的伴讀。將軍的兒子與他情同手足，甚至將自己的祕密相告。結果他卻有自己的算計，他偷了將軍兒子的東西，將東西交給君王得了封賞，也成了將軍，而這讓那君王當即下令開戰，導致戰爭異常慘烈，每到一城，十不存一，滿城骸骨。」

孟婆的嘴角有些顫抖，欲說而不能。

「那個將軍姓賽，將軍的兒子叫賽奎，那城便是璃國的國都。」冥帝又道。

此時的孟婆不知道該說什麼，只是呆在原地。

「過錯是要找人背負的，但幾百年都已經過去了，你們也都該放下了。」冥帝和墨眼神柔和地盯著孟婆。

「但我已經背負慣了，忘不了。」孟婆凝重地搖著頭說道，隨即轉身離開。

看來冥界也不是一個避難所。

兜兜轉轉一圈，從冥界出來，還能去哪裡？璃國已經成了狼族的家園，曾經的家園沒了，不去打擾才是最好；柳宅是柳嫣的家，不屬於孟婆，更不屬於渥丹；最後，孟婆只能落寞的回到了陳梁家。

旭日東昇，孟婆返回肉身後，這時響起了清晨的第一聲雞鳴。

另一邊陳梁已經理清了蕭岩這邊的敘述，把事情的來龍去脈整理好，想找孟婆談談，於是他徑直地就去了孟婆的房間，孟婆正拿著一本兵書。

「小妹，我可以進去嗎？」陳梁手扶在門把上在門外輕聲問。

「進來吧！」孟婆半放下兵書，語氣平平淡淡。

「那餛飩還行嗎？沒能陪你吃完，真是可惜呀。」陳梁掩飾道。

「嗯。」孟婆語氣一如既往的平淡，卻讓陳梁覺得另外一個人在說話，全身都有些不自在。

「剛剛蕭岩說他做了一些夢，夢到了前世的故事。」陳梁抬頭盯著孟婆的眼睛看，接著道，「我一直想不明白，他為什麼會那麼頻繁地夢到前世的事情？」

陳梁邁出了試探的第一步。

「這誰又知道呢，或許是因為時間到了吧，也或許是灼魂記保留了他前世的記憶，這些記憶在恰當的時候才會解開。」孟婆漫不經心地回答。

「灼魂記！這被詛咒者心甘情願時才能施行，一種加注在魂魄上的詛咒，每世的輪迴都重複著同樣的因果，直到贖清了所有的罪，詛咒才會解除，靈魂才能得以解脫，這是一種對自己很殘酷的懲罰。」陳梁有些吃驚，原來蕭岩的過去更加曲折。

「賽奎當初願意被詛咒，那他要累生累世重複的因果是什麼？」陳梁問。

「永世戰場殺伐，血染黃沙；帝王不仁，荒山埋骨；負了所愛，伴了寂寞。」孟婆幽幽地說道，陳梁感到一絲憤恨流淌在裡面。

陳梁驚了一下，說道：「灼魂記已經開始釋放記憶，是不是說明詛咒已經開始消退，他的罪孽也要還清了。」

過去好幾百年了，灼魂記都開始消退了。

陳梁見孟婆盯著兵書的眼睛停留在同一處，顯然是在聽，便輕聲道：「想聽一聽蕭岩夢到了那一世賽奎的什麼景象嗎？」

「沒意思，不想知道。」孟婆調過頭，繼續看書，不過用手翻了一頁書，以此來掩飾剛才的失態。

「就當作別人的故事吧，你以前不是最愛聽故事嗎？」陳梁笑著道。

孟婆沉默起來，也不再翻書，陳梁便將故事全部說了出來，講述了賽奎被盜的戰略布局圖，賽奎收到的二十三顆頭顱，還有下達最後攻城命

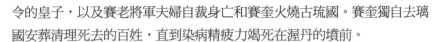

令的皇子，以及賽老將軍夫婦自裁身亡和賽奎火燒古琉國。賽奎獨自去璃國安葬清理死去的百姓，直到染病精疲力竭死在渥丹的墳前。

面無表情聽完故事的孟婆，也翻完了一本書，冷靜的讓人害怕。

「你放心吧，我不會恨他的。」孟婆淡淡地說道。

「我知道，你和柳嬤一樣，這樣高貴而驕傲的人怎麼會恨著他，又怎麼會將一個男人當作絆腳石，你們是不肯原諒自己罷了。」陳梁道，「我們男子總是會把自己看得太重，所以背負很多，而你們，一旦驕傲起來，背負的又何嘗少我們男子半分。」

孟婆看著陳梁，面色舒緩起來：「說起來，柳嬤還是因為我才去世的。」孟婆捏緊五指，有些自責。

「柳嬤不是因為蕭大哥傷心才臥病不起的嗎？為什麼你要這麼說？」陳梁不解，反問孟婆。

「那就要從我的前世說起，那時我還是古璃國的渥丹，璃國的女將軍……」就像陳梁給她講的那樣，孟婆也將自己的故事原原本本告訴了陳梁。渥丹與賽奎從定親到退婚，再到兵戎相見，賽奎背叛，渥丹身死，分裂出一縷魂成了柳嬤，而她成為孟婆。

其實兩個人都明白，悲劇的根源在古琉國皇帝想要吞併璃國，想要完成統一的大業，這是悲劇的起源，它導致渥丹和賽奎兵戎相見，部下的將士和兩位皇帝統禦下的百姓，都成了犧牲品。

渥丹和孟婆忠於各自的祖國，擔負不同的責任，兩國交戰，所以他們站在不同的對立面，即使要開戰，都為自己效忠的國君而戰，並沒有過錯，只是可惜他們之間有情，將軍是不能有情的。

渥丹至死都在保衛自己的國家，她沒有錯，反而很是可憐。一位被愛人背叛，另一位國滅的芳華女子，她犧牲了自己的愛情和生命，卻還是陷入到對自己的憎恨中，無法解脫。

作為將領，見獵心喜，一時好奇記下地圖沒有錯，錯的是那小人偷走地圖，企圖某得地位，獻給君王，他成功了，但是導致戰爭提前開始，流血千里，至今仍在為補罪。

在進攻之前，賽奎提前寫一封讓渥丹逃跑的信，是因為他深愛著渥丹，但那時的渥丹心繫祖國，個人的愛戀已經被這股情緒所消滅。渥丹用生命告誡賽奎，讓他看清了君王的無恥、皇后的狠毒，在那時，賽奎保護不了渥丹，也保護不了家人的安危，甚至連自己也保護不了。

父母和親族的性命都在君王手中，直到父母自刎，才懂得這一切，他沒有看透，無情的君王是不值得擁護，仁愛才是正道，在父母的鮮血和生命中，賽奎成長了。

孟婆呢？她是這樣高傲、堅強、果斷的姑娘，但同時她也十分脆弱。將父親的慘死與軍事布局被敵軍掌握的事情歸咎於自己，將國家的命運一肩扛起，沒有怨恨別人，只是責怪自己，致死都不願與自己和解。若是問渥丹最恨的人是誰？不是蕭岩，她會答就是她自己。

前世的蕭岩為自己間接害死的無數條生命而懺悔，為自己的無知而痛苦，所以他願百世輪迴，直到贖清所有的罪。

一個太驕傲，驕傲到不願意與自己和解；一個太認真，認真到願意千百世承受相同的因果，直到被原諒的那一瞬間。

而今，一切都已經解開，幾百年過去，曾經的愛恨都被抹平，只剩下兩個人固執地不肯低頭。

「柳嫣是我的一縷魂，而我的出現，對我們彼此都產生了吸引，所以從那時起，我前世的記憶便如潮水般湧來，而她又因受到感情的震盪，病了一場，導致靈魂虛弱。我的靈魂太強，對她反而成了一種壓迫，導致她的靈魂想著急忙逃離，最後虛弱致死。」孟婆道。

「原來如此。」陳梁喃喃道，吐出一小口一小口的氣。

「該問的都問了，該說的也都說了，也沒有什麼好講的。」孟婆道，今天她太累了，想獨處一會兒。

「人人都有自己的命運，此刻的果是之前所導致的。」陳梁感慨道。

「改天去吃餛飩吧，這次讓蕭岩請客。」陳梁試探，想調解兩個人數百年的恩怨。

孟婆不答，只是看著陳梁，眼眸像碧綠的潭水，深不見底。

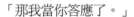

「那我當你答應了。」

離開後的陳梁又去找了蕭岩，陳梁將孟婆的故事講給了蕭岩聽後，蕭岩一片心痛，更加憎恨自己曾經的過錯。

之後幾日，風平浪靜。

這幾日蕭岩一直不肯離開房間，時常站在窗戶前出神地看著外面。

另一邊孟婆也在房中閉門不出，獨自看書。

兩人閉門不出的日子持續了小半月，陳梁擔心兩人情緒又鬱結起來，於是在一個月光揮灑銀光的夜晚，強行連哄帶騙地拉著兩個人陪他一起去吃餛飩。

亭子依舊簡陋，但是絲毫不影響餛飩的美味。

「孟婆，對不起。」蕭岩鄭重地說道。對不起什麼，三個人都知道，氣氛陷入沉默。

「不用說對不起，我們現在只是盟約關係，無關其他。」孟婆淡淡的說。

蕭岩見好就收，畢竟這是多日來，孟婆第一次主動搭話。

「以茶代酒，敬你一杯。」蕭岩道。

孟婆捧著手裡的茶小口撮著，並未多言。

愛情早已經在百年歲月裡抹平，兩個人才發現，原來再銘心刻骨的愛與恨，終究抵不過歲月的侵蝕，只有兩人那並肩作戰的朋友之情，而這份友情，誰都不想被過去的不堪所玷汙。

孟婆驕傲，但不是不通情理，何況奈何橋邊那麼多年，她看了太多，也知道了很多，而今突然回憶起來，曾經的那份恨意也看得越來越淡，幾百年過去了，該放下的就放下吧。即使習慣了扛起，只是這怎麼可能輕易放下？兩個人都需要一點時間。

陳梁見兩人開始說話，與幾日前的深夜庭院對視而言，氣氛緩和了不少，這小半月兩個人都沒出房門，或許也都想通了、釋懷了。

窗外的月光鋪灑在大地之上，帶著冷漠又帶著些許的溫情……

第二十四節

人生不過彈指一揮間，雁過無痕者，始終多過青史留名者。

經歷過繁華熱鬧的人會害怕寂寞，生前可以享受萬人相伴，那死後呢？便用豐功偉績活在人們心中，留名青史，萬世不朽，這是所有帝王的追求。就如所有帝王都會關心自己在歷代皇帝的聲譽一樣，名利名利，名在利前。既然一國皆為一人所有，那麼對他們來說，利的吸引力變得更加輕飄。比起可以流傳千古的，怎能讓人不癡迷。

新帝就是這樣一個想要開疆闢土，完成目光所見之地統一大業的人，為了自己能夠被歷史永遠記住，他不惜付出任何代價，讓一個國家成為自己私欲的玩具。

新帝五年二月，宮中密詔，令蕭岩即刻進宮。看著擺在眼前的詔書，再想起中午時分就去宮中的蕭岩。孟婆一遍一遍地詢問陳梁：「蕭岩還沒回來嗎？」

「還沒。」陳梁同樣憂心忡忡：「北方已經沒有敵人了，遍布國內，再無敵手，新帝為何要忽然召見蕭兄，且是單獨相見，不知所謂何事。」

「還有，你們的新帝可不是耐得住寂寞的人，敵人是找出來的。」孟婆悠悠點醒陳梁。

陳梁一驚，醍醐灌頂，看向南面。

「小妹你的意思是說，新帝想要發動戰爭，蕭兄又要帶兵出征了！」陳梁臉色一變，接著道，「蕭兄不會願意去，之前北邊大戰，徵收的物資已經讓許多百姓冬天的口糧都快沒了，況且他如今沒過那奈何橋的原因，就是為了阻止新帝無止盡的野心。」

「會的，這次他會答應新帝帶兵出征的。」孟婆倒也不慌，淡淡地說道，「不過這是緩兵之計。」

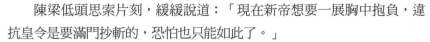

　　陳梁低頭思索片刻，緩緩說道：「現在新帝想要一展胸中抱負，違抗皇令是要滿門抄斬的，恐怕也只能如此了。」

　　「等蕭岩回來再從長計議吧，你先忙你的，我去看看。」孟婆於是走入房門。閉上眼睛，靈識飛出，往皇宮方向去，畢竟是要實現蕭岩的心願，還是按照蕭岩的想法走。

　　一早被叫入宮的蕭岩，來到眼睛帶著喜色的君王面前。

　　「蕭將軍這段日子也歇息的差不多了，再給朕做一件事吧！」新帝穿著明晃晃的華麗衣袍，站在最顯眼的大殿上，用最驕傲的神情，命令著跪在地上的蕭岩。

　　「臣的本分，陛下請講。」蕭岩其實已經猜到新帝即將下達的命令。

　　「如今北方狼族平定，但南方蠻夷甚是囂張，騷擾我邊界地區已久。趁著剛打完勝仗，眾將士士氣正高漲，將軍請將南方蠻夷一舉拿下，震我朝之威。將軍或可青史留名，兵馬大元帥一職。」新帝越說越興奮，激動地站起來，面朝南方，伸手指向南方，彷彿此刻已經拿下了那廣袤肥沃的土地，完成千古一帝都未曾完成的大業。

　　但蕭岩只是盯著新帝，「陛下，臣有一言，不得不說，望陛下傾聽。」蕭岩不卑不亢。

　　「什麼？說吧！」正在向蕭岩展示古往今來所有帝王都沒有做到的事情的抱負，這個時候蕭岩出聲打斷他的心境，新帝面色由潮紅像潮水般消退，語氣不善起來。

　　「陛下，北方將士之前與狼族之戰，已經持續多年，年年增稅，又時常遇上大旱，國庫早已不足，若不生養休息，此時此刻出兵那蠻夷之地，得不償失。若是押後幾年，百姓豐衣足食、人口興旺，國庫錢財堆積如山，此時大軍出征，便可燎髮摧枯，一戰告捷，望陛下三思。」

　　「國庫雖虛，但將士勇氣仍在，此刻奔赴南方，亦可一戰告捷。朕比誰都清楚，蕭將軍只管聽命便是。」聽到蕭岩出言反對，想要征伐大業停下來，試圖拖延成就他前所未有的功業，新帝眼睛瞇成一條線，面帶慍色，原本調過來看向蕭岩的眼睛，也重新回到南方蠻夷之處。

「陛下，聽臣一言，此刻南伐蠻夷，耗資巨大，將士或許十不存一，原本空虛的國庫會直接耗竭，朝堂之上的先帝老臣定會竭力反對，到時陛下舉步維艱，帝國元氣大傷。」

「蕭將軍，國家大計自有朝廷重臣，將軍該率軍出征，征伐蠻夷。他事，請勿多言。朕在，天下在，萬事無虞。將軍只需即刻赴南方，讓蠻夷知我天國之威即可，不必牽掛家中事務，蕭將軍的宗族，朕會派軍守護，可好？」新帝站直了腰，側視蕭岩，語氣越來越冷。扣壓父母宗族，若不從命，琉國君王連發二十三個錦盒的事情必將重演。

「將軍凱旋，嬌妻薄命，此事將軍大可不必憂心。這等尋常女子怎麼配得蕭將軍，將軍英姿颯爽、又是年少俊才。此女桀驁不馴、又性情剛烈、將軍征戰多年，越是戰場上性情桀驁不馴之人，回到家中越要調養身體，尋一位溫柔可人的夫人才是。將軍南伐，得勝歸來之時，便是朕賜婚之日。我皇族十三位公主中，賜予將軍一位結為夫妻。到時蕭將軍開疆有功，便可與我皇族姻親，此等佳事，定可流傳百世。

「那時，我們互為姻親，什麼矛盾才能越過血緣的界限，蕭將軍你說是嗎？」新帝盯著蕭岩，眼神如草叢裡出沒的毒蛇。

「謝陛下聖眷。蕭岩願意為陛下肝腦塗地，為我朝再拓疆土，讓南蠻之地沐浴我天國之輝。」蕭岩終於絕望了，新帝剛愎自用，好大喜功，一味開戰卻不知體恤民力，將來定有禍患。

「軍隊裡傳蕭將軍是常勝將軍，可不要讓朕失望呀。」見蕭岩強硬的態度軟化，服從自己的安排，新帝緊皺的眉頭舒展開，露出一閃即逝的笑容，繼續說道：「朕也知道，如今朝中，除了蕭將軍北伐南方蠻夷，其餘人等唯有陳梁可以一用了。

「十日前，我讓陳梁接下軍中事務，他處理得當，已成朕的左膀右臂。如今陳將軍不可輕易出征，也只能勞煩蕭將軍多多辛苦了。三年前朕命你出征北方狼族，將軍作戰迅猛，沒有讓我失望，若是朝中如東青之類的將領，無法如此之快地征服狼族，統一北方，若非如此，那防禦狼族的城牆也不知道還要立多久，不知道還要打多少年。」

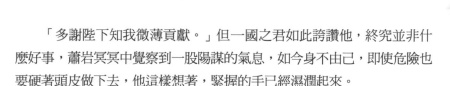

「多謝陛下知我微薄貢獻。」但一國之君如此誇讚他，終究並非什麼好事，蕭岩冥冥中覺察到一股陽謀的氣息，如今身不由己，即使危險也要硬著頭皮做下去，他這樣想著，緊握的手已經濕潤起來。

果然，新帝開始露出獠牙：「近日坊間有小人之輩，離間你我君臣之情，竟說蕭將軍若帶重兵南下，恐如南越王，百招不回……」新帝眼光浮動在蕭岩全身上下，意味深長，眼睛很是模糊。

蕭岩舉手捂胸，沉聲回應：「陛下竟有此言，臣惶恐。臣一身報國，不曾有半點私心，若違背此誓，教我生生世世，荒山埋枯骨，孤魂無所歸，不渡奈何，永遠徘徊六道輪迴之外。」

「蕭將軍言重了，朕從來沒有懷疑過蕭將軍的忠心，那些離間你我君臣的小人，朕已命人將他們剪去他們的舌頭，作為誹謗的代價。蕭將軍出征南伐時，朕排監軍參謀二人，你帶上他們，有什麼事情也好有個商議。」新帝露出狡猾的笑容。

蕭岩低頭，臉上帶著謙卑。

「張贛將軍徇私枉法，放跑了間諜，朕讓他去戴罪立功，朕的皇弟，早已想要大展身手，朕給他找個機會，讓他去輔佐將軍，磨練性情，若將軍聽令，這二人就交給你了。望將軍務必保他二人回來，若不然，將軍就在南方永鎮邊關吧！」

「臣遵命。」蕭岩知道新帝的命令出口，自己或許就回不來了。新帝明說讓張將軍戴罪立功，實則是監督；皇弟謀權篡位，說著去輔佐，其實是要他去送命。

新帝的兄弟有兩個，一個癡傻，定然無法上戰場，而能上戰場的，自然是陳梁父親所諫言要立為太子的斷指三皇子。新帝登基之後，不斷給這個弟弟出難題，這位斷指的三皇子每次都被新帝安排一些危險的事情，意圖取他性命。先帝在時，三太子見大勢已去，便說自己退出皇位爭奪，那時新帝還不是太子，於是兩人達成協議，想不到如今太子要對他下手。

蕭岩暗想，此次出征，或許是最後一次了。三皇子再如何知進退，再如何能與新帝虛與委蛇，這次怕也是活不下去了。南方的蠻夷，兇猛異

常，族群觀念極強，每逢作戰，必定竭盡全力，之前駐守在那裡的將士，每次換防，損失慘重，同鄉十個人，能回來四個人就已經非常好了。況且那戰場刀劍無眼，誰知道誰的刀劍將要刺向誰？此次，新帝想要兄弟命喪戰場，當然蕭岩只當個觀眾罷了。

下了密旨，蕭岩退出大殿。

這一切，坐在大殿屋梁上的孟婆聽得清楚。

蕭岩走出大殿後，看著身後只有靈識的孟婆，兩人不說一句話，一路安靜地回到了陳府。此刻陳梁正坐在院子，抬頭看著西南方向的星辰，獨自沉思，聽到推門的聲音，見蕭岩回來，便問：「怎麼樣了，新帝說了什麼？小妹呢？她說她也去宮裡的。」

蕭岩不言語的向自己身後指指，陳梁才記起自己看不見靈識，而蕭岩看得見。走在蕭岩身後一聲未發的孟婆，想起自己還是渥丹時，也曾如此亦步亦趨跟著賽奎的腳步，安靜幸福的走著，回想起那段歲月，想起賽奎當年曾送渥丹一枚華勝，佩於額髮之前。那時他還附了一首詩，孟婆記得清清楚楚：

汝持東陵玉，吾有海東珠。

翠色驪光現，綺鬢照弦月。

羅裙著搖綴，和笑佩鸞釵。

時光如流水，洗掉所有的愛和恨。只是那時渥丹心中都是對賽奎的信賴和愛意，還有渥丹對兩人婚後生活的美好憧憬。如今百年，物是人非。

孟婆的靈識飛回房內，回了身子，便起來到院子裡，和蕭岩兩個人跟陳梁坐在石桌椅上，商談該怎麼辦。蕭岩將他和新帝的對話一五一十全說給了陳梁聽，越說越陳梁臉色越來越難看。

陳梁起身走出院子，看看了四周確定無人，回到院子裡輕聲地跟孟婆說道：「有件事情在我心裡壓抑了很久，父親描繪了一個悲傷的未來，我總希望父親的判斷是錯誤的，但是目前為止，新帝的舉止，還有咱們的際遇，父親所有說的都應驗了，如今我不知道該怎麼辦。」

聽到這裡，孟婆來了精神，催促陳梁把當年的事情說清楚。

「好。」陳梁無奈的說：「先帝在時，父親曾單獨見過應詔一次，先帝詢問父親對新帝的看法，這件事情也就只有他一人知道，父親說新帝繼位之後必然攻打北方，待北方凱旋之後，班師回朝，半年有餘將在下元節出征南方。而此之後國家衰敗、諸侯反叛，土匪豪強奪百姓土地，逼得百姓賣兒賣女，又遇上七年的饑荒水患，最後大地上一千萬的人口將不足四百萬，其慘狀不忍再言，於是請求先帝立三皇子為太子。可是先帝那是時日不多，不可能做這件事情了，於是兩個月後下令將先父打入大牢，用莫須有的罪名治他死罪。」

蕭岩一聽大為吃驚，看來先帝南伐勢不可擋，就算自己魂歸忘川，新帝也不回會停下戰爭的腳步，一定會繼續派其他將軍奔赴南方，想到自己無法阻止新帝，頓時神情委頓地坐在石凳上一動也不動。

陳梁看道蕭岩這樣頹廢，明白蕭岩所憂心的事情，接著說：「別擔心，當時父親告訴我的時候，我也問過父親，難道這件事情就沒有轉圜的餘地嗎？國家只能毀於一旦嗎？白白送了幾十萬人的性命嗎？父親低頭思索：『有，但只有一種可能性。梁兒，破軍星啟動之後，星宿都有它各自的使命和時間，不會一直留在人間，如果自己沒計算錯，北伐之後再推後十年，新帝必然暴斃於朝堂之上。他因為殺戮過重，將為自己的罪孽贖罪，其所生皇子大多夭折而亡，將沒有一個子嗣繼承他的皇位，那時三皇子若是還在，便可順利登基。若是三皇子登基，定會休養生息、發展生產、國泰民安、百姓富足、太平盛世。』」

蕭岩聽完大為一震，說：「若陳伯父這個推斷是正確的，那麼必須達到兩個條件方可，其一，如何讓新帝十年不戰？其二，如何保護三皇子等到十年後能有命活到登基之時。現在新帝北伐之後就要南伐，難；新帝此番作戰，想要借大戰摧毀三皇子，保他活下去，難。這兩點都是萬般難辦到的事情。」

陳梁說：「保三皇子十年生命無憂，我可以做到。若是大哥能說服新帝不南征，我便說服三皇子服下微量毒粉，服下之後，全身如生天花一般，有傳染性，並且潰爛流膿。之後三皇子就能啟奏新帝，說自己時日無

多，想遁入空門了此殘生，然後不帶信從獨自去終南山隱居。那太白山脈為龍脈，綿延曲長，想在裡面找個人確實是件難事。三月後，我會尋個屍首，也是全身潰爛而亡，頂替三皇子的屍身，讓新帝去了疑心。我再讓自己家僕去山中，暗中照料三皇子，就可以保他十年性命無憂。」

孟婆一聽：「陳大哥，你想得這般周到，小妹佩服。」

第二個問題解決了，蕭岩鬆了口氣：「眼下最難辦的，是如何讓新帝主動十年不開戰？這或許是天下第一難事。」

「這樣的暴君，為何無人起義？」孟婆問。

「有些人是不敢，因為膽小怕死；有些人無心反抗，因為他們奉皇帝的話就是真理，不應該反抗；有些人不認為反抗後會更亂，反抗了，新帝被迫退位之後，朝中各種勢力就會把攬權力或者分權，天下只會更亂，屆時各大豪門世族群雄逐鹿，必定戰禍連綿，那比現在還慘，最受苦的還是無辜百姓。」蕭岩滿心傷懷，不知怎麼辦是好。

「你如今有什麼打算嗎？」孟婆問兩人，又開始討論同樣的問題。他們對視一眼，如今兩個人的關係似乎回到了邊地作戰時期，一遇到問題，孟婆就開始詢問蕭岩。

「我想讓新帝自己回頭，卻無好的辦法，不知孟……孟婆可有什麼好辦法？」蕭岩臉色有些微紅。前世的渥丹當真風華絕代，分毫不遜色於任何男子，賽奎就經常向渥丹請教兵法。渥丹的驕傲是不僅因為她的自尊，更因為她本來就是優秀的、光彩奪目的。

孟婆其實已經有了一個主意，但她等的就是蕭岩這句話。只聽她帶著幾分神祕的預期說道：「這個事情我來處理。」孟婆摸著下巴沉吟道，「辦法是有，但是時機不到，要等幾天。」

「情況如此急迫，為何要等幾天？你不怕出問題嗎？」蕭岩不解。

「放心吧，近日無事，新帝忙著清理先帝老臣，先前我便覺得戰事將至，所以有小半月在陳府閉門不出，其實夜夜都在用靈識來窺探他的記憶，結果發現了些有趣的記憶。」孟婆露出笑容，蕭岩望了她一眼，只覺得孟婆美如春曉之花，又帶著一絲莫名的俏皮感：「蕭岩，其實新帝並非

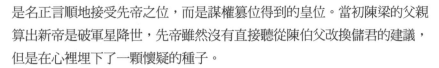

是名正言順地接受先帝之位，而是謀權篡位得到的皇位。當初陳梁的父親算出新帝是破軍星降世，先帝雖然沒有直接聽從陳伯父改換儲君的建議，但是在心裡埋下了一顆懷疑的種子。

「先帝雖然寵愛自己的長子，但是自己辛苦打下來的江山，絕不能就此毀滅。他雖然也疑慮過，但是奈何太子最像年輕時的他，武藝過人、才思敏捷，再觀三皇子自小體弱多病，連策馬揚鞭都甚為費勁，更不要說君臨天下了。自己除了這三個兒子之外，諸妃生的都是公主，實在沒有更好的選擇。於是便把這事情壓在心底，也不去想了，所以過了那麼多年都相安無事，後來只因為一次太子做錯事，惹先帝震怒，一氣之下說漏了嘴：『別以為你是太子的唯一人選。』但是就是這句話，洩露了一個大祕密。

「當時還是太子的新帝聽聞這句話，不由得大駭，雖然他早就知道陳梁父親與先帝的對話，但先帝並不以為然，這麼多年過去了，他也就沒有放在心上。何況先帝身體日益衰老，很快就要輪到自己接替皇位了，此時先帝因暴怒說出此等話來，若是讓朝臣們得知，一定有人見風使舵，倒向三皇弟那邊，屆時自己就是腹背受敵。

「太子早就買通了先帝身邊的宮人，決定先下手為強，便在給先帝原本每日服食的湯藥裡少加了一味藥，這藥無論如何驗毒皆是無毒，但先帝血脈鬱結，若然是少了這味藥，反而讓人無法安神，血脈更加淤塞。他也沉得住耐心，這一做便是兩個月，起先先帝身體只是虛弱如油盡燈枯一般，並無異常，最終毫無痛苦地死在睡夢之中。

「但其實新帝多此一舉，我在冥府中早已知道先帝再過半年就陽壽盡了，先帝寵愛太子就算心有疑慮，這麼多年來都沒有改換太子人選，又將陳梁父親治罪，可見先帝根本不願意相信陳梁父親的警示。」

「烏鴉反哺，新帝卻做不到，心狠手辣，果然不愧是謀權篡位上來的皇帝，如此偏愛自己的父親竟然也容不下。」孟婆歎息了兩聲，聽得蕭岩陳梁二人沉默不語。

「那我們需要等到哪一天時機機會才來？」蕭岩一把抓住孟婆的手，急切地問道。

「當然是中元節了。」孟婆震了一下精神說道。

上中下三元日的說法，即正月十五、七月十五以及十月十五。至於「三元」在道教當中的具體解釋，道經認為天、地、水，這是孕育世間萬物的三個基本元素。經由混沌，「一生二，二生三，三生萬物」。

過兩日便是七月十五，是三元當中的「中元節」。七月十五日既是秋收過後，相傳又是祖先回家的日子，所以家家戶戶都要開始準備時令水果款待並祭祀祖先，以此來告知祖先豐收的喜訊，是為「告秋成」。

除此之外，中元期間，冥帝會打開地獄之門，讓地獄鬼魂到人間來放風，直至七月結束以後才回地府去，民間除了在這一天款待祖先之外，也不忘超渡其他無主孤魂，謂之「祀孤」。道士在這天搭設壇場，以鮮花水果，來供奉超渡鬼魂的太乙救苦天尊，然後念咒施法，將食物化為醍醐甘露，賑濟九世父母及各類餓鬼亡魂，所以中元「七月半」又是鬼節。

人為陽，鬼為陰，地為陽，水為陰，水是生死交界之處，是亡魂由此岸抵達彼岸的必經之路，是為黑暗的幽冥之地，所以需要用「燈」來進行指引，讓亡魂在黑暗當中也不至於迷路。那燈通常是小船或蓮花，內置蠟燭，漂放於江河溪流之上。

孟婆說起冥府的事情便如數家珍，想要將其一一擺出來。她轉眼一看，蕭岩和陳梁仍舊站在一旁望著自己，孟婆見兩人賴著性子聽了這麼久，自己還沒入正題，感到有些尷尬，就清咳了一聲，總結道：「中元節，鬼門大開，到時發生什麼都可順理成章，那時候我就可以化身成老皇帝來嚇唬嚇唬他，讓這個不孝子主動與諸國簽訂十年不戰的合約，讓百姓休養生息。這樣第九年他陽壽盡了，第十年三皇子登基，根基薄弱，必然也不會貿然與外開戰，那時十年休戰，百姓修養、安家和樂，國庫也會豐盈，國富民強，那時任周遭小國也不敢主動來犯，戰爭便可在我們三人合力之下消失，百姓們就可以過上幾十年沒有戰爭的太平日子。」

陳梁聽到這裡，兩手猛地在桌子上一錘：「好主意。」臉上先前的壓抑一掃而空，頓時高興起來：「新帝貪婪權勢，最是害怕先帝找他麻煩，越是好不容易才獲得的王權，越是害怕被神鬼剝奪。」越是拿在手裡的，

越是放不下，而讓他放下一切最可怕的來源就是死亡。

「其實止戰也簡單，就你們這些人總喜歡這般算計，考慮這考慮那。要我來做，接給那新帝一刀下去最是簡單。」孟婆突如其來冒出這句話。

「小妹萬萬不可，因果相連，揮刀看起來固然簡單，但是會帶來很多更壞的結果，禍福相依。再者，若一刀殺了他，你就破了不干涉人間秩序的規矩，到時冥帝再責罰你，你又不知道還要在奈何橋多待幾十年，過錯多了，只怕我那福報珠子也幫不了你多少。」蕭岩聽到孟婆這話，急忙阻止，一邊又仔細地分析，很是誠懇。

再抬頭，蕭岩正好看見孟婆衝著自己笑，好像渥丹在朝他笑。蕭岩忽然明白，這些用不著自己解釋的，那時她還是渥丹時，她看時局遠比自己通透。可孟婆那笑容透露出皎潔，好奇特。

蕭岩不知道那個發誓永遠不再對她笑的渥丹對他笑了，就意味著她已經開始原諒他了，只是兩顆心現在還處在分割中。

過了兩天，到了中元節，孟婆拿了個花燈，穿過熱鬧的大街，來到一處安靜的水流旁。花燈素白一朵，孟婆將它兩手輕輕一推，放入水中，身後有一少年卻發現上面，卻不曾在書寫一字。

「姐姐的花燈真漂亮。」一個少年清澈乾淨的聲音從身後傳來。

這個聲音孟婆很是熟悉，孟婆猛地回過頭，又是那個少年，他笑若春風，爽朗人心，時隔一年，去年在元宵節傾訴內心的兩個人又相遇了。

孟婆想起來了，這個少年見過，那是去年放花燈時出現在身後想要綁紅絲帶的少年，那時他還有一些羞澀，但是已有玉樹臨風之態。如今過了一年，少年長開了，顯得更加風度翩翩。

孟婆看到他，一時不由得呆住了。

「姐姐，可要聽下我新作的詞？」少年笑容明媚。

孟婆下意識的點了點頭。

少年微笑著輕聲誦道：

青袍布履，峰巒重砌丹城際，

紫蓋頂髻，行雲繚繞問道易。

朱漆闌內，左持令符攝萬靈，
鐸謠之外，右仗法劍騰七曜。
鶴舞殿前，玉笛巧弄龍形月，
鷺翔宮後，木蕭吹散鳳影風。
硯旋墨染，著詩寄情君子竹，
鞘透寒光，倚劍夜逐大夫松。

「為何又是這少年呢？」孟婆低頭思索，嘴裡喃喃道：「他是誰？」

少年眸如星辰，似乎能一眼看到人的靈魂，可為何上次見面，孟婆一點都沒發現呢？

再抬眼，那少年悄然離去，不知了影蹤。再回頭，素白的蓮花燈已經順著水流飄遠，匯入花燈的海洋，最終入了忘川。

看著飄遠的蓮花燈，想起冥帝每年這個時候都要閉關，孟婆恍然大悟，嘴裡說了聲：「冥帝和墨。」

於是飛升進入冥界，朝奈何橋的方向去了。

冥界中，冥帝和墨在奈何橋頭撈起那個因發著紅色光而與其他燈格格不入的蓮花燈，看了一眼，發現裡面並無任何東西，頓時鬆了一口氣。

「一切都差不多了。」冥帝默念。

「冥帝，別來無恙呀。」此時的孟婆出現在冥帝身後，笑靨如花。

「你來了。」手裡還拿著孟婆所放蓮花燈的冥帝淡定自若，並沒有一點心虛，反而帶著笑。

「你剛才附身在那個少年身上？」孟婆開門見山，沒有絲毫試探。

「是的，被你發現了。」冥帝帶著笑，帶著釋然，繼續補充：「那少年是位智者的轉世身，他的眼睛最能見到本心，所以我是用了下。」

「但你為什麼要這麼做？」孟婆有些惱怒。

「你做孟婆已經幾百年了，該結束了，我也想見見新的面孔。在冥府時，你都將自己的情緒深藏，只有在中元節時，你來這人間後才會真情流露，拾起你的燈籠，就是想看看你的恨放下了幾分，你的怨還有多少。」

聽到這裡，孟婆一笑；「我們鄰居幾百年，沒想到還成了冤家。我還

想著以後讓冥帝多多照顧呢，例如我投胎的時候，給我也選個大官大富之家做個千金小姐吧，我舞刀弄槍幾百年了，也該拿著繡花針做做女紅了，我想要一個和以往不一樣的來生……」

「冥府規矩，不能徇私。」和墨輕咳一聲，戳破了孟婆的小心思。

「那你要回我一個問題補償我，為何每月十五你都要閉關？」孟婆收起輕笑，一字一句地詢問。

「果然心細如塵，瞞不過你呀。」

「坐下聊聊吧！」和墨指向一邊的兩個石凳。

和墨停了停，說道：「不只你需要渡人，我也需要渡人。身為冥帝，我的氣息與冥界氣息相連，眼前的這忘川之水，就如我身上氣脈波動一般，而每月十五，正是冥界怨念最強之時，那時冥河波瀾起伏，需要我要去鎮壓。

「曇花一下，落寞結束。每月十五我就便要墜入忘川一次，受邪靈破體之苦，體味那些怨念極深，數百年都不肯放下執念投胎的亡靈的悲苦與不甘，希望能渡化他們。其實每一任孟婆都不是無緣無故地選擇的，她們每一任都有忘川之中的一種執念，都在守護著奈何橋，忘川水與孟婆相互影響，一旦孟婆輪迴，就代表那一執念的孟婆放棄執念，輪迴時，忘川裡的那種邪念才會消失，忘川才會真正的正流。」

孟婆一驚，覺得全身發冷，原來自己真的不曾放下。

冥帝說著，拿起手裡的蓮花燈。「所以，這些蓮花燈就成了我在渡化那些怨念極深的亡魂之時的一種慰藉。後來我發現一個與眾不同的蓮花燈，跟隨氣息尋找到源頭，才知是你。」

「所以冥帝去年借少年之口，燃起我對前世的渴望，讓我追逐真相，為我恢復記憶埋了一路的線索，對嗎？」孟婆道，

「在執念深重的亡魂裡，往往每一任的孟婆都是執念極深的，度化每一個孟婆，這也是我的工作。」冥帝和墨苦笑一聲道，「但你是我遇到的歷任孟婆中，最倔強難纏的，你驕傲、堅強，但也執念最深。」

「那為何今日不用閉關？」孟婆不想討論自己為什麼會成為孟婆了。

「等你的蓮花燈。看看你的執念還剩多少，算算事假，我也要盤算著去尋下一任的孟婆了。」冥帝和墨輕聲笑道：「祝你幸福，」

「我先走了，不遠處有一怨氣深重的亡魂，我去看看。」言畢和墨消失在奈何橋畔，只剩下孟婆一個人靜靜地站在原地。

「是啊，我該走了，宮中的宴會也差不多結束了，要開始了。」孟婆自言自語道。

孟婆歸來時，宮中宴會已經結束，此次宴會既是中元節觀燈之宴，又是確定給將士們幾個月準備糧草和集結軍隊，確定下月節出征的宴會。

喝了些許美酒的新帝返回寢殿，倒頭就睡。

夜越來越深，月色藏入雲層，新帝卻被人從夢中叫醒。

「逆子，你可知罪？你說，為何弒父？」一個聲音由遠及近，飄入新帝耳中，新帝立即握緊拳頭，驚恐地睜開眼，往窗幔外看去。

一叢雲煙中，一個老人的身影出現，漸漸清晰。

那人嘴唇發青，兩眼凹陷，頭髮凌亂，面色蒼白，看罷，新帝的臉也變得蒼白：「父皇。」新帝尖叫一聲。

「你是人還是鬼？」新帝壯著膽子問。

「我是人是鬼，最清楚的不是你嗎？」先帝距離新帝越來越近。新帝大驚，緊握被子，朝著窗外大叫道：「來人，快來人！」

外面無人應聲，而先帝卻離著他越來越近，寒氣越來越冷。

「父王，您是想要什麼，兒臣都會滿足你的，父王是缺少什麼嗎？兒臣定將讓人去準備，或者父王孤獨，兒臣明日就去選些貌美女子殉葬於皇陵旁……」

「你這逆子，我本一句氣話，竟讓你動了殺心，枉費我這麼多年對你寵愛有加，從始到終我都沒有想換掉你，只是提醒你身為太子，一國之儲君，對自己要求應該更嚴格。怎料你竟然奪我陽壽，本來我還有半年陽壽便可傳位於你，你卻將我害死。我若如實稟明冥帝，你定當遭受天雷轟頂之罰，可為父明明知道你毒害於我，我卻不忍傷你分毫。」

「父王，我錯了，求父王寬恕。」新帝聽完父王從未想換過自己，

又想起兒時父王對自己的寵愛和關心，內心愧疚之情噴湧而出，忍不住失聲痛哭起來。

「你這逆子，朕給你留下的老臣你不重用，反而加以迫害；朕給你留下富饒的江山你不珍惜，反而連年挑起事端；你的兩位親兄弟，一位是癡兒，一位體弱多病，你為何還要緊緊相逼？一定要手足相殘方可嗎？國庫空虛、將士疲憊，大戰之後必定休戰，你完全不做。你若聽父王的話，即刻與南方諸國修訂十年不戰協議，讓百姓休養生息，蓄積力量，待十年後再征戰，如此才能統一九州。」

「父王說的是，兒臣知錯了，一定改。兩位弟弟，兒臣一定會妥善照顧，絕不傷他們分毫。至於戰事，我明日便下旨不征戰了，派出使臣去諸國一一簽訂十年休戰協議，一切都聽父王的安排。」新帝嚇得顫抖連連。

「若是如此，為父寬恕你害我身死之過，將我大好江山萬世流傳。如果你反悔，朕隨時會回來找你。」先帝威嚴地說道。

此刻的新帝早已嚇得魂飛魄散，一個勁地磕頭，嘴裡一邊念叨：「父王放心，兒臣一定做到。」

「兒啊，時辰已到，朕送你一份禮物。」說完便留下一把匕首懸於新帝面前，鬼魂散去。

看著先帝鬼魂離開的新帝剛鬆了口氣，結果一抬頭，看見一把匕首放於自己面前，再仔細一看，那竟是先帝在世時常用來狩獵割肉的那把匕首。他瞧著這匕首，頓時明白先帝是想告訴他這些都是真實的，不是幻境。如果做不到，下次這刀就該插在自己身上了。一想到這裡，新帝頓時被嚇得暈了過去。

陳府中，陳梁和蕭岩正坐在院子焦急地等待孟婆回來。

「辦妥了。」孟婆從屋內輕鬆地走出來。

此刻落葉滿街，寒燈獨夜。

而坐在一起的三人，都鬆了一口氣。

第二十五節

新帝睜開眼，看見自己正躺在地上。

那把泛著寒光的匕首還在身旁，時時刻刻提醒著自己，先帝還活著。走兩步退半步地往前挪動雙腿，戰戰兢兢地拿起那匕首，哆嗦著手將其收入錦盒之中，頓時鬆了口氣。

日出東方，微風舒爽，中元節過後的氣溫很是溫潤，不似之前的炎熱。陳梁家小院裡，孟婆坐在葡萄樹下，有一搭沒一搭地翻著書，這真是個好日子。

石子路上發出貓兒落腳般輕盈的腳步聲，慢慢想著孟婆靠近，在那人看不見的地方，孟婆嘴角含笑，就像渥丹等待賽奎那樣。

「出去逛逛嗎？」蕭岩對著孟婆道。

「天上是浮動的陽光，大樹上是綠色的流水，每天起來可以坐在這裡一整天，這樣的日子挺好的。」孟婆眼睛盯著書，看到某處笑笑，並未抬頭。

「可以讓我再畫一幅你的畫像嗎？」孟婆眼角餘光看見蕭岩小指頭抖了抖。

孟婆不語，盯著書的眼睛不再移動，就像幾百年前兩個人相處時那樣陷入了沉默之中。過了良久，孟婆終於輕聲說出了兩個字：「可以。」

蕭岩小心翼翼地拿出畫板，孟婆繼續低頭看書，花開正香，蝴蝶飛舞，竟在畫布上流轉，彷彿被畫中人如花的美人吸引。

當點出那一雙眼睛以後，蕭岩在右側寫出了孟婆的前世今生：「渥丹凝香引蝶舞，孟婆贈湯解人愁。」兩人就這樣凝固成為了一幅畫。

很久以後，招弟形象的孟婆傳出冥界，在人間引起了一陣議論。自此以後，世人皆知孟婆醜陋，卻不知道孟婆只是一個職位，司職者其實一

直都在變，那位出塵脫俗，眼睛永遠在說話的孟婆不見了。

　　早晨的時光輕易逝去，離著蕭岩魂歸忘川不到十五日。

　　「不過三日，諸事可定，蕭兄可以安心了。」陳梁道。

　　「不會的，只要我存在一天，帝王的心便不可定。」

　　「接下來蕭兄弟有什麼想法？」陳梁問。

　　此時的蕭岩與陳梁看法基本一致，畢竟蕭岩功高，被君王忌憚是無可厚非的。

　　若國家無戰事，自然不可留下功高蓋主的將軍，這樣才能的將軍存在朝中，便是對帝王的一種無形威脅。

　　「我想我也該離開了。」蕭岩頓了頓又道，「不過作為將軍，不能安安靜靜地離開，而是轟轟烈烈離開。」

　　蕭岩眼眸深沉，似乎下定了某種決心。

　　中午，傳出新帝詔令，命令軍隊停止南下征討蠻夷，改為休養生息。此令一出，舉國歡騰，「萬歲」之聲響遍朝野。

　　有人歡喜，自然有人憂愁。遠在議政殿的新帝，陷入一種苦惱中。

　　跪在龍椅前的張贛將軍，望著龍椅上的新帝，進言道：「陛下，蕭將軍征討北方狼族，立下大功，被世人稱道為常勝將軍，若蕭將軍出征南下，那定然是手到擒來呀！在陛下的治理下，我朝北平狼族，南討蠻夷，擴大疆域，建立不世之功業，陛下之豐功偉業定然世代流傳！」

　　看著臉色變化的新帝，繼續分析道：「陛下，南伐不可停止，民眾安居樂業之後，就再也不願意動彈，此刻不出征，以後就再也沒有機會了，你的千古統一大業就再也不能成功。」

　　聽到這裡，新帝把手中的茶丟在張贛身前，茶水濺了他一臉。

　　「你一而再、再而三地提醒朕，這些朕難道不知道嗎？還用你張贛來提醒！」新帝咆哮道。原本被先帝恐嚇後心中本來有氣，好不容易才平息怒氣的新帝，此刻被小弟張贛這樣竭力去鼓動攻打南方的蠻夷重新點燃。

　　新帝也想派兵南下，但匕首還在錦盒裡發著凌冽的光芒，不能名垂青史與命喪黃泉相比，他寧願退一步苟且偷生，相信先帝沒有騙他。

「張贛多言，請陛下息怒。」張贛撲通一聲跪在地上求饒，以撫平新帝的火氣。

「哼！諒你也沒這個膽子。」新帝道。

「陛下，蕭將軍畢竟剛剛平定北方，此刻功勳在身，如今又在朝中，是否給個爵位穩住他？」張贛看著新帝緩和的臉色道：「蕭將軍有大才，能消滅北方的狄戎，是個幹實事的人。如今將軍這個職位，對蕭將軍來說有些不配功德了，若不給爵位，怕他有意見。而且民間皆傳，蕭將軍是將星轉世，朝中有蕭將軍，為我國柱石，天下可安定，外族無敢侵。」

「哼！此子不聽詔令，在朕要御駕親征的時候，瞞著朕消滅了狼族，還在來信中向朕為林守之、李三惜等人討要賞賜，又上書讓他們錦衣還鄉，還讓林、李二人帶南方兵士回鄉，自然南方兵士都對他們感恩戴德。

「最可氣的就是竟然將朕給與他的賞賜私下分於其他將士，這種收買人心之舉，再不壓制，怕不是要造反，他這做法和結黨營私有何區別？狼子野心昭然若揭，他以為可以瞞著朕做這些事情，但這天下哪個官員可以瞞得了朕。這賬朕還沒找他算呢，爵位，不要想了。」新帝冷哼！蕭岩最近一連串的行為，刺痛了新帝那顆對權力敏感的心。

「蕭岩確實大膽，其實若無陛下賞識，他連帶兵的機會可能都沒有。如今他能建功立業，也虧了陛下有伯樂之能，慧眼識珠呀，諒給他爵位，他也不敢接。」看到陛下發怒，知道自己貼在馬腿上的張贛連忙改口。

「民間有關於蕭岩是將星的傳言？這是怎麼回事？」新帝問。

「對。蕭將軍征服北方蠻夷，功勳顯赫，每當即將全軍覆滅的時候，又在不可能中找到活下來的那個機會，幾乎無不勝之戰。眾人都說將軍計謀無雙，再危險的時刻都能死裡逃生，現在各大軍營中的將士們，把他當戰神一般的擁戴，而這次一舉消滅北方狼族，讓北方子民皆傳頌蕭將軍是武曲將星下凡，有些人謠傳他是南方的天自行，大肆蠱惑人心。

「想當年，始皇就是看到南方有龍氣徘徊，故命人鑿山改道，破壞龍脈大氣，要讓南方千年不出帝王，偏偏諷刺的就是後來的趙將軍率軍十幾萬，不遠千里來到南方蠻夷之地，本該平定戰亂，卻悄悄自立為王，

無論始皇如何發令，下旨要求他回去都不回去，之後大秦滅國，看著祖國即將傾覆，他也按兵不動，自己休養生息、務農耕種、自給自足。」他不知道自己這番話，又惹得新帝心中掀起波瀾。

「蕭岩，蕭岩……征戰多年，戰功累累，戍守邊關，勞苦功高，是我朝功勳之臣，乘著未來十載再無戰事，那麼不如讓他好好地休息一下。」新帝瞇起眼睛，嘴角輕挑，看著新帝這個表情，張贛知道新帝又在準備弄死蕭岩了。

三日後，諸事安定。

新帝突然與周圍諸國發去信函，信中誠懇地想要與諸國簽訂十年不戰的協議。周圍諸國都是小國，先前聽說新帝要來消滅他們，早就害怕了，現在知道新帝不再打算動武，聽此之後甚是開心，他們終於不用再因戰爭而心憂，可以好好降低戒備的級別。

但是另一個問題又在眾國王中悄悄流傳：無緣無故的，擁有十萬大軍與遼闊疆域四萬八千里的羽國，剛剛消滅他北方敵人，甚愛征伐的新帝為何忽然要簽訂停戰協議？難道要醞釀什麼陰謀？諸國都抱著觀望的態度，戒備之心久久不能放下。

雖然協議簽訂了，但是在武力面前，不過是一張廢紙，要看的是之後十年的漫長歲月裡，羽國的做法。

諸國協定簽訂以後，新帝果然再沒有發動戰爭，直到九年後新帝十三年，春季即將結束的一個早上臨朝時暴斃死去。據說死前一晚值守大殿的御林軍聽到新帝不住哀歎自己的時間不夠了，不過，那些史家們感興趣的是，為什麼新帝在即將消滅南方蠻夷的關頭，突發聖旨要求十年不戰，此事後世一直不解，隨著知情的人不斷減少，竟成為謎團，不過這是後話，暫且不提。

戰爭步伐終止的第一天，晴空之上漂浮著絲絲雲朵。不但天氣明麗，一切看起來都是一片祥和。

三人坐在小院裡面曬太陽。

門外傳來敲門聲，陳梁開門後疾步走到蕭岩身邊。「蕭兄，新帝傳

旨來了。」太監宣讀指令，讓蕭岩進攻面聖，隨後轉身離開。

蕭岩整理衣服想要去拜見。

「蕭兄，還能見到嗎？」陳梁有些不捨道。

「有我在，不用怕。」孟婆在一旁道。

陳梁與蕭岩看向孟婆，三人視線交融，嘴角掛起笑意。

再一次走進那熟悉又陌生的皇宮，那些朱紅的木柱，挺拔而有力，就如一個個滿懷熱血的將士。蕭岩看了看天空的雲肆意翻滾變形，和雀鳥飛去的身影，聽著風拍打著樹葉的瑟瑟之聲，活著的時候為什麼從未留意周遭這麼多美好的景致，原來就連風聲都那麼悅耳。

皇宮的大殿上，張贛候在新帝身旁，看著單膝跪在大殿上的蕭岩。

「蕭岩，你可知罪？」張贛上前一步，厲聲喝道。

「臣不知。」蕭岩神色如常，看不到半點對新帝的恐懼。

「身為人臣，不聽君命，是為不忠；身為將領，不聽他人勸解，剛愎自用，獨自策畫布署，致使無辜將士送命，是為不仁；身為人子，被驅逐出家門，是為不孝；身為人未婚夫，處處留情，使得香魂消逝，是為不義。此種罪責，你可承認？」想到自己朝思暮想的柳嫣竟然被這廝公然退婚，鬱結而死，心中公仇私怨糾結在一起，令張贛此刻恨不得一刀了結蕭岩。

「臣帶兵出征，在沙場幾番較量，與將士同生共死，與敵軍血肉相搏，為國家鞠躬盡瘁；亦也曾血染黃沙，刀刺入骨，也曾血染初雪，腳踏黃泉，即使埋骨荒山，無人知，無人祭，臣也不曾有悔。」蕭岩說完，平靜地盯著坐在那高高位置上的新帝，似乎看到對方真的成為了孤家寡人。

「蕭岩，你好大的膽子，在陛下面前不知悔過，還敢居功自傲，征戰沙場本就是將軍天職，你有何可以拿出來炫耀的，歷代戰死沙場的將軍，哪個不是如此呢？」

新帝明白蕭岩征戰確實盡心盡責，實可稱之為古今第一將軍，但是他有一個致命的缺點，那就是，他竟然不聽他的命令。

新帝又豈能不知蕭岩功勳？但是蕭岩心無偏私，絕不是隨波逐流之

人，不是輕易就能操控之人。又有勇有謀，軍中及百姓極為擁護，若有造反之意，定然有大批追隨之人。

此刻的蕭岩雖然忠誠，但誰能保證他以後能一直忠誠下去？帝王本就多疑，或者說不多疑的難以成為皇帝，但同時他們太過看重權位，所以總會用最惡毒的眼光猜測別人。畢竟古往今來，有太多的前車之鑑，讓他們不敢相信別人的承諾。

臥榻之側，豈容他人安睡？為了消除一點小小的可能，帝王們願意做任何一件事情。

「張將軍過錯甚多，要賞罰分明，那北方邊關的軍罰了嗎？」蕭岩淡淡地盯著張贛道。

「你……」張贛被蕭岩氣急了，大聲道：「陛下，軍中之時，蕭將軍就處處針對我，自己制訂計畫，不將安排讓我等知道，事後才知道他讓我做誘餌，引得敵軍虎狼之師猛撲。待我軍與敵軍奮力廝殺打得難解難分之時，蕭將軍竟然從軍營中出來，振臂一揮，讓埋伏的軍隊圍住敵軍。敵軍見前後受敵，殺紅了眼，冒死撕開一條口子，逃離而去，中了埋伏，損兵一半，他從始到終都將我都蒙在鼓裡，導致我軍配合不夠默契，我帶兵去追，也是因為你沒有提前透露計畫。」張贛恨恨說道。

「張將軍讀了這麼多年的兵書，難道不知道窮寇莫追嗎？」聽到張贛的誣陷，蕭岩眼神裡一派鄙夷。

「你……」張贛張開嘴，卻憋來不出一個字。

想起自己以前不論跟誰對峙，自己總能主導別人，如今面對蕭岩之時，卻總是被嘲弄，不甘心。

小弟首攻不行，新帝於是站起來，隔斷蕭岩的攻擊：「蕭將軍確實是軍事大才、國之棟梁呀！」新帝笑著站起來，拍了拍手，似乎在召喚什麼，說道：「未來十年朕不會再起征伐，因此想請將軍歸於農家，不再進入軍隊。朕準備了好酒，請蕭將軍喝一杯，以後我們就再也不需要擔心什麼事情了，你說好嗎？」

一位內侍端來兩個墨綠的玉石杯子，杯中盛放著西域進貢的葡萄美

酒。酒色鮮紅，色若女子嬌羞臉龐，因此軍中高官都稱呼它「胭脂醉」。

「陛下，飲酒易，可張將軍因此遺臭萬年就不太好，你說是嗎？想必那時也可能會不利於陛下清譽呀。」蕭岩一字一句說道，死死地盯著新帝的瞳孔，要從中挖出什麼。

這一字一句落到新帝心裡，就如一把把利刃，深深紮進新帝胸口。

「蕭岩，這酒你想喝也要喝，不想喝也要喝。」新帝這次倒沒有掩飾，手一招，門外走進來四個持刀的御林軍。

「既然如此，陛下，讓臣最後為你做一件事吧，我朝因為連年戰爭，百姓困乏、軍士疲累，如今陛下下旨十年不戰，四海之內無不稱讚陛下大仁大義，體恤民力，重視國本。陛下又對臣下和諸位將軍諸多封賞，軍士們也領足了軍餉、無拖無欠，給陣亡的將士家屬也發放了補助和賞金，全軍上下莫不感恩陛下仁慈為懷。

「此時此刻，陛下不能背上賜死功臣的罵名，不然朝中老臣人人自危，各地軍士心懷不滿。若是生出叛亂，大戰起來，最終受苦的還是百姓，外戰剛平定、內部紛爭又起，這日子何時是個盡頭？」蕭岩歎息道。

「既然蕭將軍如此替朕著想，想必將軍定有更好的方法來解決這件事情，將軍還有什麼要求？」新帝冷冷說地問。

「第一：我死後，請陛下賜將我葬於柳嫣墓旁；第二：善待蕭家和柳家，不受任何株連。第三：各地軍士將領皆不受株連。」

「這些條件很容易，朕答應你。」

新帝知道，蕭岩不會跑，也跑不了，他有牽掛，更有骨氣，一位真正的將軍是不懼死亡的。

「謝陛下成全。」蕭岩頓首叩謝。

說完蕭岩起身離開。

「等等，蕭將軍，你要如何說到做到？」張贛問。

「張將軍放心，既是蕭岩許諾，九死不悔。」說完，蕭岩轉頭就走。

張贛還想追問，但新帝示意他不要再說下去了，怕適得其反。

這是兩個男人之間的對話，雖然談的是一個人的生死，蕭岩也在用

這種方式證明自己的決心，告誡新帝說話算話，一諾千金。

蕭岩走後，張贛跑過來道：「陛下，要是蕭岩跑了……」

「張贛，你不是想要戴罪立功嗎？朕為人最重視孝道，一直因為國事繁忙，無法常去先帝陵寢拜祭，心中多有愧疚之情，朕對你信任有加，決定讓你替朕守著先帝的皇陵吧。先帝一生喜歡武藝卓越之人，你每日在皇陵前舞刀弄槍一番，也讓先帝愉悅一番。」新帝忽然笑道。

「陛下，不可，陛下不可……」張贛在一路求饒聲中被拖走。

對於張贛的投機與愚蠢，新帝都看在眼裡，一直沒有懲治他，身邊的人太聰明，容易反噬自己。如今十年不戰，此等貨色留著定會危害自己，況且本是挾制蕭岩的一步棋子，竟然不明白唇亡齒寒之理，愚鈍得很，如今何必留個蠢貨在自己身邊，整日沒個清靜。

新帝是從血雨腥風中登上皇位的人，怎看不透張贛這樣的人，他看不透的只有自己的心罷了，越是聰明的人，越容易被自己的心所困。

正如新帝欣賞蕭岩，卻也忌憚蕭岩一樣，若蕭岩能為他所用，他定會保下蕭岩，可是蕭岩不是這樣的人，所以蕭岩必須死。

掃地焚香閉閣眠，篆紋如水帳如煙。

客來夢覺知何處，掛起西窗浪接天。

從晨曦道月光，孟婆坐在院子裡已經一天了，看著蕭岩一臉平靜地回來，立刻起身走了過去。

「蕭岩，你要如何做？」孟婆雖然已經知道那個答案。

「不再犯前世的錯。帝王的過錯，自有天收拾，與無辜的百姓無關，而我能做的，就是用我一條命，打消帝王的疑慮，讓戰時平息，狼煙沉寂。」

蕭岩知道，賽奎雖然對君王的殘暴表示了不滿，也發出了抗議，但是卻牽連了無數無辜的性命。一把大火熊熊燃燒，燒去罪孽，但也留下殘痕，印刻在人們心中。此世，蕭岩選擇了仁慈與寬容。

「要我做什麼？」孟婆問。

「我好好想想。」蕭岩故意賣關子。

「欠收拾了？」孟婆強裝生氣道。

「將軍饒命。」蕭岩突然蹦出來一句話，這是前世兩人常說的話。孟婆一驚，恍惚間回過神來，剛想出手打蕭岩，卻看到了跑來的陳梁。

「陳梁，你將來也是宰相之才，怎麼還這般不穩重，難道我還能真的打傷他不成？」

「蕭兄沒事最重要。」陳梁笑嘻嘻地道。

「得兄弟如此，蕭岩無憾。」蕭岩捏緊拳頭。

「陳梁也是。」陳梁正色道，眼神卻滿是傷懷。

「你倆夠了吧，該去吃飯了，吃完飯還有別的事要做。」孟婆毫不客氣地催促道。

陳梁笑著說：「小妹放心，今晚我們三個人十五個菜管夠，而且都是些京城第一酒樓的山珍海味，定然合小妹胃口。」

陳梁與蕭岩兩人相視一笑，似乎又回到了邊地賽馬看杜鵑的日子，突然見兩人忘掉了關於生死的一切事情，一切煩惱都煙消雲散。

當夜，蕭岩寫了兩封信，分別送給柳家與蕭家，一封給柳伯父，一封給自己的父親，它們都是謝罪的書信。信被打開時，正是蕭岩赴死之時。

蕭岩還將紅纓槍的槍頭卸下來，將槍柄遞給了陳梁，其意是如果新帝不聽勸阻，硬要出兵之時，陳梁將槍柄交給新帝，並告訴新帝，槍頭在蕭岩的墓穴之中。

第二日，新帝帶著文武官員去皇家獵場狩獵。無法出征的憤怒，全被新帝發洩在獵場裡，矯健的小鹿、可愛的兔子、狡猾的狐狸，甚至兇猛的豹子，身上都射了十來隻箭，獵物被堆積在獵場，等待新帝賞賜給眾人。

狩獵灰狼之外，竟然有一隻毛色稀有的白狼，越是稀有，人心就越想獲得，所以即使新帝獲獵豐厚，也不曾停下那逐狼的腳步。

「陛下，有白狼的蹤跡了。」一個侍衛跪在地上稟報道。

原本等待多時的新帝不耐煩了，不等身後侍衛，獨自飛奔而去。新帝看到不遠處的白狼，大為開心，帶著弓箭，接近白狼。

一箭深處，白狼竟然未能斃命，反而惹怒白狼。白狼反過來一口咬

在新帝的馬匹腿上，那馬兒受驚過度，摔下新帝便獨自向森林深處跑去。現場只剩下那隻兩眼通紅的白狼和驚恐不已的新帝，看著越來越近的狼，新帝大聲呼救：「救駕，快來人，朕在此……」此時也顧不上顏面。

這白狼全身雪白，竟然沒有一絲雜毛，一雙血紅色的眼睛，顯得格外妖異也兇猛異常，這低嚎著向著新帝撲過來，新帝狼狽逃跑。

新帝只能抽出隨身佩刀，與白狼展開搏鬥。

不知為何，白狼像是發了瘋，被新帝連砍數刀都不倒下，彷若是不死的妖孽，新帝這下子慌了起來。

「新帝，你這個暴君，我北方狼族有何大罪，你竟然屠殺我全族老少不留一個活口，若不是那時我去了邊城賣皮毛換些糧食，想必我也早已死在你的大軍鐵蹄之下。」一個美麗的白衣姑娘走來，眼裡帶著憎恨之色。

「我要為我的族人報仇血恨，白狼，咬死這個殘暴的昏君。讓他也體會一下我族人被屠殺前的絕望和痛苦。」女子歇斯底里地催促著白狼。

白狼猶如完全聽懂了人言一般，原地躍起，用百斤之力毫不費力地將新帝按在地上。新帝大驚失色，用盡全身力氣反抗，此生他第一次這樣強烈地感受到生命被剝奪的絕望與痛苦。

白狼的唾液滾燙的滴到了新帝臉上，滑滑的，很是噁心，新帝用刀抵著白狼，一人一狼僵持著。

紅纓槍猝然出現，以四兩撥千金之力，挑開了新帝身上的白狼，將牠摔到一旁。

新帝定神一看，那人正是蕭岩。

蕭岩雖然跟隨前來狩獵，但一直不聲不響，彷彿不曾存在。這時那個白衣女子從側面偷襲剛爬起來的新帝，聽到一聲撕裂般的聲音，那是兵器刺穿身體的聲音。

那女子手中的刀穿透蕭岩胸口，新帝從背面看到一縷鮮血從劍刃上流動，最後滴入黃土。

「這是我本該還你的，也早該承受的，如今晚了這麼幾百多年，已經便宜我了。」蕭岩對著那女子露出笑容。

女子自然是孟婆所化。

孟婆看著蕭岩的臉，露出笑容，就如柳嫣見到蕭岩時、渥丹見到賽奎時，都是一笑傾城。

兩人相視一笑，這笑中含滿了百年來所想說的話，他們彼此都懂。

身後的新帝自然看不到這些，他還沉浸在剛才的恐懼之中，神情恍惚不已⋯⋯

蕭岩就這般活生生的死在自己面前，新帝忽然意識到，他是為了救自己而死的。

幾支羽箭從不遠處射過來，插入那女子的身軀，就如幾百年前一樣，這種利箭穿心的感覺和當初一模一樣。白衣瞬間被噴湧的鮮血暈染開來，就像雪地裡綻放的紅花般奪目。一邊聽到將士們的聲音：「陛下小心，我等救駕來遲。」

與此同時，孟婆與蕭岩的靈識離開了肉身，在空中凝望下方。

新帝從慌亂中回過神來，怔怔的站在原地。將士們已經跪滿了一地，人人皆不知這嗜血的君王接下來會幹什麼，過了一刻之久，新帝才緩緩地說道：「蕭將軍救駕有功，以侯爵之禮厚葬，那女子也留她個全屍吧！」

新帝轉身離開，眾人皆愣在原地，蕭岩和孟婆看到，那兩具肉身的鮮血已經流到了一起，分不出那是誰的。正如兩人的恩恩怨怨，也如世人的恩恩怨怨，已經理不出頭緒。

「震懾新帝，讓他感受殘忍的命令必然帶來反噬的惡果，不再輕易下達滅族的命令，這是其一；感受生命被威脅時的恐懼，可以同情理解別人，不再肆意揮霍，要愛惜民力，這是其二；蕭岩此人，則以捨命救新帝為由，徹底消失，讓新帝心存愧疚，可以厚待蕭家和柳家人，這是其三。」

「一石三鳥，蕭將軍的兵書真是沒白讀，確實厲害。」孟婆讚歎道。

「不對，是一石四鳥。」蕭岩看著孟婆道，「讓賽奎贖罪，讓孟婆解脫。」

孟婆看著蕭岩，嘴角帶著笑，眼底流出淚。

埋藏多年的一滴血紅色的淚落下後，如泉水般清新的淚才得以重現。

　　孟婆滴落罪孽的淚水，讓原諒的清淚洗去蕭岩身上的灼魂記。

　　兩個人沿著忘川水，亦步亦趨的，路過三生石，穿過兩生花叢，彌望曼珠沙華，來到奈何橋頭。

　　招弟送出正在核查鬼狐的靈魂，並未注意到孟婆的到來。

　　孟婆將冥帝告訴自己那些關於招弟的故事告訴了蕭岩，蕭岩看著招弟，臉上不喜不悲。

　　待招弟忙完後抬頭，轉身，看到不遠處的兩個人。

　　招弟對著孟婆打了個招呼，露出笑容。

　　此時再看，孟婆覺得招弟臉上的胎記不再那樣猙獰。

　　蕭岩走到忘川河邊，轉過身去，微笑著輕輕地說了句：「渥丹，來世走好，定要幸福。」忘川濺起一個不大不小的水花，接著冒出淡淡的紅光，最後歸於平靜。

　　冥帝和墨出現在孟婆身後，說道：「待忘川正流之時，也是他蕭岩解脫投胎之日。」

　　「多謝冥帝相告。」孟婆面容看不出悲喜。

　　「我也要去投胎了。」孟婆望著忘川已經平靜的水流。

　　「嗯，保重。」冥帝道。

　　「真不給開後門呀？我就只吞了一個福報珠，怕還是福報不夠啊，好歹讓我投胎個爹爹疼、娘親愛，然後自己又貌美如花的來世嘛……」

　　冥帝語氣一如既往得平緩，「冥帝不能徇私，你是知道的。」冥帝瞟了孟婆一眼，果然沒變，幾百年練下來，似乎也感染了一些孟婆的性格，此時此刻還不忘給自己討點好處，當真是有一種奇異的反差。

　　「嘖嘖嘖，我就知道你肯定會這麼說，你都想不出第二句詞了吧。」孟婆白了冥帝一眼。

　　「但這些年，謝謝您的照顧，那我走了，笑一笑知道嗎？總是繃著臉，肌肉會僵化的，不知道的人還以為您面癱呢。」孟婆說起話來能把活人氣死，冥帝這是領教過的，帶著笑容不怒不惱地點了點頭。

　　一旁的牛頭馬面走上前來，有些戀戀不捨：「孟姐姐，此次一別不

知何日再見，我們會想你的。」言畢兩人還互擁著抽泣起來。

「呸呸呸，我才不想和你們再次相見了，你們聽好了，若是我這一世陽壽盡了，要帶我回冥府時，要軟言軟語、客客氣氣，別嚇到我，要不然萬一我給嚇到了，就像上一世那樣出手稍微重了點，你們倆不是還要吃虧嘛。」孟婆威脅道，但她口中雖然這樣說著，眼角卻全是笑容。

和墨站在一邊，無奈的閉上了眼睛，想起幾百年前牛頭和馬面去勾渥丹的魂魄之時，被她打得抱頭鼠竄。牛頭馬面從擁抱抽泣，一下子變成了擁抱在一起瑟瑟發抖，結結巴巴地回答：「謝謝姐姐提醒，到時候我們倆一定帶著好吃好喝去接您。」

孟婆又對著冥帝和墨說：「我給你舉薦個人才啊，這陳梁確實是個上知天文、下曉地理，文武精通，話還特別少的人，特別適合給冥帝您做文書官。到時他陽壽盡了，別放他再去投胎，留在冥府做鬼差最好。」

又轉頭提醒牛頭馬面記得這事。兩人抱著一起不停地點頭。

畫面那頭，陳梁正在蕭岩和柳嫣墳前祭奠，忽然一陣全身發冷，一連打了幾個噴嚏。難道自己著了風寒，可這是驕陽似火的季節啊，怎麼還能如此？陳梁站在那也想不明白。

孟婆開心的笑著對冥帝、牛頭、馬面、招弟揮了揮手，雖然笑若晨曦般，但雙眼止不住還是流下兩行清澈的淚水。

她猛地轉身，踏上那條她無比熟悉的奈何橋，口中放入那顆璀璨的福報珠，吞了下去。接著招弟遞過來的孟婆湯，先嚐了一口，哎呀，真是難喝死了，怎麼弄得和黃蓮一般苦澀，這一年間的鬼民真是沒口福，自己熬的那個才是鮮美四溢的孟婆湯。算了，也不計較了，捏著鼻子喝下一碗孟婆湯，不曾回頭，瀟灑離去。

站在奈何橋另一頭的冥帝和墨，拿出一顆白色的福報珠子，悄悄放在孟婆身後。

一年後，京城裡一戶頗有名氣的酒樓——醉香樓的王老闆，與成親多年的妻子生下了他們第一個孩子，這中年得女，王老闆是歡喜的不行，視若掌上明珠。全家被熱鬧的氛圍包裹，鞭炮聲響徹整條街，鄰里皆來道

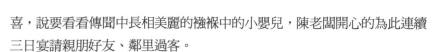

喜,說要看看傳聞中長相美麗的襁褓中的小嬰兒,陳老闆開心的為此連續三日宴請親朋好友、鄰里過客。

小嬰兒粉雕玉砌,眼若琥珀,眉清目秀,嘴角含笑,尤其是櫻桃小口裡不時吐出幾個泡泡,惹得周圍人一片歡笑。小嬰兒並不愛哭,很是愛笑,但凡她娘吃了些好吃的食物再去給她餵奶,她就喝到自己打飽嗝還捨不得離開娘的乳頭。王夫人每次都打趣地和王老闆說:「這麼貪吃的丫頭,投生在我們家,真是來對地方了。」一邊說著一邊笑起來。

不出幾年,陳梁官至宰相。

又過了幾年,新帝在朝堂上暴斃而亡,太醫驗定只是操勞過度加上氣血鬱結所致。新帝在位近十年,雖有四位皇子誕生,但皆不滿周歲便夭折了,只剩下幾位年幼的公主。於是朝廷文武重臣親自前去終南山,奉請當年因病而隱遁山林的三皇子登基為帝,開創了前所未有的太平盛世。

陳梁為其父親翻案,查明當年隱情,原來是有人栽贓陷害。

其繼續輔佐而今的帝王,為國為民,心憂蒼生。

後世,陳梁成了京城裡的傳奇,以自己的才幹和愛民流傳於世。

不過,世人皆知,每年的清明寒食,絕對見不到陳梁陳丞相的蹤跡,即使是十萬火急之事,除非關乎人命,否則也得等到陳丞相祭拜完了兄弟,念完了經文。

又是一年上元節,陳梁與夫人攜手在京城街上走著,看著各式各樣的花燈,好不熱鬧。夫人說有些餓了,指著前方不遠處一座三層高的酒樓說到:「聽聞那醉香樓的點心做得精緻可口,夫君我們今日去品嘗一下如何?」

陳梁微笑著說;「但憑夫人做主。」

二人攜手出門。

極目眺去,繁花似錦,煙雨如織。

有詩為證:長衫我亦何為者,也在遊人笑語中。

（全書完）

和墨番外篇

天地玄黃，宇宙洪荒。

天地之間，混沌之時的靈氣聚升九霄而為天，生出日月，化出雨雪：清氣懸，養育萬物，容納山河：濁氣墮而下沉，順著黃泉一路流入地獄，藏汙納垢，形成冥界，三界由此形成。

自有三界以來，萬年的時光中，歲月悠悠，變和天下。天界仙人，吸納靈氣，騰雲駕霧，纖塵不染；塵世之人，得山水清氣，極天地大觀，知書識禮；冥界之鬼，編排有序，輪迴流轉，異道者少。

白雲蒼狗，滄海桑田，生死輪迴，萬物有變。

「大人，這些才子佳人、報恩還願的故事都聽了無數遍了，說點新鮮的吧！」冥界一隅，幾個小鬼差圍著馬面，故意用嫌棄的語氣說道。

馬面雄壯挺拔，站在一群小鬼差之中如鶴立雞群一般，更兼此刻張眉怒目，更是生出分震懾力，不嚮往日那般親近。

「呵，那給你們說說上古時期的戰場吧，可別被嚇著了！」馬面故意提高了聲響。話音未落，眾鬼差開始起哄。

戰場，本就是萬骨枯成就一將功名的地方。那裡有英雄，更有傳奇。

馬面咧嘴一笑，得到恭維，身心舒暢，挺直身子，開始說道：「上古時期的冥界……不，不只冥界，就說這三界，哪有一個太平的！」

不過微微搖晃的身子，臉上的紅暈，說明他已有醉意。雖然有醉意，但是神采飛揚，嘴裡還滔滔不絕。

今年的三月三，一個特殊日子。

冥界有個不成文的規矩，就是每過千年，在三月三那日，牛頭馬面、黑白無常還有冥帝都會罷工，不知去向。千年一個輪迴，不曾變過。

原本這些鬼差想趁著冥府最重要的幾個人物不在，享受美酒和自由，

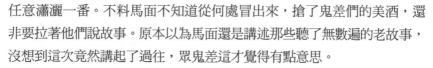

任意瀟灑一番。不料馬面不知道從何處冒出來，搶了鬼差們的美酒，還非要拉著他們說故事。原本以為馬面還是講述那些聽了無數遍的老故事，沒想到這次竟然講起了過往，眾鬼差這才覺得有點意思。

「當年老子和牛頭還有黑白無常追隨在冥帝身後，征戰殺伐，那才是真的浴血而戰，天地失色！現在這些小妖小鬼根本就不夠看，什麼斬妖降魔、除魔衛道，不過兒戲，要真的看到上古時期的戰場，你們這種小鬼差定然嚇得尿褲子！」馬面說道。畢竟前幾日對陣林冉冉這個怨鬼而受傷頗重，現在心裡都有些憤憤不平，尤其趕上三月三，也不能去黃泉底下見那個人，更加遺憾，忍不住又喝了一口酒。

「聽說大人也是上古時期就跟冥帝一起作戰，真是厲害！」一個小鬼差笑著給馬面倒酒，接著攛掇。

「哼！那是自然。想當初即使那凶惡的冥界鬼狼，如何惡名在外，還不是被冥帝斬殺於刀下！」馬面眉飛色舞，興致勃勃地說著，又拿起酒罈瀟灑地喝下半罐子。

「啊！大人說的，是傳說中那個天地濁氣所化而成，被稱為冥界之鬼王，有遮天毀地之能，差點掀翻冥界，導致大地塌陷，還想要衝上天界的那個鬼狼？」小鬼差聽了鬼狼的名字開始大呼小叫，議論紛紛。

「哼！他算什麼，我們冥帝才是濁氣所化、與天地共生的冥界鬼王！鬼狼就是個欺世盜名的混帳，淨用陰招，可即使如此，不還是被我們冥帝斬殺於刀下了嗎！」馬面說起此事便面色猙獰，顯得義憤填膺。

「冥帝這麼厲害呀！我們都沒見過冥帝動手，當真是深藏不露呀。」一個鬼差滿臉的求知欲，又給馬面拿了一罐子酒，笑得一臉諂媚地說道，「冥帝長得那麼好看，總覺得這些打打殺殺，離冥帝很遠。」

「你說的沒錯，咱們冥帝長得好看眾所周知，遠古大戰之時，還曾有種說法，若得冥帝回顧，墜魔墮仙何妨！哈哈哈……」馬面爽朗一笑。

「當年的冥帝意氣風發，我等誓死追隨，一起建立功業。冥帝斬殺鬼狼，還整頓冥界，建立冥府，組建冥軍，踩著黃泉水來到人間，踏著天梯衝上天界，當真威風至極！」馬面說著，彷彿回到了過去，臉上雖然染上

了醉酒之後的胭脂紅，但眼中那份嚮往，比起如今枯燥的歲月裡的平和，顯得更加生動。

「鬼差不是只能待在地獄嗎？」鬼差有些詫異。

「哈哈……」馬面拍著那小鬼差的頭說，「誰說鬼差就只能在地獄了？當時的三界還沒有現在這般分明的秩序，到處戰亂，我們冥界鬼差想去哪裡就去那裡。而且有冥帝帶領，我們還怕什麼！」馬面的語氣囂張至極，卻也真實。

「原來如此，我們冥帝真厲害。不過冥帝向來低調神祕，沒想到當年如此叱吒風雲呀！」幾個小鬼差紛紛點頭，眼中滿是嚮往之色。

馬面平時雖然與眾小鬼親近，卻很有分寸，不該說的絕不多說，今日說這麼多，也是因為醉酒的緣故。不過小鬼差都是死過一次的，可不怕死亡威脅，所以大起膽子來打聽冥帝之事。

「大人，我們冥帝怎麼都沒個喜歡的女子？」接著，這個大膽的鬼差解釋道，「冥帝長得那樣好看，卻總是獨來獨往，孑然一身，尤其是他還與天地同壽，漫長的歲月裡，何其孤單呀！」

「呵……」馬面一笑，灌了半罐子酒。

眾鬼差品不出馬面笑容裡的意思。

「老子告訴你一個祕密，嗝！」馬面打了個醉嗝，笑著拍拍最靠前面一個鬼差的臉。

馬面很少醉酒，但是每次醉都是大醉。

「大人，什麼祕密？」在馬面說給他們說一個祕密的時候，眾鬼差以為要講述冥帝的感情經歷，更加瞪大了眼睛，湊過來耳朵。畢竟冥帝這樣神祕而強大的王，他的八卦讓人熱血沸騰。

馬面醉酒後顫巍巍的手指向與黃泉相接的曼珠沙華，嘴角含笑，眼底充滿悲傷，地說道：「花開一千年，花落一千年，花葉永不見。其實最初的曼珠沙華花葉爛漫……那才是完整的孟婆。」這一句話，似是用盡了所有力氣，話音剛落，馬面便醉倒了，以頭磕地，看起來著實滑稽。

眾鬼差聽了，不知何意，只見不遠處的奈何橋上，孟婆正調著那鍋

孟婆湯，身後的曼珠沙華開得正豔。

不過能聽到一些往事，也讓眾鬼差覺得心滿意足了，以後一段時間有話題了。雖然便宜給馬面大人幾罐子酒，但也值得。

一日過得非常快，冥府的八卦傳得更快，冥帝打敗鬼狼的過程都被編撰出來，故事裡的講述，那是個一波三折，彷彿編故事的人穿梭時空，看到了那場較量。

「馬面，你知道自己都幹了什麼嗎？」牛頭氣沖沖地揪著馬面的耳朵，教訓這個不讓人省心的弟弟。

「哎呦，還喝酒了，不知道自己的酒量差嗎？真是一日不打，上房揭瓦！一天沒看著，你就給我惹出這麼多的麻煩。」牛頭氣哼哼地說著，一股白氣從碩大的鼻孔裡噴出來。馬面已經想起昨夜的荒唐，此刻已經縮成了一顆鵪鶉蛋，小心翼翼地抬頭看向殿上的冥帝。

原本抓到機會就要嘲笑馬面一番的黑白無常，此刻也不敢笑了，一臉嚴肅地將目光投向冥帝。在牛頭的暗示下，馬面艱難地開口：「冥帝，我……我錯了，我……以後再也不敢亂說了！」

冥帝背對著堂下，看不清情緒，只見冥帝長身玉立，髮如墨絲，頭上戴著束髮的白玉冠，身著黑金色的長衣。只看背影，便覺得像那隨時可能變身，化身為龍，衝上九霄騰雲駕霧的黑龍，單單一個背影，便讓人覺得壓力無窮。

「冥帝，馬面因為受傷而不能去黃泉，心裡難受，畢竟等了一千年，好不容易可以去一次。再說了，馬面也沒多說關於孟婆姐姐的事。」黑無常為馬面求情。

「是呀冥帝，馬面也是無心的，以後他絕不敢再犯了。」白無常雖然看馬面不慣，但是此種時期，也是會幫襯的。

「僅此一次。」冥帝開口，言語一如往日的冰冷，不過牛頭馬面、黑白無常四鬼差還是聽出了差別，今日冥帝的語氣染上了戾氣。

黑白無常它們乖乖退下，偌大的宮殿裡只剩下冥帝一人。整個宮殿一對裝潢華麗的桌椅，牆壁也是黑色，處處透著壓抑，唯有幾處點綴的金

色和輕飄的簾旌，稍微帶了一點生氣。

寂靜到可怕的冥府大殿裡，只剩下一個冥帝。他面若冠玉，鬢若刀裁，眉若墨畫，眸若星辰，唇色若桃，蓮華容姿，舉世無雙。靜靜而立，若一幅水墨畫，充滿了故事，卻顏色單調；高貴優雅，卻神祕莫測。

尊比帝君，雅蓋王侯，卻生在這黑暗的地獄之中。冥帝出現在冥界，不是明珠蒙塵，反而有種雲破月來的感覺。

時間煮酒，留下的是醇香，帶走的是年少的輕狂，冥帝若此。

當年飛揚跋扈的鬼王，如今尊貴無比的冥帝。

上古時期，三界初立，征伐四起，亂世稱雄。

天界墮仙，人界爭王，冥界地獄。

三界初立之時，混沌之中的濁氣隨著黃泉流入地獄，最後聚集在三千尺黃泉之下，孕育出天地間第一個由濁氣而生的靈——和墨。

和墨青絲飄散，紅衣灼灼，肌膚雪白，雙眉入鬢，一雙桃花眼透著邪氣，一雙瞳孔發著妖豔的紅光，嘴唇輕薄，多情之貌，皆因生於濁氣，有最無情之心。

嘴角含笑，但笑聲淒厲，讓眾鬼膽寒。

和墨由濁氣所化，全身戾氣纏繞，飛揚跋扈，肆意妄為，不懼殺戮，加上法術最高，在冥界自立為鬼王，得眾鬼聽令，匍匐腳下。

自立為王的和墨，不耐煩了這種眾鬼聽令的寂寞，在前來投胎的鬼中得知了人間的繁華，很是羨慕。

「你是人間的帝王？」和墨笑著問眼前穿著龍紋衣服的人間帝王。和墨血紅色的長靴來回踱步，讓人間這位低頭不敢言的帝王心裡害怕。

「賜座，我倆聊聊。」和墨笑著吩咐道。與往日的冷笑與戲謔不同，和墨的笑容裡帶著探索，還與幾分慵懶。

「謝大王。」顫顫巍巍地坐下，偷摸摸地擦把汗。汗水還沒擦完，只聽和墨略帶威嚴和犀利的聲音響起：「你叫我什麼？」

對面人間帝王一愣。

和墨拍著其肩膀，說道：「叫鬼王，乖！」

和墨隨手一撩紅色的衣襬，坐在寶座上，一條腿也跨上寶座，紅眸光流轉，仔細打量對面的人，一隻手摩擦著下巴，似是在思考什麼。

　　「人間什麼樣？」和墨的聲音帶著笑意，還帶著漫不經心的隨意。和墨無論說什麼的時候都此般模樣，讓人看不出此刻的他有幾分興趣。

　　「人間有山川四季，風雨雷電，蟲魚鳥獸，亭臺樓閣，琵琶美酒……數不勝數，樣樣鮮妍，言不可盡。」人間的帝王說起來，眼中滿是嚮往，「為人之時，我只念權勢，卻忽略了人間繁華，身邊真情，雖然得到了人間至高之位，但落得孤家寡人，如今身亡，豎子奪位，竟無一真心流淚之人，反而覺得不值得。」

　　「多謝鬼王指點，小王了然了。若有來生，佳人在懷，知己為伴，舉杯共飲，如此足矣。」人間帝王說道。

　　和墨愣住了，心想：「謝我幹什麼，我又沒說什麼，我就是想去人間看看，大鬧一番。」

　　和墨雖然隨性，但為鬼王，尊貴無比，也效仿帝王模樣，頗具威嚴地說道：「去輪迴吧！」

　　自此，人間繁華之貌在和墨心裡成形，那種想要衝出藩籬的念頭，在和墨心裡生根發芽。

　　被困於冥界的感覺真的不好，沒有生機只有飄蕩鬼混的地府，不見天日的寂寞，讓嚮往自由而放蕩不羈的和墨，自覺身在囚籠之中。

　　所以和墨就嘗試踏上黃泉，離開冥界，只可惜一直沒有成功。直到某日，冥界黑雲翻滾，雷聲大作，黃泉開了一條路。接著，便是一道綠光閃現，伴隨著排山倒海一般的力量砸下來，鬼狼踏黃泉而來。

　　鬼狼乃靈山之妖，修仙升天，但是嗜殺成性，殘殺仙僚，吸食仙靈，妖力大增，仙界本就內亂，對付陰狠的鬼狼，需要花費一定的代價，得不償失，便選擇最廉價的方法，除其肉身，將其趕入地府，囚禁冥界。

　　人間之魂，可按天道，入輪迴離開冥界，而心懷怨念之鬼，不願入輪迴，就只能徘徊於冥界，不生不死，不亡不滅，如此而已。因為黃泉流入地下，所以冥界眾鬼無法離開冥界，被趕入冥界的鬼狼亦是如此。

鬼狼即使被趕入黃泉後，怨念極深，吸食怨靈，修煉鬼氣，想要掀翻冥府，殺上人間。因此，爭強好鬥的和墨遇到鬼狼，彼此露出最為兇狠的獠牙，纏鬥不休。

手下小鬼無數次交鋒後，和墨與鬼狼又醞釀出一次大戰，這一次真正將冥界攪得昏天黑地。和墨扛著斬魂的大刀，鬼狼提著沒魄的雙劍，雙方戰了個你死我活，刀劍相接，嗡鳴聲起，傳到天界，還激起黃泉之水，淹沒了大片冥界，震盪人間大地，搖晃天界支柱。

最後，和墨躲過了鬼狼滅魄一劍，鬼狼卻中了和墨斬魂一刀，鬼狼深綠色的血液覆蓋在荒蕪的冥界之地上。

而後，原本荒蕪的土體上生出嫩綠色的芽，這些嫩芽生長速度極慢，卻以勢不可擋的速度蔓延，凡是黃泉水漫上的土地，都長滿了這嫩芽。黃泉之水裡有怨靈，這些嫩芽能從怨靈中汲取養分。

受傷後的鬼狼逃竄，和墨也因為動用了黃泉之內的混沌之力，傷了根基。雙方休戰，冥界換來了短暫的和平。

三界之中，何止冥界如此，天界和人界各有糾紛，亂世之中，誰能稱王？

亂世出英雄，英雄之間的對決裡，你我終生皆小鬼。

千年轉瞬而過，不死不休的和墨與鬼狼，在千年之後又掀起了一次大戰，這次的大戰與上次相比，有過之無不及。

斬魂之刀，滅魄之劍，催傷無數魂靈。

大戰五日，人間陰雨連綿，天界震盪不安，冥府混亂不堪。

不想，鬼狼因上一次受傷，反而變本加厲吸收怨靈，邪功大成。和墨一時之間，竟然不是鬼狼的對手。最後，和墨落入一片綠色的草芽之中，吐了一口鮮血。紅色的鮮血飄落在嫩綠的枝葉上，格外鮮明。和墨雖落得下風，但是鬼王的威嚴不容侵犯，一輪輪浴血奮戰，還是趕走了鬼狼。

鬼狼走後，和墨直直墜落，攤到在一地綠色之中，一根手指都動不了了。和墨閉眼之前，恍惚看到這一地的綠色裡，生出了豔紅的花苞。

纖纖細手，嫩白如玉，緩緩探向和墨的臉。

和墨被這股溫柔吵醒，睜開眼睛，只見眼前一個女子，朝著自己笑。

那女子穿著鮮紅色的衣衫，青絲半綰，眉目如畫，氣質如仙，聲似銀鈴，肌如美玉，傾國傾城。明明豔麗如火，偏偏氣質如月。

女子將手放在和墨眼前，來回晃動，似乎懷疑和墨是個瞎子。

「是個瞎子嗎？」姑娘自言自語。

和墨有一瞬間的不解，然後才想明白原來自己一直在盯著人間姑娘看。和墨有些不好意思地轉過頭，卻又吃了一驚，只見周圍全是鮮紅色的花朵，花開爛漫。

「這是什麼花？」和墨木木地問。

「曼珠沙華。」女子回答道。

「跟你額頭上的一樣。」和墨說完，頓了一下又道，「好看。」

女子輕輕一笑，並無多言。

「我叫和墨，是冥界鬼王。」和墨掛上驕傲而恣意的笑容。

「我叫孟婆。」女子說道。

「你救了我？」和墨試探地問。

孟婆點頭，然後說道：「也是你喚醒了我。」

「什麼意思？」和墨眼眸一深，鮮紅的眼眸變成暗紅色。

孟婆指向那連綿無際的曼珠沙華說道：「混沌之中，我感覺自己睡了好久，直到今日，你的血染在花枝上，結出了曼珠沙華的花朵，也因此喚醒了我。」

「為什麼是我的血喚醒你？」和墨問。

「不知道。」孟婆道。

「那你知道自己為什麼睡著了嗎？」和墨問。

孟婆搖搖頭說：「我不記得了。」眼中並無悲傷，反而很是淡然。

雖然自封為冥界鬼王，但是這樣的情況，和墨還未曾遇到。氣氛一時間有些凝滯，和墨開口說道：「咱倆衣服顏色一樣，都是紅色的。」

「人間拜堂成親就穿紅色的。」孟婆說的無意。

「你是哪裡來的？」和墨聽到「人間」這個詞，不禁牽動了心腸。

「我也不知道，反正記憶裡有各種畫面閃現，不同的人出現在我的記憶裡，那些回憶像是夢中出現，又似我生命的一部分，可是唯獨沒有屬於我自己的記憶畫面。」孟婆說道。

和墨一驚，記憶裡全是別人，那還是自己嗎？

和墨心裡疑惑，但是並未變現出來，反而笑得淡然，說道：「跟我說說你記憶裡都有什麼片段，或許我能幫你。」

「有新生嬰兒後全家人的喜悅，有送入洞房時女子的羞澀，有遇到知己時的開懷，有一舉成名的自在，還有助人為樂後的滿足……」孟婆說了一大堆，這些全是和墨不曾經歷過的情緒，而和墨從這些情緒裡感覺到故事主角的歡愉。

和墨忽然有一種想法：難道快樂和滿足能不靠戰鬥得來嗎？人間當真這樣美好？

之前的和墨覺得人間凡人渺小而單薄，來到冥府之後大都哭哭啼啼，甚是可笑，便不懈與之交流。

此刻，和墨越來越覺得人間有意思，但現在對人間的嚮往還與之前不同，以前羨慕人間萬物，現在覺得人之間的情義也滿有意思，所以和墨更想要把這個叫孟婆的女孩子留在身邊。

「雖然一時間沒有頭緒，但我是冥界鬼王，待我來日踏上黃泉，離開冥界，定然帶你去到人間，探尋你前世記憶。」和墨信誓旦旦的說道。

孟婆笑著點頭。

「這冥界之中，鬼狼甚是可惡，吸食惡靈，搶占地盤，戰亂不斷，你一個女孩子也沒辦法保護自己，還是跟著我吧，我來護你周全。」和墨笑得一派正經，像個大哥哥，但是心裡有自己的盤算。

「我可以保護自己的。」孟婆笑著說道。

和墨心底的第一個念頭就是：被拒絕了。

和墨想要再次挽留，只見孟婆說道：「你家在哪個方向，快走吧！」

和墨一樂，一個翻身想要站起來引孟婆歸去，卻發現全身力氣都回來了，且傷口正在以想不到的速度恢復。

「是你幫我療傷嗎？」和墨問孟婆。

孟婆點頭，說道：「是你喚醒了我，這是我的報答。」

和墨與往日那般露出肆意的笑容，穿過曼珠沙華的花叢，帶著孟婆朝著一個被稱為「家」的方向而去。

身後，花枝青翠欲滴，花朵燦爛如火。

自孟婆出現在和墨身邊後，和墨每日都能在桌子上看到一束配著綠葉的曼珠沙華，那被戾氣填滿的心，不覺輕了許多。

「孟婆，我們是知己嗎？」和墨想起那人間帝王所說的話，也想要一知己。

和墨隨意地擺弄著桌子上的曼珠沙華，心裡亂成一團。

孟婆一愣，笑著問道：「如果我說不是，你會如何？」

和墨的臉色立馬一變，眼眸陰沉，說道：「把你撕碎，扔給黃泉的惡鬼分食。」

孟婆噗嗤一笑，說道：「你這樣可怕，動不動就要將人撕碎，誰還敢跟你做知己？」

「你要是我的知己，我便將與你共用這冥界鬼王的至尊之位。」和墨用難得的耐心和真誠說道。

「我們應該是朋友。」孟婆道。

「朋友？不曾聽過，這朋友和知己相比，哪個重要？」和墨很認真的問道。

「人一生可以認識很多人，結交很多朋友，也失去很多朋友，但是卻說，得逢一知己，死而無憾。你說朋友和知己那個重要？」孟婆笑吟吟的問。

和墨聞言，面色不愉。

「和墨，你是我醒來以後的第一個朋友，你很重要。」孟婆道。

和墨心裡好受了些，也暗想：孟婆應該還沒有知己吧，畢竟他也才被喚醒。

和墨想著，既然是朋友，便想著將最好的給孟婆，笑說道：「我

帶你去一個地方。」

不等孟婆回答，拉著孟婆的手快步離開，孟婆低頭輕笑，配合著他加快了腳步。

孟婆與和墨來到黃泉之上的一座破橋，那裡空空蕩蕩，除了幾枝孤單的曼珠沙華外，怨靈都不願涉足。

「這是哪裡？」孟婆問道。

「這是冥界一處無名之地。」和墨道。

和墨上前去，示意孟婆跟上，孟婆提起衣擺，邁步上橋，躲開橋上破爛之處，緩緩走到橋中央。

「你聽。」和墨一雙桃花眼盯著孟婆，其中滿是興奮與期待。

孟婆認真聽，除了潺潺流動的黃泉水聲，並沒有聽到別的，但看和墨滿臉期待的樣子，便閉上眼睛，用心體會。

悅耳的聲音飄入孟婆耳中，緩緩流入心田，令人沉溺其中。

「是琴聲。」孟婆雖朱唇輕啟，卻不捨得睜眼。

「琴聲？」和墨反問。

「琴，人間的一種樂器，用幾根弦彈奏世間最美的聲音，表達彈奏者的心聲。我記憶中有一個畫面，那男子彈琴，女子起舞，於梨花樹下，花瓣飄落，羨煞世人。」

孟婆一笑，像是回憶起什麼，接著說道：「你不是說要與我為知己嗎？世間還真有因琴而為知己的人。」

和墨一下子興趣來了，與孟婆併排坐在這滿面瘡痍的橋上，聽孟婆談論記憶畫面中的點點滴滴。

孟婆也說得起勁，便滔滔不絕起來：「之前有一位君子，於水畔彈琴，一樵夫聽其樂，悟其樂中情，兩人相結為知己。而後樵夫去世，君子便破琴絕弦，言無知己，再無人知琴中意，此琴不彈也罷。」

「雖有遺憾，但能得知音，便以足矣。」和墨莫名有種感同身受，忽然懂得了知己難得那種說法。

孟婆說著，嘴角勾起笑容，說道，「這琴聲從何而來？」

「隨黃泉而來，入此空寂之處，才展露真聲。」和墨指著周圍空寂的背景說道。

「此琴師當真妙人！」孟婆誇讚道，眼中滿是欣賞。

「孟婆也會琴，可奏與我聽？」和墨滿懷期待地問。

「有琴才可。」孟婆說道，眼中帶著淡淡的失望。

和墨不言，卻將孟婆的神情看在眼裡，將她對琴的期待亦印在心裡。

「如此美妙的琴音，如此安靜的橋頭，是如何發現的？」孟婆問。

「若你在冥界幾千年，恐怕早已踏遍冥界每個角落，對每個地方瞭若指掌了吧！」和墨略帶打趣，似乎刻意將寂寞隱藏。

早已踏遍冥界，卻願在一座破橋停留，與其說這樣的鬼王留戀於琴聲，不若說他厭惡了孤寂，期冀這一點音樂撫慰心靈。

「這橋可有姓名？」孟婆看出了和墨眼中的落寞，一時不知如何安慰，畢竟相識時日較短，便轉移話題。

「不曾。」和墨言簡意賅。

「琴聲雖美，卻無緣見琴師，除卻一笑，為之奈何，不若稱為『奈何橋』吧！」孟婆道。

「好美！」好美的名字，好美的琴聲，好美的孟婆，好美的曼珠沙華……

孟婆伸伸懶腰，笑問和墨：「你有什麼願望嗎？」

「我想收服冥界，滅了鬼狼，然後去人間走走，再去天界看看，不願一直被困在這荒蕪的地獄之中。」和墨沒有發笑，似乎很是認真。

「我跟你一起實現吧！」孟婆語氣三分戲謔，眼神卻十分真摯。

地獄岩漿，四處橫流，眾鬼哀怨，悲鳴不止，黑霧沉沉，不見邊際。不多的時日裡，孟婆將這個「家」與記憶裡那些「家」對比，發現這裡並不美好。

不遠處，有幾隻惡鬼正在分食一隻小鬼。

「為什麼冥界是這幅模樣？」孟婆滿臉的震驚。

和墨冷眼看向眼前正分食小鬼的血腥場面，有點驕傲地說道：「有

我保護你，不會讓你受傷的。」

「人間雖然有戰亂，可亦有為了和平而奮鬥的人，嚮往大同社會，流連於桃花源，有希望就有未來，如此冥界，必定成災。」孟婆氣憤和墨這種無所謂的樣子。

「必定成災。」和墨重複著孟婆的話，一時之間不知如何作答，畢竟他眼裡的冥界就是如此，也本該如此。

「冥界本就是地獄。」和墨說道。

「地獄，本就是你們自己的定義。」孟婆說道，「人間的戰場也被稱為是地獄，但是這樣的『地獄』本可以避免。」

和墨稱霸冥界多年，即使有鬼狼與其爭鋒，依舊是那個光芒耀世的鬼王，從來沒有誰這樣冷眼面對自己。

本能驅使下，和墨那對清冷的眼眸發出妖冶的紅色，意味著他生氣了。

「啊啊啊……」一串嘶吼聲，打斷了和墨與孟婆的對峙。

眼前那一群惡鬼分食完一隻小鬼，又將矛頭指向那一黑一白衣服的兩個小鬼。

孟婆長袖一揮，將黑白衣服兩個小鬼捲到眼前，站在它們身前，冷眼看向一群惡鬼。惡鬼對著花容月貌的孟婆，毫無憐香惜玉之情，只知道這女子搶走了自己的食物。

惡鬼撲向孟婆，孟婆毫無懼色，快速移步，水袖若靈蛇纏住惡鬼的脖子，將惡鬼一個個放到。

和墨並未插手，冷冷看著。

等孟婆收服惡鬼，黑白衣服兩隻小鬼跪在孟婆跟前，磕頭感謝。

「你們叫什麼名字？」孟婆問。

「我們沒有名字。」穿白衣服的小鬼說道。

穿黑衣服的小鬼顯然機靈很多，連忙說道：「請主子賜名，我們兄弟二人跟隨主子，做牛做吧，報答大恩。」

「冥界怨靈眾多，你們還沒有能力自保，跟著我也好。」孟婆思考

片刻說道，「這世道無常，其身為客，你們不妨就叫黑白無常吧！」

「多謝主人賜名。」黑白無常跪謝。

「叫孟婆姐姐！」孟婆笑著強調。

站在一側的和墨看見孟婆笑起來，也不自覺露出笑容，彷彿打了一架那般自在。但看到孟婆對著黑白無常笑，心裡生氣。

「我是冥界的鬼王，冥界的一切都是我的，所以你孟婆也只能對我一個人笑。」和墨暗想。

和墨對著黑白無常露出可怕的獠牙，又拉過孟婆的胳膊，頭也不回的離開，留下瑟瑟發抖的黑白無常。

孟婆對突如其來的變故很是不解，不過看向和墨那發出紅光、若嗜血般的眼眸，也不再多言，恐怕觸碰了和墨的逆鱗。

快步離開，黑白無常依舊跟在孟婆身後，即使在和墨的淫威下瑟瑟發抖，頭都不敢抬起來。

和墨將孟婆拉向高處，指著黃泉和在其上飄蕩的怨靈，說道：「冥界不是你的人間，也別學習聖人那一套來教化我。人類偽善，用盡陰謀詭計來搏鬥，還不如冥界眾鬼，用獠牙和利爪來戰鬥，至少光明磊落。」和墨留著孟婆在身邊，本就是覺得有趣，根本沒有感情。

說完，和墨指向一處，說道：「看在你為我療傷的份上，我不殺你，順這往前走，黑雲雷電之處，就是輪迴，滾回你的人間。」

「哼！你就是怕了而已。」孟婆也很不服氣地說道，「堂堂鬼王，只敢用暴力來鞏固自己的地位，以此馭下，終究歸於下乘。真正王者，得眾鬼聽令，萬鬼擁護，而不是自立為王，暴力鎮壓。」

「這是冥界的規矩。」和墨反駁道。

「三界共生，本有大道，終歸一體，何來區別。」孟婆針鋒相對，分毫不讓。

「人間的規矩，本來就不適合用在冥界。」和墨眼眸越發鮮紅。

「是你執絝不化。」孟婆道。

若說平時，和墨早就祭出斬魂刀，但是此刻，他猶疑了，對面的這

個孟婆可是自己的第一個朋友。

雖然不曾祭出斬魂刀，但飄搖的衣袍下隱忍的戾氣，已經證明瞭鬼王的憤怒。只是讓和墨想不到的是，黑白無常竟然擋在孟婆的前面，即使他們腿抖的都快要跪下了。

對於黑白無常來說，孟婆活著，是他們的庇護，若孟婆死了，早晚會死於惡鬼之口，不如在死前輝煌一下，即使在憤怒的鬼王面前保護不了孟婆，至少盡力了。哪怕死，至少他們敢站在和墨鬼王的對面，至少他們是被和墨殺死的。

「轟隆……」一聲聲巨響，打破了和墨與孟婆之前的對峙。

黃泉水被攪起旋渦，雷電轟鳴，怨鬼哀嚎，洪流遍地，大地震盪。

「什麼情況？」孟婆問。

「是鬼狼，去看看。」和墨收斂了往日肆意的笑容，不滿的說道，「這傢伙又要搞什麼風浪。」

鬼狼飛旋於黃泉之上，翻騰著黃泉內的怨靈，兩眼放著綠色的光芒，獠牙帶著鮮血，一副嗜血閻羅的模樣。

孟婆不知道這是如何，但是和墨明白。

「他想要幹什麼？」孟婆問。

「他想用黃泉裡的怨靈來修煉自己的靈魂。煉魂之術消耗巨大，鬼狼一直不敢貿然煉魂，是因為有我在，他怕在最關鍵的時候被我偷襲，最後功虧一簣。」和墨語氣裡帶著漫不經心，眼眸中滿是戾氣，笑呵呵說道，「可惜他算錯了一件事，我的傷全好了，此刻我才是他最大的威脅。」

和墨揮舞著斬魂刀，腳尖輕點，飛身而起，想著鬼狼劈去。

鬼狼臉上掛著陰狠的笑容，眼眸輕瞥，似是很不在意和墨，用滅魄劍接下和墨的一擊，反而口吐鮮血。

和墨墨髮飛揚，紅衣招展，彷彿天地之間唯他一人，那樣張狂，又是那樣風華正茂。

「鬼狼，你的死期到了！」和墨笑得肆意，笑得張狂，「我本想留你幾日，如今你自取滅亡，怪不得我了！」

鬼狼受了和墨一擊，自然知道和墨傷口恢復，倉皇而逃，向著那黃泉的入口而去。

　　和墨持著斬魂刀追上去，深沉的眼眸裡滿是戾氣，對著鬼狼斬去。

　　「轟轟轟……」天地震動，黃泉湧動，隨後一陣刺眼的光芒照入黑暗的冥界。

　　黃泉被劈出了裂口，人間就在眼前。

　　之前一戰，斬魂刀與滅魄劍相交，震盪黃泉，已經在黃泉與人間交接處留下來裂痕，此刻斬魂一刀，徹底斬開了黃泉入口。

　　「這是人間嗎，我劈開了冥界與人間交界的黃泉嗎？」和墨自言自語。

　　「哈哈哈……和墨，多謝你幫我斬開黃泉，助我逃出生天，哈哈哈……」鬼狼淒厲的笑聲回蕩在冥界，灌入和墨的耳朵裡。

　　「別讓他跑了，鬼狼去了人間，會禍亂人間的。」孟婆趕上來提醒和墨。

　　和墨也不曾猶疑，衝出黃泉，跟上了鬼狼的步伐。

　　可曾想剛入人間的鬼狼便大開殺戒，肆無忌憚地屠殺。衝上人間的和墨，只見鬼狼腳下遍地屍骸，一隻手提著一隻掙扎的妖，正在吸食他們的妖靈。

　　這時候，孟婆也趕上來了，兩人對視一眼，心中已有定論。

　　和墨出招攻向鬼狼，孟婆負責從鬼狼手裡救走那兩個妖。可不等和墨攻來，鬼狼已經放下手中兩個妖，逃之夭夭了。

　　此時，被劈開的黃泉，眾惡鬼爭相而出，厲聲震天。

　　「和墨，堵住黃泉！」孟婆已經去黃泉之口阻攔，但她的力量不夠，擋不住這樣洪流般的惡鬼，只能招呼和墨。

　　和墨眼中只有自己的目標，與自己纏鬥多年的鬼狼，終於要被斬殺與刀下了，為何要停？

　　和墨追上鬼狼，一擊致命，伴隨著鬼狼嘶啞的叫喊聲回蕩於天地之間，鬼狼終於化成齏粉，被風一吹，飄散與山川大河……

和墨看著鬼狼煙消雲散。

追趕鬼狼時不覺，此刻才發現終於來到了自己心底牽連的人間。呼吸到人間的空氣，觀大江大河，聽自然之聲。鬧市之中，煙花之間，不知足也。

忽然，熟悉的樂聲入耳。

「琴聲！」和墨很肯定。

循著琴聲而去，見在溪流之畔，煙花爛漫，遊船來往，彩帶飄舞。一隻畫舫，幾個穿著豔麗的女子，纖纖細手勾勒於細細絲線之上，便發出這天籟般的聲音。

和墨忽然想到了什麼。

和墨這個不速之客很沒有禮貌的跳上畫舫，揪著一個姑娘半是透明的衣服問道：「這是琴嗎？」

奈何是在船上，另外幾個姑娘又不敢跳船，只能顫顫巍巍往後躲去。

被和墨捏住脖子的姑娘，花費了很大的力氣說道：「奴家手裡的是琵琶，那個才是琴。」

雕刻著蘭花的琴，沐浴在檀香之中，靜靜躺在桌子上，這一隅之境，偏偏美的安詳。

和墨也不多言，抱起琴便離開。

剛出畫舫，又見到牽動著他心一幕。

只見眼前靜水深流，水面上，花燈順著水流飄動。

若隱若現的燈光隱藏在蓮花瓣之後，猶如霧裡看花，水中望月，別有一番韻味。

「大哥哥，你也是來放花燈，祈求花燈流入冥界，讓冥界親人安心輪迴的嗎？」身側，一個長相清秀的小姑娘用軟糯糯的聲音問道。

和墨沒有回答，但見小姑娘手裡的花燈，覺得好看，又見花燈在水裡飄，覺得有趣。

小姑娘見和墨不回答，以為和墨是難過，不想說話。又見和墨手裡並沒有花燈，以為對方是忘記了，便將自己手裡一個花燈遞給和墨：「大

哥哥，用我的吧！」

和墨輕輕摩挲著手裡的花燈，顯得有些小心翼翼。

「大哥哥，要將字寫在上面，這樣冥界的親人才能看到。」小姑娘催促道。

「我不會寫。」和墨說道。

「那我幫你寫嗎？」小姑娘執筆，看向和墨，等著他說話。

和墨想了一下，腦中忽然閃現孟婆的身影，又想到孟婆此刻可能正在黃泉入口處阻擋惡鬼逃出人間，心裡一軟，不自覺冒出一句：「我這就回去。」

而後和墨身形一閃，已經消失在河岸畔。小姑娘看到了眼前的一幕，嚇得連筆都掉落了，只剩下清澈的月光，散漫河畔。

夜未央，正是洛河之畔，熱鬧之時，不知何時，洛河裡染了血。

回去途中，和墨心中竟然有一種前所未有的擔心，擔心之外，還有幾分後悔，後悔自己剛才為何丟下孟婆一個女子留在那裡，明明說過要保護好她的。

來到黃泉入口，孟婆編織了一張大網，將黃泉之口堵住，但是還有不少小鬼擠出去。孟婆身後有黑白無常，還有剛被她救下牛頭馬面。只是他們因妖靈受損，已經成為妖魂，他們四個都在幫孟婆。

和墨斬魂刀一揮，形成一道屏障，而後又是一刀，再形成一道屏障，兩道屏障形成鬼門，緩緩關閉。

冥界鬼門，有和墨斬魂刀的戾氣，小鬼硬闖。

「我回來晚了。」和墨攬著孟婆的胳膊，似是道歉般放軟了語氣。

「先安頓好了這些吧！」孟婆似是換了口氣，緩緩說道。

「可有受傷？」和墨問。

「還好。」孟婆道。

氣氛一時之間有些凝滯，而黑白無常、牛頭馬面也不敢多言。

「鬼狼殺了嗎？」孟婆問道。

「嗯。」和墨道。

就在這時，前來黃泉的鬼魂忽然增多，和墨一眼就看到了那個送給他花燈的小姑娘。

「大哥哥，你也是惡鬼！」小姑娘雖然已化為魂，但是依舊惶恐惡鬼。

「你靈魂上有惡鬼的氣息，是惡鬼殺了你？」和墨嘴角泛起冷笑，眼眸生冷。

「大哥哥剛走那些惡鬼便來了，不但殺了我，還在那洛河沿岸大開殺戒，大哥哥要是要是有本事，可以去救救我的父母嗎？」小姑娘哀求道。

和墨忽然很生氣，那些惡鬼見了他便大氣不敢喘，可是去了人間，便知道作威作福。

斬魂刀震動，一股戾氣彌漫在鬼門之前，原本在鬼門處扒門的惡鬼們，嘶吼聲小了不少，似是被這股戾氣嚇到了。

「和墨，別衝動，這人間的四海八方，惡鬼隨處可以藏身，你一人如何能尋完？」孟婆連忙安撫和墨，生怕他去了人間，不能控制戾氣，反而傷了無辜的人類。

「我們去冥界，派鬼兵去人間擒拿那些惡鬼。」孟婆說道。

和墨轉身，打開緊閉的鬼門，霎時間，惡鬼們四下散開，往人間衝去。和墨揮動斬魂刀，衝在最前面的一批惡鬼被斬殺，化為灰燼。

「想出去，這就是後果。」和墨屬於鬼王那威嚴而狠厲的聲音迴蕩在整個冥界。

頓時，惡鬼們偃旗息鼓，怯怯的退回冥界。

「我去了一趟人間，發現那裡很美，那裡不應該成為第二個冥界。」和墨對著孟婆，一字一句，說得分外認真。

而那一天，註定被人們記住，那天被稱為中元節，也被稱為鬼節。

接下來的歲月裡，孟婆與和墨並肩作戰。

和墨將冥兵編制成伍，制訂政策，一批批派向人間，一隻隻惡鬼被消除，同樣，冥府也恢復了和平。

雖然如此，但和墨心底總感覺有種不安的情緒。

奈何橋頭，和墨抱著他在人間搶來欲要贈給孟婆的琴，默默出神。

「為何近幾日沒有琴聲伴隨黃泉流入奈何橋了？」和墨自言自語。

其實和墨心裡清楚，或許那琴師已經被衝出冥界的惡鬼撕碎了。

「也許是琴師知音不再，便不願奏樂了。」孟婆站在奈何橋下，紅色的衣裙與枯寂的奈何橋格格不入。

和墨看向孟婆，語氣平淡地說道：「你來了。」

孟婆走進和墨，隨意坐在和墨身側，盯著和墨抱在手裡的琴，笑著說道：「冥界的琴師想要彈琴了，不知鬼王可否割愛，將手中的琴借我一用？」

和墨將琴遞給孟婆，說道：「送你。」

孟婆接過琴，將其放在膝上，緩緩音樂聲從指間流出，將和墨包裹。

悠揚的琴聲，每一聲都似訴說什麼。曾經的寂寞，狂傲的歲月，心動的瞬間，迷茫的掙扎……一瞬間，和墨在曲中找到了自己。

「這首曲子可有名字？」和墨問。

「不曾。」孟婆說道。

「你送我一把琴，我回贈你一曲，至於曲名，由你來取可好？」孟婆道。

「此曲情多變，何須姓名羈絆，任其瀟灑而已。」和墨道。

孟婆自嘲般一笑，說道：「我這彈奏之人倒是不及你這聽曲之人感同身受，看來你天賦在我之上，不如我教你彈琴吧！」

孟婆白嫩如玉的手指，拉過和墨的手，銀鈴般的聲音，為和墨講述基本的指法，然後身教，勾勒琴弦。

「撕拉……」撕裂一般暗啞的聲音傳出，與孟婆彈奏出來的琴聲天差地別。

和墨有些心虛的偷撇孟婆臉色，只見孟婆神色如故，對如此難聽的樂曲彷若未聞。和墨心裡稍微安定下來，但是求勝心更強了。

一遍一遍苦練，帶來的結果一樣，琴聲若撕裂般難聽。

和墨紅了眼睛，忽然生長出來的指甲將琴弦挑斷，他生氣了。

和墨站起來，轉身欲走。

「站住！」孟婆喊和墨。

「這人間的東西本就不適合冥界。」和墨有點憤怒，有些不甘。

「冥界與人間通道都已經打開了，三界一體了。」孟婆道。

「和墨，有一種東西叫做緣分。這樣東西，它存在於天地間，影響著天地萬物。」孟婆說，「其實當初你沒有堵住鬼門，而是先去追尋鬼狼蹤跡，並將其斬殺，就是一種安排。若你堵住了鬼門，那就放走了鬼狼，他若躲藏起來，為禍人間，亦是一種災難，且不亞於此時的惡鬼入人間。你去追尋鬼狼，我來堵住鬼門，是損失最小的。」

和墨自然知道，當初追尋鬼狼，完全出於心中所想，根本沒有考慮更多的東西。但是讓孟婆受了傷，卻讓自己很是愧疚，讓那些人被惡鬼殺害，心中不忍。這些情緒，和墨不曾有過，只是遇到孟婆之後，種種屬於人的情緒莫名從心底生出來。

和墨不禁想：「難道我也有了人的七情六欲？」

「三界生靈，皆在緣中，我們要往前看。」孟婆柔聲說道，「你一直獨行於世，不曾體會人間親情友情愛情，所以你才活得恣意瀟灑。你身為鬼王，統領冥界，與日月同輝，讓你有著驕傲的資本，讓你可以看輕生命。但正因為你習慣了冥界，看慣了死亡，所以才無法理解人間那些稍縱即逝的美好。」

「站在不同的高度看三界生靈，自然會有不同的態度，我只是希望能做你的眼睛，在你看不到的地方告訴你我看到的東西。」孟婆說道。

「我生於混沌濁氣，雖與天地共生，自封為冥界鬼王，得到百鬼臣服，但終究不入流，只能在三界的最底層，困於其中，寸步難行。世人說我恣意狂妄，卻不知這都是不甘。世人雖然羨我無盡壽命，卻不知其中有多少寂寞。稱王又如何？人界皆言人生一場大夢，可我連夢的權利都沒有。」和墨臉上依然掛著笑，那是他屬於鬼王的驕傲，也是內心深處最弱的存在。

「人魂來著冥界，要麼入輪迴，要麼成為怨靈，飄搖度日，渾渾噩

噩，偌大的冥界裡，我雖然看不慣鬼狼的凶殘作風，但他確實我這些年裡唯一入眼的。」和墨笑得如沐春風，最美不過如此。

「當我遇到你那一刻，便覺得你很熟悉。除卻恩義，除卻在你身上有人間的影子，還覺得你似曾相識，願意與你親近，願意與你互為知己。雖你說我們還不到知己，但可為友，那一刻，我覺得一顆心有了著落，不再孤寂。」和墨說得十分真誠。

奈何橋，紅衣女子站在橋上，紅衣男子站在橋頭，中間是破裂可見橋下流水的橋身。

孟婆掩面一笑，說道：「都說鬼王不近人情，凶惡殘暴，竟也會這般，這般……」前面雖然語調帶著調笑，但最後一個「這般」卻包含著萬般情緒。

「哼！悉看三界，誰值得我浪費口舌。」和墨笑得驕傲，笑得風流，有一種睥睨三界的感覺。

「可願來學完這首曲子？」孟婆問。

和墨轉身，嘴角含笑，說道：「願。」

一首曲子，學了好久，直到一日，孟婆病倒，不時沉睡。

冥界一隅，奈何橋頭，橋身被修繕，曼珠沙華遍布彼岸。

「嘿嘿，孟婆姐姐，抓回惡鬼，收復被鬼狼侵占的地盤，鬼王會不會效仿人間那樣，也封我為冥界一方諸侯呀？」白無常樂呵呵的問孟婆。

孟婆笑著說道：「你真當著冥界與人間一樣了？冥界有一個冥帝就夠了。」

「孟婆姐姐眼裡只有鬼王，怎麼說我們也是跟著鬼王出生入死、浴血奮戰過的，那也是勞苦功高，雖然不及鬼王厲害，按照天上仙人的說法，怎麼也是個戰神吧！」白無常貧嘴道。

孟婆毫不猶豫地送了白無常一個白眼。

「哈哈哈，當初差點被惡鬼吃掉的白無常竟然想要封侯拜將了。」馬面不知道從哪裡探出頭來。

「你個差點被鬼狼吃掉的傢伙，有什麼資格說我。」白無常反駁道。

「嘿嘿，我差點被鬼狼吃掉，你差點被惡鬼吃掉，鬼狼比惡鬼更惡，雖然都是被吃，相比起來還是我比較風光。」馬面笑嘻嘻地說道。

牛頭站在一側搖頭，表示不想認識這兩個白癡。

「孟婆姐姐的身體如何了？」牛頭問。

「已經好多了。」孟婆笑著回答。

「哎，孟婆姐姐這身體越來越弱，既不能入輪迴，也不能採用補魂之法，還尋不到癥結之處，更找不到治療之法，當真急人。」馬面絮叨地說道。

牛頭打了馬面的腦袋一下，覺得他哪壺不開提哪壺。

孟婆含笑看向牛頭問：「和墨去哪裡了，已經幾日不曾見到他了？」

「他那琴還沒學好呢。」孟婆喃喃自語。

牛頭馬面現在是和墨重要的幫手，不時也會跟隨和墨征戰四方。

「我知道，孟婆姐姐怎麼不問我。」馬面自告奮勇的說起來，「鬼王近來尋遍人界，並未找到孟婆姐姐的痕跡，也不曾找到治療之法，便去天界查看。你猜我們遇到了什麼？我們偶遇到了落入陷阱的天帝，天帝正刑天交戰，那刑天殘暴至極，將想將我等一起殺害，一統三界，當真是虎狼之心。這時候，鬼王看清了刑天的陰謀，那斬魂刀一出，刀鳴似龍，天地失色……最後，將刑天頭斬下來！」馬面沉浸在自己的故事裡，講得眉飛色舞。還沒說到正事上，馬面先是大肆誇讚了和墨一番，講得孟婆都有點昏昏欲睡了。

「天帝感激與鬼王的幫忙，說要報答。但是咱們鬼王自己什麼得不到呀，擔心的唯有孟婆姐姐的病情罷了。別看那天帝的法力雖然不高，但也見多識廣，便問鬼王，是否孟婆姑娘前世有什麼因緣，因由如此，才會導致病無可查。」馬面一人扮兩角，說得有模有樣。

「然後那天帝還說道，當初有一凡人升仙，只因掛念凡間病弱的母親，化了分身去到人間，幫其照顧母親，直到母親身死。但是這個期間，那分身竟然動了真情，娶了人間一位姑娘。老母已死，分身完成了任務，自然散去。而姑娘見自己丈夫無故失蹤，鬱鬱成積，不過半年就病死了。

此情已深，分身思念家裡妻子，影響到了仙人，致使仙人時常夢中下凡，醒來時發現自己身處墳地且淚流滿面。」

說到這裡，馬面看向孟婆問道：「孟婆姐姐相信這些嗎？」

孟婆點頭，說道：「情之一字，造化極大，不可說也。」

馬面似懂非懂，牛頭倒是點頭，黑白無常呵呵一笑。

「聽了天帝的話，鬼王便想要查看孟婆姐姐的前世，欲從中尋得孟婆姐姐病的根源。」馬面說道，「天帝為感謝鬼王幫助，送鬼王三生石，據說此石可以照見前世。」馬面說得神乎其神，讓孟婆有些興趣。

黃泉鬼門不遠之處，和墨長身玉立，青絲散落，灼灼紅衣，衣袂飄搖，勝過曼珠沙華，當真風華絕代。

斬魂刀掛在腰部，泛著黑色的光芒，為那無雙的人兒增加了幾分沉穩，少了幾分輕狂。

幾個鬼差擺弄著一塊巨石，和墨認真盯著，斂去笑意，似在出神，竟沒有意識到孟婆走了過來。

「這是什麼？」孟婆指著那塊巨石問。

和墨見孟婆來到，露出笑容說道：「這叫三生石，可照人三生三世，你等會站在三生石前，照你前世。我說過為你找回記憶，定然做到。」

孟婆看著和墨滿臉的堅定，自然知道和墨的決心，不自覺笑了。

「鬼王，三生石放置好了。」鬼差說道。

「孟婆，我為三生石注入法力之後，你便可看清你的前世。」和墨說道。

孟婆點頭，跟上和墨靠近三生石的步伐。

和墨將法力注入三生石，三生石發出紅色的光芒，剎那間照耀四周，連不遠處搖擺的曼珠沙華也顯得格外妖冶。待紅光斂去，孟婆提裙邁上臺階，若削蔥根的手指，輕撫三生石。

三生石上，出現了一個畫面，頓時孟婆臉色大變，和墨也收斂的笑容，眼眸深邃，看不出情緒。

那三生石上的畫面，竟然是鬼狼墮仙入黃泉時的場景，鬼狼淒厲的

嘶吼，深綠色的眼眸，猙獰的表情，還有破釜沉舟的掙扎……

「這……我們，我們回去休息吧！」和墨走進想要拉孟婆，孟婆卻站在原地一動不動。

接著，畫面變了。

畫面來到冥界未立，人間和天界剛分離之時。一道充滿濁氣的水流，也就是黃泉，流過荒蕪一物的人間山川，向著最低處流去。

此時，荒蕪的黃泉之岸，一匹渾噩欲死的小狼伸出鮮紅的小舌頭，飲了一口黃泉之水，頃刻之間，小狼眼睛發出綠光，露出獠牙，有了生機。

「這就是鬼狼，原來他本屬於黃泉。」和墨自言自語地說了一句。

隨後，畫面一變。

黃泉翻湧，天地震盪，雷鳴不止，便隨著一束紅光衝出黃泉，落到焦黑的冥界，一身赤裸的和墨黑髮飄揚，眼眸鮮紅，笑聲恣意，回蕩在整個冥界。那是和墨的降生，從黃泉三千里而來，生於濁氣陰霾，卻用全身鮮紅的氣息，照亮了冥界。

「為什麼有你和鬼狼？」孟婆明明要看的是自己的身世，怎麼出現了鬼狼與和墨。

「看下去。」和墨也不知道為何會變成這樣。

畫面顯現出了之後的故事。

和墨與鬼狼大戰，鬼狼中了和墨斬魂一刀，綠色的鮮血灑向黃泉之畔，焦荒之地。隨後黃泉翻湧，驚濤拍岸，捲起這綠色的血滲入地下，而後長出嫩綠的芽，這些綠芽瘋長，很快蔓延八百里。

之後，和墨再次與鬼狼大戰，和墨被鬼狼攻擊，節節敗退，被滅魄劍擊中的傷口流出鮮紅的血，灑向綠色的枝枒上，長出鮮紅的花苞。

曼珠沙華開放，其靈聚集，生出一個姑娘，紅衣飄搖，蓮步輕移，那就是孟婆。

「什麼意思？」孟婆不禁問道。

「斬魂刀可以斬下三魂，滅魄劍可以剔除七魄，鬼狼的三魂，還有我的七魄，鑄就了你的靈魂。血中精魄，加上黃泉滋養濁氣，而我和鬼狼

身上都有濁氣，你便可以從黃泉的怨靈中汲取營養，迅速生長。」和墨分析道。

「若的確如此，你日漸虛弱，是因為有鬼狼三魂在身，他會利用補魂之術，不斷吸食你的三魂，長出新的靈魂，再次重生，而你便是他在人界重生了的火種。」和墨自言自語，「若有一日，三魄盡被消耗，你會如何？」

和墨露出一個充滿戾氣的笑容，一字一句說道：「鬼狼，你真的很礙事。看來只有將你放在眼前，牢牢困住，才能省去諸多麻煩。」

此事令孟婆花費了不少心神，便再次睡了過去。

不知過了多少日夜，也不知睡了多久，孟婆只覺得好久不曾見過和墨的身影，只知道和墨去了四海八方，收集鬼狼散落的靈魂。直到一日，和墨於天地之間搜索集聚鬼狼的殘損的魂靈，捏塑成形，將其帶回了冥界。

鬼狼被困，衣衫破爛，雙眼墨綠，狼狽無比。

孟婆站在鬼狼的對面，看不出情緒，而和墨快走一步，將孟婆的視線擋住，輕聲安慰，告訴她：「很快就好了，一切都能結束。」

很快，被捆綁在半空的鬼狼接受來自地獄的咒印之術，痛苦呻吟。冥界眾鬼在下面凝視，曾經風光一時的鬼狼，結局也不過如此。

咒術將盡，鬼狼緩緩落下，沒入黃泉，眼見便被囚禁於三千尺黃泉。

「和墨，我不甘！同生於混沌，源於濁氣，為何你能稱王，我卻要被困！我便是死，也不會讓你好過！」鬼狼淒厲的聲音響起，纏繞在全身的符咒不斷晃動，隱隱有爆裂之勢。

「鬼狼，這是你的命。」和墨淡淡地說道。

「和墨，我不甘！」鬼狼深綠的眼睛，彷彿將和墨刺透。

鬼狼忽然厲聲對和墨道：「和墨，我會讓你成為人界的公敵，讓冥界戰亂不休，讓天界都視你為眼中釘，讓你在三界無立足之地！」

此話一出，鬼狼用自己的靈魂血祭了曾經被他吸食的怨靈。原本微不足道的怨靈，依附在鬼狼的靈魂碎片裡，等待靠著消耗孟婆魂靈的鬼狼重生。此刻，鬼狼心甘情願將怨靈釋放，又用靈魂祭怨靈，導致那些怨靈

怨氣更重，威勢更大，盤旋於黃泉之中。

不料鬼狼竟然如此狠毒，當真是濁氣之中，萬惡之靈。

這些怨靈經過鬼狼血祭，蠶食鬼狼靈魂，已經不再是曾經的怨靈，而是擁有濁氣的萬惡怨靈，且與黃泉融合，殺不死，而且捉不到，即使是和墨也無可奈何。

但是更加不幸的是，人間踏著黃泉而來的靈魂，會受到此些萬惡怨靈的影響，心底種下了惡，即使輪迴轉世，心底的惡也不會消滅，只會不斷地積累。

人之初，性本惡。從此，人間又是一重地獄。那時的冥界會如何？

人界殘暴，積累惡念，冥界怨靈增多，若鬼狼者不絕，天界忌憚，欲伐冥界，真正的三界大亂。待那時，沒有誰可以獨善其身。

即使和墨能控制心中種下惡的靈魂轉世，但是所有靈魂都要踏著黃泉而來，如何可控？所有靈魂困於冥界，冥界不堪，人界滅絕，人界的反抗絕不會少，還有庇護人間的神靈，都會討伐冥界。

前有狼，後有虎，和墨處於眾矢之的。

這就是鬼狼所說的，要讓和墨在三界無立足之處。

得知這個消息的天帝，來到冥界，勸告和墨：「冥界黃泉那些萬惡怨靈，生於鬼狼，且受到混沌之力的鬼狼血祭，雖然與黃泉融合，看似牢不可破，其實最怕的依然是鬼狼的靈魂，以惡制惡，將孟婆身體裡鬼狼靈魂取出，便可化去惡靈的影響。」

「不可能。」和墨毫不猶豫地拒絕。

「難道要看著三界亂起來嗎？你這知道三界好不容易太平了，再次掀起大戰，又會是多少年的亂世，到時候你也生死未知。」天帝勸解道。

「我可以用自己的魂力來壓制這些怨靈。」和墨道。

「你雖與鬼狼都生於濁氣，但是由於一直爭鬥不休，刻入靈魂之中的彼此厭惡，用你的靈魂來壓制，只能激起那萬惡怨靈的反撲，反而不好。」天帝說道。

「那也不能犧牲一個無辜女子，你們天界不是有很多天地同壽的天

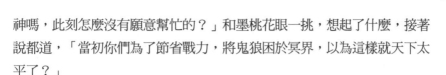

神嗎，此刻怎麼沒有願意幫忙的？」和墨桃花眼一挑，想起了什麼，接著說都道，「當初你們為了節省戰力，將鬼狼困於冥界，以為這樣就天下太平了？」

「當初天界內亂，將鬼狼困於冥界，這都是無奈之舉。」天帝也有些慚愧，畢竟當初天界的作為當真不算磊落。

「千萬年的亂世，加上天劫，當初的天神如今只剩下我了。」天帝很是無奈。

一時沉默。

「孟婆有鬼狼三魂，卻有你七魄，即使少了三魂，有你我在，也可以保她不魂飛魄散，你又執拗什麼？」天帝有些不解地問。

「鬼狼三魂早已融合於孟婆體內千年，而我的七魄是之後才注入，且不到一年。就算我的七魄再強大，終究不能在短短時間內占據優勢。所以，若三魂散去，七魄甚至不能維持她的生命。」和墨道。

和墨與天帝誰都沒有說服誰，只能不歡而散。

奈何橋上。

「這首曲子你該學會了。」孟婆低著頭，捏著手中琴弦，緩緩彈奏。

「和墨，你曾問我，我們可是知己，我想，我們應該是的。」孟婆說道。

和墨聽了，嘴角翹起，桃花眼流光，笑容那樣燦爛。

「和墨，我們是知己了，人間有一句話說：『得一知己，死而無憾。』我告訴過你。其實還有一句話，叫『士為知己者死』。」孟婆慢慢說道。

「孟婆，你說過彈琴時要用心，所以別說話。」和墨從孟婆的話裡感覺到一種失去的危機。

「我還說過，彈琴可以靜心，你可記住了？」孟婆含笑問。

和墨一副心不在焉的樣子，隨意說道：「早就記住了。」

孟婆雙手撫琴上，說道：「認真點，我從頭彈一遍。」

和墨閉上眼睛，倚在奈何橋的欄杆上，即使橋下怨靈咆哮，沒了往

日的寧靜，但絲毫不影響孟婆的琴聲。

一曲終了，孟婆緩緩走下奈何橋，進入那曼珠沙華叢裡，盛放的紅色，卻不及孟婆衣裙鮮豔。

和墨跟在孟婆身後抱著琴，有意無意地看著周圍的豔紅。

孟婆背對著和墨說道：「和墨，你為我治病，尋遍三界，為不讓我用三魂壓制萬惡怨靈而死，不惜與三界為敵，我很感激。」

「我們是知己，不用說這些。」和墨道。

「既然說我們是知己，那讓我也為你做些事情吧！」孟婆轉身，望著和墨，眼中滿是柔情。

「你教我練琴就行，你看這首曲子我還不曾彈會。」和墨抱著琴，嘴角掛起一個苦澀的笑。

「仙界清冷，人界如夢。漫長的歲月裡，你的寂寞或許無人懂得，你的強大成為負累，你的生命成為諷刺，所謂的天地同壽，不過是世人的虛妄，別人加在你身上的願景罷了，你不曾看得起，但是你也不曾輕賤！」

孟婆接著說道：「你原本就生於天地之間，怎會不懂天地運行規律，只不過因濁氣所化，自生來便背負著別人賦予的惡。身在三界最底層的地獄，被天人踩在腳下，你有多少無奈。你知道惡鬼禍世，很是憤怒，派兵追逐，並嚴厲阻止惡鬼入世，知道用我祭靈，可壓制惡靈之時，卻不斷尋求其他方法，不願我犧牲。你有情有義，並不比站在高處的差。」

孟婆笑靨如花，走進曼珠沙華從裡，採一枝花，遞給和墨，說道：「幫我別在髮髻上。」

和墨接過花，站在孟婆身後。他手持鮮花，未曾放下琴，便笨拙地往孟婆頭上插。

孟婆笑著說道：「我由你的七魄和鬼狼的三魂化成，本就屬於虛空，又何來生死之說。之前告訴過你，我的記憶裡有很多的畫面，其實那都是黃泉水漫上來後，曼珠沙華吸食為養料的惡靈和怨靈裡，他們最珍貴的部分是：即使生性凶惡，心中亦有一絲的善念。卻不曾想，在這滿是惡的地方，記憶裡留下的竟全是美好，這已經是厚待了。」

「我也想讓我成為你記憶裡美好的回憶。」孟婆無比認真地盯著和墨的眼睛說道。

和墨將花別在孟婆頭上，看著那隨風招搖的曼珠沙華，久久不語。

「和墨，成全我吧！」孟婆用平淡似讓和墨為自己簪花髮髻的語氣說道。

「孟婆，我願與你成為知己。」和墨道，「若與你成為知己，便讓你為我去死，我願從不與你相識。」

「和墨，與你相識，我之幸也。」孟婆道。

一陣沉默，孟婆主意已定，和墨也無法挽回。

直到最後，孟婆在這曼珠沙華花叢裡，散去形體，三魂化丹、七魄入曼珠沙華，那嫩綠的花枝掉落，只剩下鮮紅色的花朵。

血色的曼珠沙華灼傷了和墨的眼，他紅了眼，留下來第一滴淚，嘴裡喃喃說道：「孟婆，只要你說一句為了我，我絕不會讓你走。」

由孟婆三魂化成的淨靈珠，成為藥引子，被熬製成孟婆湯，凡是入黃泉的靈魂，飲下孟婆湯，洗去惡念，帶走記憶，重新輪迴。

那熬製的湯叫做孟婆湯，那熬湯的司職者，名喚孟婆。孟婆雖然沒了三魂，但是七魄仍在，不能維持形態，若入混沌一般。

和墨下定了決心，想要再塑造出孟婆三魂，便將孟婆的七魄收集起來，溫養於三千尺黃泉之下，和墨出生之地。三千尺黃泉養育了和墨，那麼有和墨七魄的孟婆，能否也可在三千尺黃泉下重生？

可是現在的黃泉已經不是千年前清澈的黃泉了，在萬靈惡鬼與黃泉融為一體的那一刻，黃泉水徹底渾濁。

同時，這樣的黃泉，被惡靈侵蝕，若有怨靈執念很深，願墮入黃泉，自然可以滯留其中，不過只會加深黃泉的渾濁，因此歷任孟婆還有一個職責，就是為那些幾近墮黃泉的靈魂，提供一個還願的機會。

都說一旦靈魂願入人間還願結束，便靈魂飄散，其實不然，這些靈魂將在靈魂黃泉飄蕩千年，然後任選黃泉中一個萬鬼惡靈，食用之後，便可重生。之所以說靈魂去往人間還願，便會魂飛魄散，從此陷入無盡的混沌

之中，實則為了選出最為堅韌的靈魂，讓其可以駕馭一個充滿惡的靈魂，而還能保持一顆善心。

一日復一日，一個個孟婆來了又走，黃泉也不知何時才清，真正的孟婆更不知何時才會醒來。不過每過千年的三月三日，也就是孟婆第一次被喚醒的日子裡，孟婆那魂便會長出來一點，緩慢到彷若要等待到地老天荒的速度，卻是和墨無盡歲月裡唯一的期待。

多年後，天帝的功績伴隨著人們的崇拜，「帝」之一字成了最為尊貴的名，而和墨為冥界鬼王，自然被世人賦予了「冥帝」的稱號。只是如今，無人知道冥帝就是當初的鬼王。

而後，無盡的歲月裡，無盡的寂寞，天帝選擇了沉睡，將天地交給新的一代，但是和墨一直守在冥界，為了心中那一株美麗的花。

坐在莊嚴而神聖的大殿之上，冥帝和墨回憶起很多往事。

鬼差將今日的曼珠沙華送到和墨面前，潔白的瓷瓶裡，略帶嫵媚的曼珠沙華還是記憶裡的模樣。

不知要過多少個千年，孟婆的三魂好像長出來一點，又好像沒有……唉……

「冥帝大人，孟婆求見。」一個鬼差稟報。

和墨點頭，示意讓孟婆進來。

「參見冥帝。」此任孟婆說道。

「幫這人還完願，你的福報珠子應該夠你來世衣食無憂了，要準備投胎了嗎？」和墨問。

「嗯，準備走了。」孟婆如是道。

「嗯，也好，人間風流，比這冥界有趣得多。」和墨淡淡點頭，神色與往常無意，還是那樣千帆過盡之後的波瀾不驚。

「這段時間，多謝冥帝照顧。」孟婆說道。

「嗯。準備何時走？」冥帝盯著手裡的摺子，似在忙碌什麼。

「三日後再走，想跟冥界朋友們告別一下。」孟婆道。

「嗯。」冥帝道。

堂下的孟婆不語，斂去往日的灑脫，生出幾分惆悵。

「偷偷流淚了？都是幾百歲了，在冥界也算是老鬼了，若讓那些鬼差知道，你還有何顏面？」和墨自然知道孟婆那是不捨，只是不想讓這種氛圍擾了孟婆的心。

「冥帝，我很喜歡你的琴聲。」孟婆笑著擦去眼中的淚水，略帶打趣地說道，「不過你還是多笑笑吧，你笑起來好看。」

雖然任孟婆百年，只見過一次，但覺得風華絕代。

「我讓鬼差準備了宴席，還有你喜歡的桃花醉。」和墨語氣淡淡。

孟婆聞言拔腿就跑，嘴裡說：「有那四個酒鬼在，會剩什麼好酒！」

讓這即將輪迴的孟婆有些不可思議的是，那遠近聞名的桃花醉，竟然還剩下不少，讓她不禁懷疑：難道那四個看在自己將要輪迴的份上，故意給自己留下的？真是不可思議呀！

孟婆喝得搖搖晃晃，走在奈何橋上，一步三回頭，似是在等著什麼。她雖然知道自己是白等，但還是忍不住有些隱隱的期待。細細想來，何曾見和墨冥帝送過哪一個孟婆？只是孟婆不知道，當自己邁入輪迴後，曼珠沙華叢裡，總會響起琴聲。

彼岸花灼灼開放，和墨採一朵放在手心，說道：「仙界荒唐，人間若夢，走過繁華，看盡千帆，覺得冥界最好，因為，那裡有你等著我。」和墨嘴角翹起，甚是溫柔。

「孟婆，我寧願一直紈綺不化。」有點撒嬌，有點孤單。

那日孟婆走後，和墨放下琴，席地而坐，將琴放在腿上，回憶著孟婆彈琴的樣子，終於彈會了那首曲子。

而後，每一任孟婆進入輪迴之時，和墨便會去到那灼灼曼珠沙華叢中，彈奏起那首曲子。

至今，曲子也沒有名字，似乎在等待著自己曾經的主人來為它取名。

孟婆傳奇：渥丹篇

作　　　者／李莎
封 面 書 法／季風
封 面 設 計／董紹華
插 畫 創 作／董紹華
美 術 編 輯／孤獨船長工作室
責 任 編 輯／許典春
企畫選書人／賈俊國

總 編 輯／賈俊國
副 總 編 輯／蘇士尹
編　　　輯／高懿萩
行 銷 企 畫／張莉滎・廖可筠・蕭羽猜

發 行 人／何飛鵬
法 律 顧 問／元禾法律事務所王子文律師
出　　　版／布克文化出版事業部
　　　　　　臺北市中山區民生東路二段 141 號 8 樓
　　　　　　電話：（02）2500-7008 傳真：（02）2502-7676
　　　　　　Email：sbooker.service@cite.com.tw
發　　　行／英屬蓋曼群島商家庭傳媒股份有限公司城邦分公司
　　　　　　臺北市中山區民生東路二段 141 號 2 樓
　　　　　　書蟲客服服務專線：（02）2500-7718；2500-7719
　　　　　　24 小時傳真專線：（02）2500-1990；2500-1991
　　　　　　劃撥帳號：19863813；戶名：書蟲股份有限公司
　　　　　　讀者服務信箱：service@readingclub.com.tw
香港發行所／城邦（香港）出版集團有限公司
　　　　　　香港灣仔駱克道 193 號東超商業中心 1 樓
　　　　　　電話：+852-2508-6231 傳真：+852-2578-9337
　　　　　　Email：hkcite@biznetvigator.com
馬新發行所／城邦（馬新）出版集團 Cité（M）Sdn.Bhd.
　　　　　　41，JalanRadinAnum，BandarBaruSriPetaling，
　　　　　　57000KualaLumpur，Malaysia
　　　　　　電話：+603-9057-8822 傳真：+603-9057-6622
　　　　　　Email：cite@cite.com.my

印　　　刷／韋懋實業有限公司
初　　　版／2020 年 5 月
售　　　價／399 元
ＩＳＢＮ／978-986-5405-75-5

城邦讀書花園　布克文化
www.cite.com.tw　WWW.SBOOKER.COM.TW